ULLSTEIN

Feuer der Leidenschaft – große Liebesromane

Karen A. Bale, **Sinnliche Versprechen**
Mary Balogh, **Nacht der Verzückung**
Mary Balogh, **Von dir kann ich nicht lassen**
Nina Beaumont, **Preis der Leidenschaft**
Rosanne Bittner, **Ich kämpfe um uns**
Claire Delacroix, **Dame meines Herzens**
Claire Delacroix, **Erbin der Glückseligkeit**
Claire Delacroix, **Prinzessin meiner Liebe**
Thea Devine, **Das Liebesjuwel**
Christina Dodd, **Liebhaber meiner Träume**
Christina Dodd, **Geheime Sünden**
Jane Feather, **Engel in Gefahr**
Emily French, **Ruf nach Freiheit**
Dorothy Garlock, **Eine Liebe wie der Himmel**
Dorothy Garlock, **Geheime Passionen**
Dorothy Garlock, **Schöner, wilder Mann**
Elizabeth Graham, **Rivalinnen des Glücks**
Elizabeth Graham, **Vergib mir meine Liebe**
Tracy Grant, **Erobere mich!**
Tracy Grant, **Verratenes Herz**
Tracy Grant, **Wer der Sehnsucht erliegt**
Eloisa James, **Ekstase der Liebe**
Mandalyn Kaye, **Der Fremde in meinen Armen**
Elizabeth Lane, **Gefallener Engel**
Sandra Marton, **Nur mit deiner Liebe**
Theresa Michaels, **Mit Feuer und Schwert**
Karen Marie Moning, **Das Herz eines Highlanders**
Karen Marie Moning, **Zauber der Begierde**
Constance O'Banyon, **Die Flammen der Liebe**
Delia Parr, **Am Abgrund der Liebe**
Delia Parr, **Die Elfenbeinprinzessin**
Delia Parr, **Gefangene des Herzens**
Delia Parr, **Ein Himmel voller Rosen**
Candice Proctor, **Septembermond**
Candice Proctor, **Sündige Erbschaft**
Candice Proctor, **Verbannt im Paradies der Liebe**
Jaclyn Reding, **Eine Liebe wie Magie**
Jaclyn Reding, **Die Schöne und der Lord**
Amanda Scott, **Gefährliche Leidenschaft**
Maura Seger, **Magische Verführung**
Alexa Smart, **Mitternachtsrosen**
Alexa Smart, **Tausend Küsse im Paradies**
Janelle Taylor, **Wildes Land, wilde Leidenschaft**
Susan Wiggs, **Und jeden Tag deine Liebe**
Susan Wiggs, **Im Rausch der Leidenschaft**
Susan Wiggs, **Venezianische Verführung**
Susan Wiggs, **Verbotene Schwüre der Liebe**
Susan Wiggs, **Wild wie deine Träume**

Im Gedenken an Carol Backus –
Sammlerin schottischen Wissens,
Schriftstellerin
und Freundin.

Gott mit dir.

Prolog

Gut Arnelaine
Oktober 1176

Eglantine hatte geglaubt, dass mit Theobalds Beerdigung das Schlimmste vorüber sei, aber sie hatte sich geirrt.

An dem grauen, verregneten Morgen der Beisetzung war sie mit der Befürchtung erwacht, vor den Dörflern des kleinen Landsitzes nicht die Größe zeigen zu können, die von ihr erwartet wurde, oder – was noch schlimmer wäre – ihre Gefühle nicht vor den Kindern verbergen zu können.

Unter Aufbietung all ihrer Kräfte hatte Eglantine jedoch beide Anforderungen erfüllt und sie wusste, dass sie das allein Brigid, der Frau ihres Bruders, zu verdanken hatte. Die hochschwangere Frau hatte so viel Mitgefühl für Eglantines Verlust gezeigt – und das, obwohl sie ihren Guillaume so offensichtlich vermisst hatte –, dass es ihr in ihrer Gegenwart leichter gefallen war, stark zu sein.

Immerhin gehörte Stärke zu Eglantines Tugenden.

Eglantines Mutter war trotz einer Erkältung mit Brigid von Gut Crevy-sur-Seine hergekommen und offensichtlich war es ihre Krankheit gewesen, die diese Frau dazu gebracht hatte, ihre in der Regel so scharfsinnigen Beobachtungen für sich zu behalten.

Gott sei Dank.

Zum ersten Mal in ihrem Leben war Eglantine froh, dass ihr Bruder an den königlichen Hof gerufen worden war – sie hätte ihm am heutigen Tag nicht ins Gesicht sehen können. Sie wusste sehr gut, dass ihr Gatte Theobald Guillaumes Vertrauen missbraucht hatte, ein Vertrauen, das Guillaume ihm allein um seiner einzigen Schwester willen entgegengebracht hatte. Eglantine machte sich im Stillen Vorwürfe, dass sie erleichtert darüber war, Guillaume nicht mit der traurigen Entwicklung konfrontiert sehen zu müssen, die Arnelaine unter Theobalds Führung genommen hatte.

Zumindest noch nicht. Ohne Zweifel würde das Unwetter früher oder später über sie hereinbrechen, aber nicht heute.

Doch als alle Trauergäste abgereist waren, kam für sie die Stunde der Wahrheit. Louis, der Verwalter von Arnelaine, trat aus den Schatten der verlassenen Halle auf sie zu. Wortlos forderte er sie auf, ihm zu folgen, und sein seltsames Gebaren ließ ihr Herz kurz aussetzen und dann zu rasen anfangen. Jetzt begriff sie, dass die Lage noch schlimmer war, als sie angenommen hatte. Wie schlecht hatte Theobald Arnelaine wirklich geführt? Eglantine war sich nicht sicher, ob sie die Wahrheit überhaupt wissen wollte.

Doch sie war kein Feigling und folgte Louis mit aufgesetzter Gelassenheit in das Zimmer, in dem die Bücher des Gutes verwahrt wurden.

Es war ein seltsames Gefühl, den Platz des Gutsherrn am Tisch einzunehmen. Sie ließ die Hände über das glatte Holz gleiten und war sich schmerzlich bewusst, dass sie auf dem Platz ihres Gatten saß – auf seinem Stuhl, an seinem Tisch, seine Papiere vor ihr ausgebreitet –, während Louis über

Angelegenheiten sprach, die er eigentlich nur mit einem Mann erörtern sollte.

Erst in diesem Moment wurde Eglantine bewusst, dass sie nie wieder hören würde, wie Theobald de Mayneris nach mehr Wein schrie.

Die Heftigkeit ihrer plötzlichen Trauer überraschte sie. Sie kämpfte mit den Tränen, sie wollte sich nicht eingestehen, dass sie den Mann vermissen würde, der ihr Herz so skrupellos weggeworfen hatte.

Einst hatte sie Theobald geliebt, doch sein Verhalten hatte bald gezeigt, dass er diese Gefühle nicht erwiderte. Nun, nach zwei Ehen, einer aus Pflicht und einer – wie sie zumindest geglaubt hatte – aus Liebe, wusste Eglantine, dass die Ehe ihr nicht viel zu geben hatte. Immerhin würde sie sich mit achtundzwanzig Jahren und als zweifache Witwe nicht noch einmal darauf einlassen müssen.

Dieser kleine Hoffnungsschimmer machte ihr Mut und sie lenkte ihre Aufmerksamkeit auf die Worte des Verwalters – um festzustellen, dass sie einen Großteil seiner Rede bereits verpasst hatte. »Entschuldigt bitte, Louis. Ich habe Eurer Bestandsaufnahme des Vermögens wohl nicht so recht zugehört.«

Der alte Mann sah auf, sein Blick war hart. »Es gibt keine Bestandsaufnahme, Madame.«

Eglantine versteifte sich bei dieser seltsamen Neuigkeit, wusste sie doch, dass Louis die Bücher stets tadellos geführt hatte. »Wie kann das sein?«

Der Verwalter blickte betreten zu Boden. »Das Vermögen unterstand zum Zeitpunkt seines Todes nicht Eurem Gatten.«

Eglantine runzelte die Stirn. »Louis, das Besitztum ist Theobald auf Geheiß meines Bruders unterstellt worden. Hat Guillaume ihm das Gut aufgrund einer Unstimmigkeit wieder entzogen, wie es natürlich sein Recht gewesen wäre?«

Louis schüttelte den Kopf. »Nein, Seigneur Guillaume hat nichts dergleichen getan.«

»Dann ist doch alles ein schlechter Scherz, Louis«, sagte Eglantine mit fester Stimme. »Wir wissen beide, dass es einem Vasallen nicht gestattet ist, einen Gutsbesitz abzugeben, der ihm von seinem Herrn übertragen wurde.«

»Es ist kein Scherz, Madame«, antwortete Louis mit ebenso fester Stimme. »Wir haben keine Bestandsliste, weil wir keine Bücher haben, und wir haben keine Bücher, weil wir das Siegel nicht mehr haben.«

»Was ist das für ein Unfug?«

»Die Bücher des Gutes befinden sich nicht länger in meinem Besitz.« Seine Stimme versagte beinah, doch er hielt Eglantines entsetztem Blick stand. »Seigneur Theobald mag nicht das Recht gehabt haben, aber er hielt das Siegel dieses Gutes in seinen Händen. Ich bedaure, Euch dies mitteilen zu müssen, Madame, aber er hat es im Spiel gesetzt und verloren.«

Eglantine blinzelte und mühte sich, die Fassung zu wahren. »Aber das ist nicht rechtens!«

»Dennoch ist es der Fall.«

»Ihr müsst Euch irren, Louis. Theobald wäre niemals so leichtsinnig gewesen.« Doch während sie sprach, wusste sie, dass sie sich irrte.

Und das war der Grund, warum ihr Herz so wild schlug.

Als Louis schwieg, beugte Eglantine sich vor, um ihren verstorbenen Gatten zu verteidigen.

»Theobald hätte Esmeraude niemals mittellos zurückgelassen! Unsere Tochter war all sein Stolz und seine Freude, ihre Zukunft seine ganze Sorge!« Sie sprach, als müsse sie sich selbst überzeugen. »Esmeraudes Mitgift muss angeschafft werden, unser aller Mägen müssen gefüllt werden. Er hatte auch meine Mitgift zu verwalten, die mir allein gehört. Theobald hätte seine Verantwortung niemals so missbraucht!«

Der Verwalter rieb sich das Kinn, während er stumm ihren Blick erwiderte, und das Mitgefühl in seinen Augen sagte Eglantine mehr, als sie wissen wollte. Es gab keinen Zweifel, Theobald war durchaus imstande gewesen, das Gut zu verspielen.

Und er hatte es getan.

Eglantine ließ sich in ihrem Stuhl zurückfallen und kämpfte gegen die aufsteigende Wut an.

Als Louis schließlich sprach, waren seine Worte wenig geeignet, sie zu beruhigen. »Er hätte nicht so unbesonnen gehandelt, wäre er nüchtern gewesen.«

Er hatte Recht, doch es erfreute sie wenig, daran erinnert zu werden.

Eglantine erhob sich, um mit tränenblinden Augen aus dem schmalen Fenster zu starren. Mit den Fingerspitzen rieb sie sich die Schläfen. Der Regen schlug kalt gegen die Mauern, ein schmales Rinnsal bahnte sich seinen Weg durch den Fensterrahmen ins Zimmer. Das Wetter spiegelte ihre Gemütsverfassung.

Das Siegel war verloren!

Ihr Bruder Guillaume würde für die Schulden aufkommen müssen, die sein Vasall und Schwager hinterlassen hatte, oder er würde diesen Teil seines Vermögens verlieren. Und Eglantine wusste, dass Guillaume es niemals ertragen würde, auch nur einen Grashalm des Familienbesitzes aufzugeben. Crevy-sur-Seine war sein Ein und Alles, allein seine blühende Ehefrau lag ihm mehr am Herzen.

Der Gedanke an den Preis, den ihre Familie für diese Dummheit würde zahlen müssen, bereitete Eglantine fast körperliche Schmerzen. Warum nur, warum hatte sie ihr Herz an Theobald gehängt? Und warum hatte sie ihren Bruder angefleht, Theobald eine kleine Besitzung zu überantworten, um ihn heiraten zu können?

Sie hatte ihrer Familie großen Schaden zugefügt, daran bestand kein Zweifel. Und wofür? Für einen Trunkenbold und Spieler, der sie alle teuer zu stehen kam.

Und der sie zurückgelassen hatte ohne einen Heller für die Erziehung seines Kindes.

Eglantine seufzte tief und wandte sich wieder an den geduldigen Verwalter, der ihrer Familie sein ganzes Leben lang gedient hatte. »Wir haben also alles verloren, Louis?«

Der alte Mann nickte, ebenso unglücklich über die Wahrheit wie sie. »Jeden Pfennig, mein Kind, jeden einzelnen verdammten Pfennig.« Sie konnte sich nicht erinnern, Louis jemals so mitgenommen gesehen zu haben. »Und bitte glaubt nicht, dass ich nicht versucht hätte, ihn davon abzuhalten.«

Eglantine rang um Fassung, aber diesmal fiel es ihr schwerer denn je zu handeln, wie es von ihr erwartet wurde. Doch sie war die Tochter von Crevy, Lady von Arnelaine, diejenige, an die sich alle um Rat und Hilfe wenden würden, zumindest in den nächsten Wochen.

»Davon bin ich überzeugt, Louis. Eure Loyalität zu Crevy und meiner Familie ist über jeden Zweifel erhaben.«

Der Verwalter verbeugte sich leicht. »Ich danke Euch, Madame.«

»Ich werde dafür sorgen, dass Guillaume von Euren Bemühungen erfährt. Euch trifft keinerlei Schuld, und ich werde dafür sorgen, dass nicht Ihr für Theobalds Leichtfertigkeit zahlen müsst.«

»Ich bin Euch zu Dank verpflichtet. Ihr seid immer äußerst großzügig gewesen.« Louis erwiderte ihren Blick und senkte die Stimme, als fürchte er, mit seiner nächsten Bemerkung zu weit zu gehen. »Ich möchte darauf hinweisen, Madame, dass die Schuld auch nicht bei Euch liegt.«

Eglantine war sich da nicht so sicher. Sie kehrte zu dem Tisch zurück und beschloss, Louis für seine ungebührliche Vertraulichkeit nicht zu tadeln. »Aber ich werde den Preis dafür zahlen, das ist gewiss.«

»Wenn ich es wagen darf, diese Frage zu stellen, Madame – was werdet Ihr nun tun?«

Es hatte keinen Sinn, ihm etwas vorzuspielen, und sie ließ die Maske der Selbstsicherheit fallen. »Ich weiß es nicht, Louis. Esmeraude braucht eine Mitgift und …« Ihre Stimme versagte. Zorn überkam sie, wie jedes Mal, wenn sie an die bevorstehende Verlobung ihrer ältesten Tochter Jacqueline dachte. Ohne Vermögen hatte sie keine Möglichkeit, das Reynaud de Charmonte gegebene Heiratsversprechen aufzulösen.

Eglantine zog die Brauen zusammen und lenkte das Gespräch auf ihre Stieftochter. »Und ich kann Alienor nicht wegschicken, auch wenn sie nicht von meinem Blut ist.« Ihre Lage war äußerst prekär und sie wusste nicht, wo sie ansetzen sollte, um zu einer Lösung zu finden.

Dem Verwalter erging es offensichtlich nicht anders, denn er schwieg.

Verflucht sei Theobald! Der einzige Trost war, dass ihre Lage sich kaum verschlimmern konnte. Egal was sie tat, es konnte nur besser werden.

Einen Moment lang herrschte Schweigen, dann reichte Louis ihr mit einem Räuspern eine Pergamentrolle. »Dieses Schreiben ist heute Morgen von Charmonte eingetroffen. Es ist an Euch gerichtet.«

»Charmonte? Jetzt schon?«

»Ich fürchte ja, Madame.« Louis verzog sorgenvoll das

Gesicht. »Unglückseligerweise fehlt das Eheversprechen für Jacqueline nicht in den Unterlagen des früheren Herrn von Arnelaine.«

»Bei meiner derzeitigen Glückssträhne war das auch nicht zu erwarten.«

Sie wechselten ein kurzes, gequältes Lächeln, während Eglantine ihre Hand nach dem Dokument ausstreckte. Es war sinnlos, der Wahrheit aus dem Weg gehen zu wollen, auch wenn es sie wunderte, dass er so zeitig auf seinem Recht beharrte.

Reynaud de Charmonte war ein alter Freund von Eglantines erstem Ehemann, Robert de Leyrossire. Bei der Geburt von Eglantines und Roberts Tochter war mit Reynaud ein Eheversprechen ausgehandelt worden, mit dem Eglantine nie einverstanden gewesen war, da es ihrer eigenen Situation zu sehr ähnelte und ihr schmerzlich vertraut war. Doch Robert, drei Jahrzehnte älter als Eglantine, hatte ihre Meinung nicht interessiert.

Eglantine drehte das Pergament in den Händen. Sie erinnerte sich noch genau, wie unglücklich sie in dieser Ehe gewesen war. Sie hasste den Gedanken, dass sie gezwungen sein würde, ihre geliebte Tochter dem gleichen Unglück auszuliefern, das sie erfahren hatte.

Aber hatte sie eine Wahl?

Eglantine war nun völlig mittellos.

Und es war nicht daran zu denken, Guillaume zu bitten, den Vertrag mit Geld auszulösen, jetzt noch viel weniger, wo zutage getreten war, dass Theobald ihm so schlechte Dienste erwiesen hatte.

Nun, da Theobald tot war, hatte sie niemanden mehr, der sich für sie einsetzte. Nicht, dass er das zu Lebzeiten getan hätte – sogar ihr Stiefsohn, den Robert mit in die Ehe gebracht hatte, hatte sein mangelndes Mitgefühl für Frauen unter Beweis gestellt. So deutlich, dass Roberts Tochter Alienor sich mit der Bitte um Schutz und Aufnahme an Eglantine gewandt hatte, nachdem sie von ihrer Familie verstoßen worden war.

Eglantine seufzte und legte Reynauds Schreiben auf den Tisch. Sie wollte das Unvermeidliche hinausschieben. »Spendet mir etwas Trost, Louis. Sagt mir, dass der Halter des Siegels von Arnelaine ein barmherziger Mensch ist, der mir die Möglichkeit gewähren wird, die Angelegenheit gütlich zu regeln.«

»Das, Madame, steht leider nicht in meiner Macht.« Mitgefühl stand in seinen Augen geschrieben, als er ein weiteres, sorgfältig gefaltetes Dokument aus der Mappe zog. Es war auf feinem Pergament verfasst und Eglantines Herz setzte einen Schlag aus, als sie ihren Namen in Theobalds so vertrauter Handschrift auf dem Dokument erkannte.

»Euer Gatte hat Euch nichts hinterlassen als diesen Brief, Madame.« Louis reichte ihr das Schreiben mit einer Verbeugung. »Ich hoffe, es kann die Umstände besser erläutern, als ich es vermochte.«

Nichts als einen Brief mit unversehrtem Siegel. Wieder war Eglantine nicht sicher, ob sie ihn öffnen wollte. Er enthielt Theobalds letzte Worte an sie. Sie traute ihm durchaus zu, einen weiteren Schatten auf ihr Leben zu werfen.

Taktvoll ließ Louis sie allein und schloss die Tür hinter sich. Eglantine trat wieder an das schmale Fenster und atmete die kühle Luft tief ein, während sie das Schreiben in den Händen drehte.

Sie konnte die Felder von Arnelaine riechen, den schweren Duft des Bodens, der vor dem Winter umgegraben worden war. Dieser Geruch vermischte sich mit dem der Feuer aus dem Dorf, das sich an die Mauern des Schlosses schmiegte, und dem Geräusch des Flusses, der das Rad der Mühle drehte. Der langsame, trauernde Schlag der Kirchenglocken ertönte und erinnerte sie daran, dass der Herr des Gutes von der Welt gegangen und am heutigen Tag zur letzen Ruhe getragen worden war.

Doch Theobald war bei seinem Tod gar nicht mehr Herr über Arnelaine gewesen, auch wenn sie das nicht gewusst hatte. Er hatte sie betrogen.

Eglantine riss den Brief ihres Gatten auf, von der Hitze ihres Zorns überrascht. Theobald hatte nicht nur sie betrogen, sondern auch ihre Tochter, ihre Stieftocher und das Kind, das sie gemeinsam auf die Welt gebracht hatten.

Eglantine hatte in dem Glauben gelebt, dass sie und ihr Ehemann zumindest ein Verhältnis des Vertrauens pflegten, aber offensichtlich war auch das ein Irrtum gewesen.

Der Schweinehund hatte den Brief vor vier Monaten verfasst.

Meine liebste Eglantine,
man sagt, nach einer durchzechten Nacht kann kein Mann in den Spiegel sehen, und an diesem Morgen hat das für mich volle Gültigkeit. Ich habe eine Dummheit begangen, nicht zum ersten und wahrscheinlich nicht zum letzten Mal, doch ich fürchte, dass diese eine Dummheit nicht wieder gutzumachen ist.

Vor einigen Monaten bin ich eine Wette eingegangen in dem festen Glauben, sie zu gewinnen. Allein um Esmeraudes Zukunft zu sichern, habe ich mich auf dieses Spiel eingelassen, denn ich war stets über alle Maßen besorgt um die Zukunft unseres gemeinsamen Kindes. Ich möchte sie mit einem König vermählt sehen, einem Prinzen, einem Lord über Lords, und ich wusste, es liegt in meiner Verantwortung, ihr eine Mitgift zu sichern, mit der sie den würdigsten aller Männer für sich gewinnen kann.

Es ist wohl Ironie des Schicksals, dass meine Bemühungen genau das Gegenteil bewirkt haben. Es liegt in der Natur des Weines, dass er mich glauben lässt, Fortuna an meiner Seite zu haben, und mehr als einmal habe ich versucht, alles wieder in Ordnung zu bringen. Doch die Dinge wurden noch schlimmer – in der vergangenen Nacht habe ich Gut Arnelaine selbst verloren.

Ich weiß, es gehört mir nicht, ich hatte kein Recht, es aufs Spiel zu setzen, doch mit dem Siegel in der Tasche und den Würfeln, die zu meinen Gunsten fielen, habe ich zu viel gewagt. Ich wollte es rückgängig machen, doch jetzt sehe ich, dass dies eine sinnlose Hoffnung war. Nach all den Monaten des vergeblichen Mühens ist mir nichts geblieben, um weiterspielen zu können, und keine Ehre haftet meinem Namen mehr an, die andere zur Nachsicht mir gegenüber bewegen könnte.

Heute Morgen muss ich einer bitteren Erkenntnis ins Auge blicken. Es ist durchaus möglich, dass ich bei meinem Versuch, Arnelaine zurückzugewinnen, versage. Dies ist nicht dem Mann anzulasten, an den ich die Besitzung deines Bruders verloren habe, denn er ist ein Mann von Ehre und hat mir nicht nur die Möglichkeit zugesichert, meine Fehler wieder gutzumachen, sondern auch seine Verschwiegenheit. Es ist allein seiner Großzügigkeit zu verdanken, dass wir weiter auf Arnelaine leben dürfen, als sei nichts geschehen, und ich bin ihm zu großem Dank verpflichtet.

Dennoch muss ich dir nun alles gestehen, meiner Ehefrau, derjenigen, die dazu verdammt ist, aus dem Nichts etwas Neues zu machen. Wenn es mir gelingt, meinen Fehler zu beheben, werde ich diese Zeilen verbrennen und du wirst nie von meinem traurigen Geheimnis erfahren. Wenn du diese Worte liest, dann weil ich versagt habe.

Und dich, die du mich geliebt hast für das, was ich vorgab zu sein, dich wird es am härtesten treffen. Aber es ist die Wahrheit, Eglantine: Wenn es einen Menschen gibt, der aus dem Wenigen viel machen kann, dann bist du es.

Was ich dir geben kann, ist in der Tat wenig. Dies ist mein einziger Besitz: der Titel zu einem weit entfernt liegenden Besitztum, das ich selbst nie gesehen habe. Kinbeath ist vor Jahren meinem Vater übertragen worden. Um ehrlich zu sein, wenn irgendjemand ihm einen Wert zugesprochen hätte, ich hätte es auch aufs Spiel gesetzt und würde dir nun wahrscheinlich nicht einmal das überlassen können.

Kinbeath liegt im fernen Schottland, doch die Geschichte dieses Besitztums ist vielleicht eine Reise wert. Die Kelten pflegen den Brauch einer heidnischen Hochzeitszeremonie. Ein Paar leistet den Schwur, für ein Jahr und einen Tag zusammenzuleben, und erst nach Ablauf dieser Zeit schwören sie sich, den Rest ihrer Tage und Nächte zusammenzubleiben. Mein Vater hat mir erzählt, dass Kinbeath ein besonders glücklicher Platz für dieses Versprechen sei und dass in jener Gegend alle bestrebt sind, ihren Schwur dort zu leisten.

Vielleicht hätten auch wir beide, du und ich, auf Kinbeath unseren Schwur leisten sollen. Vielleicht müsste ich dann nicht diese Zeilen schreiben, vielleicht hätte ich dann nicht so bitter versagt. Vielleicht würdest du mich dann nicht mit dieser Enttäuschung in den Augen ansehen. Vielleicht wäre ich dann der Mann, den du einst in mir erblickt hast.

Aber wir haben es nicht getan und ich bin nicht dieser Mann. Und statt einer reichen Mitgift überlasse ich dir al-

lein den Titel zu einem Besitztum, das als wertlos gilt, zumindest an unseren Küsten.

Vergib mir, Eglantine, wenn du diese Vergebung in deinem Herzen finden kannst. Es war nicht meine Absicht, so schwer zu scheitern.

Eglantine ließ einen Finger über Theobalds Unterschrift gleiten, das Dokument mit dem Titel fiel unbeachtet zu Boden. Sie zeichnete die schwungvollen Bögen der Buchstaben nach, während Tränen ihr die Sicht trübten, und ihr Herz schmerzte bei der Erinnerung an all die Hoffnungen, die sie einst gehegt hatte.

Sie war so dumm gewesen.

Allein und unbeobachtet vergrub sie ihr Gesicht in den Händen und weinte, wie sie es sich nie zuvor erlaubt hatte. Eglantine war allein, was ihr blieb, waren die Verantwortung und ein wertloser Titel. Sie fühlte sich wie ein kleines Mädchen, nicht wie eine Frau, die zum zweiten Mal Witwe geworden war.

***

In der Ferne ertönte Donner und der Himmel verdunkelte sich, als Eglantine sich endlich wieder aufrichtete. Sie wischte die Tränen fort und fand wieder zu ihrer gewohnten Fassung zurück.

Sie öffnete Reynauds Brief und jedes seiner Worte bestärkte sie in ihrem Entschluss, ihr Leben fortan selbst in die Hand zu nehmen.

Madame Eglantine,
hiermit lasse ich Euch wissen, dass ich in vierzehn Tagen auf Arnelaine eintreffen werde. Mir ist zu Ohren gekom-

men, dass Euer Gatte vor kurzem von dieser Welt gegangen ist, und dementsprechend wurden mit der Äbtissin von Courbelle Vereinbarungen getroffen, um Eure dortige Aufnahme als Novizin zu sichern. Selbstverständlich seid Ihr willkommen, als mein Gast auf Arnelaine zu bleiben, bis die Hochzeit zwischen Jacqueline und mir in zwei Monaten geschlossen wird. Mit Eurem sicheren Einverständnis werde ich mich mit Freuden um die Verheiratung von Esmeraude kümmern, sobald sie das entsprechende Alter erreicht hat.

Bitte sorgt dafür, dass alles für meine Ankunft vorbereitet wird und die Schlüssel zu Arnelaine an Jacqueline übergeben werden.

Reynaud hatte den Brief lediglich mit einem flüchtigen R gezeichnet, dafür reichlich rotes Wachs verwendet und das Siegel von Arnelaine so tief eingedrückt, dass keine Möglichkeit der Verwechslung bestand. Ein zweites Siegel zeigte das Wappen von Charmonte, dem Sitz seiner Familie.

Dieser Brief gab ihr mehr Kraft, als Trost und Zuspruch ihr je hätten geben können. Beim Anblick des Siegels presste Eglantine die Lippen zu einem schmalen Strich zusammen.

Er war es also, der Theobalds Wette angenommen hatte! So war es nicht verwunderlich, dass Theobald sich gescheut hatte, den Namen zu nennen, da Eglantine aus ihrer Ablehnung für Jacquelines Vermählung nie einen Hehl gemacht hatte.

Offensichtlich gab Reynaud de Charmonte wenig auf Eglantines Einwände und hatte stattdessen dafür gesorgt, dass ihr keine Möglichkeit der Einflussnahme mehr blieb.

Sie einfach in ein Konvent zu schicken! Niemals würde

sie in ein Konvent gehen. Wie konnte Reynaud es wagen, eine solche Abmachung zu treffen?

Als wäre sie nichts als lästiger Ballast, dessen man sich entledigen musste. Ihre schlimmsten Befürchtungen waren Wirklichkeit geworden. Ein anderer Lord würde Guillaume vielleicht die Möglichkeit einräumen, Arnelaine durch die Begleichung der Schulden Theobalds zurückzugewinnen, doch Reynaud würde sich darauf nicht einlassen.

Zuallererst würde er sich Jacqueline sichern.

Doch ein Mann, der auf diese Art und Weise mit Eglantine umsprang, würde Jacqueline kein guter Ehemann sein. Wenn er ihrer müde wurde, würde er sich ihrer mit derselben Gleichgültigkeit entledigen, daran zweifelte Eglantine keinen Augenblick. Und was Esmeraude anging, war davon auszugehen, dass der von Reynaud erwählte Gatte ihrer jüngsten Tochter ebenso wenig Glück bringen würde wie er selbst Jacqueline.

Um ihrer Töchter willen musste sie dafür sorgen, dass seine Pläne fehlschlugen. Vielleicht würde Guillaume dann auch seinen Besitz zurückerwerben können.

Aber was konnte sie tun?

Ihr erster Gedanke war es, sich an ihren Bruder zu wenden. Doch sie hatte ihn bereits wiederholte Male auf Jacquelines Eheversprechen hin angesprochen und wiederholte Male hatte er ihr die Gesetze zitiert, wenn auch mit Bedauern. Er als Ehrenmann würde sich stets an Recht und Gesetz halten und Eglantine wusste, dass ihr Bruder in dieser Sache nicht auf ihrer Seite stand.

Männer! Eglantine wanderte im Zimmer auf und ab. Sie hasste den Gedanken, ihr Schicksal wieder einmal nicht selbst bestimmen zu können.

Es hatte eine Zeit gegeben, da hätte sie sich an ihren Freund Burke de Montvieux um Hilfe gewandt, aber diese

Zeit war vorüber. Er liebte seine Frau und seinen kleinen Sohn, und Eglantine wusste, dass sie kein Recht hatte, dieses Glück zu stören. Burke hatte sie einst vom Wert der Liebe überzeugt, und obwohl ihr dieser Weg nichts als Schwierigkeiten eingebracht hatte, war sie fest entschlossen, diese Liebe für ihre Töchter zu finden.

Wenn doch nur eine von ihnen die Hand eines Mannes wie Burke gewinnen konnte!

Dieser Gedanke ließ Eglantine innehalten. Nein, sie würde nicht zusehen, wie ihre Töchter gezwungen wurden, ihr eigenes trauriges Schicksal zu wiederholen. Sie würden keine alten Männer heiraten, sie würden nicht in einem Haushalt leben müssen, der ihnen feindlich gesinnt war, sie würden mehr sein als bewegliches Vermögen im Leben irgendeines Mannes: Sie würden die Liebe finden, von der Burke so eloquent gesprochen hatte. Dafür würde Eglantine sorgen. Sie zerknüllte Reynauds Brief, als könne sie damit seine Pläne zunichte machen, und schleuderte ihn durch den Raum. Sie würde sich dem Willen dieses Mannes nicht beugen!

Und sie war nicht dazu gezwungen – weil Theobald ihr unwissentlich die Möglichkeit gegeben hatte, einen anderen Weg einzuschlagen. Es würde nicht leicht werden, aber alles andere war so wenig vielversprechend, dass Eglantine nicht zögerte. Ein Lächeln umspielte ihre Lippen, als sie den Titel zu Kinbeath vom Boden aufhob.

Sie würde mit ihren Töchtern nach Schottland gehen, auch wenn Schottland so unendlich weit entfernt war. Louis würde sie begleiten, da war sie sicher, denn unter Reynauds Hand gab es keine Zukunft für ihn. Und sie würde auch sonst jeden aus dem Haushalt mitnehmen, der mitkommen wollte. Mochte Reynaud sich auf den Kopf stellen!

Wenn sie sich erst einmal auf Kinbeath eingerichtet hatten, würde Eglantine eine eigene Brautschau ausrufen, so wie die Brüder Fitzgavin es getan hatten. Dieser verlockende Gedanke richtete sie wieder auf. Sie würde ehrenwerte Männer an ihren Hof bestellen und sie würde sie dazu bringen, Mutproben zu leisten und um die Herzen ihrer liebreizenden Damen zu buhlen! Nur die Besten unter ihnen sollten die Herzen ihrer drei Töchter gewinnen. Sie wollte es so gestalten wie in einem der alten Lieder oder wie bei der legendären Brautschau, an der Burke teilgenommen hatte und von der auf allen umliegenden Gütern erzählt wurde.

Vielleicht würde Theobalds Erbe doch mehr wert sein, als er hatte ahnen können. Vielleicht konnte sie wirklich aus dem Nichts etwas machen. Sie hob stolz das Kinn und verließ angesichts dieser erfreulichen Aussichten leichten Schrittes den Raum. Für das Glück ihrer Töchter war Eglantine zu allem bereit.

Kapitel 1

Februar 1177

Die Reise wollte kein Ende nehmen und Eglantine begann, Theobald mit außergewöhnlicher Inbrunst zu hassen. Nicht nur, dass sie ein von Barbaren bevölkertes Land durchquerten, auch das Wetter war über alle Maßen schlecht. Sie waren länger und weiter und unter primitiveren Bedingungen unterwegs, als Eglantine es jemals für möglich gehalten hätte.

Und noch immer waren sie nicht am Ziel. Sie konnte kaum glauben, wie groß die christliche Welt war. Sie fror bis auf die Knochen, die feuchte Wolle ihres Reisekleides war unerträglich schwer und zu allem Übel waren ihre Füße beinah erfroren. Atemlos verfluchte sie Theobald, wobei ihr Einfallsreichtum sie selbst überraschte.

Man konnte nicht behaupten, dass ihre Durchreise nicht bemerkt wurde. Sie war mit einem Gefolge von fünfzig Männern und Frauen unterwegs, Mägden und Knappen, Stallburschen, Köchen und Küchenhilfen, außerdem einem Kerzenmacher, einer Näherin und einem Töpfer, einem Falkner und einem Steinmetz. In der Annahme, dass er es sicher geschätzt hätte, sie für alle Eventualitäten gerüstet zu sehen, hatte sie sich einige Pferde aus Guillaumes Ställen ausgeliehen – zusätzlich natürlich zu den benötigten Pferdewagen, Zelten und Töpfen, Jagdhunden und Gerätschaften.

Aus dem gleichen Grund hatte sie in die Schatztruhe ihres Bruders gegriffen, jedoch nicht ohne eine entschuldigende Nachricht zurückzulassen. Schließlich stand das Glück ihrer Töchter auf dem Spiel und Guillaume konnte es sich durchaus leisten, auf die paar Münzen zu verzichten.

Dennoch gab es etwas, worauf Eglantine nicht vorbereitet gewesen war: der vermaledeite Regen. Es schüttete unaufhörlich und der Regen lastete auf der Seele. Er verwandelte das holperige Etwas von Straße in einen Schlammgraben, er zerrte an dünnen Nerven und brachte sonst friedliche Pferde dazu, sich gegen die Zügel zu wehren und Befehle zu missachten. Kein Wunder, dass sie nur so wenigen Einwohnern begegneten, und kein Wunder, dass alle Welt Theobalds Besitz für wertlos hielt.

Eglantine sehnte sich nach einem Dach über dem Kopf und einem Kamin, aber nichts dergleichen war in Sicht. »Es ist doch sicherlich nicht mehr weit, Louis?«

»Ich kann es nicht sagen, Madame.« Der Verwalter deutete auf ihren einheimischen Führer. »Und er wird sich wohl kaum dazu äußern.«

Der rüde und rauborstig widerspenstige Kerl, den sie als Führer angeheuert hatten, erinnerte an einen buckligen Gnom aus einer Mär für Kinder, doch er legte ein unmenschliches Tempo vor. Unverständliches Zeug vor sich hinbrabbelnd, marschierte er mit fliegenden Schritten, denen die Pferde in dem tiefen Schlamm nur schwer folgen konnten, vor der Gruppe her.

Eglantine hatte noch nie zuvor ein lächerlicheres Kleidungsstück gesehen als sein gelbes Unterkleid. Er trug Ledersandalen an den Füßen, doch seine Beine waren nackt, ebenso krumm wie der Rest seines Körpers und übermäßig behaart.

»Das ist die Art der Schotten«, hatte Louis ihr auf ihren ungläubigen Blick hin mitgeteilt, als er ihr den Menschen vorgestellt hatte. »Dies safranfarbene Hemd heißt *Leine chroich*, wobei meine Aussprache des Gälischen wohl zu wünschen übrig lässt. Außerdem zweifle ich an der Verfügbarkeit von Safran in diesen kalten Gefilden. Vermutlich stellen sie ihre Farben aus anderen Rohstoffen her.«

Der Mann war von ihrem Gespräch völlig unbeeindruckt geblieben und schien sich keinen Deut dafür zu interessieren, dass Eglantine sich mit Louis auf Französisch ganz offensichtlich über ihn unterhielt. Louis hatte es auf sich genommen, sich mit der Sprache der Gälen vertraut zu machen, was ihnen bereits große Dienste erwiesen hatte, wenn sie von Zeit zu Zeit auf andere Lebewesen gestoßen waren.

Die Hufen ihres Pferdes machten saugende Geräusche, während das Tier sich mühte, mit dem Führer Schritt zu halten. Im Vorbeireiten starrte Eglantine auf einen jener großen, hochkant stehenden Steine, die die einzigen Bewohner dieser öden Landstriche zu sein schienen.

»Man möchte annehmen, dass selbst die hiesigen Barbaren diesen seltsamen Brauch besser zu nutzen wüssten«, sagte sie zu Louis. »Es bräuchte nur wenige dieser seltsamen Steine, um eine Mauer zu bauen. Mit einem Strohdach gäbe das eine bessere Unterkunft als alle, die wir in den letzten Wochen zu sehen bekommen haben.«

»Ich glaube Euch gewarnt zu haben, dass dies kein Land für zarte Gemüter ist«, antwortete Louis und es gab nichts, was man darauf hätte erwidern können.

Esmeraude weinte schon wieder, was sie seit ihrer Abreise von Arnelaine mehr oder weniger ohne Unterlass tat. Eglantine hatte sich mittlerweile gegen die Tränen ihrer Tochter gewappnet, obwohl ihr Herz sich vor Mitgefühl zusammenzog. Sie wusste nur zu gut, dass ihr Zureden alles noch schlimmer machen würde.

Einmal mehr verfluchte sie Theobald, diesmal, weil das Kind nahezu ausschließlich an ihn gewöhnt war. Er war derartig eifersüchtig gewesen auf jeden Moment, den Eglantine mit ihr verbracht hatte, dass sie es für weiser gehalten hatte, seinem Wunsch nach einer Amme nachzugeben. Doch jetzt, ohne ihren Vater und ohne die Brust der Amme, war Esmeraude untröstlich.

Die treulose Amme erntete ebenfalls einen stillen Fluch von Eglantine – schon kurz nach der Abreise war deutlich geworden, dass die Behauptung des jungen Mädchens, Esmeraude sei entwöhnt, eine Lüge gewesen war. Zu spät hatte Eglantine erkennen müssen, dass die Amme Crevy nicht hatte verlassen wollen – und dafür zu jeder Unwahrheit bereit gewesen war.

Das Kind weinte, das Echo ihres Jammerns wurde von den Bergen zurückgeworfen und zerrte an den Nerven aller. Eglantine spürte einen Schmerz in den Schläfen. Sie hoffte, dass Theobald für die lange Liste seiner Sünden in der Hölle schmorte.

Plötzlich verschwand der Führer hinter einer kleinen Anhöhe und seine Abwesenheit versetzte Eglantine in Angst und Schrecken. Was, wenn sie sich gar nicht auf Kinbeath zubewegten? Was, wenn der Führer sie in die Irre leitete? Was, wenn er sie in eine Falle geführt hatte, um sie auszurauben? Wer konnte das wissen? Wer würde ihnen zu Hilfe kommen? Sie befanden sich am äußersten Rand der bekannten Welt.

Eglantine und Louis tauschten einen sorgenvollen Blick.

Dann gab Eglantine ihrem Pferd die Sporen und erklomm den Hügel, Louis dicht hinter ihr.

Vor ihnen tauchten die Umrisse ihres Führers wieder auf. Für einen kurzen Moment verspürte Eglantine Erleichterung, dann jedoch sah sie die trostlose Landschaft, die sich vor ihnen auftat. In der Ferne leuchtete das Meer und die Umrisse ferner Inseln erhoben sich aus dem Nebel, der den Horizont verhüllte. Über ihnen kreisten Vögel und stießen schrille Schreie aus.

Sie waren tatsächlich am Ende der Welt angelangt, das Meer erstreckte sich so weit man sehen konnte.

Das Land zu ihren Füßen war karg und zerklüftet, scharfe Felsen fielen zu der aufgewühlten See ab. Ein weiterer dieser verdammten Steine ragte vor ihnen auf, und auf der Spitze der Landzunge erhob sich ein seltsamer, runder Turm mit halb verfallenem Dach. Die untergehende Sonne tauchte die Steine in Gold. Die Szenerie bot einen wilden und geheimnisvollen Anblick, wie sie es noch nie zuvor gesehen hatte.

»*Ceinn-beithe*«, krächzte der Führer und machte eine ausladende Geste über das vor ihnen liegende Land.

Eglantines Herz sank ihr bis in die Spitzen ihrer frierenden Zehen.

Trotz der gälischen Aussprache des Namens begriff sie, dass sie am Ziel angelangt waren. Die Landzunge war steinig, dennoch wuchs nicht weit von ihnen ein dichtes Wäldchen.

»Und wo ist das Herrenhaus?«, fragte sie in der Überzeugung, es müsse von den Bäumen verhüllt sein.

Der Führer zuckte mit den Schultern.

Eglantine zog die Brauen zusammen, ihr stand der Sinn nicht nach Ratespielchen. »Wo ist das Herrenhaus?«, wiederholte sie störrisch, obwohl sie die Antwort bereits ahnte. Vor Verzweiflung hob sie die Stimme, obwohl sie sich durchaus bewusst war, dass Lautstärke nicht auf magische Weise dafür sorgen würde, dass er ihre Sprache verstand. »Das Haus? Das Gebäude? Um der Liebe Gottes willen, wo ist der Stall? Die Kirche? Es muss doch zumindest eine Kapelle geben!«

Louis übersetzte, doch der Führer schüttelte langsam den Kopf. Er deutete auf den Himmel, dann ahmte er mit einer Geste einen Schlafenden nach, das Gesicht auf die zusammengefalteten Hände gebettet und ein friedliches Lächeln auf den Lippen.

Eglantine verstand sehr gut, was er sagen wollte. Sie fluchte mit einem Einfallsreichtum, der ihren Verwalter zusammenzucken ließ.

»Es hat den Anschein, Madame, dass unser Führer uns ans Herz legt, unter dem Sternenhimmel zu schlafen.«

»Das kann nicht sein! Damit gebe ich mich nicht zufrieden. Wir werden nicht unter freiem Himmel schlafen wie die Barbaren.« Nur mit Mühe zähmte Eglantine ihre Wut, holte tief Luft und fragte dann mit neu gewonnener Würde, die ihrer Position eher entsprach: »Louis, ist unser Führer völlig sicher, dass dies hier Kinbeath ist?«

Der Verwalter wiederholte die Frage in holprigem Gälisch und der Führer antwortete mit so nachdrücklichem Nicken, dass jedes Missverständnis ausgeschlossen war. Er begann einen langen Monolog, den er mit weit ausholenden Gesten begleitete, welche offensichtlich den Charme des Besitzes ausdrücken sollten, Eglantine jedoch nicht zu überzeugen vermochten.

»Was ist das für ein Unsinn? *Das* soll Theobalds Erbe sein? Das ist unmöglich!«

»Wenn ich mir die Freiheit nehmen darf, Sie daran zu erinnern, Madame: der Titel wurde allgemein für wertlos gehalten.«

Eglantine drehte sich zu ihrem Verwalter, als ihr plötzlich ein Verdacht kam. »Louis, gibt es vielleicht zwei Besitztümer namens Kinbeath? Befinden wir uns überhaupt auf dem richtigen Stück Land?«

Aber der krumme kleine Mann schüttelte den Kopf und deutete mit der Hand voraus, während fremdartige Wörter aus seinem Munde drangen.

Louis übersetzte in knappen Worten. »Kinbeath bedeutet in ihrem seltsamen Kauderwelsch anscheinend so etwas wie Birkenwald. Er versichert, dass es auf dieser Landzunge einst Bäume im Übermaß gab und dass es sich bei dem Gemäuer, welches er als *Broch* bezeichnet, um eine Festung von hohem Ansehen in dieser Gegend handelt.« Der alte Mann räusperte sich. »Was der Grund sein mag, warum diese Männer dort sich entschlossen haben, sie besetzt zu halten.«

»Männer?« Eglantine richtete sich auf, um besser sehen zu können.

Jetzt erkannte sie sie, ihre Kleidung verschmolz mit den Farben der Landschaft, die Schatten der Felsen verhüllten ihre Silhouetten und ließen nicht erkennen, wie viele es waren. Die geheimnisvollen Gestalten schienen sie und ihre Gefolgschaft zu beobachten und ihre Reglosigkeit ließ Eglantine erschaudern.

Es waren nicht wenige Männer. Es waren große Männer. Gefährlich aussehende, unberechenbare, barbarische Männer. Unzweifelhaft handelte es sich um ruchlose Wilde. Ihre entschlossenen Mienen bestätigten Eglantine nur noch in dieser Ansicht. Sie zitterte.

Ein aufgeregtes Murmeln ging durch ihr Gefolge, doch Eglantine starrte die Besetzer schweigend und mit zusammengebissenen Zähnen an. Sie war von weit her gekommen, hatte alle Widerstände überwunden, ihre Füße waren vor Kälte so gut wie abgestorben, nur um sich jetzt einem weiteren Hindernis gegenübergestellt zu sehen. Würde nichts in ihrem Leben jemals mehr leicht sein?

Doch Umzukehren bedeutete, sich Reynaud zu unterwerfen.

Dieser Preis war zu hoch.

Eglantine hatte sich schon schlimmeren Schurken widersetzt als dieser verwahrlosten Horde von Analphabeten. Ohne Zweifel handelte es sich um Verstoßene oder Landstreicher, die leicht zu überzeugen sein würden, an einen anderen Ort zu ziehen. Wenn sie Nahrung wollten oder Geld, würde sie ihr Brot mit ihnen teilen. Es war zwar nicht klug, Bettler zu ermutigen, aber immerhin konnte sie es sich leisten, etwas Barmherzigkeit an den Tag zu legen.

Womöglich würde Eglantines Auftreten sie so in Angst und Schrecken versetzen, dass sie die Flucht ergreifen und dorthin zurückkehren würden, woher sie gekommen waren. Man hatte ja oft von derlei Gebaren der Barbaren gehört, wenn sie sich Menschen gegenüber sahen, die ihnen überlegen waren. Louis räusperte sich, doch Eglantine hatte im Moment keinen Bedarf an guten Ratschlägen.

Sie wusste, was sie zu tun hatte.

Sie hob das Kinn und gab ihrem Pferd die Sporen. Sie war die Herrin dieses Besitzes, unbeschadet ihrer verschmutzten Kleidung und dem Fehlen von kostbaren Juwelen, unbeschadet des erbärmlichen Zustands ihres Erbes. Das Pferd war alles andere als ein alter Klepper und schien ihre Entschlossenheit zu spüren, denn es trat mit frischem Schwung weit aus.

Eglantine fühlte, wie die Augen ihrer Begleiter auf sie gerichtet waren. Die Barbaren vor ihr verschränkten die Arme vor der Brust, während sie ihr Näherkommen beobachteten. Es waren mehr, als sie aus der Ferne vermutet hatte.

Eglantines Herz raste, als einer der Männer vortrat. Er war hoch gewachsen und kräftig und trug ein safranfarbenes Gewand vom gleichen Stil wie das ihres buckligen Führers, wenngleich es auf seinen breiten Schultern einen gewissen Reiz ausstrahlte. Er trug eine Art Wollschal um die Taille gewickelt, dessen Ende er über die Schulter zurückgeworfen hatte. Seine nackten Beine waren muskulös, sein wild gelocktes Haar schwarz wie die Nacht. Er war unrasiert und barfuß und sah wenig erfreut aus.

Sein Anblick weckte in Eglantine eine gewisse weibliche Vorsicht. Es überraschte sie nun nicht mehr, dass die Hälfte aller Frauen, die sie in diesem Land zu Gesicht bekommen hatte, hochschwanger gewesen waren – nicht, wenn alle Männer die gleiche raue Attraktivität besaßen wie dieses Exemplar hier.

Glücklicherweise war sie immun gegen die Reize von Barbaren. Dennoch entging ihr nicht, dass er um einiges größer war als sie, und beschloss, im Sattel sitzen zu bleiben. So hatte sie den Vorteil, dass er zu ihr aufblicken musste.

Und die Möglichkeit, bei Bedarf zu fliehen.

Sie sah das gefährliche Funkeln in den Augen des Mannes und den entschlossenen Zug um seinen Mund, was nichts Gutes verhieß. Er wirkte nicht im Mindesten eingeschüchtert – stattdessen schien er wütend zu sein, als wäre sie diejenige, die sich auf fremdem Grund und Boden befand!

Obwohl Eglantine wusste, dass dies nicht der Fall war, war der Gedanke nicht völlig abwegig. Der Wind und der Regen passten zu diesem Mann, unterstrichen seine aggressive Männlichkeit, und er wirkte hier mehr zu Hause, als sie es jemals sein würde. Eglantine trieb ihr Pferd schneller voran, wie um ihre Unsicherheit hinter sich zu lassen, und brachte es schließlich abrupt zum Stehen. Sie hielt die Zügel fest in der Hand, als das Tier schnaubend auf den Boden stampfte.

Der Mann stemmte die Hände in die Hüften und legte den Kopf in den Nacken, um ihr ins Gesicht zu sehen. Seine Augen waren von einem stürmischen Grau, der rauen See in seinem Rücken nicht unähnlich.

Sie hatte das Gefühl, einem wilden Tier gegenüberzustehen, wie einem der Eber, die von Zeit zu Zeit in den Wäldern von Crevy anzutreffen waren, kräftige Kreaturen, die für ihr einziges, alles beherrschende Verlangen bis zum Tode zu kämpfen bereit waren. Das einzige, alles beherrschende Verlangen dieser Eber aber war es, frei zu sein, zu leben.

Eglantine wünschte, sie würde das einzige, alles beherrschende Verlangen dieses Mannes kennen.

Der Mann ließ einen prüfenden Blick über sie gleiten und die Bewunderung in seinen Augen, als ihre Blicke sich trafen, ließ Eglantine zum ersten Mal seit Tagen Hitze in ihrem Körper spüren.

O ja, sie erkannte sein Verlangen.

Ihr Körper erbebte.

Zwei Monate unter Barbaren und sie würde nicht viel besser sein als sie! Eglantine sog scharf Luft ein und straffte sich noch mehr, fest entschlossen, ihre würdevolle Haltung zu wahren. Sie erwiderte seinen Blick mit – wie sie hoffte – königlicher Verachtung und wappnete sich gegen seine unweigerlich vulgäre Sprache.

»Willkommen auf *Ceinn-beithe*, das die Normannen Kinbeath nennen«, verkündete er in weichem, normannischem Französisch.

Eglantine konnte gerade noch verhindern, dass ihr die Kinnlade herunterklappte. Das normannische Französisch war eine vulgäre Annäherung an das wahre Französisch, dennoch verschlug die Sprachgewandtheit dieses Barbaren ihr für einen Moment die Sprache.

»Ich bin Duncan MacLaren, Führer des Clans der MacQuarrie, der über dieses Land herrscht. Ich schlage vor, dass Ihr und Euer Gefolge sich an einem anderen Ort vergnügt, da Ihr Euch auf fremdem Grund und Boden befindet.«

Eglantine spürte eine Welle der Entrüstung. »Vielleicht herrscht Ihr über dieses Land, aber der Titel ist nicht Euer«, gab sie in gleicher Deutlichkeit zurück und genoss die Überlegenheit der nobleren Sprache. »Kraft Gesetz gehört Kinbeath mir.«

Der Anflug eines Lächeln zeigte sich auf seinen Lippen, doch sein Blick blieb hart. Dieser Gesichtsausdruck warnte Eglantine, doppelt auf der Hut zu sein.

Dieser Duncan, das musste sie leider zugeben, sah besser aus als jeder Mann, dem sie je zuvor begegnet war. Zumindest stand fest, dass keiner ihrer Gatten je mit einem einzigen Blick ein derartiges Kribbeln in ihr hervorgerufen hatte.

Unzweifelhaft war ihre ungewöhnliche Reaktion ihrer Erschöpfung und nicht der Gegenwart dieses Mannes zuzuschreiben. Sie hatte die Erfahrung gemacht, dass Männer in der Regel bedauernswert leicht zu durchschauen waren, sicher machte er da keine Ausnahme.

»Und wie wollt Ihr den Titel zu einem Land halten, dass seit Äonen zum Erbe meines Clans gehört?«, fragte Duncan mit spöttischem Tonfall.

»Selbst ein Erbe kann verkauft werden und genau das ist vor mehr als zehn Sommern mit diesem Land geschehen.«

»Verkauft?« Er zog die dunklen Brauen zusammen und starrte sie feindselig an. »Und wie soll das geschehen sein?«

Eglantine fühlte sich dem Sieg nahe. Sie lächelte kalt. »Auch unter Barbaren dürfte es bekannt sein, dass man Land gegen Münzen eintauschen kann.« Nun trat ein gefährliches Funkeln in seine Augen, aber Eglantine ließ sich nicht beirren. »Dieses Besitztum ist meiner Familie verkauft worden und nun an mich übergegangen. Kraft Gesetz gehört es mir.«

Er machte einen schnellen Schritt auf sie zu und es brauchte all ihre Willenskraft, nicht zurückzuweichen.

»Von wem ist es verkauft worden?« Seine Frage klang wie ein Donnern, seine Augen blitzten.

»Von einem Cormac MacQuarrie.« Eglantine unterstrich ihre Worte mit einem Nicken, da der Name offensichtlich von den Begleitern des Mannes erkannt wurde. Ein Raunen ging durch die Reihen.

Doch ihr Gegenüber starrte sie weiter an. »Das kann nicht sein!«

»Dennoch ist es so.« Eglantine schenkte den Männern ein höfliches kleines Lächeln, das jedoch wenig Beachtung fand. Sie würde großherzig sein im Sieg, verflucht sei ihr rasendes Herz. »Ich möchte vorschlagen, dass Ihr das Besitztum verlasst, da mein Gefolge allen Raum beanspruchen wird. Wie Ihr vielleicht bemerkt habt, sind wir recht viele.«

Sie ließ einen prüfenden Blick über seine Gefolgschaft gleiten und nickte. »Sehr viel zahlreicher als Euer Gefolge. Sicher findet Ihr einen anderen Ort, der Euch angemessener ist.«

Duncan jedoch verschränkte die Arme vor der Brust. »Allein aufgrund der Behauptung einer Frau, einer Adligen und Fremdländerin noch dazu, sehe ich dazu keine Veranlassung.«

Bei dieser Beschreibung ihrer Person richtete Eglantine

sich noch gerader auf, da die Worte aus seinem Munde wenig schmeichelhaft klangen. Sie starrte ihn an und beschloss, ihm zu drohen. »Der König wird meinen Anspruch bestätigen.«

Duncan zog eine Braue hoch und ein Funkeln der Belustigung trat in seine Augen. »Das ist gut, vor allem wo König Wilhelm sich so oft hier blicken lässt. In der Tat, er könnte jeden Moment vorbeischauen.« Er wiederholte die Worte für seine Kumpanen in ihrer vulgären Sprache und alle brachen in lautes Gelächter aus. Ein spöttisches Lächeln machte sich auf seinen Lippen breit, als er sich ihr wieder zuwandte, doch seine Augen blitzten bedrohlich.

So, sie befanden sich also außerhalb des Einflussbereichs des Königs. Das war zu erwarten gewesen.

Aber sie war im Recht, das wusste sie. Und er erwartete, dass sie einfach aufgab und ihn über ihren Besitz herrschen ließ.

»Unser Lord König Dugall, König der Inseln, wird Euren Anspruch kaum unterstützen. Er aber wäre, im Gegensatz zu Eurem König, leicht herbeizurufen.« Der Schurke grinste. »Wenn die Lady dies wünscht.«

Eglantine hatte nicht den weiten Weg gemacht, um sich einem arroganten Heiden zu ergeben.

»Das wird nicht nötig sein«, verkündete sie, »vorausgesetzt, Ihr könnt lesen.« Dann hielt sie die Luft an und riss in gespielter Verwunderung die Augen auf. »Aber was rede ich da? Wie sollte ein Mann in diesen öden Landstrichen lesen und schreiben können?«

»*Touché*«, sagte er mit ironischem Unterton. In seiner Stimme lag keine Wut, doch das Lächeln auf seinen Lippen war in höchstem Maße verwirrend. »Selbstverständlich kann ich lesen. Der Geburtsort eines Mannes bestimmt nicht das, was er aus sich macht.«

Verdammter Hundesohn! Schon zum zweiten Mal hatte er sie überrascht und Eglantine legte wenig Wert auf Überraschungen.

Schlimmer noch, sie wurde das Gefühl nicht los, dass er sich über sie lustig machte – eine äußerst unangenehme Lage. Sie war es nicht gewohnt, irgendwelchen Raubeinen zur Belustigung zu dienen.

Eglantine holte die Urkunde hervor. »Dann könnt Ihr es ja selbst lesen.«

Sie hatte erwartet, dass er zögern würde, doch er streckte die Hand nach dem Papier aus und in der plötzlichen Angst, er könne es zerstören, zog sie es zurück.

Seine Augen blitzten sie an und sie ahnte, dass sie ihn noch nicht wirklich zornig gesehen hatte. »Wie soll ich es lesen, wenn Ihr es mir nicht gebt?«

»Schwört, dass Ihr es unversehrt lasst.«

Er antwortete mit einem Lächeln. Eglantine erbebte, wenn auch nur, da war sie sicher, weil sie es mit einem gefährlichen Gegner zu tun hatte. Er ließ erneut den Blick über sie gleiten, und als sie die Hitze in ihrem Körper spürte, wusste sie, dass dieser Mann eine ganz andere Gefahr darstellte, als sie bisher vermutet hatte. Er begehrte sie – selbst die dümmste Gans hätte die Art und Weise, wie er sie ansah, nicht missverstanden.

»Und Ihr würdet dem Schwur eines Barbaren trauen?«, fragte er mit fast neckischem Tonfall.

»Schwört bei Eurem Vater und Eurem Großvater«, verlangte sie, denn Louis hatte ihr erzählt, dass dieser Schwur den Männern dieser Gegend heilig war.

Duncan zog eine Augenbraue hoch und sie wusste, dass diesmal sie ihn überrascht hatte. Dennoch hatte sie keinen Anlass zur Siegesfreude, denn er tat den Schwur und trat gefährlich nah an sie heran. Er blickte ihr fest in die Augen und Eglantine sah nichts anderes mehr als das schimmernde Silber seiner Iris.

Sie hielt den Atem an, als Duncan ihr Pferd am Zaum packte, als fürchte er, sie könne die Flucht ergreifen, während er las. Eglantine vermochte nicht, ihren Blick von seinen kräftigen, gebräunten Händen zu lösen. Sie verfluchte ihre allzu weibliche Empfänglichkeit für ihn.

Als ob sie nicht Bescheid wusste über die Männer.

Nein, er war keinen Deut anders. Mit der Urkunde in der Hand vergaß er alles um sich herum, seine ganze Aufmerksamkeit galt dem Inhalt des Schriftstücks. Eglantine stieß einen erleichterten Seufzer aus, als wenigstens dies ihren Erwartungen entsprach.

Er hatte eine Hand vorn auf ihren Sattel gelegt und strich nun mit dem Daumen langsam über das Leder. Eglantine war wie hypnotisiert von dieser sanften Bewegung des kräftigen, gebräunten Fingers, langsam und besonnen, als wolle der Daumen sich die Beschaffenheit des verschlissenen Leders einprägen. Ein Teil von ihr stellte sich vor, wie dieser Daumen mit der gleichen Zärtlichkeit über ihre Haut strich, und dieser Gedanke entfachte eine unwillkommene Hitze in ihr.

Nun, Männer hatten eben auch ihre angenehmen Seiten.

Sie errötete, richtete sich auf und rief sich innerlich zur Vernunft. Duncan kräuselte die Stirn, während er die Übertragungsurkunde las, und seine Miene wurde von Satz zu Satz düsterer.

Doch auf einmal lächelte er.

Eglantine blinzelte verwirrt, doch sein Amusement war unverkennbar. Als er zu ihr aufsah, blitzten seine Augen und Eglantine hielt bei diesem Anblick den Atem an. Er schien kurz davor zu sein, in Gelächter auszubrechen, und das ließ ihn jung und verspielt aussehen.

Sie war auf vieles gefasst gewesen, doch nicht darauf.

»Es ist gezeichnet von Cormac MacQuarrie«, sagte er, als komme dieser Aussage besondere Bedeutung zu.

»Selbstredend ist es das«, antwortete Eglantine verärgert. »Das hatte ich doch bereits erwähnt. Wer ist dieser Mann?«

Er wich ihrem Blick aus. »Der ehemalige Häuptling des Clans.« Seine Stimme wurde leiser, als er mit ernster Miene sagte: »Er ist vor zwei Monaten verstorben.«

Seine Trauer war so offensichtlich, dass Eglantine kurz davor war, ihm ihr Beileid auszusprechen, bevor sie sich erinnerte, dass sie hier war, um ihr Land zu beanspruchen.

»Wenn er der Häuptling war, hatte er also in der Tat das Recht, das Land zu verkaufen, richtig?«

»Das hatte er.« Duncans Blick traf sich erneut mit ihrem und sie musste an das Meer denken, wie es im Sonnenlicht schimmert. »Bedauerlich ist nur, dass Cormac keine Erklärung zur Entstehung dieses Dokuments mehr geben kann.«

»Aber eine persönliche Stellungnahme ist nicht vonnöten! Das Dokument trägt seine Unterschrift. Es befindet sich in meinem Besitz und es kann keinen Zweifel geben, dass er das Land veräußert hat.«

Dieses spitzbübische Lächeln huschte wieder über sein Gesicht. »Es kann keinen Zweifel geben?«

Eglantine zog die Brauen zusammen. Was wusste dieser penetrante Kerl, das sie nicht wusste? Es war offensichtlich, dass es da etwas gab, und ebenso offensichtlich war, dass er dies für einen Vorteil seinerseits hielt.

Während Eglantine gegen die Versuchung ankämpfte, diesen Duncan zur Hölle zu schicken, wo er Theobald Gesellschaft leisten konnte, frischte der Wind auf einmal auf. Die Himmel ließen einen kalten, heftigen Regenschauer auf sie herab.

Und die Tinte lief über das Pergament in Eglantines Hand.

»Nein!« Hastig schob sie es unter ihren Umhang und hoffte, dass noch kein ernsthafter Schaden entstanden war. Im Schutz ihres pelzbesetzten Umhangs warf sie einen Blick darauf und stellte mit Erleichterung fest, dass lediglich eine Passage des Textes nicht mehr lesbar war.

Dann bedachte sie ihren Kontrahenten mit einem vernichtenden Blick. »Ich wusste doch, dass Ihr versuchen würdet, es zu zerstören.«

Mit freundlicher Miene zog Duncan die Schultern hoch. »Womöglich sind es die Elemente, die sich Eurem Anspruch entgegenstellen.«

»Was ist das für ein Unsinn?«

Seine Augen leuchteten im teuflischem Glanz. »Seit langem geht die Legende, dass ein Geist diesen Ort heimsucht, vielleicht ist er es, der sich Eurem Hoheitsanspruch widersetzt.«

»Ein Geist!« Eglantine schnaubte verächtlich. »Ammenmärchen sind das, und dumme noch dazu.« Sie verstaute das Dokument sicher vor dem Regen. »Jedes Gericht würde meinen Anspruch bekräftigen, Geist hin oder her.«

Doch Duncan kam näher und sprach mit leiser eindringlicher Stimme. »Vielleicht sind es die Seelen unserer Vorfahren, deren Blut diese Steine tränkt und deren Legenden der Wind erzählt, die sich Eurem Anspruch widersetzen.«

Eglantine konnte nicht verhindern, dass ihr ein Schauder über den Rücken lief, dennoch warf sie ihm einen skeptischen Blick zu. »Recht und Gesetz sind es, die in dieser Angelegenheit den Ausschlag geben.«

»Dann wendet Euch an ein Gericht«, schlug Duncan mit jener selbstgefälligen Herablassung vor, die ihren Widerspruch geradezu herausforderte. »Ich glaube, Wilhelms

Gericht tritt in Edinburgh zusammen, ein Ritt von wenigen Wochen in östlicher Richtung.«

»Ich weiß, wo Edinburgh liegt.« Diese Stadt würde sie nie vergessen, da sie dort ihre letzte Nacht in Wärme und Trockenheit verbracht hatte.

»Dann wünsche ich Euch eine gute Reise. Gott sei mit Euch.« Duncan verbeugte sich leicht, wobei jeder Muskel seines Körpers Spott ausdrückte, dann wandte er sich ab, um zu seinen Männern zurückzukehren. Ihr selbstgewisses Grinsen war zu viel für Eglantine.

»Nein, gute Reise wünsche ich Euch, Duncan MacLaren«, rief sie ihm hinterher und die Entschlossenheit in ihrer Stimme ließ ihn aufhorchen. Genau rechtzeitig blickte er über die Schulter, um zu sehen, wie sie mit königlicher Geste ihr Gefolge heranwinkte. Die Verwunderung in seinen Augen war wie Balsam für Eglantine.

Er starrte sie an und Eglantine lächelte. »Selbstverständlich werden wir bleiben, genau wie vorgesehen. Kinbeath gehört nach Recht und Gesetz mir, obschon es Euch natürlich offensteht, meinen Anspruch anzufechten, sobald der König und sein Hof diese Gegend passieren.« Sie schaute ihn mit großen Augen an. »Außer natürlich, Ihr beschließt abzureisen und unverzüglich das Gericht aufzusuchen.«

Duncan verschränkte erneut die Arme vor der Brust, das Lachen schien ihm vergangen zu sein. Er schien ebenso willens, den Ort zu räumen, wie die Steine, die diese Gegend bevölkerten. »Soll das eine Drohung sein?«

Eglantine hob stolz den Kopf. »Nein, es ist ein Versprechen, und zwar eines, das ich halten werde.«

Seine Augen blitzten und in seinem Lächeln lag etwas, das man womöglich für Bewunderung hätte halten können. Was immer es war, es ließ Eglantines Herz Sprünge machen. »Und wer ist es, der diese Drohung ausspricht?«, fragte er, erneut mit leiser Stimme.

»Ich bin Gräfin Eglantine de Nemerres«, log sie. Nun ja, auch wenn der Titel ihr nicht mehr zustand, würde sie ihn weiterhin tragen, und ein Anwesen mit diesem Namen gab es ihres Wissens nicht. Indem sie unter falschem Namen reiste, hoffte sie jeden möglichen Versuch Reynauds zu vereiteln, Jacqueline bis hierher zu folgen. »Ich bin gekommen, um auf diesem Land, dessen Titel ich halte, meinen Hof zu gründen.«

Duncans Lächeln erstarb. »Einen Hof? Warum solltet Ihr hier einen Hof gründen wollen?«

»Weil es mein Recht ist. Hier auf Kinbeath werde ich ein Anwesen errichten, das sich mit den schönsten Höfen der gesamten Christenheit messen kann.«

Duncan ließ einen zweifelnden Blick über das Land schweifen, bevor er wieder sie in Augenschein nahm. Auf einmal warf er den Kopf in den Nacken und brach in lautes Gelächter aus, das weit über das Land hallte.

Über *ihr* Land. Eglantine kochte vor Wut, doch er ließ sich nicht erschüttern. Ein Verrückter, ohne Zweifel.

»Zu gern würde ich dabei Zeuge sein«, erklärte er, als er sich wieder einigermaßen gefangen hatte. Seine Lippen zuckten noch immer vor Belustigung.

»Dann überlasst mir Kinbeath und kehrt in einem Jahr zurück.«

»O nein, ich würde keinen Eurer Triumphe verpassen wollen.« Duncans Augen leuchteten auf höchst verwirrende Art und Weise, als er näher kam und die Hand auf ihre Zügel legte.

Er lächelte zu ihr hinauf, der gewinnendste und zugleich undurchschaubarste Mann, dem Eglantine je begegnet war. »Ich werde bleiben und zusehen, Mylady Eglantine.«

Unverschämterweise tippte er ihr mit der Fingerspitze aufs Knie und diese leichte Berührung versetzte ihre Haut in Flammen. »Darauf gebe ich Euch mein Wort.«

Seine Hand legte sich dreist auf ihr Knie. Er sah zu ihr herauf, seine silbrigen Augen blitzten herausfordernd, als warte er nur darauf, dass sie sich ihm zu entziehen versuchte. Unter dem Gewicht seiner Hand breitete sich in ihrem ganzen Körper ein Glühen aus. Und es entfachte eine Hitze in ihrem Schoß, auf die sie gern verzichtet hätte. Sie blickte in die Augen des Mannes und musste daran denken, wie es war, selbst einen Anspruch auf Lust und Wonne zu erheben.

»Und, Mylady«, murmelte er, seine Stimme ein leises Rollen voll unerwünschter Vertrautheit, »dieses Land ist bekannt unter dem Namen *Ceinn-beithe.*«

»Kinbeath, so hat man es mir gesagt«, wiederholte sie zögernd.

»Dann sprecht es wenigstens richtig aus, wenn es denn sein muss, Kin-bea-th«, beharrte er, seine silbrigen Augen blitzten. Er betonte das weiche ›th‹, seine Zungenspitze tippte gegen die Zähne und der Laut löste sich von seinen Lippen wie ein Kuss.

Eglantine spürte, wie sie rot anlief, und das nicht nur, weil sie den Namen ihres Besitztums falsch ausgesprochen hatte.

»Kinbeath«, wiederholte sie und war sich zum ersten Mal des harten ›t‹ am Ende bewusst, wenn der Name von ihren Lippen kam. Das Blitzen seiner Augen ließ ihre Wangen vor Scham glühen. Eglantine versuchte es ein ums andere Mal, obwohl sie die Befürchtung hegte, dass sie den weichen ›th‹-Laut einfach nicht zustande bringen würde.

Und Duncan, verdammt sei er, wusste das ebenfalls. Er

grinste zu ihr herauf und genoss seine Überlegenheit, was die Aussprache eines Besitztums anging, von dem Eglantine wusste, das es ihr gehörte.

»Ich könnte Euch beibringen, es richtig auszusprechen«, schlug er vor und kam noch einen Schritt näher. Seine Hand legte sich fester um ihr Knie, das Glitzern in seinen silbrigen Augen verriet, dass er sich seiner Wirkung auf sie durchaus bewusst war.

O ja, sie wusste genau, was er von ihr wollte! Eglantine zog die Zügel an und ließ ihr Pferd einen Schritt zurücktreten.

Duncan lächelte, verschränkte die Arme vor der Brust und sah sie an.

»Es spielt wohl kaum eine Rolle, wie Barbaren meinen Besitz nennen«, erklärte sie. »Kinbeath gehört mir, so oder so.« Dann setzte sie ein herablassendes Lächeln auf und ließ ihm keine Gelegenheit zu antworten, sondern drehte sich um, um ihrem Gefolge Anweisungen zu geben.

Eglantine fühlte seinen Blick heiß auf ihrem Rücken und ihr verfluchtes Knie kribbelte nach seiner Berührung. Sie hörte noch den Klang ihres Namens auf seinen Lippen wie eine Liebkosung, seinen Akzent, der in ungewohnter Weise auf jedem Vokal verharrte.

Kinbea*th*. Im Stillen wiederholte sie das Wort und versuchte, ihre Zunge so zu bewegen, wie er es getan hatte. Verflucht sei er! Sie konnte den Laut einfach nicht herausbringen – und es war eine Anmaßung seinerseits, sie darauf hinzuweisen.

Duncan war nichts weiter als ein Barbaren-Schurke, verliebt in den eigenen Charme. Ein rauer Kerl, gewöhnlich und ungehobelt – und er hatte kein Recht, sie zu berühren! Und ganz gewiss hatte er auch keinen Anspruch auf ihr Land. Sie würde triumphieren und ihn von Kinbeath vertreiben, sie würde ihren Besitzanspruch sichern, allein schon, um ihm zu beweisen, dass er im Irrtum war.

Das konnte seiner Überheblichkeit nur gut tun.

Und es würde ihr gut tun, ihn los zu sein, wie sie sich insgeheim eingestand. Sie hatte keinen Bedarf an irdischen Versuchungen. Sie hatte sich um die Zukunft ihrer Töchter zu kümmern, ihre eigenen Liaisons mit Männern gehörten der Vergangenheit an.

Doch trotz ihrer Entschlossenheit brannte heißes Verlangen in ihrem Unterleib, wie um sie daran zu erinnern, dass Theobald tot war, nicht sie. Sie schnaubte, während sie sich ihrem Gefolge näherte. Die leichte Berührung eines Barbaren, und schon vergaß sie alles, was das Leben sie gelehrt hatte.

Das würde ihr nicht noch einmal passieren.

Kapitel 2

Ceinn-beithe lag auf einer Landspitze, die in Richtung der Isle of Mull ins Meer hinausragte. Der Legende nach war diese Landzunge einst dicht mit Birken bewachsen gewesen, die dem Anwesen seinen Namen gegeben hatten. Außerdem hatten die Steine hier einst einen großen Kreis gebildet, in dem die Bevölkerung zusammengekommen war, um die Rituale des Übergangs zu feiern.

Doch die Zeit hatte die Landschaft verändert und die Erinnerung der Menschen verblassen lassen. Bei Eglantines Ankunft gab es kaum noch Bäume auf *Ceinn-beithe* und keine mit Färberwaid bemalten Priester und nur einer der riesigen, hoch aufgerichteten Steine war übriggeblieben. Es musste der größte von allen gewesen sein, der den östlichsten Punkt des Kreises gebildet hatte, und er stand da als stummer Wachhalter der halb vergessenen Legenden. Dahinter war das Land bis zu den Hügeln baumbewachsen, doch längst standen die Birken nicht mehr so dicht an dicht wie in alten Zeiten.

Duncan lief im Broch auf und ab und dachte nach. Die Ankunft der Gräfin konnte für ihn die Erfüllung seiner schlimmsten Alpträume bedeuten. Eine ausländische Adlige hielt den Titel zu *Ceinn-beithe* und sie war gekommen, um ihren Anspruch zu sichern und einen Hof zu gründen.

Zum hundersten Mal wünschte er sich, Cormac hätte ihm nicht die verantwortungsvolle Führung des Clans übertragen. Cormacs Wahl hatte Duncan unter den Männern, die er anführen sollte, Feinde geschaffen. Mehr als einer unter ihnen war der Ansicht, dass Cormacs leiblicher Sohn Iain zum Häuptling hätte ernannt werden müssen, und nicht der Pflegesohn, der erst so spät an die Seite des Clan-Chefs getreten war.

Dabei brauchte er ihre Unterstützung, wenn er den Fortbestand des Clans der MacQuarrie sichern wollte. Dugall, König der Inseln, war nicht gewillt, in seinem Herrschaftsgebiet kleinere Clans zu dulden, solange diese nicht ihre militärische Bedeutung für ihn unter Beweis stellten. Dugall wollte die Grenzen seines Landes gesichert wissen und hatte die südliche Grenze den Männern vom Clan der MacQuarrie übertragen – weil nur Duncan den Süden bereist hatte und den anglo-normannischen Feind kannte.

Duncan musste Erfolg haben. Er würde Cormacs Vertrauen nicht missbrauchen – aber dazu musste er seine eigenen Entscheidungen treffen und seinen eigenen Weg gehen.

Als Barde kannte Duncan die Bedeutung von Tradition, Sprache und Riten, und die der Legenden, die in einer Gemeinschaft von Menschen lebendig waren. *Ceinn-beithe* spielte in den Überlieferungen der Menschen hier eine wichtige Rolle, der Ort galt als glücklich, um an ihm Versprechen abzugeben. Es war ein heiliger Ort, *ihr* heiliger Ort, der auf keinen Fall aufgegeben werden durfte. Also hatte Duncan *Ceinn-beithe* zu seinem zukünftigen Hauptquartier auserkoren.

Es war ein glücklicher Zufall, dass der Ort auch noch strategische Bedeutung hatte, da die Landzunge ins Meer hinausragte und so einen Blick auf alle Schiffe erlaubte, die sich aus westlicher, nördlicher und südlicher Richtung näherten. Der Broch war noch immer wehrhaft und genoss in der ganzen Gegend hohes Ansehen.

Der Poet in ihm erkannte, was auf dem Spiel stand; der Krieger in ihm wusste, was zu tun war.

Der schottische König Wilhelm mit seinen engen Verbindungen zum normannischen Hof neigte dazu, normannischen Lords die Herrschaft über schottische Ländereien zu gewähren, und das in klarer Missachtung der Ansprüche, die der König der Inseln auf das gleiche Land zu Recht einforderte. Und hatten die normannischen Lords erst eine Festung errichtet und mit Rittern bewaffnet, war das Land nur schwer zurückzufordern.

Glücklicherweise hatte er es in diesem Fall weder mit einem Normannen noch mit einem Ritter zu tun. Die Gräfin war nicht nur eine Frau, sie war unzweifelhaft schlecht gerüstet für die Unbillen, die die Gründung eines Hofes in dieser Gegend mit sich brachte. Allein die Tatsache, dass sie mit so großem Gefolge reiste, deutete nicht gerade auf eine widerstandsfähige Natur hin.

Darüber hinaus war die Übertragungsurkunde, die sie in Händen hielt, eine Fälschung. Cormac MacQuarrie war stets stolz darauf gewesen, dass er weder lesen noch schreiben konnte und nicht einmal in der Lage war, mit seinem Namen zu unterzeichnen.

Falls die Lady wusste, dass ihre Urkunde eine Fälschung war, schien es ihr gleichgültig zu sein. Besitz war das einzige Gesetz, das diese arroganten Adligen kannten, und seine Zweifel an ihrer Urkunde würden daran wenig ändern.

Die bessere Lösung wäre es, sich ihrer einfach zu entledigen.

»Nun?«, fragte Gillemore und schloss sich Duncans Schritten an. »Was will sie?«

»Sie glaubt, ein Anrecht auf dieses Land zu haben, und will sich hier niederlassen.«

Gillemore spuckte ins Gras. »Normannen!«

»Sie ist keine Normannin, Gillemore.«

»Nein?«

»Nein, ihr Französisch ist klar und deutlich und für mich ganz leicht zu verstehen. Sie ist Fremdländerin, sie kommt von weit her, vielleicht aus Frankreich selbst.«

»Bah! Die Adligen sind doch alle gleich, erheben Ansprüche, die ihnen nicht zustehen, und vertreiben ehrliche Leute von ihrem Land.«

Obwohl das in diesem Fall wohl durchaus der Wahrheit entsprach, legte Duncan dem älteren Mann beruhigend eine Hand auf die Schulter. »Sie wird uns nichts wegnehmen. Allein ihre ausländische Herkunft macht sie völlig ungeeignet für ein Leben in dieser Gegend.«

Ein hoffnungsvolles Leuchten glomm in Gillemores Augen auf und Duncan bemerkte, dass mehrere seiner Männer das Gespräch verfolgten. »Wirklich?«

»Wirklich.« Duncan sprach mit fester Stimme. »Adelsfräulein hassen Unannehmlichkeiten und reisen nur, wenn es unbedingt notwendig ist, um die eigenen egoistischen Vorteile zu sichern. Ich habe ihr gesagt, dass wir *Ceinn-beithe* nicht aufgeben werden, und sie wird nicht länger bleiben, schon gar nicht, wenn es weiter regnet.«

Gillemore hatte offensichtlich Mut geschöpft und stieß Duncan grinsend einen Ellbogen in die Rippen. »Und was hast du sonst noch über Adelsfräulein gelernt, Junge?«

Duncan lächelte. »Sie haben Herzen aus Stein, Gillemore, sie sind arrogant, sie sind selbstbezogen und sie lassen nichts unversucht, um anderen ihren Willen aufzuzwingen. Mögen sie auch schön sein, ihre Schönheit verhüllt nur die Schwärze ihrer Herzen.«

»Und wir werden von dem Mann geführt, der diese Vipern am besten versteht.« Zufrieden schnalzte Gillemore mit der Zunge und wandte sich ab, wobei er einen anderen heranwinkte, um ihm die Neuigkeiten zu berichten. Duncan war sich bewusst, das die Blicke mehrerer Männer prüfend auf ihm lagen.

Normannin oder nicht, die Gräfin war nicht anders als die normannischen Adelsfrauen, die er kennen gelernt hatte – hochmütig, kühl, schön und durchsetzungsstark. Nicht einmal vor seiner Berührung war sie zurückgewichen und die Verachtung in ihren Augen hatte ihm mehr als deutlich gesagt, was sie von ihm hielt.

Nicht, dass es für ihn von Bedeutung war.

Nein, wichtiger war, dass sie keine Anstalten machte, abzureisen. Duncan hatte einen starken Willen in ihr erkannt, und wenn Wille allein die Angelegenheit regeln konnte, würde die Gräfin sich durchsetzen.

Aber mit dem bloßen Willen konnte man keinen Hof errichten. Duncan betrachtete die Dame eine Weile, als könne er so ihre Beweggründe erraten. Die Gräfin war schlank mit verführerischen Kurven, ihre Lippen waren voll und ihre Bewegungen anmutig. Und zu Duncans Verdruss hatte sie erstaunlich grüne Augen, so leuchtend, dass es kaum denkbar schien, dass diese Frau zu einer Lüge fähig war. Er war gut beraten, sich immer wieder daran zu erinnern, dass Adelsfrauen die Königinnen des Betrugs waren.

Gräfin de Nemerres war hoch gewachsen, wenn auch noch immer kleiner als Duncan. Vermutlich hatte sie blondes Haar, doch sie hielt ihre Zöpfe züchtig unter einem Tuch verborgen, was ihn ärgerlicherweise neugierig machte. Duncan musste sich selbst darauf hinweisen, dass die Farbe ihres Haares nicht von Belang war, und hätte dem auch Glauben geschenkt, wäre seine Neugier nicht stärker gewesen.

Er fragte sich, was mit dem Grafen geschehen war, denn es musste einen geben, der ihr den Titel der Gräfin geschenkt hatte.

Hatte sie erwartet, ihren Gatten hier bereits vorzufinden? Nein, kein Mann hätte die Übertragungsurkunde jemand anderem überlassen, hätte er den Besitz beanspruchen wollen. Außerdem schien die Dame nicht zu erwarten, dass ein Mann kam und ihre Rechte verteidigte.

Duncan vermutete, dass der Graf nicht länger auf dieser Erde wandelte, wenn die Witwe ob dieses Verlusts auch wenig Trauer zeigte. Und offensichtlich hatte die Dame die Schatztruhe ihres Gatten geplündert, denn an ihrem Gefolge war nicht gespart worden. Doch welche Witwe würde ihre Heimat hinter sich lassen, um in einem fremden Land ein neues Zuhause zu gründen? Was, wenn diese kühle und gefasste Gräfin am Ableben des Grafen nicht ganz unschuldig gewesen war?

Duncan stockte das Herz. Dies war eine interessante Möglichkeit, die noch dazu ohne Frage zu der selbstsüchtigen Natur der Adelsfrauen passte. Wenn sie vor dem Gesetz fliehen musste, würde das ihre Dreistigkeit erklären, ihren Anspruch auf dieses weit abgelegene Land durchzusetzen. Und es würde ihre Entschlossenheit erklären, sogar eine Urkunde geltend zu machen, die völlig wertlos war.

Seine Gedanken wurden unterbrochen, als sich eine schwere Hand auf seine Schulter legte.

»Und nun?«, fragte Iain und seine Worte troffen vor Verachtung. »Sieht nicht so aus, als könntest du sie davon abhalten, ihr Lager hier aufzuschlagen.«

»Sie werden nicht lange bleiben«, antwortete Duncan mit einem Achselzucken. »Vielleicht ein oder zwei Tage, dann machen sie sich wieder in wirtlichere Gegenden auf.«

»Wir sollen also warten? Wie Frauen und Hunde?« Iain gab sich keine Mühe, seine Verachtung zu verbergen. »So kann man sein Land nicht verteidigen!«

Duncan warf seinem Gefährten einen verächtlichen Blick zu und bemerkte erst jetzt, dass seine gesamte Gefolgschaft den Wortwechsel ebenso aufmerksam musterte, wie er die Gräfin gemustert hatte. »Und was würdest du tun?«

»Sichern, was uns gehört, und unseren Anspruch auf das Land bekräftigen!« Ein zustimmendes Grummeln ging durch die Reihen. »Wir sind Männer, keine Kinder. Krieger, die für das kämpfen, was uns nach Recht und Gesetz zusteht. Wir sollten sie ihn ihren Betten meucheln, wir sollten uns an den Frauen vergnügen und ihnen ihre Schätze nehmen.«

Duncan musterte seinen Widersacher. »Ach ja? Was für ein Krieger ist das, der wehrlose Frauen und Kinder tötet?«

Die Männer schwiegen und Iain stieg die Röte ins Gesicht. »Was für ein Krieger ist das, der dasteht und zusieht, wie andere beanspruchen, was ihm gehört?«, fragte er zurück.

»Es ist gar nicht die Rede davon, dazustehen und zuzusehen.« Duncans Wut begann zu kochen. »Aber wir verlieren nichts, wenn wir mit Umsicht vorgehen. Wenn wir jetzt angreifen, kann es gut sein, dass mit der Morgensonne eine ganze Armee anrückt, um Rache zu nehmen.«

Iain verzog verächtlich die Lippen. »Wer sollte für sie Rache nehmen wollen?«

»Jeder Mann von Adel könnte das wollen. Offensichtlich haben wir es hier mit wohlhabenden Adligen zu tun, die unzweifelhaft über zahlreiche Verbindungen zum Hof verfügen.«

»Niemand fängt so leicht einen Krieg an.«

»Und was ist mit dem Ehemann der Dame?« Duncan machte eine ausladende Geste über die Ankömmlinge hinweg. »Sieht das etwa nicht nach einem halben Hausstand aus? Aber wo sind die Ritter und Knappen, der Marschall, der Stallknecht, der Schmied?«

Zweifel machten sich auf den Gesichtern seiner Gefährten breit und Duncan sah, dass auch Iain der Stimmungsumschwung nicht entgangen war.

»Kein Mann würde seine Frau ohne Begleitung auf Reisen gehen lassen«, sagte Iain. »Es wird keinen Gatten mehr geben.«

Duncan teilte die Vermutung, doch er wollte sicher sein, bevor er das Leben anderer aufs Spiel setzte.

»Kein Gäle würde das tun, das ist richtig, aber was ist mit einem Franzosen?«, fragte er mit fester Stimme. »Vielleicht hat der Ehemann irgendwo Rast gemacht, um mit seinem Förderer einen Becher zu heben, oder mit dem König oder wem auch immer.«

Iain war noch immer nicht überzeugt.

Nachdrücklich fuhr Duncan fort. »Vielleicht ist er krank geworden oder er hat ein Pferd verloren und kommt deshalb erst einen oder zwei Tage nach seiner Frau an. Das wäre gar nicht verwunderlich. Bei dem riesigen Gefolge geht er wahrscheinlich davon aus, dass sie in Sicherheit ist. Es könnte tausend Gründe geben für sein Ausbleiben!«

Iain verschränkte die Arme vor der Brust. »Ich war schon immer der Meinung, dass du zum Barden besser geeignet bist als zum Anführer, und mit diesen Ausflüchten bestätigst du mich ein weiteres Mal.«

Duncan hatte genug von den Unverschämtheiten von Cormacs Sohn.

»Es spielt keine Rolle, was du von meiner Führerschaft hältst«, erklärte er mit Nachdruck. »Ich wurde von Cormac auserwählt und ich bin der Häuptling, und es ist völlig gleichgültig, ob du damit einverstanden bist oder nicht. Du bist es deinem Vater schuldig, seine Wahl mitzutragen. Es ist deine Pflicht, zu gehorchen oder zu gehen und keine Uneinigkeit unter unseren Männern zu säen. Wir sind schwächer, wenn wir uneins sind, und das weißt du sehr gut.«

»Wir sind schwach, wenn wir schlecht geführt werden.«

»Unbesonnene Führung schwächt uns am meisten. Denn dann müssten wir alle begraben werden und es wäre niemand mehr da, diese Arbeit zu erledigen.«

»Ich sage, bei Einbruch der Dunkelheit greifen wir an und verteidigen unseren Anspruch.«

Duncan trat näher an Iain heran, seine Stimme war voller Zorn. »Und was machen wir mit dem Heer, das kommen wird, um den Anspruch der Dame auf das Land, dessen Besitzurkunde sie in Händen hält, durchzusetzen?«

»Welche Besitzurkunde?«, fragte Iain sichtlich erschüttert.

»Sie besitzt eine Urkunde, in der *Ceinn-beithe* ihr überschrieben wird.«

Verwirrt blickten die Männer von einem zum anderen und drängelten näher heran. Iain runzelte die Stirn und wich einige Schritte zurück.

Duncan sprach weiter, um sich den Stimmungswechsel unter den Männern zunutze zu machen. »Dann wären wir nach dem Gesetz des Königs Mörder und Verräter, Gejagte, an keinem Hof willkommen.« Er presste Iain einen Finger auf die Brust. »Sogar Dugall, König der Inseln, wahrlich kein großer Freund von König Wilhelm, wird keinen Mann an seine Brust drücken, dem er nicht vertrauen kann.«

»Wir sollten die Urkunde an uns bringen und in Stücke reißen«, verlangte Iain lautstark. »Dann haben wir eine Sorge weniger.«

»Die Urkunde zu vernichten ändert nichts an den Ansprüchen der Dame, ebenso wenig wie ihr Besitzrecht dadurch verloren geht, dass wir ihr Gefolge töten. Es wird Erben geben, davon müssen wir ausgehen, ebenso von der Tatsache, dass es zu jeder Urkunde eine weitere gibt, die die Ansprüche der ersten bestätigt.« Duncan warf Iain einen vernichtenden Blick zu. »Nicht einmal du kannst darauf hoffen, alle umzubringen und selbst heil davonzukommen.«

Die beiden Männer blickten sich zornig in die Augen.

Duncan trat einen Schritt näher und sprach mit leiser Stimme: »Und möchtest du bis ans Ende deiner Tage verlacht werden als der Krieger, der sich nicht ohne Blutvergießen gegen eine Frau behaupten konnte?«

Iains Miene verdüsterte sich, als die Männer um ihn herum lachten.

»Was Gewalt nicht packt, steckt List in den Sack«, erklärte Gillemore hämisch.

Obwohl Gillemores Vorliebe für Sprichwörter bisweilen ermüdend sein konnte, kam dieses Duncan doch sehr gelegen.

»Morgen früh werden sie aufbrechen, spätestens bis Mittag«, erklärte Duncan seinen Männern. »Kein Adelsfräulein wird unter diesen für sie harten Lebensbedingungen lange ausharren. Diese Frauen sind ein warmes und behagliches Leben gewöhnt. Wir müssen nichts tun als warten, bis wir *Ceinn-beithe* wieder für uns allein haben.«

Die Männer nickten beruhigt und die Gruppe löste sich langsam auf. Iain spuckte ins Gras und machte sich davon. Seine Haltung jedoch sagte Duncan, dass dies noch nicht der letzte Streit zwischen ihnen gewesen war.

***

Gegen Morgen war Eglantine mit sich übereingekommen, dass ein Barbar in keinster Weise reizvoll war. Dass es sie fast die ganze Nacht gekostet hatte, zu dieser Erkenntnis zu gelangen, spielte ihrer Ansicht nach keine Rolle; entscheidend war, dass sie bis auf die Wurzeln ihrer Schwäche geschaut und diese ausgemerzt hatte.

Bei ihrer Ankunft war sie besorgt und müde gewesen und hatte sich sogleich der ersten Herausforderung gegenüber gesehen, dem ersten Hindernis von vielen, die noch auf sie warteten. Und sie war verärgert gewesen, dass der Führer, der sie an diesen wilden Ort gebracht hatte, einfach in den Hügeln verschwunden war. Es war nicht einfach gewesen, das Lager zu errichten – das unwirtliche Wetter und die Klagen von Alienor und Esmeraude hatten die Sache noch erschwert. Außerdem hatte sie allen Mitreisenden den Schwur abnehmen müssen, niemandem ihren wahren Namen zu verraten.

Ein Lager zu errichten war keine leichte Aufgabe, zumal in unbekanntem Gelände, wo man die Richtungen von Wind und Regen nicht kannte. Sie und Louis hatten ein flaches Stück Land in beträchtlicher Entfernung von dem Broch ausgewählt, den Duncan ja offensichtlich nicht aufzugeben bereit war. Der heidnische Stein warf seinen Schatten auf die Gruppe ihrer Zelte, doch Eglantine weigerte sich, dem irgendeine Bedeutung beizumessen.

Sie hatte Nachtwachen aufgestellt, da sie Duncan und seinen Männern, deren Anzahl sie nicht annähernd erahnen konnte, misstraute.

Das unbequeme Lager und die Wut hatten sie die Nacht über wach gehalten. Es waren die Schuldgefühle, ihren ganzen Haushalt genötigt zu haben, die Lüge zu unterstützen, dass sie die Gräfin de Nemerres sei. Es war die Sorge, dass das Ziel ihrer Reise bekannt werden könnte, falls

Reynaud sich entschließen sollte, der ihm versprochenen Braut nachzujagen.

Es war nicht das Zittern aufgrund der unverschämten Berührung eines Heiden, das ihr den Schlaf raubte, nein, niemals. Eglantine wusste sehr gut, dass solche rauen Kerle nicht den geringsten Charme besaßen.

Auch nicht einer, der einen Dialekt des Französischen sprach. Sie wollte nicht an seine perfekte Aussprache des normannischen Französisch denken, wo sie nicht einmal in der Lage gewesen war, ein verdammtes ›th‹ über die Lippen zu bringen.

In der Abgeschiedenheit ihres Zeltes versuchte sie es wieder und fluchte leise, als der Laut noch immer nicht von ihren Lippen kommen wollte. Entnervt schwang sie sich von der Pritsche und begann, auf und ab zu laufen.

Wie konnte Duncan es wagen, ihr Knie zu berühren! Es waren einzig und allein seine abstoßenden Manieren, die für ihre Erregung verantwortlich waren, das war alles. Bis zum Morgen würde er fort sein, gelangweilt und ruhelos, um sich anderswo sein Vergnügen zu suchen.

Sie würde sich ganz bestimmt nicht zur Unterhaltung dieses Mannes hergeben.

Im Grunde sollte die Anwesenheit von Duncan und seinen Männern auf diesem Land ihr Mut machen. Wenn Barbaren in dieser kargen Gegend überleben konnten, konnte Eglantine mit ihrer Dienerschaft und den Vorräten das erst recht. Diese Erkenntnis bestärkte sie in dem Entschluss, ihren Willen durchzusetzen. Ohne Zweifel war sie am Vorabend nicht ganz Herrin ihrer selbst gewesen, aber dennoch würde sie sich letztendlich durchsetzen.

Ein steter Regen trommelte auf das Zeltdach, als sie sich anzog. Sie fröstelte in der kalten Luft und rieb sich die Füße in der Überzeugung, dass sie als glückliche Frau sterben könne, sollten ihre Füße nur noch einmal im Leben warm werden.

Eglantine trat hinaus in den nassen Morgen und bemühte sich, irgendetwas Erfreuliches zu entdecken. Schließlich sollte dieses Land ihr Zuhause werden und sie musste das Beste daraus machen. Doch bei allem guten Willen konnte sie an diesem grauen, kalten Land, das aus Felsen und Wasser und Wind zu bestehen schien, nichts Positives entdecken.

Sie stand da und wartete. Ah, der Geruch von Salz in der Luft hatte etwas für sich. Er schien ihr Kraft zu geben und sie fühlte sich jünger, als sie den Jahren nach war.

Fürs Erste würde das reichen müssen.

In Anbetracht dieser Gedanken war es nicht verwunderlich, dass Eglantines Blick sich ohne ihr Zutun zum Broch hob und dass ihr Herz hämmerte in der Hoffnung, Duncan möge das Gemäuer verlassen haben.

Doch Fortuna war Eglantine an diesem Morgen nicht hold. Duncan war noch immer da. Ihr Herz raste, als sie ihn in der Ferne erblickte – sein dunkles Haar war unter seinen rothaarigen und blonden Gefährten leicht auszumachen. Sie liefen hin und her, wobei jedoch nicht zu erkennen war, was sie zu dieser frühen Stunde trieben.

Trotz des Regens blieb Eglantine stehen und starrte mit pochendem Herzen zu ihnen hinüber. Enttäuschung, das war es. Sie hatte gehofft, Duncan möge fort sein, doch er war noch immer da. Es war nicht ihre erste und es würde nicht die letzte Enttäuschung sein, da war sie sicher.

Sie wandte sich ab und ließ den Blick über ihren Besitz gleiten. Sie hatte wenigstens auf ein kleines Herrenhaus gehofft, irgendeine Art von Unterschlupf, vielleicht eine Kapelle, doch abgesehen von dem baufälligen Turm, den Duncan besetzt hielt, war nicht einmal eine Scheune zu sehen.

Doch ihre vordringlichste Aufgabe war es, Fleisch für einen kräftigen Eintopf zu besorgen. Sie durfte nicht riskieren, dass ihre Untergebenen hier erkrankten, nicht bevor sie einen Kräutergarten angepflanzt hatten, bevor sie sich ein Dach über dem Kopf gezimmert hatten. Es würde nicht leicht sein, in diesem Regen zu jagen, aber das spielte keine Rolle. Jeder musste seine Pflicht tun.

In diesem Moment trat Jacqueline mit einem fröhlichen Lächeln aus ihrem Zelt. Mit ihren vierzehn Lenzen strahlte das Mädchen vor Unschuld und Eglantine betrachtete ihre Erstgeborene voll Stolz. Jacqueline atmete tief durch, die Anwesenheit ihrer Mutter war ihr offensichtlich nicht bewusst, ebenso wenig das schlechte Wetter. Jacqueline schlang die Arme um sich und tanzte lächelnd in einem kleinen Kreis.

Da erst entdeckte sie ihre Mutter.

Sie kicherte und errötete, wie es schon lang nicht mehr vorgekommen war, und warf sich mit kindlicher Unbefangenheit in Eglantines Arme. »Oh, *Maman*, ich liebe es hier. Ich danke dir so sehr, dass du uns von Arnelaine weggebracht hast.«

Eglantine blinzelte verwirrt, als ihre Tochter ihr einen herzlichen Kuss gab. »Wie kannst du diesen fürchterlichen Ort nur lieben?«

»Wie kannst du ihn *nicht* lieben?« Jacqueline jauchzte vor Freude und hob die Hände in den Himmel. »Dies Land ist wild und schön, friedlich und frei.«

»Aber das Wetter ist einfach fürchterlich.«

»Nein, *Maman*. Es ist doch nur ein sanfter Regen.« Jacqueline lachte, obwohl Eglantine der Meinung war, dass ihre Einwände eigentlich auf der Hand lagen. »Sieh nur diese Farben, spüre doch mal den Wind. Hier gibt es keinen König, keinen Hof, keine fürchterlichen Verpflichtungen, die eingehalten werden müssen.« Jacqueline holte tief Atem, als sammle sie sich für ein großes Versprechen. »Ich werde dir helfen, *Maman*, in welcher Art auch immer du meine Hilfe benötigen wirst, damit wir hier bleiben können.«

»Ich werde auf die Jagd gehen heute Morgen«, sagte Eglantine in dem sicheren Wissen, dass das den Enthusiasmus ihrer Tochter dämpfen würde.

Doch das Mädchen zögerte nur einen Moment. »Dann lass mich mit dir gehen.«

»Aber du hasst die Jagd!«

Das Mädchen hob das Kinn, die Lippen entschlossen aufeinander gepresst. »Es ist an der Zeit, dass ich mich nützlich mache. Du tust viel zu viel für uns alle, *Maman.*«

Jacqueline lächelte und es kam Eglantine vor, als stünde das fröhliche Kind, das sie einst gewesen war, wieder vor ihr. Zärtlich strich sie ihrer Tochter eine Haarsträhne aus der Stirn und war glücklich zu sehen, dass die Angst vor Reynaud aus ihren Augen gewichen war.

Das allein, ihre glückliche, sorglose Tochter zurückzuhaben, war jeden Preis wert, jede Entbehrung.

Eglantine legte ihrer Tochter einen Arm um die Schultern. »Du wirst Melusine mit den Leckereien ihrer ersten Beute füttern müssen«, neckte sie das Mädchen und Jacqueline zog eine Grimasse.

»Ich werde alles tun, was vonnöten ist«, sagte sie mit einer Entschlossenheit, die Eglantine ihr bisher nicht zugetraut hätte.

***

Duncan hatte schlecht geschlafen. Mit einem Ohr hatte er die ganze Nacht auf die Abreise der Gräfin gelauscht, die unweigerlich bald stattfinden musste. Doch kein Laut war an seine Ohren gedrungen. Er war lange vor Morgengrauen aufgestanden und in dem perlmuttfarbenen Nebel umhergewandert, um nachzudenken. Als der prasselnde Niederschlag sich in einen stetigen, kalten Nieselregen verwandelte, hellte seine Stimmung langsam auf.

Nein, keine Gräfin würde das ertragen! Duncan lenkte seine Schritte von der rauen Küste weg und auf das Lager der Dame zu, um ihr zum Abschied alles Gute zu wünschen.

Doch in ihrem Lager herrschte kaum Bewegung. Ein Trio leicht bewaffneter Männer stand um ein rauchendes Feuer, wärmte sich die Hände und nahm ein warmes Getränk zu sich. Duncan nutzte die Gelegenheit, um unbemerkt näher heranzukommen, als es ihm tagsüber möglich gewesen wäre.

Das Lager war recht groß und inmitten der ungeordneten Zelte standen drei gestreifte Zelte aus Seidenbahnen, deren Finesse in deutlichem Gegensatz zu ihrer Umgebung stand. Er nahm an, dass eines – oder alle drei – dieser Zelte der Gräfin selbst als Unterkunft diente.

Ohne Zweifel würde die Dame lange auf ihrer luxuriösen Lagerstatt schlummern. Nach dem Aufwachen würde sie nach einem Bad rufen und dann nach Mittag die Abreise befehlen.

Kaum hatte er diese Gedanken zu Ende gedacht, als die Dame ihn eines Besseren belehrte. Sie trat aus dem Zelt und reckte und streckte sich, wobei diese Bewegungen ihm selbst aus der Ferne ihre Weiblichkeit deutlich vor Augen führten. Eine junge Frau, vielleicht die, die am Tag zuvor hinter ihr geritten war, gesellte sich zu ihr und gemeinsam schlenderten sie durch das Lager.

Duncan war neugierig genug, ihnen zu folgen, jedoch nicht, ohne sicherzustellen, dass er sich außerhalb der Lagergrenzen hielt und ungesehen blieb. Dazu war er gezwungen, einen Umweg zu machen, sodass er die entschlossene Gräfin aus den Augen verlor und gerade rechtzeitig um eine Ecke bog, um zu beobachten, wie sie sich in den Sattel schwang.

Doch führte sie nicht ihr Gefolge an. Nein, nur die junge Frau neben ihr bestieg ebenfalls ein Pferd und beide zogen die Zügel fest an, als die Pferde ungeduldig tänzelten. Ein älterer Mann kicherte, während er der Gräfin etwas entgegenhielt und sie sich hinabbeugte, um es anzunehmen.

Erst als die Gräfin ihrem Pferd die Sporen gab und davonritt, begriff Duncan. Sie ritt zur Jagd!

Die Gräfin hielt einen Arm erhoben, auf dem ein Wanderfalke mit einer Haube auf dem Kopf saß. Von seinen Ketten wehten Bänder im Wind. Der Vogel wurde nass vom Regen, seine Federn verfärbten sich dunkel, dennoch saß er gefügig auf dem Arm der Gräfin. Die Dame war nicht minder nass, ihr Umhang hing ihr schwer von den Schultern herab.

Duncan trat zurück in die Schatten der Bäume, bevor sie ihn bemerken konnte, doch ihr Anblick brannte sich ihm ins Gedächtnis ein. Der Umhang war aufgegangen und enthüllte ein Gewand aus blassem Moosgrün, Ärmel und Saum schlicht und ohne Verzierungen. Ein einfacher Gürtel betonte ihre schmale Hüfte und mit dem groben, ledernen Jagdhandschuh wirkten ihre Knochen umso zarter. Als die Pferde an seinem Versteck vorbeigaloppierten, spürte er Bewunderung in sich aufsteigen. Sie ritt, als sei sie an den Sattel gewöhnt und als mache das schlechte Wetter ihr überhaupt nichts aus.

Duncan runzelte die Stirn. Konnte es möglich sein, dass sie so begierig war nach den Vergnügungen der Jagd, dass sie alles andere darüber vergaß? An einem Morgen wie diesem war die Jagd nicht gerade ein Genuss.

Andererseits, er hatte mehr als einen Adligen gesehen, der auf geradezu unnatürliche Weise versessen auf die Jagd war, auf das eigene Amusement, neben dem alles andere an Bedeutung verlor.

Und es war genau diese Art selbstsüchtiger Oberflächlichkeit, für die Duncan den Adel verachtete. Welch eine Verantwortungslosigkeit, sich die Zeit mit ihrem Falken zu vertreiben, während so viele andere Verpflichtungen auf sie warteten!

Duncan trat aus seinem Versteck hervor, um der Gräfin nachzuschauen. Sie ritt nur in Begleitung der anderen Frau, zwei Jungen rannten hinter ihnen her.

Wenn niemand aus ihrem Gefolge es wagte, sie zur Rede zu stellen, würde eben er sich die Ehre geben. Er schlenderte hinter ihr her in der Überzeugung, dass er eine Gelegenheit finden würde, ihr seine Meinung zu sagen.

***

Jacqueline sah ihre Stunde gekommen.

Ihre Mutter war keine Frau, die sich leichtsinnig anderen anvertraute und Dinge von Bedeutung ausplauderte, wenn sie belauscht werden konnte. Seitdem Eglantine angekündigt hatte, Arnelaine zu verlassen, hatte Jacqueline gehofft, dass dies auch den Bruch ihres Eheversprechens bedeutete.

Während der Reise hatte Eglantine sich nicht auf nähere Erläuterungen eingelassen und in der Tat war es bei einem so großen Gefolge schwierig, neugierigen Ohren aus dem Weg zu gehen. Nach Reynaud de Charmonte gefragt, hatte Eglantine stets abrupt das Thema gewechselt und nur vage Angaben über ihre Gründe für den Umzug des gesamten Haushaltes gen Norden gegeben.

Verbittert hatte Louis aus seiner Missbilligung keinen

Hehl gemacht und gerade das hatte in Jacqueline die Hoffnung genährt, ihre Mutter habe etwas Skandalöses getan – wie beispielsweise das Eheversprechen ihrer Tochter zu brechen.

Doch sie hatte keine Gelegenheit gefunden, im vertraulichen Gespräch die volle Wahrheit einzufordern. Auf dem ganzen Weg durch Frankreich, über den Atlantik und quer durch Britannien hatte Jacqueline sich die Frage verkniffen und trotz ihrer brennenden Neugier den richtigen Moment abgewartet. Und obwohl jeder Schritt sie in ihrer Vermutung bestätigt hatte, wollte sie die Wahrheit von den Lippen ihrer Mutter hören.

Und dies war ihre Gelegenheit. Kurz vor Sonnenaufgang ritt sie im silbrigen Licht allein mit ihrer Mutter zur Jagd. Bald würde sie Gewissheit haben.

Wie Kristalle hingen die Regentropfen von den blattlosen Zweigen der Bäume, bevor sie in einer Melodie, die kein Musiker nachzuahmen vermochte, auf das weiche Bett aus abgestorbenen Blättern fielen. Niemals hatte Jacqueline geahnt, dass es so viele Schattierungen von Silber und Grau gab, doch wenn sie hinausblickte auf die See, entdeckte sie sogar noch mehr. Das Wasser war indigofarben, grünlich und teilweise dunkel, fast schwarz, voller Schatten und Geheimnisse.

Selbst unter anderen Umständen hätte Jacqueline einiges dafür gegeben, in dieser wilden, aber seltsam ruhigen Gegend bleiben zu dürfen. In ihrer besonderen Lage jedoch würde sie alles dafür tun.

Zwei Jungen rannten hinter Eglantines Ross her und lachten zu ihr hinauf, der wertvolle Wanderfalke saß auf ihrer behandschuhten Faust. Ihre Mutter sah fantastisch und nobel aus. Sie war gütig und liebenswürdig, beherrscht und freundlich, und wusste stets in jeder Situation die richtigen Worte zu wählen. Eglantine war perfekt – und in der letzten Zeit hatte Jacqueline manchmal daran gezweifelt, dass das gleiche Blut in ihren Adern floss.

An jenem Tag hatte Jacqueline das Gefühl, mit der Eleganz eines nassen Sacks Mehl auf dem Pferd zu sitzen. Der Gegensatz zwischen dem weichen Ritt ihrer Mutter und ihrer eigenen Plumpheit war nur allzu deutlich.

Dämonen hatten sich im Verlauf des letzten Jahres ihres Körpers bemächtigt. Sie konnte nichts mehr mit der gewohnten Leichtigkeit erledigen. Auf Arnelaine war sie über Stufen gestolpert, die sie zuvor mit einem Satz genommen hatte, sie war gegen Türen gelaufen und brach aus heiterem Himmel in Tränen aus. Es gefiel ihr nicht, dass sie ihre Tage bekam, dass ihre Brüste zu explodieren schienen – all die Veränderungen ihres Körpers, die sie aussehen ließen wie eine Frau. Es gefiel ihr nicht, wie Männer sie neuerdings ansahen – als wäre sie nichts anderes als eine köstliche Mahlzeit.

Ihre Mutter hingegen hatte diese Veränderungen nicht nur ertragen, sie trug sie sogar mit Eleganz. Wo Jacqueline volle Kurven entwickelte, war ihre Mutter noch immer schmal. Während Jacqueline klein blieb, war ihre Mutter hoch gewachsen. Während Jacquelines Haar glatt war wie Gras und von der Farbe des Strohs, trug ihre Mutter honigfarbene Locken, die an Engelshaar erinnerten.

Jacqueline liebte ihr Mutter, aber sie wünschte sich, mit der gleichen Eleganz gesegnet zu sein. Hätte sie nicht Eglantines grazile Selbstsicherheit erben können, statt des kleineren Wuchses und der unsicheren Gebärden ihres Vaters?

Jacqueline beobachtete, wie ihre Mutter mit dem Wanderfalken sprach und dieser zur Antwort den Kopf mit der Haube senkte. Soweit sie zurückdenken konnte, war ihre Mutter stets mit Melusine auf die Jagd gegangen.

Jacquline hasste Melusine. Genauer gesagt, sie hasste das, was Melusine tat – und sie hasste es, dass ihre Mutter keine Angst zeigte vor dieser schrecklichen Kreatur. Der Vogel war abgerichtet zu töten, seine Beute zu zerreißen und zu verstümmeln, und seine kalten Augen flößten Jacqueline eine schauerliche Angst ein.

Ihre Mutter jedoch gurrte, als habe sie es mit einer harmlosen Taube zu tun. Eglantine kannte keine Angst, ihre Tochter jedoch fürchtete sich vor so vielen Dingen.

Die verzierte Haube wurde abgenommen und Melusine betrachtete die Landschaft mit jener eiskalten Zielsicherheit, die Jacqueline erzittern ließ. Ihre Mutter löste die Fesseln und der Jagdvogel stieß einen Schrei aus. Er erhob sich hoch in die Lüfte und beschrieb einen Kreis über den Frauen.

»Sie war auf dieser Reise zu lange im Käfig«, murmelte Eglantine. Die Regentropfen glitzerten in der Luft, als der Vogel sie von seinen Federn schüttelte, dann zeichneten sich die Flügel dunkel gegen den immer heller werdenden Himmel ab. Jacqueline spürte die wohlbekannte ehrfürchtige Scheu vor der wilden Schönheit des Tieres.

»Sie hat Hunger.« Eglantine verfolgte den Flug des Vogels mit zusammengekniffenen Augen. Als der Vogel mit ausgestreckten Krallen zur Erde niederstieß, verspürte Jacqueline eine leichte Übelkeit bei dem Gedanken daran, was dort vorne wohl geschah.

Ihre Mutter jedoch gab ihrem Pferd entschlossen die Sporen, sodass Jacqueline nichts anderes übrigblieb, als es ihr gleichzutun. Als sie sie einholte, sprang ihre Mutter bereits mit jener beneidenswerten Leichtigkeit vom Pferd und ging auf die frisch erlegte Beute zu.

Eglantine stieß einen Pfiff aus, ihr Falke war so gut trainiert, dass sie keinen Köder brauchte. Mit offensichtlichem

Widerwillen ließ der Vogel von dem blutigen Kaninchen ab. Er landete auf Eglantines erhobener Faust, sodass ihr Arm unter dem plötzlichen Gewicht für einen Moment bis zur Hüfte hinabsank.

Eglantine streichelte den Vogel an der Kehle und Melusine plusterte sich auf, was wohl als Ausdruck des Wohlbefindens zu deuten war. »Vielleicht könntest du ihr die Haube aufsetzen, Jacqueline.«

»Nein, bitte nicht ich!« Jacqueline betrachtete die gefährlich scharfen Krallen, den bösartigen Schnabel, und trat einen Schritt zurück.

Die ruhigen Augen ihrer Mutter schienen bis auf den Grund ihrer Feigheit zu sehen. »Dann möchtest du lieber das Herz für sie herausschneiden?«

Jacqueline kam die Galle hoch. Beide Wahlmöglichkeiten jagten ihr Angst ein. Mit zitternden Fingern nahm sie die Haube, doch der kalte Blick des Falken ließ sie erstarren. »Sie wird mich nicht lassen.«

»Natürlich lässt sie dich. Schließlich ist sie es gewohnt.« Eglantines Stimme wurde leiser und weicher. »Das Geheimnis liegt darin, nicht zu zögern. Sie ist ein Raubvogel und wittert den Geruch der Angst.«

Jacqueline ließ den Vogel nicht aus den Augen und auch Melusine beobachtete sie mit aufmerksamem und kaltem Blick.

»Du kannst es, wenn du mir wirklich helfen möchtest«, sagte ihre Mutter leise und das Vertrauen in ihrer Stimme machte Jacqueline Mut. »Du bist viel stärker, als du glaubst.«

Die Wärme in Eglantines Augen brachte Jacqueline dazu, die Haube anzuheben. Mit schnellen Bewegungen, von der eigenen Geschicklichkeit selbst überrascht, setzte sie dem Vogel ohne Schwierigkeiten die Haube auf.

»Gut gemacht«, sagte Eglantine und die Frauen tauschten ein triumphierendes Lächeln, das die Jüngere in Hochstimmung versetzte. »Nun zieh diesen Handschuh an und nimm Melusine.«

Jacquelines Siegesgefühl löste sich auf der Stelle in Luft auf. »Sie wird mir mit ihren Krallen die Haut zerfetzen.«

»Nein, du hast doch den Handschuh«, beharrte Eglantine. »Sie hat einen festen Griff, aber du musst nur die Finger bewegen, wenn es dir zu viel wird. Melusine kennt ihren Platz.«

Aller Zweifel ungeachtet vertraute Jacqueline diesen Worten. Schließlich hatte ihre Mutter immer Recht.

Einen Moment später hielt Jacqueline die ruhelose Jägerin auf der Hand und ihr Herz hämmerte vor Angst angesichts des festen Griffs der Krallen um ihre Faust. Mit schnellen Bewegungen zog Eglantine ihren Dolch, um das Kaninchen auszunehmen und das Herz herauszuschneiden. Mit dem blutigen Souvenir in der behandschuhten rechten Hand drehte sie sich um und hielt dem Vogel die linke Faust entgegen.

»Lass sie langsam auf meinen Handschuh gehen«, sagte sie mit gedämpfter Stimme. »Genau so. Nimm ihr langsam die Haube ab, damit sie sich nicht erschreckt. Siehst du, sie riecht das Fleisch!«

Jacqueline musste ihre Abscheu hinunterschlucken, als der Vogel sich gierig an dem Herzen labte und es mit dem Schnabel schüttelte, als müsse er damit kämpfen. »Du fütterst Melusine immer von eigener Hand.«

»Das ist eine alte List. So hört sie auf meine Pfiffe, weil sie ohne mich nicht überleben kann.«

»Aber das ist doch nicht wahr!«

»Natürlich nicht. Ich kann mir selbst nicht vorstellen, dass Melusine so dumm sein sollte, es zu glauben, aber sie kommt immer zurück. Der Falkner hat empfohlen, sie mit gekochtem Fleisch zu füttern, um sie noch abhängiger zu machen.« Eglantine blickte kurz auf, ihre Augen funkelten. »Aber ich kann mir kaum vorstellen, dass ein Falke einen Hähncheneintopf mit Klößen der eigenen frischen Beute vorzieht.«

Jacqueline war aufs Höchste überrascht, dass ihre Mutter nicht jeder Regel, die man sie lehrte, Folge leistete. »Du hast die Anweisungen des Falkners missachtet?«

»Oh, mehr als das!« Die folgende Bemerkung ihrer Mutter brachte eine noch größere Überraschung. »Ich habe das Gesetz missachtet, indem ich uns hierher gebracht habe, Jacqueline, und das ist alles andere als eine Kleinigkeit.«

Jacqueline blinzelte, doch es war noch immer ihre Mutter, die da vor ihr stand. »Aber warum?«

»Man muss stets neue Entscheidungen treffen, Jacqueline, und zwischen dem Guten und dem Bösen einen Weg finden. Es ist oft schwer zu entscheiden, welcher Weg das meiste Gute bringt, oder wie man ihn zu beschreiten hat.« Ihre Mutter beobachtete Jacqueline aufmerksam über den Falken hinweg, während diese sich das Gehörte durch den Kopf gehen ließ. »Dir wird schlecht, wenn du Melusine fressen siehst.«

Es war keine Frage, dennoch nickte Jacqueline. »Ich kann es nicht ertragen zuzusehen, wie unschuldige Kreaturen sterben.«

Der Blick ihrer Mutter wanderte kurz zu dem Vogel, dann zurück zu ihrer Tochter. »Du solltest bedenken, dass Melusine ihre Beute mit barmherziger Schnelligkeit tötet.« Sie blickte ihrer Tochter fest in die Augen. »Ich bin auch keine Freundin der Jagd, aber unser Gefolge hat eine zweimonatige Reise mit schmaler Kost hinter sich. Die Leute brauchen Fleisch, einen heißen Eintopf im Magen.«

Das konnte Jacqueline verstehen. »Damit keiner krank wird?«

»Genau, und mehr als das. Es wird ihnen zeigen, dass sie nicht umsonst so weit gereist sind. Fleisch ist ein Symbol für Heim und Herd, für Sicherheit. Es wird nicht nur ihren Körpern neue Kraft schenken.«

Beinah lächelte Jacqueline. »Du redest über sie wie über deine Kinder.«

Ihre Mutter wurde ernst. »Manche glauben, eine adlige Geburt verschaffe ausschließlich Privilegien. Doch dein Großvater hat mich und deinen Onkel gelehrt, dass wahrer Adel sich dadurch auszeichnet, dass er niemals seine Verantwortung vergisst. Es ist unsere Pflicht, dafür zu sorgen, dass unsere Untergebenen genug zu essen, Kleidung und eine ehrliche Arbeit haben, und sie gegen Bedrohungen von außen zu verteidigen.« Sie zog eine Augenbraue hoch. »Dem Gemeinwohl gilt es zu dienen, ungeachtet der persönlichen Vorlieben.«

Jacqueline betrachtete den Vogel. Sie war sich des prüfenden Blicks ihrer Mutter bewusst und sammelte all ihren Mut. »Wie kann es dem Guten für alle dienen, dass du dich selbst als Gräfin ausgibst? Seit dem Tod meines Vaters bist du keine Gräfin mehr – der Titel hängt doch an dem Land, nicht wahr?«

Zu Jacquelines Verwunderung lachte ihre Mutter laut auf. »Erwischt! Du kannst ›Lügnerin‹ zu der Liste meiner Vergehen hinzufügen.«

Jacqueline starrte ihre Mutter an. Sie holte tief Luft und fragte dann: »Was ist mit Reynaud?«

Ihre Mutter betrachtete sie eine Weile, dann wies sie die Jungen mit einer Geste an, das Kaninchen aufzusammeln. Sie rief dem Vogel einen Befehl zu, auf den hin er sich auf der Stelle in die Lüfte erhob. Abrupt wandte sie sich um, rieb die Handschuhe im Gras sauber und streifte sie ab, während sie sich aufrichtete. Jacqueline fürchtete, dass ihre Unterredung damit beendet sei, doch dann drehte ihre Mutter sich wieder ihr zu.

»Komm. Melusine wird nicht so schnell wieder Beute machen, nachdem sie gefressen hat, und sie wird nicht fliehen, nachdem ich sie von meiner Hand gefüttert habe. Lass uns ein paar Schritte gehen und ich will versuchen, dir das Unerklärbare zu erklären.« Eglantine warf ihrer Tochter ein schelmisches Lächeln zu. »Es hat eine Zeit gegeben, da konnte ich dir sagen, dass die Dinge so und so sind, weil ich es sagte, und du hast mir Glauben geschenkt. Wie ich sehe, ist diese Zeit nun vorbei.«

Kapitel 3

Schweigend gingen Jacqueline und Eglantine einige Schritte nebeneinander her, während der Regen wie weicher Nebel auf sie herabfiel. Seine kühle Berührung dämpfte Jacquelines Ängste, dennoch beobachtete sie ihre Mutter aufmerksam, um zu ergründen, was in ihr vorging.

Eglantine hatte die Augenbrauen zusammengezogen. »Ich gebe zu, dass die Dinge anders hätten gehandhabt werden können, wäre dein Vater Robert noch am Leben oder hätte Theobald nicht so gehandelt, wie er gehandelt hat. Aber nun ist die Wahrheit unausweichlich.« Sie stockte. »Weißt du, was vor vierzehn Sommern geschehen ist?«

»Ich wurde geboren.«

Bei der Erinnerung daran lächelte ihre Mutter. »Das ist richtig.« Sie berührte Jacquelines Wange mit der Fingerspitze und in ihren Augen stand Erstaunen. »Mein erstes Kind und das Licht all meiner Tage und Nächte. Ein größeres Geschenk kann es nicht geben. Im vergangenen Jahr bist du zu voller Schönheit erblüht, genau wie dein Großvater es vorhergesagt hat.«

Ihr liebevoller Blick ließ es nicht zu, ihre Worte als Schmeichelei zu deuten, und Jacqueline spürte, wie sie errötete. »Aber alles ist anders geworden ...«

»Du wirst dich an deine Schönheit gewöhnen, Jacqueline.«

»Aber ich möchte aussehen wie du!«

»Wie ich?« Ihre Mutter wirkte überrascht. »Bei deinem Anblick vergehen die Männer vor Leidenschaft, mein Kind. Du hast Kurven, ein süßes Grübchen und einen liebevollen, großherzigen Charakter.« Eglantine gab ihr einen Kuss auf die Schläfe. »Deine Verwirrung wird vorübergehen, du wirst schon sehen. Dein Großvater war hin und weg, als er dich gesehen hat, sein erstes Enkelkind, und er hatte immer ein Auge für Frauen. Erinnerst du dich an ihn?«

»Nein.«

»Er hatte einen strengen Blick und ein herzliches Lachen.« Jacqueline glaubte, in den Augen ihrer Mutter eine Träne zu sehen. »Er war es, der behauptete, ich hätte dir den falschen Namen gegeben, und darauf beharrte, dass er geändert wurde.«

Das war ihr neu! »Aber wie war mein erster Name?«

»Ich hatte dir als ersten Namen Maria gegeben und Jacqueline als zweiten. Jacqueline ist der Name deiner Großmutter und er schien umso passender, als dein Großvater behauptete, du seist ihr Ebenbild in jungen Jahren.« Eglantine schwieg und dachte nach. »Wie hat er sich noch ausgedrückt? Ach ja! Wenn du schon das Wesen seiner Frau besitzt, sei es passender, dich zuerst nach ihr und dann nach der Madonna zu benennen.«

Jacqueline stimmte in das Gelächter ihrer Mutter ein. »*Grandmère* ist eine ausgesprochen leidenschaftliche Frau.«

»Ja, das ist sie.« Eglantine sah ihre Tochter von der Seite an. »Weißt du, wie alt ich war, als du geboren wurdest?«

Jacqueline schüttelte den Kopf.

»Ich zählte vierzehn Lenze.«

Jacqueline stockte der Atem, sie konnte sich nicht vorstellen, zu diesem Zeitpunkt ihres Lebens ein Kind zu bekommen. Beinah bezweifelte sie die Worte ihrer Mutter, doch die nickte lächelnd.

»Ja, es ist wahr. Es war verwirrend für mich, aber alle anderen haben es vorausgesehen. Schließlich war ich zehn Monate zuvor verheiratet worden.«

Dies war also die Geschichte von der großen Liebe ihrer Eltern, die zu hören Jacqueline schon so lange gehofft hatte. »Und du hast Vater von ganzem Herzen und ganzer Seele geliebt, genau wie in den Minneliedern, richtig?«

Ihre Mutter unterdrückte ein trockenes Lachen, ihre Worte klangen bitter. »Ich habe ihn vor dem Altar zum ersten Mal gesehen, Jacqueline, und es war nicht wie in einem Lied. Ich war Roberts zweite Frau. Seine erste Frau war gestorben, aber er hatte zwei Kinder aus jener Verbindung.«

»Alienor ist eines davon.«

»Richtig, und Roberts Sohn und Erbe. Er war ungefähr im gleichen Alter wie ich, Alienor dagegen war erst vier Jahre alt.«

»War sie schon damals so verdorben und unmöglich wie heute?«, fragte Jacqueline und hielt die Luft an, als ihr die eigene Hartherzigkeit aufging.

Eglantine jedoch kicherte. »Ja, ich denke, das war sie.«

Jacqueline sah ihre Mutter mit neuen Augen. Sie versuchte mühevoll, sich Eglantine in ihrem Alter vorzustellen, mit einem Ehemann und einem Kind. Und obendrein den zwei Kindern einer anderen Frau, die sie erziehen musste. Eine neue Welle der Bewunderung durchlief Jacqueline, verstärkt noch dadurch, dass sie sehr bezweifelte, selbst solch hohen Anforderungen gerecht zu werden.

Schweigend gingen sie weiter, dann nahm Jacqueline all

ihren Mut zusammen. »Warum hast du uns hierher gebracht, *Maman*?«

Eglantine seufzte. »Lass mich von Anfang an erzählen. Als mein Vater eine Bemerkung zu deiner Schönheit machte, sah dein Vater den Zeitpunkt gekommen, baldmöglichst ein Eheversprechen für dich zu schließen.«

»Mit Reynaud de Charmonte.« Jacqueline vermochte den Namen nicht auszusprechen, ohne dass Bitterkeit in ihrer Stimme mitschwang.

»Ja, er war ein Freund von Robert.«

Eglantines nachsichtige Art, ihr offensichtliches Einverständnis mit dem Arrangement waren zu viel für Jacqueline. »Aber *Maman*, wie konntest du mich einem so alten Mann versprechen? Selbst wenn du gern mit einem älteren Mann verheiratet warst, wie konntest du mir das antun?« Jacqueline schlug sich eine Hand vor den Mund, sie war sicher, zu weit gegangen zu sein, doch Eglantine sah ihr offen in die Augen.

»Habe ich dir gegenüber je schlecht über deinen Vater gesprochen?«

»Nein.«

»Dann werde ich auch jetzt nicht damit anfangen.« Eglantine entfernte sich.

Jacqueline lief hinter ihr her. »Du hast zugelassen, dass er mich versprochen hat!«

»Ich hatte keine Wahl.« Eglantine schritt aufrecht durch das Gras und Jacqueline stolperte mehr als einmal, um mit ihrer Mutter Schritt zu halten. »Wenigstens nicht damals. Zu jener Zeit wurde meine Meinung weder erbeten noch wurde ihr Beachtung geschenkt.« Abrupt blieb sie stehen und blickte auf das Meer hinaus, während sie tief einatmete.

Jacqueline kam stolpernd zum Stehen und fragte sich verzweifelt, ob ihr Körper jemals wieder ihren Befehlen gehorchen würde. Nein, sie war von Geburt aus klein, drall und ungeschickt, daran konnte es keinen Zweifel geben.

»Was für ein Mensch war mein Vater?«

»Ich erinnere mich kaum an ihn«, lautete die höchst unbefriedigende Antwort ihrer Mutter. »Robert war dreißig Jahre älter als ich, außerdem war er damit beschäftigt, seinen Besitz zu verteidigen und zu mehren.« Sie lächelte und zuckte mit den Achseln. »Der Hauptteil unserer Begegnungen hat im Schlafzimmer stattgefunden, im Dunkeln.«

Jacqueline spürte, wie ihre Wangen heiß wurden. Noch nie hatte sie einen Gedanken an irgendwelche Intimitäten zwischen ihren Eltern verschwendet und sie konnte Eglantines Blick nicht standhalten.

Doch die Worte ihrer Mutter fielen sanft zwischen sie. »Ich könnte dir sagen, dass wir um deinetwillen die Reise hierher gemacht haben, dass ich uns allen diese Strapazen aufgebürdet habe, um dich vor Reynaud zu schützen, aber es wäre eine Lüge. Es ist um meinetwillen, dass wir an diesem verfluchten Ort gelandet sind.«

Jacqueline starrte ihre Mutter an, vor Angst blieb ihr das Herz stehen. War es möglich, dass ihre Mutter noch immer wollte, dass sie diese alte Kröte heiratete?

»Du weißt nichts von dem, was zwischen deiner Großmutter und mir vorgefallen ist in jenen ersten Jahren meiner Ehe, da du noch zu klein warst. Es soll genügen zu sagen, dass ich zutiefst unglücklich war über ihre Weigerung, sich meinem Eheversprechen zu widersetzen, genau wie du jetzt unglücklich bist über mich.«

»Wieso …«

Eglantine hob die Hand, um sie zum Schweigen zu bringen, und sprach mit matter Stimme und traurigen Augen weiter. »Im Nachhinein habe ich erkannt, dass sie sich nicht vorstellen konnte, dass aus dieser Verbindung Schlechtes erwachsen würde, denn ihre Ehe war ebenso arrangiert worden und sie war glücklich. Wie auch immer, ich erröte noch heute bei der Erinnerung an die schlimmen Dinge, die ich ihr an den Kopf geworfen habe.«

Ihre Mutter hatte mit ihrer liebenswürdigen Großmutter gestritten? Kaum zu glauben, wo sie sich doch so nahe standen.

»Nach dem, was ich durchgemacht habe, war es mir nicht möglich, dich in diese Verbindung zu zwingen.« Eglantine sah Jacqueline in die Augen, ihr grimmiger Blick erinnerte an einen Raubvogel. »Aber diese Entscheidung habe ich allein um meinetwillen getroffen, denn ich könnte eine solche Bitterkeit zwischen uns, möge sie auch nur von kurzer Dauer sein, nicht ertragen. Ich könnte es nicht ertragen, derlei Anschuldigungen von den Lippen meiner erstgeborenen Tochter zu hören.« Sie hob warnend einen Finger. »Du wirst für meine Übertretung keine Schuld auf dich nehmen, das sage ich dir.«

Jacqueline jedoch hatte aus den Worten ihrer Mutter nur eines herausgehört: »Ich muss Reynaud nicht heiraten?«

Ihre Mutter lächelte. »Wir sind hier, damit du das nicht musst. Niemand von den Zurückgebliebenen kennt das Ziel unserer Reise – niemand außer deiner Großmutter, und ihr Mund wird schweigen bis ins Grab. Niemand, dem wir auf der Reise begegnet sind, kannte unsere wahre Identität. Ich habe mich als Gräfin ausgegeben, um sicherzustellen, dass Reynaud uns niemals finden wird. Wir tun das alles, Jacqueline, damit du nicht durchmachen musst, was ich bereits hinter mir habe.«

Eglantine hob das Kinn und Jacqueline stockte der Atem. Zum ersten Mal sah sie ihre Mutter als eigenständige Frau. Sie ahnte, was Eglantine in der Ehe kennen gelernt hatte. Sie sah Eglantines Hoffnungen, ihre Überzeugung, dass es ein besseres Leben geben konnte und geben *musste*, für den flüchtigen Lohn des Glückes ihrer Tochter.

Sie hatten alles und alle zurückgelassen, damit sie nicht gezwungen war, Reynaud zu heiraten. Aufs Neue überkam Jacqueline die Ehrfurcht vor ihrer Mutter, diesmal jedoch nicht nur aufgrund ihrer Eleganz und ihrer tadellosen Haltung. Es war der selbstlose Charakter ihrer Mutter, der sie beeindruckte. Der Wind wehte Eglantine einige Locken, die sich aus dem Zopf gelöst hatten, ins Gesicht, doch sie hielt ihrem Blick stand.

Doch auf einmal streckte sie der verwirrten Tochter einen warnenden Finger entgegen. »Aber vergiss nicht, was ich dir immer gesagt habe, Jacqueline. Die erste Lüge ist einfach – doch bald verlangt sie nach einer weiteren Lüge. Das Netz der Täuschung, das ich zu weben begonnen habe, wird jeden Tag wachsen und auch das wird eine Last sein, die ich allein zu tragen habe.« Sie berührte Jacqueline am Kinn und küsste sie auf die Wangen, ihre Stimme klang heiser. »Nicht du, Jacqueline, nicht du. Nicht du musst diesen Preis zahlen.«

Jacqueline spürte, wie ihr die Tränen in die Augen stiegen, doch dieses Mal schämte sie sich ihrer nicht.

»Eins habe ich gelernt in diesem Leben, Jacqueline«, sagte Eglantine mit ruhiger Stimme und richtete sich auf wie eine Königin. »Man greift ein, wo man eingreifen kann, erträgt, was man ertragen muss, und betet bei jeder Gelegenheit für das Gute. Ich habe dort eingegriffen, wo ich eingreifen konnte – nun ist es an uns beiden, zu ertragen und um das Gute zu beten.«

Endlich fand Jacqueline ihre Worte wieder. »Danke, *Maman*«, schluchzte sie. Eglantine breitete die Arme aus und Jacqueline warf sich an den Busen ihrer Mutter. »Nie werde ich dir das genügend danken können, nie, nie, nie.«

Eglantine küsste Jacqueline sanft auf die Augenbraue. »O doch, das kannst du, mein Kind.« Sie trat einen Schritt zurück und betrachtete ihre Tochter. »Du kannst die wahre Liebe finden, du kannst glücklich werden und mir auf diese Weise Recht geben.« Scherzhaft kräuselte sie die Nase. »Du weißt, ich liebe es, wenn man mir Recht gibt.«

Jacqueline lächelte unter Tränen. »Ich werde mein Möglichstes tun, *Maman.*«

Eglantine zog sie wieder an sich, ihr Flüstern klang rau. »Mehr kann eine Mutter sich nicht wünschen.«

Als Melusine schrie, löste Jacqueline sich aus der Umarmung, um den Himmel abzusuchen. Der Vogel zog über ihnen seine Kreise und schrie erneut, als wolle er sie tadeln. Dem verdächtigen Schimmern in ihren Augen zum Trotz lachte Eglantine. Doch ihre Mutter weinte nicht, da war Jacqueline sich sicher.

»Das Gemeinwohl ruft uns zurück an die Arbeit, *Maman*«, sagte Jacqueline und streckte dem Vogel ihre behandschuhte Faust entgegen. Sie würde alles tun, damit sie nie wieder nach Crevy zurückkehren mussten. Oder zu Reynaud.

Sogar jagen würde sie.

Als der Raubvogel schwer auf ihrer Hand landete und ihr Herz vor Angst aussetzte, wusste Jacqueline, dass das nur ein kleiner Preis war, den sie zu zahlen hatte.

***

Doch sie waren nicht die Einzigen, die so früh am Morgen auf die Jagd gingen. Eglantine beugte sich über das zehnte Kaninchen, das Melusine erlegt hatte, als sie aus dem Augenwinkel eine Bewegung wahrnahm. Rasch drehte sie sich um, während einer der Jungen die Beute entgegennahm, und sah einen Schatten zwischen den Bäumen verschwinden, bevor sie erkennen konnte, um was es sich handelte. Ein Vierbeiner, jedoch von kleinerem Wuchs als ein Wolfshund und mit einer Geschmeidigkeit, die jener nicht besaß.

Die Jagdhunde knurrten, ihre Nackenhaare stellten sich auf, als sie dem Schatten mit den Blicken folgten. Eglantine schaute schnell zu Jacqueline hin und sah die Sorge in den Augen des Mädchens.

»Was ist los, *Maman*?«

Eglantine hieß sie mit einer Handbewegung schweigen. Der Regen prasselte durch die wenigen sterbenden Blätter an den Bäumen auf die Erde. Die Zweige raschelten leise im Wind, das Meer rauschte in der Ferne und die Wellen brachen sich an der Küste. Weiter war nichts zu hören.

Doch da war es wieder.

Nicht mehr als ein dunkler Schatten zwischen den Baumstämmen, so weit entfernt, dass er nicht deutlich zu erkennen war. Er war kleiner als die Hunde in ihrer Begleitung, aber ausgesprochen flink. Einer der Hunde trat ein paar Schritte nach vorn und knurrte.

Ein Fuchs konnte es nicht sein, denn die mieden jeden Kontakt mit Menschen. Aufgeregter als gewöhnlich, begann ihr Pferd mit den Hufen zu stampfen, mit geblähten Nüstern und weit aufgerissenen Augen. Die Angst des Tieres sagte Eglantine, was sie schon längst hätte wissen müssen.

Sie warf einen Blick auf die erlegten Hasen und wusste, dass sich ein hungriges Raubtier angeschlichen hatte. Bisher kannte sie Wölfe nur vom Hörensagen, doch sie hätte wissen müssen, dass sie in dieser abgelegenen Gegend ihr Unwesen trieben.

Nun war die kleine Jagdgruppe wegen Eglantines mangelnder Voraussicht nicht auf eine Begegnung mit einem Wolf vorbereitet. Sie mussten sich mit der Beute, die sie bisher erlegt hatten, zufrieden geben, die Jagd beenden und zum Lager zurückkehren.

Über ihnen stieß Melusine einen Schrei aus, noch bevor Eglantine einen anderen Befehl geben konnte. Eglantine drehte sich um und hob mit einem Pfiff die Faust, doch der Vogel hatte bereits neue Beute anvisiert. Melusine stieß hinab, stürzte vom Himmel wie ein gefederter Speer und wie ein Blitz bewegte sich der Schatten in die gleiche Richtung. Drei weitere Schatten folgten ihm.

Offensichtlich waren hungrige Wölfe keine dummen Wölfe.

»Nein!« Eglantine rannte durch den Wald in der Hoffnung, vor den Wölfen bei Melusine anzukommmen. Sie würden den Vogel töten, daran hatte sie keinen Zweifel, denn Melusine würde niemand anderem als ihrer Herrin erlauben, die Beute zu nehmen. Mit beiden Händen raffte sie ihre Röcke und rannte ungeachtet der Schreie der Jungen hinter ihr. Die Hunde liefen neben ihr und bellten aus Vorfreude auf einen Kampf.

Melusine stieß einen gequälten Schrei aus. Eglantine gelangte auf eine kleine Lichtung und sah, wie der Vogel seine Krallen tief in die unglückselige Beute grub und dabei unbeholfen mit den Flügeln schlug, denn ihre Fesseln hatten sich in einem dornigen Busch verfangen.

Vier Schatten lösten sich aus dem Wald und kamen näher. Mit kalten Augen hielten sie den Blick fest auf Eglantine gerichtet. Unschlüssig blieb sie stehen. Die Hunde fletschten die Zähne, doch sie hielt sie mit einer herrischen Geste zurück. Sie wusste, dass sie jeden Kampf gegen diese wilden Kreaturen verlieren würde.

Der größte der Wölfe schlich sich näher an Melusine und

die Beute heran, den Blick immer noch auf Eglantine gerichtet. Der Vogel stieß wütende Schreie aus, aufgebracht ob der Dreistigkeit des Tieres, doch die verfangenen Fesseln hinderten ihn daran, wegzufliegen.

Der Wolf knurrte und schien sich zum Sprung bereitzumachen. Ein schlaues Tier, denn er hatte den Sturzflug des Vogels mit frischer Beute in Verbindung gebracht. Eglantine hatte viele alte Geschichten über die Schläue von Wölfen gehört, doch noch nie hatte sie einen gesehen. Sie waren vor mehr als einem Jahrhundert von Gut Crevy vertrieben worden.

Waren sie wirklich so Furcht erregend, wie man sagte? Gab es eine Möglichkeit, Melusine zu retten?

»Es braucht ein gerüttelt Maß an Dummheit, zwischen einen Wolf und seine Beute zu treten.«

Duncan MacLarens Worte ließen sie beinah tot umfallen vor Schreck. Sie wirbelte herum und sah, wie er wachsam und belustigt an einem Baum lehnte. Er wirkte kaum weniger listig, unberechenbar und gefährlich als der Wolf.

Und nicht weniger bereit, sich auf seine Beute zu stürzen.

Hinter ihm standen Jacqueline und die beiden Jungen, Jacqueline hielt die Zügel der Pferde. Offensichtlich hatte Duncan Eglantines Blick bemerkt, denn er schüttelte den Kopf. »Keine Angst, ich habe ihnen verboten, näher heranzutreten. Ihr seid in Gefahr.«

In seinen Worten war keine Erregung zu spüren und er schien vollauf damit beschäftigt, den Wolf zu beobachten.

»Sind sie so bösartig, wie man sagt?«

Seine Stimme war trügerisch sanft. »Ja, wenn man sie in die Ecke treibt, wenn sie hungrig sind und sich angegriffen fühlen.«

»Aber ich kann Melusine nicht ihrem Schicksal überlassen. Ihre Fesseln haben sich verfangen, sodass sie sich nicht selbst verteidigen kann, und sie trägt diese Fesseln auf mein Geheiß.« Eglantine blickte Duncan in die Augen und sah, dass ihre Worte ihn überrascht hatten. »Wie kann man einen Wolf überlisten?«

Sein Lächeln war nicht ohne Bewunderung. »Habt Ihr keine Angst?«

»Ich sterbe vor Angst. Die Wölfe scheinen bereit zum Kampf, aber das nimmt mir keinen Deut meiner Verantwortung.«

Er zog sein Messer und reinigte die Klinge an seinem Hemd. Seine Augen blitzten vor grimmiger Entschlossenheit. »Das ist keine Aufgabe für eine Dame«, murmelte er und bewegte sich mit der gleichen schnellen Grazie wie der Wolf. »Haltet Eure Hunde zurück.«

Die Kreatur schien zu spüren, dass sie einem ebenbürtigen Gegner gegenüberstand, denn sie duckte sich vorsichtig. Die anderen drei wichen leicht zurück, ihre Körperhaltung verriet Vorsicht. Melusine flatterte und schlug mit den Flügeln, als Duncan sich vorsichtig näherte. Seine Bewegungen waren ruhig und besonnen und von einer Eleganz und Geschmeidigkeit, die Eglantine ihm nicht zugetraut hätte. Geräuschlos schritt er über das Gras.

Als er ein halbes Dutzend Schritte von dem Wolf entfernt stand, Kaninchen und Falke auf halbem Wege zwischen ihnen, gab der Wolf eine knurrende Warnung von sich. Er beanspruchte das Fleisch für sich, daran hatte Eglantine keinen Zweifel.

Duncan stand so lange unbeweglich da, dass Eglantine schon vermutete, er sei an seinem Platz festgefroren. Gerade als sie glaubte, ein längeres Warten nicht ertragen zu können, warf er sich mit der Geschwindigkeit eines Blitzes nach vorn.

Duncan trat das Kaninchen zur Seite. Mit gefletschten

Zähnen machte der Wolf einen Satz nach dem Fleisch, ohne zu bemerken, dass Duncan ihm folgte. Mit sicheren Bewegungen zerschnitt er Melusines Fessel und stürzte sich dann auf den abgelenkten Wolf. Der Vogel erhob sich hoch in die Lüfte. Der Wolf drehte sich und schnappte voller Überraschung, doch Duncan griff nach seiner Schnauze und presste sie mit kräftigen Händen zusammen. Er rammte ihm das Messer in die Brust und drehte die Klinge.

Der Wolf sackte zu Boden. Duncan rieb das Messer sauber und steckte es in die Scheide, dabei hielt er die verbliebenen drei Wölfe fest im Visir, als fordere er sie zum Kampf heraus.

Sie schnupperten in die Luft und verschwanden dann plötzlich wieder im Wald. Sie verschmolzen so rasch mit den Schatten der Bäume, als wären sie nie da gewesen.

Duncan hob das Kaninchen auf, untersuchte es und hielt es Eglantine hin. »Eure Beute, Mylady.« Mit spöttischer Miene verbeugte er sich. Und in der Tat ließ seine Art zu jagen ihr Tun frivol und weiblich erscheinen. »Ich hätte den Wölfen das Kaninchen überlassen.«

Er schnaubte verächtlich. »Und sie gelehrt, dass Ihr eine Nahrungsquelle seid. Über kurz oder lang wären sie in Euer Lager gekommen und hätten sich nach Lust und Laune gütlich getan.«

Daran hatte Eglantine nicht gedacht. »Ich hätte nicht für möglich gehalten, dass ein wildes Tier derart mutig sein kann.«

Er lächelte, dann kniete er sich nieder, um den Wolf mit geschickten Bewegungen auszunehmen. »Sie nutzen jede Gelegenheit.«

Sie pfiff, hob die Faust und sah mit Erleichterung, dass Melusine sofort kam. Sie setzte dem Vogel die Haube auf und flüsterte auf ihn ein. Erfreut stellte sie fest, dass er unverletzt war. Sie spürte, dass Duncan sie beobachtete. »Das war nicht der erste Wolf, den Ihr erlegt habt.«

»Richtig. Töten oder getötet werden, das ist hier oft die einzige Wahl.« Auf einmal blitzten seine Augen. »Ich habe stets die erste Möglichkeit vorgezogen.«

»Werden die anderen zurückkommen?«

»Vielleicht. Wölfe sind dem Menschen nicht unähnlich, wenn sie ihren Anführer verlieren, wissen sie nicht, wie sie weiter vorgehen sollen.«

»Ich wundere mich, dass sie nicht in der Nähe bleiben, um zu sehen, was Ihr zurücklasst.«

Seine Gesichtszüge verhärteten sich. »Sie fressen nicht von der eigenen Art.«

Es schien, als bewundere er die wilden Kreaturen, und ganz gewiss hatte er einiges mit ihnen gemein. Womöglich verband sie ein besonderes, gegenseitiges Verständnis, diese wilden Tiere und Männer.

Aber ein gewisses Maß an zivilisierten Umgangsformen war mit ihnen dennoch vonnöten. Eglantine atmete tief durch. »Ich muss Euch für Eure Hilfe danken, zumal nicht damit zu rechnen gewesen war. Man hätte denken können, Ihr würdet jedes Unglück, das mir widerfährt, begrüßen.«

Duncan musste lachen. »Aber Mylady, wenn Ihr hier zu Tode kommt, wer soll dann Euer Gefolge fortführen?«

Es gab wenig, was sie darauf antworten konnte. Sie sah ihm bei der Arbeit zu und stellte mit Verwunderung fest, wie unterschiedlich sie diese Dinge erledigten. »Habt Ihr vor, das Fleisch zu essen?«

»Nein. Es ist zu zäh und für eine Mahlzeit nicht geeignet.« Sie sah zu, wie er die Leber herausschnitt, sie in der Hand in Würfel schnitt und ihren Hunden zum Fraß vorwarf. Die Hunde stürzten sich auf das rohe Fleisch und taten sich gütlich. »Aber es kann nicht schaden, wenn Eure Hunde den Geschmack der Wölfe kennen lernen, wenn Eure Köche sich bereit erklären, es für sie zuzubereiten.«

»Dann sollte man es nicht verschwenden. Ich wäre sehr dankbar dafür und den Hunden wird es gut tun.«

»So gehört es Euch.« Er ließ die Innereien liegen, schwang sich den Kadaver über die Schulter und schlenderte auf sie zu. Er sah aus, als tue er den ganzen Tag nichts anderes.

Die Pferde scheuten bei dem schweren Geruch von Blut, doch Jacqueline hielt die Zügel straff. Die Jungen starrten Duncan mit unverhohlener Bewunderung an und auch Eglantine konnte nicht ganz verbergen, wie sehr sein Mut und seine Geschicklichkeit sie beeindruckt hatten.

»Ich werde nur das Fell für mich behalten.« Er hielt ihr den Schwanz entgegen, damit sie ihn anfassen konnte. »Es ist ausgesprochen weich.«

Sie würde ihm nicht die Genugtuung verschaffen, zurückzuweichen. Mit kaltem Lächeln berührte sie das Fell und staunte, wie weich es war. Dick und üppig glänzte es in tausend Schattierungen von Silber und Grau.

»Schon viele Männer haben eine Frau erobert, indem sie ihr ein Lager aus solchen Fellen bereitet haben«, flüsterte Duncan mit einem gefährlichen Glitzern in den Augen. Erneut spürte Eglantine diese unerwünschte Hitze in sich aufsteigen und musste sich Mühe geben, nach außen kühl zu bleiben.

Sie trat einen Schritt zurück und betrachtete ihn. »Ach ja? Es muss eine schlichte Frau sein, die ihre Zukunft gegen ein paar Pelze eintauscht.« Sie marschierte davon, bestieg ihr Pferd und führte ihre Leute zurück zum Lager. Schweigend und nachdenklich folgte er ihnen und sie konnte sich des Eindrucks nicht erwehren, dass sie sich von einem Raubtier vor den Fängen eines anderen hatte retten lassen.

***

Duncan zerbrach sich den Kopf, wie es sein konnte, dass die Gräfin ihr Leben riskiert hatte, um den Vogel zu retten. Einen Moment lang hatte er geglaubt, dass ihr Herz doch nicht aus Stein war, dass ihre Seele Mitgefühl kannte.

Doch dann hatte er die Wahrheit erkannt. Ein trainierter Falke war ein teures Spielzeug, das niemand leichtfertig aufgab. Vielleicht war er das Geschenk eines Verehrers und sie hätte sich für den Verlust rechtfertigen müssen.

Wie auch immer, sie hielt das wertvolle Stück in Ehren. Und offensichtlich liebte sie die Jagd über alles, denn sonst hätte sie sich nicht ausgerechnet diesen Morgen dafür ausgesucht. Es war nass und kalt, ein Morgen, den man besser im Bett verbrachte. Vorzugsweise in einem Bett mit einem Dutzend Wolfspelzen und einem willigen Weib mit weichen Schenkeln.

Er fragte sich, wie weich Eglantines Schenkel sein mochten. Ihr Blick erglühte, wenn er anzügliche Bemerkungen machte, und dieser Anblick wiederum brachte sein eigenes Blut in Wallung.

Dass sie in der Lage war, ihn nach einem solch glühenden Blick vollkommen aus ihren Gedanken zu verbannen – was sie offensichtlich getan hatte – war jedoch eher ernüchternd. Vom ersten Moment an hatte er sie richtig eingeschätzt. Sie war falsch, kalt und selbstsüchtig. Daran sollte er denken, wenn sie ihm das nächste Mal einen solchen Blick zuwarf.

Als sie sich schweigend dem erwachenden Lager näherten, zerriss das Schreien eines Kindes die Luft. Die Gräfin wendete ihr Pferd in die Richtung, aus der der Schrei kam, und ihre entnervte Miene war ein düsteres Omen für das Schicksal des Kindes.

»Esmeraude«, flüsterte sie.

Gräfin Eglantine schwang sich mit geschmeidigen Bewegungen aus dem Sattel, warf einem Diener die Zügel zu und lief auf das weinende Kind zu. Sie bewegte sich schnell und geschmeidig und war sehr viel näher an dem Kind als er. Duncan warf den Kadaver beiseite und stürzte hinter ihr her. Er bemerkte, dass sogar die Magd, die das Kind auf den Armen hielt, der Ankunft der Herrin besorgt entgegenblickte.

Sollte die Gräfin es wagen, das Kind zu schlagen, Duncan würde sie dafür zur Verantwortung ziehen.

»Gib sie mir«, befahl Eglantine, sehr zur Überraschung der Magd.

Aus der Nähe konnte er feststellen, dass die Kleine reich gewandet war. Es musste das unglückliche Kind sein, dass er bei ihrer Ankunft nicht weit hinter der Gräfin ausgemacht hatte.

War es ihr Kind? Wenn dem so war, war es abstoßend – wenn auch nicht überraschend –, dass ihr eigenes Kind ihr anscheinend nichts als eine Last bedeutete.

»Genug ist genug«, erklärte die Gräfin. Mit weit aufgerissenen Augen ließ die Magd das Kind los, welches nach einem Blick auf die adelige Frau nur noch lauter schrie.

Das Kind hämmerte mit den Fäusten auf die Gräfin ein und trat wild mit den Füßen. Ihr Gesicht war rot vor Zorn. Es klang, als habe sie nach ihrem Papa geschrien, doch in ihrer Verzweiflung waren ihre Worte nicht zu verstehen.

Die Schläge des Kindes schienen bei der Gräfin keinen Eindruck zu hinterlassen, sie stand da wie aus Stein gemeißelt. Sie musste außerordentlich wütend sein, wenn sie die eigenen Schmerzen derart vergaß.

Duncan bahnte sich noch schneller einen Weg durch die sich ansammelnde Menge, er fürchtete das Schlimmste.

»Esmeraude! Hör auf mit dem Unsinn«, sagte die Gräfin mit strenger Stimme. »Von meinem eigenen Fleisch und Blut werde ich ein solches Verhalten nicht länger dulden.«

In der Tat, es war ihr Kind!

Doch es verschaffte ihm keine Befriedigung, die Lage richtig eingeschätzt zu haben, die Wahrheit war einfach zu beschämend. Offensichtlich erkannte Esmeraude ihre eigene Mutter nicht.

Diese Gräfin gehörte ohne Zweifel zu jenen Frauen, die ihre Kinder von anderen großziehen ließen. Duncan hatte niemals glauben können, dass eine Frau mit nur einem Anflug von Gefühl in der Lage sein konnte, ihre Kinder nach der Geburt abzugeben und sich nicht mehr um sie zu kümmern – doch im Süden der Insel hatte er genau das immer und immer wieder erlebt.

Es gefiel ihm nicht, auch hier solchem Verhalten zu begegnen. Dieses Kind war kaum in dem Alter, entwöhnt zu werden, dennoch war die Gräfin rank und schlank. Vermutlich hatte sie sich vor lauter Eitelkeit geweigert, ihre Figur aufs Spiel zu setzen, um ihr eigenes Kind zu stillen.

Die Gräfin schüttelte das Kind. »Esmeraude! Wir alle haben genug von deiner Vorstellung und wir alle kennen dein Temperament.«

Natürlich, es war nicht zu dulden, dass ein Kind sich einmal ungehörig benahm. Kein Wunder, dass sie alle so kalt waren, wo man ihnen als Kinder jede Liebe verweigerte. Duncan zog die Augenbrauen zusammen, als Esmeraude ihrer Mutter so fest ins Gesicht schlug, dass ein roter Abdruck auf der Wange der Gräfin zurückblieb.

Die Magd hielt die Luft an und trat einen Schritt zurück. Alle Anwesenden standen da wie erstarrt und beobachteten die Gräfin in Erwartung der unausweichlichen Vergeltung.

Duncan jedoch konnte nicht tatenlos zusehen. Er trat vor, um einzuschreiten, als die Dame das Kind unvermittelt auf den Boden stellte.

Duncan wartete nicht ab, was sie tun würde. Er würdigte sie keines Blickes und ging neben dem Kind in die Knie, das in solcher Aufregung war, dass es seine Anwesenheit nicht einmal bemerkte. Esmeraude trat um sich und schrie, als kämpfe sie gegen unsichtbare Angreifer. Mit ihrem Gezeter konnte sie Tote erwecken.

»Esmeraude«, sagte Duncan mit fester Stimme. »Das ist ein Name für eine Prinzessin.«

Beim Klang seiner Stimme hörte Esmeraude, die vielleicht zwei Lenze zählte, zu weinen auf. Sie warf einen misstrauischen Blick um sich und entdeckte Duncan. Sie setzte sich hin, beäugte ihn, schniefte und hickste. Die Gräfin hielt die Luft an, doch Duncan würde seine Strafpredigt für später aufheben. O ja, er freute sich darauf, ihr die Meinung zu sagen.

Doch zunächst setzte Duncan sich in angemessener Entfernung von dem Kind ins Gras. Er atmete tief durch und sprach mit sanfter Stimme, denn unzweifelhaft hatte das Kind bereits genug Misshandlung erfahren.

»Ich kenne ein Lied über eine Prinzessin namens Esmeraude.« Er betrachtete das Kind, das offensichtlich neugierig geworden war. »Möchtest du es hören?«

Esmeraude nickte mit koketter Miene. Sie schenkte ihm ein kleines Lächeln, offensichtlich war sie sich ihres Charmes bewusst, und glättete ihr Kleid über den Knien.

Duncan musste seine Überraschung darüber verbergen, in welch frühen Jahren diese Adelsfräulein begannen, ihr

Auftreten einzustudieren. »Nun, dann darfst du aber nicht mehr weinen, sonst kannst du nichts hören.« In dem Bewusstsein seines Dialektes, den sie nur mit Mühe verstehen würde, sprach er langsam und deutlich. »Du musst ganz ruhig sein, sonst muss ich aufhören zu singen.«

Mit einem Schmollmund dachte Esmeraude darüber nach. Sie war ein hübsches Kind, das sicherlich zu einer schönen jungen Frau heranwachsen würde. Ihre Haut war hell, das Gesicht von der Form eines Herzens. Ihre Lippen waren so rot wie mit Karmesin gefärbt und perfekt geschwungen wie Amors Bogen. Die Augen unter den dichten Wimpern waren von einem betörenden Blau, die zerzausten Locken hatten die Farbe von Flachs.

»Na los! Sing!«, drängte sie und hob herrisch das Kinn. Kein Zweifel, die kleine Dame war es gewohnt, ihren Willen zu bekommen.

Duncan erinnerte sich schmunzelnd daran, dass es nicht anders zu erwarten gewesen war.

Wenigstens hatte sie aufgehört zu weinen – und die Gräfin hatte das Kind nicht geschlagen, das war ausreichender Lohn für eine Geschichte. Er wandte das Gesicht zur See, überdachte den Text, damit er auch wirklich von einer Prinzessin namens Esmeraude handelte, und begann zu singen.

Es war einst das Mädchen Esmeraude,
ihre Schönheit viel besungen,
in Liedern, die vor ihrer Tür erklungen,
Wunderschöne Esmeraude.

Voll Neugier war nun Esmeraude,
zu wissen, wer dort sang so leis,
und versprach dem Mann, ob Knab, ob Greis,
einen Kuss von Esmeraude.

Esmeraude war fasziniert. Sie betrachtete Duncan mit einem Lächeln auf den Lippen und glänzenden Augen, die Hände im Schoß gefaltet.

Doch sehr überrascht war Esmeraude,
in die Wangen stieg ihr die Röte,
der Barde vor ihrer Tür – eine Kröte!
Eine Kröte sang die Ode an Esmeraude.

Der Hof war in Aufruhr, doch Esmeraude
löste ein den widrigen Schwur.
Es grauste alle, doch sahen sie nur
die Kröt' ward zum Prinz für Esmeraude.

Der König, der Vater von Esmeraude,
schenkte dem Paar viel Geld und ein Schloss,
sie heirateten und lebten glücklich im Überfluss,
der Krötenprinz und Esmeraude.

Begeistert klatschte Esmeraude in die kleinen Hände und rutschte näher an Duncan heran. Ein bewunderndes Murmeln ging durch die Reihen der Zuhörer, doch Duncan hatte nur Augen für das kleine Mädchen.

»Mehr!«, verlangte sie, aber er hatte nicht vor, den Launen des Kindes Folge zu leisten.

»Nein, das genügt fürs Erste.«

»Noch mal«, beharrte Esmeraude und zog eine Schnute, um ihn umzustimmen.

Duncan schüttelte den Kopf. Er warf der Gräfin einen scharfen Blick zu und stellte mit Überraschung fest, dass ihre Gesichtszüge weich geworden waren. Sie bot den Anblick einer von Herzen erleichterten Mutter, einer Mutter, die ihr Kind über alles liebte, doch Duncan wusste, dass dies nicht der Fall sein konnte.

Sie wollte ihn mit Absicht in die Irre führen, das musste er sich stets vor Augen halten. »Vielleicht solltest du zu deiner Mutter zurückgehen.«

Esmeraude blickte niedergeschlagen drein, doch Duncan erhob sich. Er war bestrebt, einen gewissen Abstand zwischen sich und das nunmehr zweite Adelsfräulein zu legen, das bewusst mit ihrer Wirkung spielte. Das Kind blickte von ihm zu seiner Mutter und war so offensichtlich darum bemüht, Tränen fließen zu lassen, dass Duncan erstaunt den Kopf schüttelte.

Es stand zu hoffen, dass Esmeraudes Gedanken stets so leicht zu lesen sein würden, obwohl er da seine Zweifel hegte. Sie würde bei ihrer Mutter in die Lehre gehen, das war sicher, und schon bald würde sie die übliche Maskerade der Frauen von Adel zu ihren Gunsten zu nutzen wissen. Duncan spürte, wie Zorn in ihm aufstieg.

»Ich möchte mit Euch sprechen«, sagte die Gräfin mit sanfter Stimme.

Ihr Tonfall überraschte Duncan. Er erinnerte sich daran, dass die Gräfin die Schwierigkeiten mit ihrer Tochter selbst herbeigeführt hatte, dennoch ließ ihr sanftes Auftreten seinen Zorn wanken. Ohne Zweifel wusste sie um diese Wirkung und er ärgerte sich über sich selbst, dass er so leicht zu beeinflussen war.

Hatte er auf seiner Reise in den Süden denn gar nichts gelernt?

Duncans Antwort war knapp, seine Wut galt der Gräfin ebenso wie sich selbst. »Was ist mit dem Kind?«

Ein trauriges Lächeln huschte über Eglantines Züge, das Duncans Dichterherz ebenso schmerzte wie ihre Worte: »Ich denke, sie ist glücklicher ohne mich.«

»Ich werde sie nehmen, Madame«, bot die Magd sich an, hob das Kind vom Boden auf und drückte es an sich. Die

Gräfin nickte, dann trat sie auf Duncan zu. Ihre smaragdfarbenen Augen leuchteten, und hielte man Eglantine für arglos, man hätte ihren Ausdruck als Dankbarkeit deuten müssen. Sie führte ihn weg von der Versammlung auf die Küste zu.

»Ich danke Euch für Euer freundliches Eingreifen«, sagte sie und ihr sanftes Lächeln erzürnte Duncan mehr als alles, was sie hätte tun können.

»Nicht der Rede wert.« Sein Ton war beinah unverschämt.

»Nein, Ihr ward ausgesprochen freundlich. Und Ihr habt eine sehr schöne Stimme.«

»Wohl kaum«, schnaubte Duncan. Dann fasste er aller Vorsicht zum Trotz seine Gedanken in Worte: »Ich fürchtete, Ihr würdet das Kind schlagen.«

Die Dame schien ein Lachen unterdrücken zu müssen, doch dann wurde ihre Miene ernst. »Obwohl Esmeraude mich hartnäckig dazu gereizt hat, und das mehr als einmal, entspricht es nicht meiner Art, ein Kind zu schlagen. Schließlich ist es nicht ihre Schuld, dass sie so durcheinander ist.«

»Nein, es ist Eure Schuld.«

»Meine?«, fragte sie und erneut war ihr Tonfall kalt.

»Ja, Ihr seid es, die Ihr Eure Pflichten vernachlässigt habt. Das Kind erkennt Euch ja nicht einmal, was ein schlechtes Bild wirft auf Eure Rolle als Mutter.«

Sie verschränkte die Arme vor der Brust und drückte damit ihren Busen unter dem nassen Umhang auf eine Art und Weise nach oben, die es Duncan nicht gerade leichter machte, bei der Sache zu bleiben. »Tatsächlich?«

»Tatsächlich! Ich habe schon viel gesehen, und wenig Gutes von Seiten des Adels, aber dies ist das erste Mal, dass ich ein Kind sehe, das die eigene Mutter nicht erkennt!«

Duncans Stimme wurde immer lauter. »Das spricht nicht gerade für Euren Charakter, Mylady, das steht fest!«

»Fahrt fort«, forderte die Gräfin ihn kühl auf und ihre smaragdfarbenen Augen glühten.

Ah, sie war gekränkt. Ein Mann, dem das Verhalten der Adelsfrauen weniger vertraut war, mochte denken, er habe sie verletzt, und um Verzeihung bitten. Ein solcher Mann mochte dumm genug sein, erneut in ihre Falle zu tappen. Aber Duncan wusste es besser.

»Aber was kann man vom Adel schon erwarten? Es ist offensichtlich, dass Ihr, genau wie alle anderen, außer Eurem eigenen Vergnügen und der eigenen Bequemlichkeit nichts im Sinn habt.«

»Was meine Anwesenheit hier erklären würde, richtig?« Die Worte kamen gepresst, als müsse sie sich jedes einzelne aus dem Herzen reißen.

Aber Duncan ließ sich nicht beirren. Nein, *Ceinn-beithe* hatte irgendeine Bedeutung für sie, da war er sicher. Außerdem hatte er nicht vor, sich ablenken zu lassen, stattdessen stemmte er die Hände in die Hüften und starrte sie an.

»Spart Euch den Versuch, mir etwas vorzumachen. Ward Ihr nicht auf der Jagd, so früh an Eurem ersten Morgen? Wie gut passte es zu einer Adligen, das eigene Amusement zu suchen, während die Untergebenen hart daran arbeiten, für Nahrung und ein Dach über dem Kopf zu sorgen!«

Er deutete auf Esmeraude und ihre Magd. »Und wie gut passt es zu einer verwöhnten Adligen, die Versorgung und Erziehung ihres Kindes einer Untergebenen zu überlassen, um bloß nicht die eigene Figur zu ruinieren oder sich in ihrer Vergnügungssucht stören zu lassen.«

Zu seiner Verwunderung floh die Gräfin nicht vor seinem Ausbruch. Sie weinte nicht, sie zuckte nicht mit der

Wimper. Sie blieb stehen, wo sie war, und erwiderte seinen Blick.

In dem Versuch, sie einzuschüchtern, trat er einen Schritt vor. »Hört auf meine Worte, Gräfin. Ihr passt nicht in dieses Land. Hier gibt es keinen Platz für Herr und Knecht, dieses Land verlangt Opfer von allen.«

»Es ist offensichtlich, dass es hier keine Menschen von adligem Gemüt gibt, das gebe ich zu.«

Duncan trat näher an sie heran. »Vielleicht solltet auch nur *Ihr* abreisen«, schlug er mit leiser Stimme vor, »und Eure hart arbeitenden Untergebenen zurücklassen, denn Ihr seid die wahre Fremde hier. Ich denke sogar darüber nach, Euch dieses Kind abzunehmen, damit es Vertrauen und Liebe kennen lernt, bevor es zu spät ist!«

Ihre Augen blitzten. »Ich möchte doch sehr bezweifeln, dass es mit Eurem Verstand weit her ist.«

Bei diesen mit beherrschter Stimme geäußerten Worten spürte Duncan eine dumpfe Hitze im Nacken aufsteigen. »Ja, genau wie ich erwartet habe. Ich beschuldige Euch, Eure eigenen Kinder zu vernachlässigen, und Ihr seid gefasst, als hätte ich übers Wetter gesprochen! Kennt Eure Seele denn kein Mitgefühl? Fließt denn kein Blut in Euren Adern?«

Ihr kühles Lächeln erzürnte ihn nur noch mehr. »Ich versichere Euch, es fließt Blut in meinen Adern. Jedoch wurde ich zu tadellosem Benehmen erzogen – was Euch offensichtlich nicht zuteil wurde.« Sie zog eine Augenbraue hoch. »Daher und aufgrund der wortreichen Darlegung Eurer Gefühle scheint es unangebracht, Euch und Eure Männer einzuladen, unser Mahl zu teilen, wie ich es vor wenigen Momenten noch vorhatte.«

»Ein Mahl, das Eure Untergebenen mühevoll für Euch herrichten müssen!«

Sie nickte. »Richtig, Gerhard und Gunther werden die Kaninchen mühevoll häuten und zubereiten müssen, dennoch haben sie mir versichert, wie dankbar sie sind für das frische Fleisch.«

Duncan zog die Augenbrauen zusammen. »Wie sollten sie nicht Dankbarkeit zeigen, wo die Jagd dem Vergnügen ihrer Herrin dient? Es wäre mehr als unvernünftig, etwas anderes zu sagen.«

»Schon wieder liegt Ihr falsch«, sagte sie und zum ersten Mal wurde ihre Stimme lauter, »die Jagd ist eine Verpflichtung für mich, kein Vergnügen. Hätte ich die Wahl, ich würde niemals auf die Jagd gehen, aber es ist meine Pflicht, die zu versorgen, die mir anvertraut sind. Nach der Reise brauchten meine Leute einen heißen Eintopf. Und schließlich ist es mein gutes Recht, auf meinem Land zu jagen.«

Duncan blinzelte. Sie war auf die Jagd gegangen, damit ihre Leute eine heiße Mahlzeit bekamen? Das war kaum selbstsüchtig zu nennen. Vielmehr war es nahezu ... mütterlich. Außerdem war sie vor seinen Anschuldigungen und seiner Wut nicht geflohen, sie war nicht in Tränen ausgebrochen.

Stolz hatte sie ihm ins Gesicht gesehen und sich zur Wehr gesetzt.

Die Erkenntnis, dass er ein solches Verhalten noch bei keiner Frau, welchen Standes auch immer, angetroffen hatte, machte ihn nachdenklich. Er hatte sich immer gewünscht, einer Frau zu begegnen, die ihren Standpunkt verteidigte wie ein Mann, die nicht erzitterte, wenn er laut wurde, und die wusste, dass er sich bei all seinem Geschrei niemals an ihr vergreifen würde. Es verunsicherte ihn, dass diese Frau nun in Gestalt der Gräfin vor ihm stand.

Sein Zorn verflog so schnell, wie er gekommen war. Das Verhalten der Dame ließ noch viele Fragen offen, am dringlichsten die nach dem Grund ihres Hierseins.

Auf einmal schien es ihm unbedingt notwendig, den Grund zu erfahren. Duncan bemerkte erst jetzt, dass sie einfache Lederstiefel trug, schwere Stiefel, gearbeitet wie die eines Mannes und ohne jede Verzierung. Ihr Kleid aus guter Wolle war einfach geschnitten, die Stickereien alles andere als auffällig. Sie trug keinen Schmuck. Erst jetzt bemerkte er Details ihrer Erscheinung, die ihm zuvor entgangen waren.

Das Antlitz der Gräfin trug weder Kohl noch Karmesin, ihre Finger keine Ringe. Sie war einfach gekleidet, als sei sie in aller Eile aufgestanden, um den Pflichten ihren Untergegebenen gegenüber nachzukommen.

Hatte er sich in Eglantine, Gräfin de Nemerres, getäuscht?

Die Gräfin jedoch schien nicht geneigt, ihn in ihre Geheimnisse einzuweihen. Mit einem leichten Nicken sagte sie in höflichem Tonfall: »Ich wünsche Euch einen guten Tag, Duncan MacLaren, und eine gute Reise.« Sie machte auf dem Absatz kehrt und schritt aufrecht davon.

»Eine letzte Frage noch, Gräfin«, rief Duncan hinter ihr her.

Sie warf einen Blick über die Schulter zurück. »Ich bin Euch keine Antworten schuldig.«

»Warum fürchtet Esmeraude ihre eigene Mutter?«

Eglantine drehte sich um und betrachtete ihn, das Feuer in ihren Augen ließ Duncans Atem stocken. »Das hat Euch nicht zu bekümmern.«

Duncan lächelte, das Funkeln in ihren Augen gefiel ihm. »Ihr habt Angst, mir die Wahrheit zu sagen«, versuchte er sie zu reizen.

Es gelang ihm weitaus besser, als er erwartet hatte.

Eglantines Augen blitzten auf wie feurige Smaragde, der Zorn in ihren Zügen ließ seinen Puls rasen. Weit davon entfernt, sich gelassen zurückzuziehen, stürmte die Dame auf ihn zu, eine Fleisch gewordene Göttin der Rache.

Duncan war fasziniert.

Kapitel 4

Leider teilte die Dame seine Begeisterung nicht. Sie blieb vor ihm stehen, hob das Kinn – alles andere als entmutigt ob des Größenunterschiedes zwischen ihnen – und setzte ihm einen Finger auf die Brust, um ihre Worte zu unterstreichen.

»Ich habe vor nichts Angst!«, zischte sie. »Und ganz bestimmt habe ich keine Angst vor einem unzivilisierten, unruhestiftenden, unberechenbaren, vulgären …« Ihr fehlten die Worte und sie geriet ins Stocken. Duncan konnte sich ein Lächeln nicht verkneifen.

Bei Gott, er kannte dieses Gefühl, wenn einem vor lauter Wut die Worte im Halse stecken blieben.

»Barbar«, schlug er hilfreich vor und spürte eine verwirrende Zuneigung für diese Frau. Ein bewunderndes Lächeln zeigte sich auf seinen Lippen, was der Gemütsverfassung der Dame nicht unbedingt zuträglich war.

»Richtig!« Ihre Augen blitzten gefährlich. »Ein Barbar, wie Ihr es seid!« Sie holte tief Luft und ihre Brüste hoben und senkten sich aufgeregt, während sie die Zähne aufeinander biss und ihn anstarrte.

Sie war umwerfend. Mit einem Finger berührte Duncan sie an der Wange, obwohl er beinah damit rechnete, dass sie ihn für seine Unverschämtheit schlagen würde. Eglantine sog zischend Luft ein. Ihre Haut war weicher als weich, doch ihr Blick war aus Stahl.

»Wie könnt Ihr es wagen!«, schnaubte sie und stieß seine Hand zur Seite. Sie zitterte vor Wut, doch sie trat keinen Schritt zurück. Stattdessen kam sie näher. »Nie wieder werdet Ihr es wagen, mich zu berühren, habt Ihr das verstanden?«

Nein, ohne Kampf würde diese Frau sich nicht ergeben. Die Aussicht spornte ihn an. Würde er sie mit einer Berührung von *Ceinn-beithe* vertreiben können?

Es war einen Versuch wert. Niemand aus ihrem Gefolge war in Sichtweite, um eingreifen zu können – viel eher schienen ihre Untergebenen darauf bedacht, ihrer Arbeit nachzugehen und der Herrin keine Beachtung zu schenken.

Wunderbar.

»Oh, ich werde sogar noch mehr wagen, sehr viel mehr«, versprach Duncan mit leiser Stimme. Mit einer schnellen Bewegung umfasste er ihr Kinn und beugte sich zu ihr herab. »Ist dieses Versprechen geeignet, Angst in Eurem Herzen zu säen, Mylady Eglantine?«

Ihre Augen wurden schmal, doch konnte sie die Hitze der Erregung, die in ihr aufstieg, nicht verbergen. »Nein!«

»Gut«, flüsterte er an ihren Lippen, um ihren Zorn weiter anzustacheln. »Denn es ist die Art eines Barbaren, sich zu nehmen, was er will.« Duncan fuhr leicht mit seinen Lippen über die ihren, er wusste, dass es nicht lange dauern würde, bis sie ihre Fassung zurückgewonnen hatte.

»Und Ihr wisst, was ich will«, flüsterte er und küsste sie. Der wunderbare Geschmack ihrer Lippen ließ ihn beinah schwindelig werden.

Tatsächlich wurde ihm schwindelig, als Eglantine ihm eine kräftige Ohrfeige versetzte.

»Unverschämter Schurke!« Ihre Augen blitzten, während

er sein Kinn betastete. Nun war er es, der einen Schritt zurücktrat, doch die Dame folgte ihm auf dem Fuße. »Gibt es in diesem Niemandsland überhaupt keine Manieren? Kennt Ihr nicht Euren Platz, respektiert Ihr nicht das Recht jeder Frau, ja zu sagen oder nein?«

»Und was würdet Ihr zu meinem Angebot sagen, Gräfin Eglantine?«, fragte Duncan mit einem Grinsen. »Ja oder nein?«

»Nein natürlich!«

Zärtlich tippte er ihr mit dem Finger auf die Nasenspitze. »Aber Eure Augen sagen ja.« Als sie tief Luft holte, wurde sein Blick von den reifen Rundungen ihrer Brüste angezogen. Ohne zu zögern legte er ihr eine Hand um eine Brust, wissend, dass sie diese Intimität nicht tolerieren würde.

Fasziniert stellte er fest, dass ihre Rundung so perfekt in seine Hand passte, als seien sie füreinander geschaffen.

»Ihr!«, zischte Eglantine leise, packte sein Handgelenk und stieß die Hand zur Seite. Duncan war klug genug, einen Schritt zurückzutreten, bevor sie ihm erneut eine Ohrfeige versetzen konnte.

»Erzählt mir von dem Kind«, verlangte er in dem Wissen, sie für den Moment genug gereizt zu haben. »Erzählt mir, warum sie Euch fürchtet. Seid Ihr ihr fremd?«

Eglantines Hände ballten sich zu Fäusten, während sie ihn mit blitzenden Augen und zornesroten Wangen anstarrte. Wie hatte er sie für kühl halten können? Ihr Temperament wütete wie ein Inferno und Duncan verspürte das dringende Verlangen, sie erneut zu berühren – diesmal jedoch nicht mit dem Ziel, sie zu vertreiben.

»Ich bin Euch keine Antworten schuldig!«, zischte sie. »Ich bin Euch gar nichts schuldig, Duncan MacLaren – ich schulde Euch keine Erklärungen und keine Küsse und kein

Ja oder Nein, und ich kann Euch nur raten, das nie zu vergessen.«

Nach diesen Worten machte sie auf dem Absatz kehrt, schritt von dannen und ließ einen faszinierten Mann zurück.

Nach einem Dutzend Schritte drehte sie sich um und stieß durch die Luft mit dem Finger in seine Richtung. »Und verlasst mein Land«, befahl sie. »Ihr seid nicht mehr willkommen auf Kinbeath, wenn Ihr das überhaupt jemals ward.«

Die Gräfin gab Duncan keine Gelegenheit zu einer Antwort und marschierte zurück zu ihrem Lager.

Ganz bestimmt würde Duncan *Ceinn-beithe* nicht so ohne weiteres aufgeben. Oh ja, er hatte sich in Eglantines Temperament geirrt. Es floss Blut durch ihre Adern, heißes Blut, ohne Zweifel.

Doch was hatte sie hierher verschlagen? Duncan brannte vor Neugier. Und warum hatte ihr eigenes Kind Angst vor ihr? Was war mit dem Grafen geschehen? Und nicht zuletzt, wer hatte die Urkunde gefälscht? Inmitten all dieser Geheimnisse lag der Schlüssel dazu, sie von hier zu vertreiben und das Land für die Seinen zu sichern.

Duncan war ehrlich genug, sich einzugestehen, dass er momentan vielleicht ein bisschen weniger daran interessiert war, die Dame abreisen zu sehen. Doch es waren lediglich ihre Geheimnisse, die ihn faszinierten, und sobald er sie durchschaut hatte, würde seine Faszination nachlassen. Dennoch haftete sein Blick außerordentlich lang auf ihrer Gestalt.

»Wenn du behauptest, diese Frau sei aus Stein, mein Junge, dann möchte ich keiner begegnen, die du für leidenschaftlich hältst.« Gillemores Kommentar schreckte ihn aus seinen Gedanken.

Duncan lachte leise und legte dem Älteren eine Hand auf die Schulter. »Ich werde sie trotzdem von hier vertreiben, Gillemore. Sie mag es gar nicht, wenn man sich ihrem Willen widersetzt.«

Gillemore räusperte sich. »Pass nur auf, dass sie nicht einen Teil von dir mitnimmt, wenn sie geht, mein Junge.«

»Kein Grund zur Sorge«, erklärte Duncan zuversichtlich, doch im Weggehen fuhr er sich mit der Zunge über die Lippen, um Eglantines Geschmack noch einmal zu kosten.

Er wollte mehr. Diese eine süße Kostprobe reichte ihm nicht. Würde sie unter einem Mann vor Lust stöhnen, würde sie ebenso viel verlangen, wie sie gab – oder würde sie daliegen wie eine Leiche, wenn sie einmal eingewilligt hatte, sich hinzugeben? War dieser Temperamentsausbruch eine List gewesen oder ein Hinweis auf ihren wahren Charakter?

Duncan wusste es nicht, doch er wollte es herausfinden – allein schon um die richtige Strategie zu finden, die Dame von hier zu vertreiben. Das war es. Ja, er würde an diesem Mahl teilnehmen – jenem, zu dem Eglantine ihn ausdrücklich nicht eingeladen hatte. Mit etwas Glück würde allein seine Anwesenheit ihren Zorn weiter auflodern lassen.

Duncan konnte es kaum erwarten.

***

Eglantine hasste es, wenn sie die Kontrolle verlor.

Niemals verlor sie die Kontrolle. Ein Ding der Unmöglichkeit. Sie war nicht wie Esmeraude, die mit Theobalds Charme und seinem stürmischen Temperament gesegnet war. Nein, sie nicht.

Eglantine war besonnen. Eglantine war ruhig. Eglantine

erhob niemals auch nur die Stimme; wo immer sie erschien, verwandelte sie Chaos in Ordnung. Ihr Blut geriet niemals in Wallung.

Und dennoch machte es an diesem Tag genau den Eindruck. Ja, sie kochte, wie sie noch nie zuvor gekocht hatte. Sie war streng gewesen zu Esmeraude, als Nachgiebigkeit zu besseren Ergebnissen geführt hätte – ein Fehler, für den sie sicherlich würde zahlen müssen, auch wenn er auf ihre Erschöpfung zurückzuführen war. Schlimmer noch, sie hatte einen Menschen geschlagen und beschimpft. Einen Menschen zwar, der es nicht anders verdient hatte, aber dennoch.

Und derselbe lästige Grobian war schuld daran, dass sie sich vergessen hatte. Dieser Mann, der nicht das Recht hatte, weiter auf ihrem Land zu bleiben, dessen Stimmungen wechselhaft waren wie die Farben der See, dieser Mann, der sie herausforderte und dann *lachte*, wenn sie auf seine Herausforderung einging.

Ein Unhold, der sie geküsst hatte, wo er nicht einmal das Recht besaß, das Wort an sie zu richten. Und ganz abgesehen davon empfand sie niemals so etwas wie Lust, nein, nicht Eglantine; niemals brannte sie vor Verlangen. Die Berührung eines Mannes konnte angenehm sein, mehr nicht, manchmal vielleicht auch willkommen. Aber Männer brachten das Blut der vernünftigen Eglantine nicht in Wallung.

Und dennoch rechnete sie an diesem Tag beinah damit, Dampf von ihrer Haut aufsteigen zu sehen.

Wäre da nicht das offensichtliche Ärgernis namens Duncan MacLaren, sie müsste fürchten, sich eine schlimme Krankheit zugezogen zu haben. Und in der Tat schien es ihr äußerst verwunderlich, dass im Verlauf eines einzigen kurzen Tages all ihre Mordgedanken von Theobald auf einen Mann übergegangen waren, den sie gerade erst kennen gelernt hatte. Außerdem hatten sie sich um rund ein Dreifaches gesteigert.

Zu allem Überfluss konnte sie die Hitze auf ihren Lippen nicht ignorieren, die Hitze, die Duncans unverschämter Kuss hinterlassen hatte. Ein gestohlener Kuss. Seine Dreistigkeit war einfach unfassbar.

Und sie, schamlos wie sie offenbar geworden war, hatte mehr gewollt. Sie war keine zitternde Jungfrau mehr, und obwohl ihre Ehen reine Pflichtverbindungen gewesen waren, hatte es Nächte der Leidenschaft und der Lust gegeben. Eglantine musste sich eingestehen, dass sie die Wärme einer männlichen Hand auf ihrer Haut vermisste.

Nicht oft. Aber hin und wieder.

Aber sie hatte das heiratsfähige Alter überschritten und war ganz gewiss keine Frau für gelegentliche Affären. Sie wollte ihren Töchtern kein schlechtes Beispiel geben und außerdem hatte ihre Familie sie hohe moralische Werte gelehrt.

Nein, die Vermählung ihrer Töchter war ihr einziges Ziel und deren Glück würde das ihrige sein. Zweimal wiederholte sie sich diesen Satz, ohne Erfolg. Eglantine atmete tief durch, schüttelte sich und befahl dem Prickeln in ihrem Unterleib, sich zum Teufel zu scheren.

Es schenkte ihr keinerlei Beachtung, sondern erhitzte sich immer weiter wie auf einem Schmiedefeuer.

Sie durfte sich nicht von den Reizen eines Barbaren fesseln lassen, nicht sie. Sie konnte und sie würde sich gegen den rauen Charme dieses Mannes wappnen. Alles, was sie brauchte, um ihre Verteidigungswälle wieder zu errichten, waren ein paar Stunden tiefen Schlafs, und die würde sie in dieser Nacht bekommen.

Nachdem sie für das Problem namens Duncan MacLaren eine Lösung gefunden hatte, wandte sie sich mit bemerkenswerter Entschlossenheit ihren Pflichten zu.

Ihre erste Sorge galt Esmeraude. Das Kind hatte Gelegenheit gehabt, um ihren Papa zu trauern, doch nun war es an der Zeit, dass sie sich mit ihrer neuen Lage abfand. Eglantine wusste, dass sie sich heute Morgen falsch verhalten hatte. Sie würde noch einmal von vorn anfangen müssen, diesmal vorsichtiger. Doch als Eglantine ihre Tochter beim Spiel mit Célie beobachtete, wurde ihr klar, dass sie für eine weitere Probe ihrer Willenskraft noch nicht bereit war.

Eglantine rieb sich über die Augenbrauen, verfluchte den Regen und wünschte sich von ganzem Herzen, irgendetwas in ihrem Leben möge sich zu ihren Gunsten wenden.

Als Erstes würde sie mit Xavier die Baupläne besprechen, dann würde sie die Vorbereitungen für das Mahl überwachen. Sobald alle satt und müde waren, würde sie veranlassen, dass Esmeraude in ihr Zelt umzog. Natürlich würde auch Célie mitkommen, auch wenn wahrscheinlich keine von ihnen in dieser Nacht ein Auge zutun würde.

Vielleicht am frühen Morgen oder in der folgenden Nacht.

Doch sie wollte endlich den Grundstein legen für das Vertrauen zwischen Mutter und Tochter. Früher oder später würde Esmeraude sich mit den Umständen und mit ihrer Mutter arrangieren müssen. Eglantine wusste, dass ihre Ausdauer größer war als die des Kindes.

Schließlich war sie die Geduldige.

Nicht ohne Grund hatte Theobald ihre Fähigkeit betont, aus wenig viel zu machen. Eglantine seufzte und wünschte sich, er hätte es ihr etwas leichter gemacht, dann zwang sie sich zu einem Lächeln, als sie sich auf die Suche nach Xavier begab.

Geduld und Hartnäckigkeit würden sie zum Ziel bringen.

***

Xavier brannte darauf, seinen eigenen Teil an Geduld und Hartnäckigkeit auf den Bau des Hauses zu verwenden. Voller Enthusiasmus sprach er über den windgeschützten Platz, den er ausgewählt hatte, und die großen Steine, die sich schon auf dem Gelände befanden. Er hatte die Anweisung gegeben, ihre Zahl mit kleineren Felsenbrocken aus der Umgebung zu mehren.

In der Tat hatten die jungen Männer, die ihm zu Diensten waren, bereits einen beeindruckenden Haufen angesammelt und selbst, während er mit Eglantine sprach, brachte er einige kleinere Steine an ihren Platz. Anscheinend konnte er vor lauter Begeisterung nicht von seiner Aufgabe ablassen.

Sein Plan war es, aus den Steinen einen Fußboden zu fertigen und eine niedrige Mauer, die Eglantine bis an die Hüfte reichen würde. In diese Mauer würden dann alle drei Schritte große Holzpfeiler aufrecht stehend eingelassen werden. In Höhe der Dachkante würde ein Querbalken aus Holz den Rahmen bilden, dann sollten die Wände mit weiteren aufrecht stehenden Baumstämmen ausgefüllt werden.

Die Hände hinter dem Rücken verschränkt, lauschte Louis aufmerksam den Plänen und stellte von Zeit zu Zeit scharfsinnige Fragen. Eglantine versuchte sich das Gebäude vorzustellen, das so anders war als die aus Stein oder Stroh und Lehm, die sie kannte.

Alles war besser als das Zelt. Und ein Steinfußboden, bestreut mit Kräutern, hatte wahrhaftig seinen Reiz. Es würde wunderbar sein, sich morgens ohne Erde oder Matsch unter den Füßen aus dem Bett zu erheben.

Sie warf einen Blick auf den Turm, den Duncan und seine Männer beanspruchten, und Xavier verlieh seiner Überzeugung Ausdruck, dass der Turm in der Tat eine hervorragende Verteidigungsanlage sei. Louis ergänzte, dass solche Türme in der Regel mit unterirdischen Vorratskammern ausgestattet waren, um einer Belagerung länger standhalten zu können. Keiner erwähnte, dass sie den Turm erst in Augenschein nehmen und selbst nutzen konnten, wenn sie Duncans Männer vertrieben hatten.

Xavier und Louis stimmten darin überein, dass die Wände des Herrenhauses doppelt so dick wie gewöhnlich sein sollten, um den Wind abzuhalten, der auch in diesem Moment schneidend von der See herüberwehte. Ungefähr in der Mitte des zukünftigen Gebäudes zeichnete Xavier mit der Zehenspitze die Umrisse der Feuerstelle in den Boden. Louis schlug vor, die Feuerstelle noch größer zu bauen, und die beiden Männer wägten die Möglichkeiten ab.

Xavier schlug vor, zunächst einen Raum mittlerer Größe fertig zu stellen – wieder zeichnete er die Umrisse mit dem Fuß in den Boden – und von dort ausgehend Raum für Raum anzubauen. Auf diese Weise, verkündete er stolz, würden in kürzester Zeit alle ein Dach über dem Kopf haben, denn bis zum Herbst könne das Gebäude bereits vier oder fünf Zimmer umfassen. So wäre für alle für einen angemessenen Schutz vor dem Winter gesorgt und zugleich wäre eine Trennung von Arbeits- und Schlafräumen möglich.

Eglantine brachte ihre Bewunderung für Xaviers Plan zum Ausdruck, was der ältere Mann lächelnd und mit roten Ohren zur Kenntnis nahm. Sie schlug vor, die erste Halle solle größer sein als die anderen Räume und in der Mitte des Gebäudes liegen, sodass die Wärme des Feuers am besten genutzt werden könne. Louis und Xavier stimmten ihrem Vorschlag zu.

Alles in allem nahmen die Planungen einen Gutteil des Tages in Anspruch. Das Leuchten hinter den Wolken, das den Stand der Sonne erahnen ließ, sank bereits dem Horizont entgegen, als sie in allem übereingekommen waren. Gerade waren sie in zufriedenes Schweigen gefallen, als Gunther laut mit dem Kochlöffel gegen einen leeren Topf schlug.

»Essenszeit!«, schrie er. »Eure Herrin war auf der Jagd und es gibt Kanincheneintopf für alle!«

»Und frisches Brot«, fügte Xavier mit einem zufriedenen Schnuppern in die Luft hinzu. »An einem Tag wie diesem wird uns das gut tun.« Er verbeugte sich vor Eglantine, rief seine Jungen zusammen und ging zu dem Feuer.

»Eine sehr weise Tat, Madame«, erklärte Louis mit ungewohnter Wärme. »Etwas Fleisch wird die Moral unseres Hausstandes beflügeln.«

Eglantine warf ihm ein Lächeln zu. »Trotz dieses fürchterlichen Ortes?«

Louis erwiderte ihr Lächeln nicht. »Er ist noch weit abgelegener, als ich erwartet hatte.«

Eglantine seufzte. »O ja, das ist er. Und ehrlich gesagt gibt es mehr Kartoffeln als Fleisch in dem Eintopf.« Sie betrachtete ihren Verwalter und vertraute darauf, dass seine Lebenserfahrung ihren Ängsten trotzen würde. »Glaubt Ihr, wir können diesen Ort zu einem Zuhause machen, Louis?«

Louis presste die Lippen aufeinander und ließ seinen Blick über den Nebel in den Bergen und an der Küste wandern. »Der Frühling steht vor der Tür und so lange mag alles gut gehen, doch meine Sorge gilt dem nächsten Winter. Xavier hat einen guten Plan für einen Unterschlupf und es gibt genug Feuerholz ...«

»Aber?«

»Aber was sollen wir essen, Madame? Kann man im Winter fischen gehen? Ich weiß um diese Dinge nicht Bescheid.« Besorgt zog der alte Mann die Augenbrauen zusammen. »Kann man hier im Winter auf die Jagd gehen oder wandern die Tiere an einen anderen Ort? Ich weiß nicht genug darüber, um auch nur eine Vermutung anzustellen. Und wir haben kein Getreide, noch wissen wir, ob die Samen, die wir mitgebracht haben, an diesem öden Ort gedeihen werden.«

Eglantine zog sich das Herz in der Brust zusammen. »Ihr glaubt, wir können hier nicht überleben.«

Louis zog eine Augenbraue hoch. »Wenn ich so frei sprechen darf, Madame, bei diesem Unterfangen setzt Ihr das Leben vieler aufs Spiel, die auf Euch angewiesen sind, und das ohne große Aussicht auf Erfolg. Ich würde vorschlagen, Pläne für unsere Rückkehr nach Arnelaine zu machen, oder zumindest nach Crevy ...«

Allein die Vorstellung erzürnte Eglantine. »Umkehren? Unmöglich!«

»Nicht unmöglicher als unsere Reise in dieses heidnische Land.«

Eglantine verschränkte die Arme vor der Brust und betrachtete den Mann, dem sie die Führung ihres Hausstands anvertraute. »Louis, ich hatte den Umstand, dass Ihr mich begleitet habt, als Zustimmung gedeutet.«

»Da habt Ihr Euch geirrt, Madame.«

»Warum dann habt Ihr mich begleitet?«

Er bedachte sie mit einem jener scharfen Blicke, die sie als Kind gefürchtet hatte. Nicht so jetzt – Eglantine wich seinem Blick nicht aus. »Ich habe es gelobt«, flüsterte er.

»Ich hätte Euch aus Euren Pflichten entlassen können, Louis, hätte ich das Ausmaß Eurer Vorbehalte geahnt.«

Sein Blick verfinsterte sich. Allein der Gedanke schien eine solche Beleidigung zu sein, dass er seinen Ärger nicht verbergen konnte. »Manche Pflichten sind nicht so leicht abzuschütteln, Madame. Nicht nur, dass ich in den Dienst Eurer Familie geboren wurde, ich habe einen Schwur geleistet, Euch nach all meinen Kräften und Fähigkeiten zu dienen. Mein Schwur ist nicht leichtfertig dahingesagt und ich werde ihm bis zu meinem letzten Atemzug treu sein.« Seine Augen blitzten. »Mit oder ohne Eure Einwilligung.«

Es war das erste Mal, dass sie so kurz vor einem Streit standen, und Eglantine mühte sich, ihren Tonfall zu mäßigen. Es war dieser verdammte Duncan, der sie aus der Fassung gebracht hatte, darüber war sie sich im Klaren. »Eure Loyalität steht außer Zweifel, Louis.«

»Ebenso wie Eure Klugheit, Madame.« Der Verwalter atmete tief durch und fuhr in ruhigerem Ton fort: »Mit allem Respekt möchte ich vorschlagen, dieser törichten Unternehmung ein Ende zu bereiten und nach Frankreich zurückzukehren.«

»Und Jacqueline an Reynaud übergeben?« Eglantine sah, wie Louis einen Moment lang zögerte, denn auch er war Jacqueline sehr zugetan. Sie berührte seinen Arm und trat näher an ihn heran. »Sie hat Besseres verdient, Louis, das wisst Ihr ebenso gut wie ich.«

»Sie ist zu jung, um hier in der Wildnis zu sterben«, sagte er grimmig.

»So wie ich.« Eglantine lächelte, doch wieder blieb Louis ernst.

»Ich fürchte, Eure Nachgiebigkeit geht zu weit.« Louis seufzte schwer. »Mit der Zeit würde sie sich an Reynaud gewöhnen.«

Eglantines Lächeln schwand. »Das denke ich nicht.«

»So stehen die Dinge nun einmal, Madame, und Ihr, mehr noch als alle anderen Frauen, wisst darum.«

»Eben weil ich darum weiß, sind wir hier, Louis.«

Der ältere Mann verbarg seine Verwunderung, doch sein Blick verweilte auf seiner Herrin.

»Ich habe meine Ehe mit Robert überlebt, Louis, und ich werde auch mit dem wenigen, das Theobald mir hinterlassen hat, überleben.« Eglantine deutete zu Duncan und seinem rohen Gefolge hinüber. »Sie können hier leben – dann können wir es erst recht.«

»Sie sind mit diesen Entbehrungen aufgewachsen, nicht am Spinnrad und beim Juwelier«, erwiderte der Verwalter scharf. »Es sind Männer, Madame.«

Eglantine schüttelte den Kopf. »Sicher erinnert Ihr Euch meines Vaters, der stets darauf beharrte, dass ich in allem ebenso erfolgreich sein kann wie ein Mann.«

»Ja, daran erinnere ich mich.« Louis hüstelte hinter vorgehaltener Hand. »Aber vermutlich hat er nicht erwartet, dass Ihr es glauben würdet.« Als er sie ansah, leuchteten seine Augen voll gutmütigen Humors.

Eglantine lachte. »Wir werden es schaffen, Louis, dafür werde ich sorgen.«

»Bei allem Respekt, Madame, Ihr solltet Eure Entscheidung überdenken.«

Eglantine straffte die Schultern. Sie wusste, dass sie all diese Männer eines Besseren belehren würde. »Nein. Aber Ihr habt Recht, was geeigneten Samen angeht und unsere Unwissenheit über dieses Land. Was nicht bedeutet, dass sich daran nichts ändern ließe.«

»Gott im Himmel, Madame, was habt Ihr jetzt vor?« Verzweiflung lag in seiner Stimme, doch Eglantine war fest entschlossen.

»Wir werden die Möglichkeiten nutzen, die sich uns bieten, das versteht sich doch von selbst.« Beim Gedanken daran, von jemandem wie Duncan einen Gefallen erbitten zu müssen, presste Eglantine die Lippen zusammen, doch sie hatte keine andere Wahl. Sie schenkte Louis ein strahlendes Lächeln. »Ich werde die um Rat fragen, die in diesen Gefilden überleben.«

»Anscheinend werdet Ihr schon bald Gelegenheit dazu haben«, brummte er finster.

Eglantine wandte sich um und musste sehen, wie Duncan und seine Männer sich zu ihren Leuten gesellten, die für den Eintopf anstanden. Mit eigenen Schüsseln und Löffeln bewaffnet, machten sie nicht den Eindruck, als seien sie leicht von ihrem Vorhaben abzubringen. Gunther und Gerhard warfen den Männern missbilligende Blicke zu, jedoch ohne sichtbaren Erfolg.

Stattdessen blickte Duncan unverhohlen zu Eglantine herüber, als warte er nur darauf, dass sie seinen Männern die Mahlzeit verweigerte. Die Kerle sahen alles andere als vertrauenerweckend aus und außerdem hatte Eglantine ihren Anführer bereits als mutig und dickköpfig kennen gelernt.

Alienor, die fast an der Reihe war, kicherte geziert, als ein blonder Mann hinter Duncan sie bewundernd musterte. Errötend schob das Mädchen sich näher an ihn heran, als lege sie es darauf an, dass Eglantine sich wie eine Furie auf sie stürzte.

Doch hatte Alienor einen Nebenbuhler um diese Ehre, denn in diesem Moment trat Duncan einige Schritte vor, um das Wort an Eglantine zu richten.

»Gräfin«, sagte er mit einer makellosen Verbeugung. »Mit Freuden nehmen wir Eure Einladung zum Essen an.«

»Einladung?«, wiederholte Louis dicht hinter ihr, doch Eglantine hatte keine Muße für Erklärungen.

Sie raffte ihre Röcke und marschierte auf den lästigen Rüpel zu. Wenn das Mahl vorüber war, würde sie Antworten auf Louis' Fragen haben und das Versprechen über Duncans baldige Abreise.

Ein paar Schüsseln Kanincheneintopf waren da kein zu hoher Preis.

***

Sie war umwerfend.

Aus ihren Augen blitzten Feuer und eiserne Entschlossenheit, als sie schnellen Schrittes auf Duncan zukam. Sie schien nicht bemerkt zu haben, dass ihr die Kapuze vom Kopf gerutscht war.

Und es war das Haar, das Duncan den Atem nahm. Im Laufe des Tages hatte sie den Schleier abgelegt und ihr Haar fiel ihr lang über den Rücken. Es war geflochten, löste sich jedoch bereits aus den Zöpfen. Es war blond, von der Farbe des Honigs.

Dutzende kleiner, widerspenstiger Strähnen umrahmten ihre geröteten Wangen. Der feine Regen schien ihre Weiblichkeit noch zu unterstreichen, er ließ ihre Haut strahlen wie vom Tau geküsst und zauberte Locken in die gelösten Haarsträhnen. Tief in seinem Inneren wurde Duncan von ihrer Schönheit berührt, obwohl er sich tausend Gründe aufsagte, warum er ihr gegenüber gleichgültig zu sein hatte.

Doch er konnte den Blick nicht von ihr wenden und unerwünschtes Verlangen erhitzte sein Blut. Er bekam einen trockenen Mund und musste feststellen, dass sein Herz raste, erklärte sich das jedoch mit der Aussicht auf eine fröhliche Auseinandersetzung. Er verschränkte die Arme vor der Brust und stand wie ein Fels in der Brandung.

Sie blieb vor ihm stehen, ließ mit einer ungeduldigen Bewegung ihre Röcke fallen und bedachte ihn mit einem Blick, der jeden anderen Mann hätte tot umfallen lassen. »Eure Unverschämtheit, Sir, übersteigt alles bisher Dagewesene.«

Duncan musste ein Lachen unterdrücken. »Unverschämtheit?«, fragte er mit Unschuldsmiene.

»Unverschämtheit, jawohl!« Mit königlicher Gebärde hob sie eine Augenbraue. »Ihr wisst sehr genau, dass ich Euch nicht eingeladen habe, an unserem Mahl teilzuhaben, ebenso wie ihr wisst, dass es mehr als unhöflich wäre, Euch die Gastfreundschaft zu verweigern, wo Ihr Euch bereits zu uns gesellt habt.«

»Glücklicherweise seid Ihr zur Adligen erzogen und Eure Manieren sind weitaus besser als meine. Ich weiß das, weil Ihr es mir noch heute Morgen erklärt habt.«

Misstrauisch musterte Eglantine ihn, offensichtlich war sie nicht sicher, ob er sich über sie lustig machte. »Und da Ihr hungrig seid, zögert Ihr nicht, meine Freundlichkeit zu missbrauchen.«

»Ihr wart kurz davor, uns einzuladen.«

Zorn schwang in ihrer Stimme mit: »Aber ich habe es nicht getan.«

Einen langen, zornigen Moment standen sie Auge in Auge. Und wieder überkam Duncan die Neugier, das Verlangen zu wissen, was sie im Bett geben könne – und was sie einfordern würde.

»Ich sollte Euch verhungern lassen«, sagte sie mit unterdrückter Wut. »Ich sollte Euch zusehen lassen, wie wir die Töpfe sauber lecken; wie die Hunde, denen es verboten ist, bei Tisch zu betteln.« Ihre Augen hatten sich zu einem tiefen Smaragdgrün verdunkelt.

»Selbst ein Barbar kann sich eine bessere Verwendung

für die Zunge einer Dame vorstellen«, murmelte er vielsagend.

Der Gräfin stieg eine leichte Röte ins Gesicht, doch sie senkte nicht verschämt den Blick, wie er vielleicht erwartet hatte. O ja, sie war aus anderem Holz als alle Frauen, die er bisher getroffen hatte. Er konnte nicht umhin, sie zu bewundern.

»Mich könnt ihr mit Euren anstößigen Bemerkungen nicht schockieren«, zischte sie.

Das Kichern einer rabenschwarzen Demoiselle verhinderte eine Antwort Duncans, da Eglantine sich umdrehte, um dem Mädchen einen strengen Blick zuzuwerfen. Doch die schenkte der Gräfin keinerlei Beachtung und Duncan beobachtete, wie Eglantine missbilligend die Lippen aufeinander presste.

Auf der Stelle war er vergessen, aber so leicht ließ er sich nicht abwimmeln. Bevor sie sich davonmachen konnte, um das Mädchen in die Schranken zu weisen, griff er nach einer losen Strähne von Eglantines Haar und wickelte sie sich um den Finger. Er hörte, wie sie angesichts seiner Frechheit nach Luft schnappte, aber schließlich hatte er ja geschworen, sie durch Zudringlichkeiten von hier zu vertreiben.

»Es lag mir fern, Euch zu schockieren«, flüsterte er und strich ihr mit dem Finger über die Wange.

Ihre Augen weiteten sich, aber sie wich nicht zurück. Er beobachtete, wie das Licht auf ihrem Haar spielte, dann strich er ihr die Strähne hinters Ohr, wobei er seine Fingerspitze über ihre Haut streicheln ließ. Ihr Körper bebte und die Röte auf ihren Wangen verriet, wie sehr sie sich seiner Männlichkeit bewusst war, obwohl sie das junge Fräulein nicht aus den Augen ließ.

Duncan beugte sich vor und flüsterte nah an ihrer Wange: »Ich wollte nur herausfinden, ob wir in diesem Punkt übereinstimmen. Was würdet Ihr darum geben, Euch mir zu ergeben? Was würde ich Euch geben, wenn Ihr Euch meinem Willen beugtet? Oder werden wir eine Allianz schmieden, aus der wir beide unseren Nutzen ziehen?«

Bei diesen Worten konnte sie nicht länger die Ruhe bewahren. »Rüpel!«, schrie sie und trat einen Schritt zurück, in ihren Augen brannte wieder dieses verführerische Feuer. »Ich werde Euren niedrigen Gelüsten nicht nachge ...« Sie stockte, als ihr Blick erneut in Richtung ihrer Leute wanderte, und hob warnend einen Finger. »*Alienor*!«

Duncan drehte sich um und sah das junge Fräulein sehr dicht bei Iain stehen. Er sah alles andere als unschuldig aus und Alienors Miene war höchst aufsässig, als sie sich der Gräfin zuwandte.

»Du wirst dich von diesen Männern fernhalten, wie ich es dir schon des Öfteren gesagt habe«, schimpfte Eglantine und marschierte auf ihr verlorenes Schäfchen zu. Duncan fragte sich, in welcher Beziehung die beiden Frauen zueinander standen, denn es war offensichtlich, dass Eglantine sich für das Mädchen verantwortlich fühlte. Sie packte sie am Arm und schalt sie leise, während sie sie von Duncans Männern wegzog.

Als das Fräulein sich in der Sicherheit einer Gruppe von Dienstmädchen befand, die von der Gräfin eindeutige Anweisungen erhalten hatten, kam diese entschlossenen Schrittes wieder auf Duncan zu.

Ihre Verzweiflung stand ihr auf der Stirn geschrieben.

»Ihr müsst fort von hier, noch heute.« Mit festem Blick sah sie ihn an. »Die Abreise Eures Gefolges ist der Preis für den Eintopf.«

Duncan war wenig beeindruckt von diesem Angebot. »Nein.«

»Dann werdet Ihr an dem Mahl nicht teilhaben.« Die Dame hob eine Hand und gab ihrem Koch kurze Anweisungen. Iain hielt ihm seine Schüssel hin, doch der Koch setzte den Deckel auf den Topf. Als Iain fluchend nach dem Deckel greifen wollte, zog der Mann an der Seite des Koches rasch ein Messer.

Duncan musste zusehen, wie seinen Männern eine warme Mahlzeit verweigert wurde, die direkt vor ihrer Nase stand. Ein kurzer Blick sagte ihm, dass ihre Treue zu ihm erneut ins Wanken geriet. Iain machte eine höhnische Bemerkung, die Duncan nicht verstehen konnte, doch er sah, wie ein Keil in die Reihen seiner Männer getrieben wurde. Alle blickten erwartungsvoll zu ihm.

Verflucht sei die Gräfin!

Duncan starrte Eglantine finster an. »Verweigert ihnen nicht die Mahlzeit, mögt Ihr sie für Barbaren halten oder nicht. Es wäre unbarmherzig.«

Sie schnaubte. »Ich habe auf dieser Reise genug Almosen gegeben, jetzt muss ich für die Meinen sorgen.«

»Es wäre eine Grausamkeit, nicht zu teilen.«

»Es ist eine Dummheit, Bettler und Hunde zu füttern. Sie werden auf ewig bleiben.«

Duncan presste die Lippen zusammen. »Ihr sprecht von Menschen, nicht von Hunden.«

Ihre Augen verengten sich. »Wenn ich mit Euch teile, werdet Ihr und Eure Männer sofort nach der Mahlzeit von hier verschwinden.«

Duncan setzte eine spöttische Miene auf. »*Ceinn-beithe* gegen eine Mahlzeit? Ihr schreibt diesem Eintopf einen hohen Wert zu.«

In Eglantines Augen glitzerte ein unerwartetes Lächeln und Duncan war fasziniert, dass ihre Wut ebenso schnell verflog wie seine. »Ich halte große Stücke auf meinen Koch und den Bäcker. Ich kann Euch versichern, das Brot ist eine Köstlichkeit.«

»Was ist jetzt, Duncan?«, schrie Iain auf Gälisch. »Soll uns das Wasser im Munde zusammenlaufen, während du der Frau schöne Augen machst?«

Duncan warf seinem Pflegebruder einen finsteren Blick zu und sah dann Eglantine in die Augen. »Lasst die Männer essen, während wir verhandeln.«

»Nein.« Sie verschränkte die Arme vor der Brust; kein Mann könnte mehr Entschlossenheit ausstrahlen. »Eure Abreise ist die einzige Bedingung, auf die müsst ihr eingehen. Keine Verhandlungen.«

Stures Weib! Duncan trat einen Schritt näher, was sie anscheinend nicht im Geringsten einschüchterte. »Ihr seid im Begriff, zwanzig hungrigen Männern eine warme Mahlzeit zu verweigern, zwanzig Männern, die Ihr Barbaren nennt, zwanzig Männer, die bereit sind, ihr Blut zu vergießen, um dieses Land für sich zu gewinnen, zwanzig Männer, die noch gestern Abend fest entschlossen waren, sich zu nehmen, was ihnen ihrer Ansicht nach zusteht. Vielleicht wäre es weiser, ihren guten Willen nicht zu reizen, bevor Ihr Euch heute Nacht schlafen legt.« Er zog eine Augenbraue hoch. »Aber ich möchte mich in Eure Entscheidungen nicht einmischen.«

Eglantine warf ihm einen kurzen Blick zu, dann fluchte sie mit überraschender Wut.

»Ihr werdet Euch das nicht zur Gewohnheit machen«, warnte sie. »Und seid gewiss, dass ich eine angemessene Wiedergutmachung für meine Freundlichkeit fordern werde.« Dann bedeutete sie dem Koch, die Männer zu bedienen.

Wenigstens verfügte die Dame über ausreichend gesunden Verstand. Die Männer grummelten zufrieden, als das

Fleisch in ihre Schüsseln gefüllt wurde, und Duncan ergriff die Gräfin am Arm, bevor sie zu ihren Leuten zurückkehren konnte.

Schließlich hatte er gerade erst damit angefangen, sie in Rage zu bringen.

Er senkte die Stimme und führte sie auf den Broch zu. »Lasst mich Euch die Großzügigkeit Eurer Geste mit einem Blick auf die Wunder dieses Brochs danken.«

»Ich würde ihn wirklich gern sehen.« Mit einer Geste, die er langsam als charakteristisch für sie erkannte, entzog sie ihm ihren Arm und marschierte entschlossen vorweg. Es hatte den Anschein, als habe sie nur auf eine Gelegenheit gewartet, die Bauweise der Anlage studieren zu können, und während sie darauf zuging, betrachtete sie sie eingehend. »Es ist eine Verteidigungsanlage, richtig?«

»Richtig.«

»Und wie alt?«

»Eintausend Jahre, vielleicht zweitausend.«

Sie riss die Augen auf.

»Ja, ursprünglich war er größer ...«

»Mit Dach?«

»Ja, und mit Rundgängen. Ihr werdet sehen.« Lächelnd bot Duncan ihr den Arm, als sie an dem Geröll am Fuße des Brochs ankamen. Sie schenkte ihm keine Beachtung – obwohl er nicht zweifelte, dass sie seine Geste bemerkt hatte –, hob ihre Röcke und ging mit sicheren Schritten über den rauen Untergrund.

Die Außenmauern des verfallenden Brochs waren noch immer so hoch wie vier Männer. Duncan winkte ihr, in das dunkle Innere des Turmes zu treten, aber die Dame sah ihn misstrauisch an.

»Ihr werdet mir nicht wieder zu nahe kommen, schon gar nicht, wenn ich mich in unbekannter Umgebung befinde.«

Duncan lächelte auf sie herab. »Vielleicht sollte ich Euch das gleiche Versprechen abnehmen, wo Ihr in meiner Gegenwart immer so leidenschaftlich seid.« Er beugte sich vor und war fasziniert, wie sie hastig die Luft einsog. »Andererseits würde ich von Eurer Nähe gern eine Kostprobe erhalten. Werdet Ihr Freude haben an der Gegenleistung für Eure Mahlzeit?«

Ihre Augen blitzten. »Unerträglicher Kerl!« Dann schritt sie gebeugt unter dem Torbogen durch. Feixend folgte Duncan und stieß beinah mit ihr zusammen, da sie im dunklen Schatten des Eingangs stehen geblieben war. Er legte die Hände auf ihre Schultern und wusste, dass es nur ihrem Staunen zu verdanken war, dass sie sich ihm nicht entzog.

»Genial«, flüsterte sie.

Und das war es. Der Broch verfügte über eine doppelte Außenwand und zwischen der inneren und der äußeren waren Steinplatten horizontal in die Mauern eingelassen und bildeten in einer aufsteigenden Spirale eine durchgehende Rampe rund um den Turm.

In der inneren Wand befanden sich mehrere Türen, die von der Rampe in den Innenhof führten. In der Höhe waren in der Wand auf zwei horizontalen Linien Öffnungen im Mauerwerk zu sehen, in die wohl die Holzbalken für die Fußböden eingelassen worden waren. Jetzt jedoch waren es nur leere Löcher. Der Innenraum war der Witterung ausgesetzt, war nicht mehr als ein leeres Rund voller Steine und hier und da etwas störrischem Grün.

Es gab nur einen einzigen Eingang, die Tür, in der sie gerade standen, und zu ihrer Rechten befand sich direkt in die Wand eingelassen ein enger Raum für die Wache.

Die Gräfin drehte sich zu ihm um, ihr Antlitz strahlte. Er fühlte Stolz in sich aufsteigen, weil sie dieses Schmuckstück zu schätzen wusste und weil er es ihr gezeigt hatte.

Ihre Worte jedoch machten jedes Gefühl des Triumphes zunichte. »Ihr solltet es mir auf der Stelle übergeben.«

Duncan lachte trotz seiner Wut über diese Anmaßung. »Warum? Nur um Euch eine Freude zu machen?«

»Weil das Land mir gehört, das wisst Ihr sehr gut. Und hieraus ließe sich eine wunderbare Festung bauen. Es steht mir zu.«

»Auf der Grundlage einer gefälschten Urkunde steht Euch gar nichts zu.« Er hatte nicht vorgehabt, die Rede darauf zu bringen, aber da die Worte nun einmal heraus waren, beobachtete er sie aufmerksam.

Die Dame war sichtlich schockiert, erholte sich aber schnell. Wäre sie nicht eine Adlige, Duncan würde schwören, dass sie es nicht gewusst hatte.

Dann schüttelte sie den Kopf. »Ihr habt einen offensichtlichen Gewinn davon, mich zur Abreise zu bewegen, und ich habe nichts als Eure Behauptung, dass es sich bei der Urkunde um eine Fälschung handelt.«

»Meine Männer können bezeugen, dass Cormac nicht in der Lage war, mit seinem Namen zu unterschreiben.«

»Sie haben die gleichen Interessen wir Ihr.« Die Dame zuckte mit den Schultern. »Nein, ich werde die Urkunde für echt ansehen, solange Ihr mir nicht über jeden Zweifel hinaus beweist, dass es sich um eine Fälschung handelt.«

Sie trat näher an ihn heran, ihre Augen blitzten. »Warum geht Ihr nicht vor Gericht, Duncan McLaren? Soweit ich weiß, hat Wilhelms Hof sich in Edinburgh versammelt, nur wenige Wochen von hier entfernt.«

Duncan musste ein Lächeln unterdrücken. Es war seltsam, wie sie beide den anderen einer ähnlichen Strategie verdächtigten. Erneut nötigte der scharfe Verstand der Dame ihm Respekt ab. »Ich nehme an, Eure Zweifel sind nicht ohne weiteres zu zerstreuen.«

Sie lachte und der Anblick ließ Duncans Herz höher schlagen. »Es käme mir äußerst ungelegen, von diesem Land vertrieben zu werden. Und auch in meinem Gefolge finden sich wenige, die mit Freuden die lange Rückreise antreten würden.«

»Warum seid Ihr hergekommen?« Sie betrachtete ihn schweigend. Duncan musste erneut feststellen, wie neugierig er auf die Wahrheit war. »Ich kann mir keinen Reim darauf machen, warum Ihr diese Mühsal auf Euch genommen habt oder warum Ihr Eure Untergebenen Ihrer Heimat entreißt.«

»Warum sollte ich mich Euch anvertrauen, wo Ihr derjenige seid, der mich um meinen Herzenswunsch bringen kann?« Sie sprach mit leiser Stimme und die Wahl ihrer Worte nährte Duncans Neugier.

»*Ceinn-beithe* ist Euer Herzenswunsch?«

Ihr Lächeln strahlte. »Ja. Der Schlüssel dazu.« Dann schwieg sie. Offensichtlich hielt sie ihre Erklärung für ausreichend, doch Duncan war da anderer Meinung.

Und er verfügte nicht über ausreichend gute Manieren, die Dame in Ruhe zu lassen.

»Warum?«, fragte er.

Eglantine straffte sich. »Ich bin Euch keine Erklärung schuldig, Duncan MacLaren.«

Duncan verschränkte die Arme vor der Brust und blickte nachdenklich auf sie herab. In Anbetracht ihrer ausweichenden Erklärung nahm er an, dass es sich um etwas Wichtiges handelte. Und dass es ihm einiges über sie verraten würde.

Was ihn nur noch entschlossener machte, die Wahrheit zu ergründen. Er stellte sich ihr in den Weg, damit sie sich nicht an ihm vorbeidrücken und zum Lager zurückkehren konnte. Er verschränkte die Arme vor der Brust und stand ebenso unüberwindbar in der Maueröffnung wie eine hölzerne Tür.

Er lächelte, als sie offensichtlich ihre Lage erkannte, und trat einen Schritt zurück. Ihr Gesichtsausdruck zeigte keinerlei Regung. »Vielleicht sind Eure Gründe so überzeugend, dass ich Euch das Land mit Freuden überlassen werde.«

Eglantine versteckte ihre Überraschung hinter einem Lachen. »Niemals würdet Ihr das!«

Duncan grinste. Es gefiel ihm, dass sie keine Angst vor ihm hatte. »Vielleicht nicht. Aber den Versuch ist es doch wert. Es ist nicht gerade ein leichtes Leben, das Euch hier erwartet, und die Reise muss eine Tortur gewesen sein. Warum seid Ihr nicht in der Sicherheit und dem Luxus der Heimat geblieben?«

Eglantine musterte ihn, dann seufzte sie. »Weil ich keine Wahl hatte.« Sie wich seinem Blick aus und presste die Lippen aufeinander. »Ich besitze nichts als den Titel zu diesem Land und drei unverheiratete Töchter.«

Duncan war erschüttert, dann schimpfte er sich einen Narren, weil die Dame mit solcher Leichtigkeit Mitgefühl in ihm erregen konnte. Ohne Zweifel war ihr Verständnis von ›nichts‹ meilenweit von seinem entfernt und außerdem konnte Alienor nicht ihre Tochter sein – die beiden trennten höchstens fünf Jahre!

Nein, sie wollte ihn bloß mit einer Lüge überlisten.

»Habt Ihr Alienors Liebäugelei deshalb ein Ende gesetzt? Weil ihr Wert schwindet, wenn sie nicht mehr Jungfrau ist?«

Mit blitzenden Augen sah sie ihn an. »Wie passend für einen Mann wie Euch, die Wahrheit so unverblümt auszusprechen. Alienor ist um ihre Mitgift betrogen worden und alles, was ihr bleibt, sind ihre Schönheit und ihre Unschuld, um einen Mann zu finden, der ihr entspricht.«

Duncan schüttelte den Kopf, er hatte die berechnende Art der Adligen nicht vergessen. »Und ein Mann, der ihr entspricht, wäre ein wohlhabender Lord, um Jahrzehnte älter als sie, ein alternder Ritter, der endlich an sein Erbe gekommen ist und einen Nachfolger braucht, richtig?«

»Ein Mann, der ihr entspricht, wäre einer, der ihr Herz höher schlagen lässt«, entgegnete Eglantine voller Wut. »Ein Mann, dem ihr Glück am Herzen liegt, ihr Wohlbefinden, ihre Sicherheit. Ein Mann, der sie von ganzem Herzen und ganzer Seele liebt. Ein Mann, der sie glücklich macht bis ans Ende ihrer Tage und Nächte.«

Bei diesem poetischen Wunsch verschlug es Duncan die Sprache.

Kapitel 5

Duncan starrte sie an und beobachtete, wie Bitterkeit ihre Züge veränderte. Er war sicher, dass er sich verhört haben musste, und wünschte von Herzen, sie möge fortfahren.

Aber Eglantine war offensichtlich nicht gewillt, ihm weitere Einblicke in ihre geheimsten Wünsche zu gewähren.

»Gebt Ihr mir Euer Wort, dass dieser Euer Gefährte«, sie deutete in Iains Richtung, ohne Duncan aus den Augen zu lassen, »ein Mann ist, der Alienor ehren wird, der sie heiraten wird und für alle Tage und Nächte um ihr Glück besorgt ist?«

Duncan sah sich nicht in der Lage, so für seinen Pflegebruder zu sprechen. In letzter Zeit war er ihm ein Fremder geworden. Er schüttelte den Kopf. »Nein, das kann ich nicht.«

»Dann, um Alienors willen, um einer Frau willen, die nicht weiß, was sie tut, noch welchen Preis sie für eine Tändelei mit ihm zahlen wird, sorgt dafür, dass dieser Mann von hier verschwindet. Und tut es, Duncan MacLaren, bevor ein Schaden angerichtet ist, der nicht wieder gutzumachen wäre.«

Es war lang her, dass jemand an Duncans Ehre appelliert hatte, und er spürte das instinktive Verlangen, Eglantines Wunsch zu entsprechen. Und er würde damit das Richtige tun, daran zweifelte er nicht.

Oder spielte sie doch ein berechnendes Spiel mit ihm?

Er schenkte ihr sein strahlendstes Lächeln und führte eine weitere Provokation im Schilde – denn gerade in ihrem Zorn enthüllte sie ihren wahren Charakter. »Und wenn ich dafür sorge, dass Iain diesen Ort verlässt, was gebt Ihr mir dafür?«

»Das Essen ist ein reicher Lohn für Eure Abreise.«

»Das sehe ich anders.«

Misstrauen spiegelte sich in Eglantines Miene. »Was soll das heißen?«

»Ich werde *Ceinn-beithe* nicht verlassen«, sagte Duncan mit fester Stimme. »Ich werde einen ererbten Besitz nicht an einen Fremden abtreten, schon gar nicht aufgrund einer Urkunde, die angeblich von einem Mann unterzeichnet wurde, der in Wahrheit seinen Namen nicht schreiben konnte.«

»Habt Ihr mir nicht zugehört?« In einer Geste der Verzweiflung rang sie die Hände. »Habt Ihr keine Ehre im Leib? Eure Männer können nicht bleiben!«

»So leicht werdet Ihr uns nicht los, Mylady, auch wenn Eure Geschichte sehr anrührend ist.« Er packte sie an den Schultern, doch sie verschränkte die Arme vor der Brust und wich zurück. In ihren Augen jedoch sah er ein Leuchten und er musste ein Lächeln unterdrücken.

Er war nicht der Einzige, der ihr Wortgefecht genoss. »Und erzählt mir nicht, dass Ihr enttäuscht seid, wenn ich bleibe.«

Eglantines geflüsterte Schimpf- und Fluchtirade überraschte ihn nicht länger. Als sie ihn zornig ansah, konnte er ein Lächeln nicht unterdrücken, denn er bewunderte ihr Feuer und war zugleich gespannt, was nun kam.

Unerwarteterweise schwang in ihrem Ton eine gewisse Belustigung mit, als sie antwortete: »Ich hätte wissen müssen, dass Ihr Euch so leicht nicht abspeisen lasst.«

Duncan grinste. »Das ist nicht meine Art.« Ohne sein Zutun beschrieben seine Daumen sanft kleine Kreise an ihrer Schulter und durch die nasse Wolle ihres Umhangs spürte er die Wärme ihres Körpers.

Auge in Auge standen sie da, Eglantines Lächeln erstarb. Duncan vergaß, warum sie sich gestritten hatten.

Obwohl der Regen inzwischen zu einem leichten Nieseln geworden war, war sie beinah ebenso nass wie er. Der Duft ihrer Haut mischte sich mit dem Geruch der feuchten Wolle, eine warme und berauschende Note. Duncan sah ihre Brustwarzen frech hervorstehen und fragte sich, ob das auf die Kälte oder seine Anwesenheit zurückzuführen war.

Allein der Gedanke daran ließ sein Blut erneut kochen. Er blickte Eglantine in die Augen und entdeckte ein ähnliches Feuer in den smaragdgrünen Tiefen. O ja, in dieser Angelegenheit stimmten sie vollkommen überein. Er konnte sich sehr gut vorstellen, die Dame zu ihrem Zelt zu geleiten, ihr die nasse Kleidung von der Haut zu streifen und sie zu küssen, bis sie von Kopf bis Fuß rosig warm war. Sie würde nicht schüchtern sein, nicht diese Frau, sie würde nicht zögern, ihren Teil einzufordern; sie würde Lust bereiten und Lust auskosten.

Er zweifelte nicht daran und er wollte nichts mehr, als ihr diese Lust zu schenken.

Er wollte sie an sich ziehen, aber Eglantine widersetzte sich ihm. »Was ist *Euer* Herzenswunsch?«, fragte sie mit rauer Stimme. »Ihr seid mir Eure Geschichte noch schuldig.«

Auf der Stelle wurde Duncan nüchtern. Sie suchte seinen Blick, als erwarte sie, aus seiner Antwort viel über ihn zu erfahren. Er setzte ein schiefes Lächeln auf. Er kannte seinen einzigen Herzenswunsch und in der Tat würde sie daraus eine Menge über ihn erfahren.

»Wahrheit«, erklärte er. »Ich will nicht mehr als die Wahrheit.« O ja, die Wahrheit über diese Dame wäre ein guter Anfang. Er wurde den Verdacht nicht los, dass sie ihn täuschte, dass sie ihm einiges verschwieg und ihn die falschen Schlüsse ziehen ließ.

»Wahrheit.« Eglantine blickte ihm in die Augen, ohne zurückzuweichen, und es war ihr anzusehen, dass sie diese Antwort nicht erwartet hatte. Ihre Lippen öffneten sich wie um ihn zu locken und er starrte auf ihre weiche, rosige Fülle.

Duncan hielt die Luft an und ihre Blicke trafen sich erneut. Ihre Gefolge waren nur noch ein entferntes Murmeln, der Nebel kam von der See herein und kroch über den Boden, der Regen hatte nachgelassen, aber nicht aufgehört.

Die Wahrheit war, er wollte sie, und in Anbetracht seiner eigenen Worte wurde es ihm unmöglich, diesen Wunsch zu leugnen.

»Es ist nicht Wahrheit, was Ihr von mir wollt«, erklärte sie auf einmal und die Röte färbte ihre Wangen. In einer herrischen Geste straffte sie sich. »Lasst mich vorbei.« Sie hob eine Hand, um ihn beiseite zu schieben, doch Duncan hielt sie fest.

»Und was ist es, was Ihr in Wahrheit von mir wollt?«, fragte er mit verführerischer, tiefer Stimme. Sie zögerte und er strich mit dem Daumen über ihre Handfläche. Er blickte ihr tief in die Augen, als er sich vorbeugte und mit der Zunge über ihre Handfläche fuhr.

Sie erzitterte und zog ihre Hand hastig zurück. »Eure sofortige Abreise. Das ist mein einziger Wunsch.« Ihre Stimme klang gepresst.

»Lügnerin«, flüsterte er. Er konnte dem Verlangen, sie zu berühren, nicht widerstehen. Er umfasste ihre Schultern und als sie nicht zurückwich, ließ er eine Hand ihren Hals hinauf wandern und umfasste ihr Kinn. Sie blieb stehen, trat keinen Schritt zurück. Sie schluckte, als er ihren rosigen Mund betrachtete, und fuhr sich mit der Zunge über die vollen Lippen. Er spürte, wie sie erbebte.

Vielleicht war wenigstens dies ehrlich.

Eglantine war so weich, nie hatte er es für möglich gehalten, dass Haut so weich sein konnte. Doch unter dieser weichen Haut ihres Gesichts spürte er den festen Knochen. Er spürte, dass sie die Zähne aufeinander biss, dass sie den Atem anhielt, und in einer zärtlichen Geste strich er mit dem Daumen an ihrem Kiefer entlang. Bebend atmete sie aus und schloss die Augen und Duncan war nicht entgangen, wie sie zitterte und wie ihr Gesicht sich kaum merklich in seine Hand schmiegte.

Wenn sie ihm die Wahrheit gesagt hatte, dann war sie die Frau, auf die er immer gewartet hatte. Eine Frau, die keine Angst hatte vor seinem Temperament, eine Frau, die wusste, dass er niemandem wehtun würde, eine Frau mit einem ebenso fröhlichen und poetischen Herzen wie er, eine Frau, die sich nicht mit halben Sachen zufrieden geben würde.

Doch wenn sie gelogen hatte, war er ein Dummkopf, sich von ihrer Schönheit und ihren Tricks verführen zu lassen. Er, der seit jeher damit geschlagen war, an das Gute zu glauben.

Er spürte ihren Puls unter seinem Daumen und sah die tausend Fragen in ihren schönen Augen. Er bemerkte, dass sie sehr viel kleiner war als er und so zart, dass er ihr mit einer Bewegung seiner Hand das Genick brechen konnte, wenn er wollte.

Aber er wollte nicht und das wusste sie.

»Lasst mich durch«, befahl sie, doch in ihren Augen sah er ganz andere Befehle.

Duncan lächelte. »Es kostet einen Kuss, durch dieses Portal zu gehen.«

»Lügner.«

Er grinste. »Nein, es ist eine alte Sage und sie hat mit der Geschichte dieses Brochs zu tun.«

»Ich habe keine Zeit für alte Sagen.«

»Ach nein? Und ich dachte, Ihr würdet Euch für die Geschichte von *Ceinn-beithe* interessieren, vor allem für die guten Kräfte, die diesem Ort für die Verbindung von Mann und Weib zugesprochen werden. Ist das nicht von Interesse für Eure Töchter?«

»Ich weiß bereits, dass es Glück bringen soll, sich auf *Ceinn-beithe* die Hand zum Ehegelöbnis zu reichen.«

»Und wisst Ihr auch warum?«

Eglantine schüttelte den Kopf und angesichts ihres Misstrauens musste er sich ein Lächeln verkneifen.

»Ein Kuss und Ihr erfahrt die ganze Geschichte.«

Sie betrachtete ihn, ihr Blick wanderte zu seinen Lippen und zurück zu seinen Augen. Dann zuckte sie scheinbar unbekümmert mit den Schultern, doch er ließ sich nicht täuschen. »Ich nehme an, ich habe nichts zu verlieren, da es ja allgemein bekannt ist, dass ein Barbar sich nimmt, was ihm nicht aus freien Stücken gewährt wird.«

Duncan lachte. Sein Herz schlug höher bei dem Gedanken, dass Eglantine ihm dahingehend vertraute, dass er nicht mehr nehmen würde, als sie ihm aus freien Stücken geben wollte. Schon nach ihrer kurzen Bekanntschaft hatte sie durchschaut, dass sein Temperament nichts war als harmloses Getöse. Keine andere Frau hatte ihn so aufmerksam beobachtet, keine andere Frau hatte ihn so genommen, wie er war.

Nicht einmal Mhairi.

Vielleicht kannte Eglantine in der Tat keine Angst. Vielleicht aber war auch das eine Lüge. Wie auch immer, furchtlos stand sie vor ihm, abwartend und ihn beobachtend, weich und stark zugleich. Sie forderte ihn heraus, sich den Kuss zu nehmen. Und er würde ihn nehmen.

Diese Frau war unwiderstehlich. Duncan vermochte sich der Versuchung nicht zu widersetzen. Er zog sie an sich und seine Brust verengte sich vor Verlangen, als er ihre Kurven an seinem Körper spürte.

»Einen Kuss für die Geschichte«, wiederholte sie mit fester Stimme.

»Außer natürlich, Ihr bettelt um mehr.« Ihre Augen blitzten ob dieser Unverschämtheit und ihre Lippen öffneten sich, zweifellos um eine Beschimpfung loszulassen, doch er ließ ihr keine Gelegenheit.

***

Es war dumm gewesen, Duncan einen Einblick in die Gründe für ihre Reise nach Kinbeath zu gewähren, aber es war noch dümmer, ihm zu erlauben, sie zu berühren.

Und dennoch konnte sie sich noch immer nicht von ihm lösen. Wie sollte sie einem Mann widerstehen, dessen nobles Trachten allein der Wahrheit galt? Einem im Grunde unerreichbaren Ziel, dem Bestreben eines Träumers – und dennoch hatte er diesen Wunsch mit solcher Überzeugung geäußert, dass sie ihm Glauben schenkte.

Und seine Berührung verleitete sie, noch viel weiter zu gehen. Er war nicht der, für den sie ihn gehalten hatte, so viel stand fest. Das Wolfsfell, das im Inneren des Brochs zum Trocknen aufgehängt war, erinnerte sie an sein Geschick, mit dem er das Tier getötet hatte, und zugleich an seine Bemerkung über die schönste Verwendung für ein solches Fell. Sie hatte noch nie einen Mann wie ein Tier jagen sehen – schon gar nicht einen Mann, der mit seinem Gesang ein Kind beruhigen konnte.

Sie wollte wissen, wie er küsste, und redete sich ein, dass Neugier in Bezug auf den Feind gesund sei. Je mehr sie über ihn wusste, umso leichter konnte sie ihn von ihrem Besitz vertreiben.

Den Gedanken vergaß sie, als seine Lippen kurz vor ihren waren. Sie wusste, sie sollte sich zur Wehr setzen, sie war fest entschlossen, ihm nicht den leidenschaftlichen Kuss zu gewähren, den er wollte.

Doch seine Brust war breit und muskulös, seine Hände kräftig. Er war roh, der gnadenlos männlichste Mann, dem sie je begegnet war – doch er berührte sie, als sei sie aus Glas. Er zog sie dicht an sich und schmiegte sie an seine Brust, wie um sie vor allen Gefahren dieser Welt zu schützen.

Für Eglantine, die zahllose Schlachten für sich allein geschlagen hatte, hatte diese beschützende Geste etwas Unwiderstehliches.

Hätte er sie bedrängt, hätte er ihr seinen Willen aufgenötigt, hätte er versucht, sie mit seiner Berührung zu verführen, Eglantine würde mit Krallen und Zähnen um ihr Recht kämpfen, ja oder nein sagen zu können.

Doch seine Lippen legten sich sanft, beinah ehrfürchtig auf ihre und luden sie ein, sich in seine Umarmung zu schmiegen. Er ließ ihr die Wahl, das spürte sie ganz deutlich.

Er wusste instinktiv, wie sie zu entwaffnen war. In all ihren Ehejahren war sie gezwungen worden, unterworfen und genommen – doch noch nie war sie verführt worden.

Schon gar nicht von einem Mann, der aussah wie ein Barbar, sang wie ein Engel und träumte wie ein Dichter.

Sie konnte seine Haut riechen, seine Bartstoppeln spüren.

Seine warmen Hände umfassten ihr Gesicht, als hielten sie einen zerbrechlichen Schatz – und nicht die Frau, die ihm sein Land streitig machte. Seine Hände wanderten ihren Rücken hinab, als wolle er jede Kurve auskosten und sich für immer einprägen, dann umfasste er ihren Po und presste sie gegen seine harte Männlichkeit. Als sie seine Kraft und seine Größe spürte, sog sie scharf Luft ein.

Und in diesem Moment erinnerte sie sich daran, dass sie Gegner waren. Sie zu erobern war nur ein Spiel für ihn und ihr verräterischer Körper hatte sich auf seine Seite geschlagen.

Hastig löste sie sich aus seiner Umarmung. Duncan hielt sie nicht fest und sie war zutiefst berührt, als sie sich eingestehen musste, dass sie nichts anderes von ihm erwartet hatte. Seine sturmgrauen Augen wanderten zu ihren Lippen, die in frischem Rot erblühten, und zu ihren Augen, die unzweifelhaft zu viel verrieten.

Er starrte sie mit einer solchen Innigkeit an, dass sie seinen Blick beinah körperlich spürte. Auf jeden Fall spürte sie den Druck seiner Erektion gegen ihren Bauch und sie sehnte sich danach, wie sie sich nur selten in ihrem Leben nach etwas gesehnt hatte, seine Hitze in sich zu spüren.

Wie würde Duncan eine Frau lieben? Hingebungsvoll, vermutete sie. Langsam, damit sie nie im Leben vergaß, mit wem sie geschlafen hatte und wie unglaublich diese Vereinigung gewesen war.

Es war dumm, sich von etwas so Flüchtigem wie Lust leiten zu lassen.

Gedankenverloren rieb er Finger und Daumen aneinander, wie um die Berührung ihrer Haut noch einmal zu erleben, und Eglantine stockte der Atem. Die wohlige Bewegung seiner starken Finger hielt ihren Blick und ihre Fantasie gefangen.

O ja, dieser Mann wusste, wie man ein Feuer entfachte. Dieser Mann würde in der Lust alles geben. Eglantines Mund wurde trocken, als sie seine Leidenschaft erahnte, als sie erkannte, dass er sich nicht mit halben Sachen zufrieden geben würde.

Aber er machte ihr etwas vor. Nicht die Wahrheit war sein Herzenswunsch, unmöglich. Es war nicht Ehrlichkeit, die er wollte – es war ihr Besitz und nichts anderes.

Sie wäre gut beraten, diese Wahrheit nicht aus den Augen zu verlieren.

»Warum wollt Ihr Kinbeath?«, fragte sie.

Duncan verschränkte die Arme vor der Brust und sah ihr wieder in die Augen. »Das habe ich Euch bereits gesagt.«

»Nein, das habt Ihr nicht. Ich würde mich daran erinnern.«

Er zog eine Augenbraue hoch und lächelte ein schiefes Lächeln. »Offensichtlich nicht, Eglantine, denn ich habe es Euch erzählt.«

Wenn er sie so ansah, als würde er sie jedem Kanincheneintopf vorziehen, vergaß sie beinah ihren eigenen Namen. Wenn er ihren Namen aussprach wie ein Versprechen der Leidenschaft, konnte sie kaum zwei Gedanken hintereinander denken, geschweige denn sich an eine vor ewiger Zeit gemachte Äußerung seinerseits erinnern.

Sie spürte, wie ihr die Hitze in die Wangen stieg, und flüchtete sich in einen herrischen Ton. »Dann sagt es mir noch einmal.«

»Hier auf *Ceinn-beithe* leben die Seelen unserer Vorfahren, deren Blut diese Steine tränkt und deren Legenden der Wind erzählt.« Duncan beobachtete sie genau, während er sprach, und seine Lippen verzogen sich zu einem Lächeln, als ihr die Erinnerung kam.

»Ihr sagtet, es handle sich um Euer Erbe.«

Duncan nickte. »Das Erbe unserer Kinder, der Grundstein unseres Clans. *Ceinn-beithe* ist von großer Bedeutung für uns, wir können es nicht einfach aufgeben. Ich könnte niemals zulassen, dass es verloren geht.«

Seine Worte klangen nach einem alten Lied oder einer Heldensage. Doch Eglantine weigerte sich, sich so leicht überzeugen zu lassen, zumal in Anbetracht ihrer Lage.

»Und die Sage über das Ehegelübde?«

Seine Augen verengten sich, als er den Blick in die Ferne schweifen ließ, hinaus auf die See.

»Es gab einmal einen Mann und eine Frau, der Sohn eines Clanführers und die Tochter eines anderen. Ihre Familien führten einen grausamen Rachekrieg, der schon Generationen andauerte, und es gab keine Aussicht auf Schlichtung. Es heißt, die Götter seien dieses ewigen Gezänks müde geworden und erzürnt, weil Männer, die so mit dem Kriegführen beschäftigt seien, ihnen keine guten Diener sein könnten. So ist es ihrem Eingreifen zu verdanken, dass der Mann und die Frau sich begegneten und sich verliebten.

Das glückliche Paar traf sich so oft wie möglich an geheimen Orten, bis sie die Heimlichkeit schließlich nicht mehr ertragen konnten. Sie trafen sich hier, am Broch von *Ceinn-beithe*, und schworen sich ewige Liebe. Sie küssten sich hier unter dem Portal, um ihr Gelöbnis zu besiegeln, und dann liebten sie sich die ganze Nacht lang.

Alle frisch Verliebten glauben, dass sie alles zum Besten richten können und dass allem Übel ein Ende bereitet werden kann. Diese beiden glaubten, ihre Väter würden Frieden schließen, allein um ihre glückliche Verbindung zu fördern.«

»Sie waren jung«, vermutete Eglantine.

Duncan zuckte mit den Schultern. »Es heißt, es sei göttliche Vorsehung gewesen, nicht weniger. Die Frau kehrte zurück nach Hause und gestand den Verlust ihrer Jungfräulichkeit. Ihr Vater verlangte Genugtuung und weigerte sich, die Erzählung von ihrem Ehegelöbnis anzuhören. Er versammelte Männer, um in die Schlacht zu ziehen, eine größere und furchterregendere Schar, als seine Familie je gesehen hatte. Er sagte der Tochter, dass ihre Tat das Ende der Fehde bringen würde, jedoch nicht so, wie sie es sich erhofft hatte. Er wollte ihren Geliebten und seine Familie für diese Beleidigung auslöschen.

Derweil war der Mann ebenfalls in die Burg seines Vaters zurückgekehrt und bat um die Erlaubnis, die Frau heiraten zu dürfen, die er begehrte. Der Vater willigte ein, bis er den Namen der Frau hörte. Dann erklärte er, sein Sohn sei verhext worden, und versammelte seine Männer für die Schlacht, eine ebenso große und furchterregende Schar. Es heißt, die Götter hätten ihre Gaben verschmäht, als die Väter ihnen in Vorbereitung der Schlacht Opfer darboten.

Aber das brachte die beiden nicht von ihrem Vorhaben ab. Die Erde bebte, als die beiden Heere aufeinander zumarschierten. Das Meer tobte und der Wind wütete, ein Sturm kam auf, als wollten alle Elemente der Erde gegen diesen Kampf aufbegehren. Doch die Väter schenkten dem keine Beachtung. Sie führten ihre Männer selbst auf das Schlachtfeld und als sie sich gegenseitig erkannten, gaben sie den Befehl.

Mit lautem Geschrei liefen sie aufeinander zu und schleuderten sich Drohungen und Beleidigungen entgegen, ungeachtet des Gelöbnisses ihrer Kinder und des Aufbegehrens der Elemente. Wie ein Mann hoben sie ihre Schwerter und auf einmal öffnete sich der Himmel mit einem gewaltigen Donnern. Die verärgerten Götter schleuderten einen Blitz hernieder auf die gekreuzten Schwerter.

Voller Entsetzen stürzten die Männer zu Boden, ihre Waffen waren zerstört. Nie wieder waren sie in der Lage, mit eigener Hand ein Schwert zu heben. Und so, sagen die Geschichtenerzähler, übten die Götter Rache an den Menschen, die sich ihren größeren Plänen widersetzten.«

»Und das Paar?«

»Sie haben hier auf *Ceinn-beithe* geheiratet, wo sie ihr Gelübde abgelegt und sich den ersten Kuss für den Frieden gegeben hatten. Ihnen waren ein langes Leben und viele wunderschöne und begabte Kinder beschert und sie regierten die vereinigten Völker ihrer Väter in Frieden und Wohlstand. Und so heißt es, dass Eheleute, die ihr Gelübde hier auf *Ceinn-beithe* leisten, am Glück dieses Paares Anteil haben werden.« Er setzte ein schelmisches Grinsen auf. »Und ein Kuss unter dem Bogen dieses Portals ist ein Vorzeichen für eine gute Verbindung.«

Er hatte sie reingelegt, aber Eglantine war nicht gewillt, ihre Zukunft von einer heidnischen Sage bestimmen zu lassen. »Unsinn!«

»Nicht für mein Volk«, sagte Duncan mit fester Stimme. »Dieser Besitz ist von hohem Wert für uns und wir werden ihn niemals freiwillig in die Hände von Fremden geben.«

»Von hohem Wert?« Eglantine erkannte, dass er ihr ein Märchen erzählt hatte, um seinem Ziel näher zu kommen. »Ein Erbe, dass von Eurem vorherigen Clanführer gegen Geld verkauft worden ist, ein Grundstein von solcher Bedeutung, dass nicht einmal eine Hütte darauf erbaut wurde!« Sie seufzte. »Es gibt kein Haupthaus, keine Kapelle, es wird kein Ackerbau betrieben, noch sieht es aus, als wäre das jemals der Fall gewesen. Es gibt keinen Hinweis darauf, dass hier in den letzten Jahrhunderten irgendjemand gelebt hat.«

Duncans Gesicht wurde ernst. »Für die Bedeutung eines

Ortes ist es nicht entscheidend, ob er bewohnt wird oder nicht.«

»Aber es ist doch offensichtlich, dass der Broch in der Vergangenheit vernachlässigt wurde. Warum sollte ich glauben, dass Kinbeath für Euch so wichtig ist?«

»Weil alles in Veränderung begriffen ist.« Duncan verengte die Augen und verschränkte die Arme vor der Brust. Er sah nicht aus, als könne seine Meinung sich jemals ändern. »Weil alles von Bedeutung verloren gehen kann.«

Eglantine seufzte. »Wir werden in dieser Sache nicht übereinkommen, wenn Ihr daherredet wie ein Troubadour, statt zu verhandeln wie der Clanführer, der Ihr seid.«

Auf einmal lächelte Duncan. »Dabei bin ich zuallererst Barde, Eglantine, Clanführer bin ich nur gegen meinen Willen.«

Voller Verwunderung starrte sie ihn an, doch er wandte sich um und ging zurück zu seinen Männern. Einen Moment lang hatte sie den Gedanken, dass er ihr keine Gelegenheit geben wollte, ihm Fragen über ihn zu stellen.

Doch er wählte im Weggehen genau die richtigen Worte, um sie ihr Gespräch auf der Stelle vergessen zu lassen. »Es hat den Anschein, als teilte Alienor Euren Wunsch, ihre Jungfräulichkeit zu bewahren, nicht unbedingt.«

Unsicher, was sie erwarten würde, hastete Eglantine hinter ihm her. Sie war nicht überrascht zu sehen, dass Alienor sich aus dem Kreis der Dienstmädchen gestohlen hatte und nun erneut Duncans Männern schöne Augen machte.

»Ich bring sie um, mit meinen eigenen Händen«, flüsterte sie. Dann hörte sie Duncans Gelächter hinter sich und wirbelte herum, um ihn zu warnen. »Und solltet Ihr oder einer Eurer Männer ihr auch nur ein Haar krümmen, werde ich mir dafür an Eurem Wolfspelz Genugtuung verschaffen.«

Duncan blinzelte ihr zu und verbeugte sich mit übertriebener Gestik. »Ich kann's kaum erwarten.«

Eglantine spürte, wie ihr die Röte ins Gesicht stieg. »Barbar«, stieß sie hervor, dann wandte sie sich ab, um sich ihre Stieftochter vorzunehmen. Duncans Gelächter dröhnte ihr in den Ohren.

»Eglantine!«, rief er hinter ihr her und als sie sich umwandte, war seine Miene unberechenbar und gefährlich. Er sprach so leise, dass sie einige Schritte zurück in seine Richtung gehen musste. »Ihr solltet wissen, Mylady, dass diese Jahreszeit bei uns *faoilleach gavri* heißt.« Ein verdächtiges, schelmisches Glitzern in seinen Augen warnte Eglantine.

»Und was bedeutet das?«

»Die wörtliche Übersetzung wäre Monat des sterbenden Winters«, sagte er mit einem verwegenen Grinsen. »Aber wir nennen ihn den Monat der Liebe.« Er trat einen Schritt näher und in seinen Augen leuchtete die Herausforderung. »Doch vermutlich habt Ihr das bereits geahnt, denn Ihr scheint auf der Suche nach einem Liebhaber zu sein, der Euch warm halten kann. Friert Euch, so allein in Eurem edlen Bett jede Nacht, Mylady Eglantine?«

»Wir könnt Ihr es wagen!« Woher wusste er das nur? Eglantine ärgerte sich, dass sie erneut die Fassung verlor, doch sie konnte ihre Stimme nicht im Zaum halten. »Ihr geht zu weit!«

Duncan verschränkte die Arme vor der Brust, seine Gesichtszüge verhärteten sich. »Während Ihr mit Eurem Kuss viel versprecht, aber nichts gebt. Aber ist das nicht üblich bei einer Frau Euresgleichen?«

»Ihr wisst gar nichts über mich!«

»Das stimmt, aber eines weiß ich. Wenn Alienor bei meinen Männern auf ähnliche Art und Weise Wärme sucht, wird sie sie finden.« Er beugte sich zu ihr herab, seine Augen hatten sich verdunkelt. »Und ich werde niemanden dafür zur Rechenschaft ziehen, dass er ihrem Wunsch nachkommt.«

Sehr zu seiner Belustigung stieß Eglantine wilde Flüche aus, bevor sie zu ihrem Lager zurückging. Sie musste Duncan MacLaren loswerden, das stand fest.

Herr im Himmel, wie sollte sie einen so unmöglichen Menschen zur Aufgabe bewegen?

***

Duncan blieb dort, wo sie ihn zurückgelassen hatte, die Wärme ihres Kusses noch immer auf den Lippen. Sie hatte ihn berührt, in vielfältiger Art und Weise, und er hatte es nicht eilig, wieder zu seinen Männern zu stoßen. Diesen Kuss wollte er in Erinnerung behalten, egal was von nun an zwischen ihnen geschehen würde.

Er beobachtete, wie sie schnurstracks auf Alienor zumarschierte, die hübsche Demoiselle mit dem Schmollmund und dem rabenschwarzen Haar. Eglantine gehörte zu den Frauen, die nicht zögerten, ihre Angelegenheiten in die Hand zu nehmen, und das gefiel ihm. Er lächelte, als die Gräfin mit nur wenigen Worten an Alienor eine große Wirkung erzielte. Das Fräulein wurde wieder der Obhut der Dienstmädchen übergeben, damit sie sie von Duncans Männern fern hielten.

Dann erblickte er in der Nähe ein zweites Fräulein, etwas kleiner als die erste, mit flachsblondem Haar und ähnlich vornehmen Gewändern. Diese hatte Eglantine heute Morgen auf die Jagd begleitet, sie musste also ebenfalls eine Tochter von ihr sein. Schon aus der Ferne betrachtet waren diese beiden Demoiselles so unterschiedlich wie Tag und Nacht, was ihr Aussehen und ihr Verhalten betraf.

Und beide wirkten sie zu alt, um Eglantines Töchter zu sein.

Noch eine Lüge. Grimmig presste Duncan die Lippen aufeinander.

Offensichtlich hatte Alienor ein Widerwort gegeben und wartete nun in herausfordernder Haltung, die Arme vor der Brust verschränkt, auf die Antwort ihrer Mutter. Eglantine deutete mit der Hand auf Duncans Männer, während sie dem Fräulein etwas erklärte – vermutlich die Gefahr, die sie für die zarte Seele eines jungen Mädchens darstellten –, doch Alienor blickte noch lange, nachdem Eglantine gegangen war, zu den Männern hinüber.

Dieses Mädchen bereitete jede Menge Kummer, vermutete Duncan, und er beneidete Eglantine nicht um die Verantwortung. Es war sicherlich kein Kinderspiel, dafür zu sorgen, dass dieses störrische Kind ihre Unschuld bewahrte.

Wenn Alienor tatsächlich weder über einen Verlobten noch über eine Mitgift verfügte, so musste Duncan eingestehen, dass es ein kluger Schritt war, das einzige Gut des Mädchens zu schützen. Duncan hatte viele mittellose Frauen ohne Gatten und ohne Jungfräulichkeit gesehen, die ihrer noblen Geburt zum Trotz in der normannischen Gesellschaft allgemeiner Verachtung ausgesetzt waren. Alienor wäre gut beraten, bald zu heiraten, denn sie war nicht mehr so jung, wie viele Adlige sich ihre Braut wünschten.

Dennoch konnte Eglantine auch gelogen haben. Auf jeden Fall würde sie an diesem Ort keine willigen Verehrer für ihre Töchter finden, schon gar nicht solche, die ihren Vorstellungen entsprachen.

Es musste eine Lüge sein, eine Lüge, um Duncan ihrem Willen zu unterwerfen.

Es gefiel ihm gar nicht, sich einzugestehen, dass sie beinah Erfolg gehabt hatte.

Wie auch immer, die Vergehen der Mutter waren den Kindern nicht anzulasten. Zwar war Duncan nicht willig, *Ceinn-beithe* aufzugeben, und er genoss es, Eglantine mit seinen Wutausbrüchen Angst zu machen, dennoch war er entschlossen, seine Männer davon abzuhalten, das Leben ihrer Töchter zu zerstören. Um der Zukunft dieser Mädchen willen, nur darum.

Offensichtlich wollte Eglantine kein Risiko eingehen. Duncan beobachtete, wie sie mit einigen Männern die Anordnung des Lagers besprach. Die Zelte der Gefolgschaft standen bereits rings um die drei Zelte aus gestreifter Seide, die vermutlich Eglantine und ihre Töchter beherbergten, und ohne Zweifel hatte Eglantine diese Anordnung befohlen. An diesem Abend jedoch ließ sie einige Zelte umstellen, damit der Kreis um die seidenen Zelte dichter wurde, und stellte eine weitere Wache auf.

Duncan lächelte, als er Alienor bemerkte, die mit diesen Maßnahmen offensichtlich nicht einverstanden war. Sie stampfte mit dem Fuß auf und hob die Stimme, doch die Gräfin schenkte ihr keine Beachtung.

Als Duncans Männer sich vom Lager entfernten und auf ihn zukamen, rief Alienor ihnen nach. Mehrere Männer drehten sich nach ihr um, woraufhin Alienor die Arme öffnete und etwas rief, doch ihre Worte wurden vom Wind davongetragen.

»Von dem Kuchen werde ich mir ein Stück nehmen«, flüsterte Reinald vor sich hin. Reinald hielt sich für charmant und gut aussehend und in der Tat gab es zwischen hier und Inverness zahlreiche Frauen, die diese Einschätzung teilten. Duncan legte ihm eine Hand auf die Schulter.

»Mach uns nicht mehr Ärger, als wir ohnehin schon haben«, riet er.

Iain, stets wachsam, schnaubte vernehmlich. »Unser

Duncan hat Angst, dass die Gräfin mit ihm schimpfen wird.«

Die Männer lachten, doch Duncan bedachte seinen Gegner mit einem kühlen Blick. »Nein, aber sie ist eine Tochter der Gräfin und es kann nichts Gutes daraus erwachsen, sie zu verführen.«

»Nichts Gutes für wen?«, murmelte Reinald mit einem anzüglichen Grinsen. Er hob die Hand und winkte Alienor zu, die ihm ein strahlendes Lächeln schenkte. Eglantine hatte das bemerkt und warf Duncan einen zornigen Blick zu, bevor sie Alienor außer Sichtweite brachte.

»Wir wissen fast nichts über die Gräfin und ihre Verbindungen. Dugall wird wenig erfreut sein, wenn eure Lust einen Zusammenstoß mit dem König von Schottland selbst herbeiführt.«

»Wegen eines Mädchens?« Reinald schnaubte.

»Wegen Geld«, verbesserte Duncan. »Der Wert des Mädchens als Braut steht auf dem Spiel und die Gräfin wird einen Verlust nicht so ohne weiteres hinnehmen. Das hat sie mir soeben mitgeteilt.«

»Welcher Wert?«, fragte Reinald. »Der Wert einer Frau bemisst sich nach den Söhnen, die sie gebärt.«

»Nein, dieses Fräulein wird weniger wert sein, wenn sie nicht mehr unberührt ist. Für einen Adligen ist die Jungfräulichkeit von Wert.«

Reinald schnaubte und spuckte aus. »Was? Nun, ich gebe keinen Pfifferling auf eine Jungfrau. Gebt mir eine Hure oder eine Witwe, die weiß, was sie tut, und ich werde den Schlaf eines gesättigten Mannes schlafen!«

Die Männer lachten zustimmend und das Gespräch kam auf die willigen Huren an Dugalls Hof, bis Iain mit zornigem Blick vortrat.

»Wann hat sie das gesagt, bevor oder nachdem sie ihren

Wert mit dir geteilt hat?«, fragte er laut und die Männer verstummten. »Ein Blinder konnte sehen, dass ihr beide euch näher gekommen seid. Ein seltsamer Weg, *Ceinn-beithe* für uns zu sichern, Duncan. Die Frau zu verführen, die unser Gegner ist. Ist das der Grund, warum du nicht zulässt, dass wir sie von unserem Land vertreiben? Weil du erst noch ihren Wert testen möchtest?«

Duncan fühlte, wie ihm die Röte ins Gesicht stieg, als die Männer ihn anstarrten. Manche wirkten überrascht, andere ungläubig, allem Anschein nach war Iain der aufmerksamste Beobachter unter ihnen gewesen.

Gillemore kicherte in sich hinein und drohte Duncan mit dem Finger. »Ja ja, es gibt viele Arten, einem Hasen die Haut abzuziehen, so viel ist sicher. Unser Duncan wird der Dame so den Kopf verdrehen, dass sie den Titel und das Land vergisst, daran zweifle ich nicht!«

Reinald lachte und schlug Duncan auf die Schulter. »Schlau schlau. Warum Blut vergießen, wenn man auf angenehmere Art zum Ziel kommen kann?«

»Und wenn Duncan erst den Titel in seiner Hand hält, dann wird auch das Recht auf unserer Seite sein. Ein guter Plan!«

»Dugall wird zufrieden sein!«

»Und dann wird die Dame mit ihren Leuten von hier verschwinden.«

»Und wir müssen nicht einmal das Schwert in die Hand nehmen.« Die Männer lachten und Duncan war froh, dass sie glaubten, was sie glauben wollten, während er weiterhin der flüchtigen Wahrheit auf der Spur war.

Iain jedoch spuckte auf den Boden. »Wenn das dein Plan ist«, sagte er kühl, »dann bist du ein Trottel.« Die Männer wollten ihm widersprechen, aber Iain hob die Hand. »Ihr dürft nicht vergessen, dass wir nur die halbe Geschichte kennen und die auch nur aus Duncans Mund. In dieser fremden Sprache kann er der Frau doch alles erzählen und wir wissen nicht, was richtig und was falsch ist.«

»Er hat keinen Grund, uns zu belügen«, wandte Gillemore ein.

»Nein?«, fragte Iain.

»Nein«, erwiderte Duncan.

»Und Duncan ist stets ehrlich gewesen, seit er zu uns gekommen ist«, erklärte Gillemore und zog eine Grimasse. »Vielleicht ist das der größte Fehler des Jungen.«

»Vielen Dank«, sagte Duncan und wieder lachten seine Männer.

Doch Iain wollte die Angelegenheit nicht ruhen lassen. »Vielleicht hat Duncan vor, sich mit dieser Frau zu verbünden und die eigenen Schäfchen ins Trockne zu bringen.« Er verschränkte die Arme vor der Brust. »Es wäre nicht das erste Mal, dass er auf seinen eigenen Vorteil bedacht ist, zum Teufel mit den anderen.«

Die Männer wurden still. Duncan betrachtete Iain mit kaltem Blick. »Im Gegenteil, ich habe das Wohl der anderen stets über mein eigenes gestellt.«

»Lügner!«, spuckte Iain.

»Das ist keine Lüge!«, donnerte Duncan.

»Ich werde nicht dastehen und zusehen, wie du mit Lügen deinen eigenen Vorteil erringst«, bellte Iain. »Ich werde nicht zusehen, wie du deinem Vergnügen nachgehst, während wir um Essen betteln!« Er deutete mit dem Finger auf Duncan. »Ich gebe dir drei Tage, Duncan MacLaren, dir und deinem berüchtigten Charme. Drei Tage, nicht mehr, um der Fremden die Urkunde abzunehmen, sie zu zerstören und sie und ihr Gefolge von *Ceinn-beithe* zu verjagen.«

Duncan stemmte die Hände in die Hüften und trat einen Schritt auf ihn zu. »Und dann?« Er sprach mit leiser, zorniger Stimme, ein gefährlicher Tonfall, der einem weiseren Mann Warnung genug gewesen wäre.

Nicht so für Iain. »Dann werde ich die Führung des Clans übernehmen, wenn nötig mit Gewalt.«

Iain warf einen Blick auf die Männer und sah, wie einige zustimmend nickten. »Und zwar mit dem Einverständnis des Clans, denn dann wissen sie endlich, dass sie in dir keinen guten Führer haben. Ich werde *Ceinn-beithe* zurückerobern und Dugall, dem König der Inseln, als Führer des Clans der MacQuarrie meine Treue schwören.« Er deutete mit dem Finger aufs Meer hinaus. »Ich werde deinen Schwur an Dugall halten und den Süden sichern, koste es, was es wolle!«

Der Kuss der Dame war Duncan in der Tat teuer zu stehen gekommen und er ärgerte sich über seine eigene Dummheit. Wenn Uneinigkeit seine Männer spaltete, würde sie ihren Willen bekommen.

»Nichts dergleichen wirst du tun!«, entgegnete er. »Dazu hast du kein Recht!«

»Ich habe jedes Recht!«, schrie Iain mit hochrotem Kopf. »Ich bin der Führer des Clans der MacQuarrie!«

»Und ich hätte es sein sollen! Ich bin der Sohn von Cormac MacQuarrie, sein rechtmäßiger Nachfolger als Clanführer. Du hattest nicht das Recht, mir zu nehmen, was meins war.«

»Die Führerschaft ist mir übergeben worden!«

»Du hast meine Familie schon einmal bestohlen!« Iain war bleich geworden. »Ich werde nicht dastehen und zusehen, wie du uns wieder bestiehlst.«

Das war nur die halbe Wahrheit. Doch in Anbetracht der engen Freundschaft zwischen Cormac und ihm und nach allem, was Cormac für ihn getan hatte, konnte Duncan nun nicht schlecht über ihn reden. Er atmete tief durch.

»Du weißt, dass das nicht wahr ist«, sagte er.

»Nur Feiglinge gehen einem Kampf aus dem Weg«, zischte Iain. »Du hast meinem Vater deinen Willen aufgezwungen, statt dir die Ehre selbst zu verdienen. Ich werde nicht zusehen, wie du den ganzen Clan gegen mich aufbringst.«

Duncan verschränkte die Arme vor der Brust. »Es ist dein eigenes Verhalten, das dir schadet. Du verbreitest Lügen und säst Zwietracht.«

Iain streckte drei Finger in die Luft. »Drei Tage.«

»Sei gewarnt – ich werde dich nicht gewähren lassen, Iain MacCormac.«

Iain setzte ein kaltes Lächeln auf. »Dann wird es mir ein Vergnügen sein, dich aus dem Weg zu schaffen, Duncan MacLaren.« Sein Grinsen wurde breiter, jedoch um keinen Deut freundlicher. »Außer natürlich, du bringst die Angelegenheit zum Erfolg.«

Kapitel 6

Gillemore wollte gerade zu sprechen anheben, als Duncan wütend davonmarschierte.

Oh, wie gern hätte er die Hände um Iains Hals geschlossen, nach allem, was dieser in den letzten Tagen von sich gegeben hatte – wären sie nicht einst so eng verbunden gewesen.

Das war lange her – bevor Cormac seine Unzufriedenheit mit Iain gezeigt hatte, bevor der Junge fortgegangen war, bevor Iain mit Erschütterung hatte feststellen müssen, dass sein Vater Duncan vorzog. Bevor Duncan auf Cormacs Geheiß zum Clanführer gemacht worden war.

Blut ist nicht immer dicker als Freundschaft, das hatte Gillemore oft über diese bemerkenswerte Verbundenheit gesagt, die sich häufig zwischen einem Mann und seinem Pflegesohn entwickelte, selbst auf Kosten des Sohnes von eigenem Blut. Und in der Tat hatte es ein außergewöhnliches Band zwischen Duncan und Cormac gegeben, das stärker war als jede Blutsverwandschaft. Duncan wusste, dass der alte Mann seinen Sohn geliebt hatte, dass er immer nur das Beste für ihn gewollt hatte. Er wusste, dass Cormac sich schließlich damit abgefunden hatte, dass Iain nicht der Krieger war, den er gern zum Sohn gehabt hätte.

Aber es hatte keinen Sinn, das Iain jetzt sagen zu wollen. Die Verbitterung über seinen Verlust war zu groß.

Vielleicht hätte Duncan die Spannungen in der Familie, die ihn wie einen eigenen Sohn aufgenommen hatte, früher erkennen müssen. Aber er war so glücklich gewesen, ein Zuhause gefunden zu haben, dass er keinerlei Misstrauen gehegt hatte. Er fuhr sich mit der Hand durchs Haar und starrte aufs Meer hinaus. Erinnerungen stürmten auf ihn ein und frühere Entscheidungen, die er getroffen hatte, quälten ihn. O ja, er hatte in seinem Leben mehr als einen Fehler begangen.

War es ein weiterer Fehler, Gräfin Eglantine vertrauen zu wollen? Bitterlich bereute er nun den Kuss, doch der war nicht mehr rückgängig zu machen. Aber er würde den Schaden beheben, indem er die Gräfin so schnell wie möglich von hier vertrieb, egal, was er dafür tun musste.

Er hatte keine andere Wahl.

Der Himmel hatte sich aufgeklärt und der Mond ging auf, als Duncan ein weiteres Mal die Entscheidung des alten Mannes in Zweifel zog. Wie sollte er Iains Forderung erfüllen? Wie konnte er sicherstellen, dass es kein Blutvergießen geben würde? Wie konnte er Eglantine die Urkunde abnehmen?

Abgesehen davon musste er die Aufgabe, die ihm vom König der Inseln übertragen worden war, erfüllen, denn sein Scheitern würde die Auslöschung oder Unterwerfung von Cormacs Erbe bedeuten. Er musste versuchen, den Clan unter seiner Hand zu vereinen, so wie Cormac es gewünscht hatte.

Es hatte den Anschein, als sei er dazu verdammt, den alten Mann ein weiteres Mal zu enttäuschen.

Er wollte nicht an Mhairi denken. Verzweifelt rieb er sich das Gesicht und blickte hinaus auf den Nebel, der die

Inseln einhüllte. Er wusste, er würde in dieser Nacht nicht schlafen.

»Sie ist eine besondere Frau, das steht fest«, sagte Gillemore dicht neben Duncan.

»Wer?«, fragte Duncan, obwohl er sehr genau wusste, von wem die Rede war. Er war froh, aus seinen trüben Gedanken gerissen zu werden.

»Die Gräfin.« Gillemore rieb sich die Hände und wärmte sie mit seinem Atem. »Störrisch wie ein junges Fohlen, aber stark genug, um auf eigenen Beinen von hier bis Edinburgh zu laufen, hab ich Recht?«

Duncan lächelte. »Ich denke schon.«

Gillemore kräuselte die Nase. »Aber gestraft mit einem so hässlichen Namen für ein so hübsches Gesicht. Eglantine.« Er zog eine Grimasse. »Klingt nach einem ekligen Gebräu.«

Duncan musste lachen. »Aber er passt zu ihr.«

»Ja?«

»Ja. In ihrer Sprache steht der Name für eine wilde Rose.« Er stupste den alten Mann in die Seite. »Die Sorte mit den spitzen Dornen.«

Gillemore kicherte. »Dann passt er wirklich gut, denn die Schönheit der Dame ist wie die einer blühenden Rose.« Er betrachtete den Jüngeren nachdenklich. »Sie ist stärker, als du denkst, Duncan, genau wie diese stacheligen Blumen. Sei vorsichtig, Junge, oder sie wird mehr von dir fordern als *Ceinn-beithe*.«

Gillemore drückte Duncans Schulter mit festem Griff. »Frühe Liebe, frühes Leid, späte Liebe schlägt mit Blindheit.«

»Es geht hier nicht um Liebe, Gillemore.«

»Nein, mein Junge?« Der alte Mann schüttelte den Kopf. »Liebe und Husten sind schlecht zu verbergen,

Duncan MacLaren, aber kein Mann ist gut bedient mit einer Liebe, die den Folgen gegenüber blind ist. Steh zu deinem Verlangen, aber vergiss nie deine Pflichten.«

Schon so oft hatte dieser Mann ihm wertvollen Rat gegeben. Duncan lächelte und ergriff Gillemores Hand. »Du kannst dich auf mich verlassen.«

Pfeifend schlenderte der alte Mann von dannen.

Und Duncan blieb allein zurück, allein mit der Erinnerung an ein frühes Leid und mit tausend Fragen über eine blinde Liebe. Er war sicher, dass Mhairis Geist ihn heute Nacht heimsuchen würde, doch es war eine andere Frau, die er vor seinem inneren Auge sah.

Eine Edelfrau mit Haaren von der Farbe des Honigs, mit seidiger Haut und der Entschlossenheit eines Kriegers. Er wusste, dass sie ihm nicht aus dem Kopf ging, weil er sie begehrte.

Und es gab nur einen Weg, von dieser Krankheit geheilt zu werden, denn Verlangen nährte sich am Unbekannten. Keine Frau hatte Macht über einen Mann, wenn er sie erst einmal zur Gänze gekostet hatte, das war allgemein bekannt.

Also musste er Eglantine verführen.

Natürlich nur, um wieder einen klaren Kopf zu kriegen.

***

Eglantine hielt Duncans Behauptung, die Urkunde sei gefälscht, für eine Lüge.

Es war der einfachste Weg, sie loszuwerden und Kinbeath beanspruchen zu können, und er war kein Mann, der sich lange mit Finessen aufhielt, wenn es einen schnellen Weg zum Ziel gab. Sie hatte keine Möglichkeit, seine Lüge als solche zu entlarven, ohne *Ceinn-beithe* zu verlassen und den Spruch eines Königs einzuholen – und wenn er das Land erst einmal in Besitz genommen hatte, würde es schier unmöglich sein, es zurückzubekommen.

Auf diese List würde sie nicht hereinfallen.

Und dennoch, insgeheim fragte sie sich, ob Theobald sie ein weiteres Mal betrogen hatte. Abwegig war diese Vermutung nicht, das musste sie eingestehen. Oh, sie sah ihn vor sich, voller Selbstzufriedenheit, wie er die falsche Urkunde erstellte, um sie zu beruhigen.

Aber es war Duncan, der log. Duncan! Er wollte *Ceinnbeithe*. Eglantine zweifelte nicht daran, dass der Mantel der Moral ihm nur locker auf den Schultern hing, wenn überhaupt.

Und sie hatte herzlich wenig von ihm in Erfahrung gebracht – kein Wort über den Ackerbau und das Überleben an diesem ungastlichen Ort. Dabei war sie so entschlossen gewesen, ihm einige Fragen zu stellen. Der Mann hatte Spaß daran, sie aus der Fassung zu bringen, und legte ein bemerkenswertes Geschick an den Tag, wenn es darum ging, sie von den wichtigen Dingen abzulenken.

Der ›Monat der Liebe‹. Verächtlich schnalzte sie mit der Zunge und ärgerte sich darüber, wie sich ihr Körper sofort wieder bis in die Zehenspitzen hinein erhitzte und wie verlockend ihr in diesem kalten Klima der Gedanke an einen Liebhaber erschien. Nein, nicht an irgendeinen Liebhaber. An Duncan.

Aber sie wollte erst gar nicht über die möglichen Vorzüge nachdenken, Duncan in ihrem Bett willkommen zu heißen, um nicht frieren zu müssen – auch wenn er darauf angespielt hatte.

Der Mann besaß eine bemerkenswerte Unverfrorenheit, so viel stand fest.

Entschlossen verbannte Eglantine Duncan MacLaren

aus ihren Gedanken, übersah seine Männer, deren Silhouette sich vor der untergehenden Sonne abzeichneten, und machte sich an die Arbeit. Ihr Töchter mussten andere Zelte beziehen und sie wollte sich selbst darum kümmern, dass alles zu ihrer Zufriedenheit geschah.

Wenigstens hatte es aufgehört zu regnen. Vielleicht riss ihre Pechsträhne langsam ab und es stand ihr ein wenig Glück ins Haus. Lächelnd schüttelte sie den Kopf über diesen frommen, aber unwahrscheinlichen Wunsch.

Célie hatte Esmeraudes Habseligkeiten bereits in Eglantines Zelt geschafft und sie konnte die beiden miteinander scherzen hören, während die Magd das Kind zu Bett brachte. Bisher hatten Jacqueline und Alienor mit ihren Dienstmädchen das dritte Zelt geteilt, doch nun war Jacqueline überglücklich, das freigewordene Zelt allein beziehen zu dürfen.

Sie musste Jacqueline beim Umzug helfen und Alienor besänftigen, sie musste mit Louis das Essen für den nächsten Tag besprechen und die Wachen aufstellen. Sorgfältig erledigte Eglantine ihre Aufgaben, im Stillen die unausweichliche Begegnung mit Esmeraude fürchtend.

Doch ihr Glück schien sich in der Tat zu wenden, wenn auch nur geringfügig. Als sie schließlich ihr Zelt betrat, wurde sie von der Wärme eines Kohlefeuers willkommen geheißen und fand Esmeraude tief schlafend in Célies Armen vor. Die Frauen lächelten sich zu und Eglantine strich dem Kind zärtlich eine Locke aus dem engelsgleichen Gesicht, bevor sie endlich zwischen die weichen Kissen ihres Bettes schlüpfte. Im Inneren des Zeltes herrschte ein fast goldenes Licht – ein trockenes, warmes Heiligtum.

Warm, murmelte sie für sich, auch ohne einen Liebhaber.

Und dennoch war Eglantine der lang ersehnte Schlaf nicht vergönnt. Als ihr gerade die Augen zufielen, begann in der Ferne ein Mann zu singen, und sofort saß Eglantine wieder aufrecht im Bett. Seine tiefe Stimme verursachte ihr eine Gänsehaut, während die Magd und das Kind friedlich weiterschlummerten. Sie grub ihre Hände in die Bettdecken, sie wusste nur zu gut, wer da sang.

Verflucht sei er! Dieser Mann raubte ihr sogar den Schlaf!

Eglantine schlug erbost auf das Kissen ein und ließ sich dann zurück auf die Matratze fallen. Sie zog sich die Decke über den Kopf und kniff die Augen zusammen, fest entschlossen, dem Gesang nicht zuzuhören, doch das Lied bahnte sich einen Weg nicht nur in ihre Ohren. Die traurige Melodie ließ ihr Herz schmerzen, auch wenn sie den Text nicht verstand. Sie fragte sich, welchen Verlust Duncan erlitten haben mochte, denn das Lied klang, als käme es aus der Tiefe seiner Seele.

Dann durchschaute sie, wie berechnend er war. Die Pest über Duncan MacLaren! Sie war fest entschlossen, ihn und seine Lügen aus ihrem Kopf zu verbannen. Ohne Zweifel ging es ihm nur darum, ihren Schlaf zu stören – damit er es am Morgen mit einer geschwächten Gegnerin zu tun haben würde.

Den Triumph würde Eglantine ihm nicht gönnen. Nein, sie würde früh aufstehen und wieder auf die Jagd gehen, um ihren Verpflichtungen ihren Untergebenen gegenüber nachzukommen. Obgleich sie sich diesmal nicht so weit vom Lager entfernen würde.

***

Als Duncan von seinem Spaziergang am Meer zurückkehrte, war der Himmel noch immer dunkel. Er hatte in dieser Nacht kein Auge zugetan, er war wie erschlagen und völlig durchnässt und hatte schlechte Laune. Doch es war nicht der mangelnde Schlaf, der ihm die Stimmung verdarb – und auch nicht der Umstand, dass Mhairi und die Fehler seiner Vergangenheit ihn in dieser Nacht heimgesucht hatten.

Nein, es war Eglantine, die ihm den Schlaf geraubt hatte, und das wurmte ihn. Es war Eglantine mit ihren heißen Küssen und den leuchtenden Augen, Eglantine mit den sanften Kurven, den Geheimnissen und der eisernen Entschlossenheit, die seine Gedanken beherrschte und sein Verlangen entfachte.

Selbst wenn er von Mhairi sang.

Duncan warf einen Blick auf Eglantines Lager. Die Frau hatte ihren Willen durchgesetzt und er war dumm genug, sich von ihr benutzen zu lassen. Sie war nicht abgereist und es wurden auch keine Anstalten für einen Aufbruch getroffen. Das Wetter hatte sich zu ihren Gunsten gewandelt, während Duncans Männer seine Entscheidungen mit zunehmender Ungeduld aufnahmen.

Aber er würde es nicht über sich bringen, Frauen anzugreifen, abgesehen davon, dass er grundsätzlich jedes Blutvergießen vermeiden wollte. Er war kein Krieger, er war kein geborener Anführer, und erneut wunderte er sich über Cormacs Entscheidung.

Und während er noch nach einem ehrenhaften Weg suchte, würden die Wände des Gebäudes, das ihr Sitz werden sollte, langsam aber sicher in die Höhe wachsen. Schon bald würde Eglantine sich hier fest niedergelassen haben, um damit ihren Anspruch zu untermauern.

Schon bald würde es zu spät sein.

Duncan musste eingreifen, und zwar jetzt.

Und dann kam ihm eine Idee, so klar, als hätte Cormac selbst sie ihm ins Ohr geflüstert. Man muss den Rock nach dem Tuche schneiden.

Duncan lächelte. Natürlich, er war ein Barde und ein guter noch dazu, er würde diese Schlacht mit einer Geschichte gewinnen. Und er hatte den Samen dafür schon ausgesät, als habe er den Plan die ganze Zeit im Sinn gehabt.

Er zog sein Messer aus dem Gürtel und schlich sich näher an das Lager heran. Er machte einen großen Bogen um die Köche, die sich in aller Freundschaft ein ordentliches Wortgefecht lieferten, und hielt Ausschau, wo er mit dem geringsten Aufwand den größten Schaden anrichten konnte. Eine Wache schnarchte, eine zweite stand in der Nähe der Köche, eine dritte war leicht zu umgehen.

Duncan würde für Aufregung sorgen, wie nur ein gälischer Geschichtenerzähler es vermochte – indem er die Anwesenheit eines in seiner Ehre beleidigten Geistes vortäuschte. Wenn der Aberglauben des Hausstands erst einmal geweckt war, würde selbst die bodenständige Gräfin sie nicht zum Bleiben bewegen können.

Und allein konnte Eglantine an diesem Ort nicht überleben.

Duncan bückte sich und zog drei stützende Zeltpflöcke aus dem Boden. Dann sägte er an mehreren Leinen, sodass nur noch ein einziger Faden sie zusammenhielt, und zog weitere Pflöcke heraus. Der Wind frischte auf, als wolle er ihm in seinem Unterfangen behilflich sein, und er wusste, dass er die richtige Entscheidung getroffen hatte.

Leise stahl er sich aus dem Lager und als ein kräftiger Wind seine Arbeit zu Ende führte, saß Duncan schon wieder inmitten seiner Männer, als habe er sich die ganze

Nacht nicht aus ihrem Kreis entfernt. Vermeintlich aufgeschreckt von den zusammenfallenden Zelten und dem folgenden Durcheinander, sprang er auf die Füße.

Doch sein Lächeln über das anhebende Geschrei verriet seinen Männern, dass er an diesem Unglück nicht unschuldig war.

***

Alienor schrie auf, als das Zelt über ihr zusammenstürzte, doch der Schrei wurde von der Seide über ihrem Gesicht erstickt. Voller Zorn über die Unfähigkeit der Vasallen Eglantines kämpfte sie sich frei, ließ ihre Magd zurück und kroch hinaus in den kühlen Morgen.

Das Gelächter der einheimischen Männer ließ sie erstarren, während sie noch auf allen Vieren hockte. Das ganze Lager war ein einziges Durcheinander, Zelte waren zusammengefallen, Frauen kreischten und die Männer liefen wild durcheinander, während Duncan und seine Leute dastanden und sich vor Gelächter kaum halten konnten.

Sie waren von ihrem eigenen Lager herübergekommen, um sich das, was sie offensichtlich für ein amüsantes Schauspiel hielten, von nahem anzusehen. In ihrem Bestreben, den anderen zu Hilfe zu eilen, hatten die Wachen offenbar ihre Posten verlassen, und Duncan und seine groben Kerle zeigten mit dem Finger auf sie und brachen wieder in lautes Gelächter aus. Es war niemand zu Schaden gekommen, außer dass Alienors Wangen vor Scham brannten.

Ihr Äußeres war nicht gerade in bester Verfassung. Dennoch stand sie auf und warf den Männern einen hochmütigen Blick zu, während sie ihren zerzausten Zopf über die Schulter nach hinten warf. Ein großer, blonder Mann hörte auf zu lachen und sie konnte seinen Blick beinah auf ihrer Haut spüren.

In diesem Moment wurde ihr bewusst, dass sie nichts als ihr Nachthemd am Leibe trug. Und statt ihre Formen schamhaft zu verbergen, drehte sie sich um und blitzte den unverschämten Kerl zornig an.

Der antwortete mit einem Lächeln und die Bewunderung für Alienor stand ihm auf der Stirn geschrieben.

Da kam ihr eine Idee. Sie wusste, was sie wollte, und sie wusste, dass sie es hier nicht finden würde. Eglantine hatte ein wachsames Auge auf sie und das gefiel ihr ganz und gar nicht. Alienor wollte einen Gatten, und auch wenn ein Barbar nicht gerade ihre erste Wahl war, so gab es in diesen Gefilden doch wenig Auswahl.

Auf einmal betrachtete sie Duncan MacLaren mit ganz anderen Augen. Er war alles andere als unattraktiv und am Vortag hatte Alienor beobachtet, wie Eglantine ihn voller Bewunderung angesehen hatte. Es kam ihr höchst verlockend vor, etwas – oder jemanden – für sich zu beanspruchen, den Eglantine begehrte.

Eine gerechte Entschädigung, dachte Alienor. Sie zweifelte nicht an ihrem unwiderstehlichen Charme. Schließlich war Eglantine eine alte Frau, verwitwet und mehrfache Mutter und prüde noch dazu. Alienor dagegen war jung, unberührt und willig.

Alienor hatte nicht vor, die Schlacht durch langes Zögern zu verlieren. Sie warf ihr Haar zurück und marschierte aufrecht durch das Lager. Während sie sich einen Weg durch das Durcheinander bahnte, löste sie ihren Zopf. Sie war sich bewusst, wie sehr die schwarzen Locken die Blässe ihrer Haut betonten und wie ihre blauen Augen gegen die vom frühen Aufstehen noch bleichen Wangen umso lebendiger leuchteten. Sie schenkte den Rufen ihrer Magd keine Beachtung und hielt den Blick fest auf Duncan gerichtet, während sie auf ihn zuging.

Er verschränkte die Arme vor der Brust. Sein blonder Gefährte machte eine Bemerkung, auf die er nicht antwortete, stattdessen verengten sich seine Augen auf höchst unangenehme Art und Weise. Doch Alienor ließ sich nicht beirren. Sie schenkte ihm ihr schönstes Lächeln.

»Guten Morgen«, sagte sie atemlos, als sie dicht vor dem Objekt ihrer Begierde stand.

Von nahem besehen wirkte Duncan noch größer und geheimnisvoller und in seinen Augen schienen Hunderte von Legenden zu leben. Alienor zweifelte nicht daran, dass er küsste wie ein junger Gott, und sie erbebte bei der Vorstellung, wie er mit der Hand über ihre nackte Haut strich.

Und er war der Clanführer, der wichtigste Mann hier weit und breit, was für Alienor ebenfalls nicht ganz unerheblich war. Es war an der Zeit, endlich einen Mann wie ihren Vater zu finden, der wusste, dass Frauen Luxus brauchten, und der sie verwöhnte, wie es ihr zukam, einen Mann, der sie aus Eglantines strenger Obhut befreien würde. Schließlich war es ihre Bestimmung, mit Geschenken und männlicher Aufmerksamkeit überhäuft zu werden.

Und Alienor war sicher, dass Duncan genau wusste, wie man eine Frau verführte und verwöhnte.

»Mein Name ist Alienor«, verkündete sie.

»Das ist mir bekannt.« Duncan betrachtete sie amüsiert und das Funkeln in seinen Augen war wenig verheißungsvoll. Er erinnerte sie an ihre Stiefmutter, die stets etwas auszusetzen hatte.

Alienor legte ihm eine Hand auf den Arm, um ihm eine

weniger väterliche Aufmerksamkeit zu entlocken. »Seid Ihr verheiratet?«

»Nein.« Ohne übertriebene Freundlichkeit schüttelte Duncan ihre Hand von seinem Arm.

»Verlobt?«

Mit strengem Blick sah er sie an. »Nein.«

»Ich ebenfalls nicht.« Als er die Stirn kräuselte, statt ihr strahlendes Lächeln zu erwidern, warf sie trotzig ihr Haar zurück. Duncan richtete einige knappe Worte an seine Männer, wobei er den Blick langsam über das Lager schweifen ließ.

Natürlich um ihrem Blick auszuweichen. Er spielte den Gleichgültigen nur, ohne Zweifel. Sie musste ihn lediglich ein wenig eifersüchtig machen, um ihn aus der Reserve zu locken. Sie schenkte dem Mann neben Duncan – dem Blonden, der sie so bewundernd ansah – das gleiche strahlende Lächeln. Er lächelte zurück und ließ seinen Blick begierig über ihr Nachthemd wandern.

Duncan stieß einige Worte in seiner Sprache aus und das Lächeln des Mannes erstarb. Auch ohne die Worte zu verstehen, wusste Alienor, dass sie einen Sieg errungen hatte, ihr Plan zeigte bereits erste Erfolge. Duncan verteidigte sie als seine Frau.

Mit flatternden Wimpern wandte sie sich an ihn. »Ich hoffe sehr, dass unser spärliches Mahl gestern Abend ausreichend für Euch war«, hauchte sie. »Ein Mann wie Ihr, der in dieser wilden Gegend lebt, muss an Deftigeres gewöhnt sein.«

»Es war ein guter Eintopf«, entgegnete Duncan mit unbeteiligtem Tonfall. »Ohne ihn hätten wir uns mit weniger zufrieden geben müssen. Es war außerordentlich großzügig von der Gräfin, das Mahl mit uns zu teilen.«

»Gräfin«, schnaubte sie und verdrehte die Augen. »Wenn

irgendjemand hier eine Gräfin ist, dann doch wohl ich. Mein Vater hätte das so gewollt.«

Das entsprach zwar nicht ganz der Wahrheit, denn der Titel war an ihren ältesten Bruder und damit an seine Frau übergegangen, doch Alienor bemerkte mit Freude, dass sie Duncans Aufmerksamkeit gewonnen hatte.

»Tatsächlich?«, fragte er.

»Tatsächlich.«

»Und was ist mit Eurem Vater geschehen?«

Alienor zuckte mit den Achseln. »Er ist gestorben, wie alte Männer das so tun. Ich muss sagen, es war höchst unangenehm für mich und der Anfang all meines Kummers ...« Sie versuchte eine Träne hervorzuquetschen, um sein Mitleid zu erheischen, doch Duncan kräuselte in höchst unfreundlicher Manier die Stirn.

»Euer Vater ist am Alter gestorben?«

»Nein, nicht direkt. Er ist bei Tisch an einem Hühnerknochen erstickt.« Sie ärgerte sich über die banale Wahrheit. »Eglantine versuchte, ihm zu helfen – zweifelsohne hatte sie es nicht gerade eilig, Witwe zu werden – doch er stieß sie von sich und bestand darauf, dass nur sein Verwalter ihm helfen solle. Doch als der an seine Seite kam, war es bereits zu spät. Er war alt und konnte kaum gehen, geschweige denn laufen.« Alienor schaffte es, eine Träne hervorzubringen, und ließ ihre Lippen zittern, als sie fortfuhr: »Es war schrecklich für mich, ich war ja noch ein Kind ...«

»Ward Ihr denn dabei?«, fiel Duncan ihr harsch ins Wort.

»Ja, ich war dabei.«

»Und Eure Mutter hat wirklich versucht, ihm zu helfen?«

»Ja doch«, sagte sie ungeduldig. Sie war nicht hier, um

über Eglantine zu sprechen. »Aber sie ist nicht meine Mutter.«

»Das hat sie behauptet.« Duncan betrachtete Alienor, als hielte er sie für eine Lügnerin. Nicht gerade eine schmeichelhafte Geste, dachte Alienor und hob das Kinn.

»Sie ist meine Stiefmutter. Mein Vater hat sie geheiratet, als ich vier Jahre alt war.« Die alte Eifersucht, die in jenen ersten Jahren der zweiten Ehe ihres Vaters in ihr getobt hatte, erwachte von neuem und sie konnte nur hoffen, dass Duncan sie nicht bemerken würde, bevor sie sie wieder unter Kontrolle hatte. Er betrachtete sie aufmerksam. »Nach dem Tod meines Vaters hat Eglantine den Haushalt verlassen.«

Nachdenklich runzelte Duncan die Stirn. »Aber Esmeraude ist ihre leibliche Tochter?«

»Ebenso wie Jacqueline.« Vergeblich versuchte Alienor, ihre Verbitterung zu verbergen. »Sie wurde ungefähr ein Jahr nach der Hochzeit meines Vaters mit Eglantine geboren. Esmeraude hingegen ist die Tochter von Eglantine und Theobald.«

Duncans Augen verengten sich und Alienor fürchtete, dass er zu viel erraten würde.

»Aber es hat mir nichts ausgemacht, als Jacqueline geboren wurde«, erklärte sie rasch. »Mein Vater hat mich immer mehr geliebt als alle anderen.«

Dennoch schien Duncan aus ihren Worten mehr herauszuhören, als ihr lieb war. »Außerdem war es Eglantine, auf die Ihr eifersüchtig ward«, sagte er mit sanfter Stimme.

Alienor konnte nicht verhindern, dass die Worte aus ihr hervorbrachen: »Sie hat meinem Vater den Kopf verdreht!«

»Und dennoch gehört Ihr ihrem Hausstand an.«

Wütend starrte Alienor ihn an. »Ich hatte keine Wahl.«

»Wieso?«

Sie verschränkte die Arme vor der Brust und tippte mit den Fußspitzen auf den Boden, verzweifelt überlegend, wie sie die Unterhaltung zurück zu ihr selbst, ihren Bedürfnissen und ihrer und Duncans gemeinsamer Zukunft lenken konnte.

»Im Moment dunkelster Verzweiflung, als ich einen Helden gebraucht hätte, hat mein ältester Bruder bewiesen, dass er kein solcher ist. Ebenso wie mein Verlobter, der seine mangelnde Voraussicht dadurch unter Beweis stellte, dass er vor unserer Hochzeit verstarb. Seine Familie behielt meine Mitgift und ich besaß nichts mehr als die Kleider am Leibe. Jeder wusste, dass das den Wünschen meines Vaters für meine Zukunft zuwiderlief, doch niemand sah über den Tellerrand der eigenen Gier hinaus.«

In dem Wissen, dass eine kleine Vorführung ihrer Verletzlichkeit sie einen großen Schritt voranbringen würde, schluchzte sie: »Ich bin betrogen worden und niemand ist mir zur Hilfe gekommen!«

Ihr Gegenüber jedoch schien von diesem Ausbruch nicht sonderlich beeindruckt, was nur bedeuten konnte, dass sie nicht genug Gefühl in ihre Worte gelegt hatte.

Kühn legte sie ihm die Hand auf die Brust. Sie spürte seinen Herzschlag unter ihren Fingern und bemerkte zufrieden, dass ihr eine jungfräuliche Röte ins Gesicht stieg.

Sie hob den Kopf, riss die Augen auf und blickte ihm in das skeptische Gesicht. »Ich wusste, irgendwo auf der Welt gibt es einen Mann für mich, einen mutigen Mann, für den meine mangelnde Mitgift keine Rolle spielt, ein Mann, der mir in die Augen sieht und weiß, dass wir für alle Zeiten zusammengehören ...«

Misstrauisch sah Duncan sie an. »Und bis dahin habt Ihr Eglantine gebeten, für Euch zu sorgen?«

Dieser Kerl hatte keinen Funken Romantik im Herzen, das stand fest. Mit schmalen Lippen sah Alienor ihn an. »Das war sie mir schuldig.«

»Tatsächlich?« Duncan lachte leise auf und betrachtete sie mit wissendem Blick. »Weil Ihr sie so herzlich im Haus Eures Vaters willkommen geheißen habt?«

Alienor lief tiefrot an. Es war, als blicke der Mann unmittelbar in ihre Erinnerungen, als sähe er die Kröten, die ihren Weg in Eglantines Bett gefunden hatten, die edlen Hemden der Braut, die in Stücke gerissen worden waren, die Goldkette des geerbten Amuletts, die zerbrochen auf dem Fußboden gelegen hatte.

»Sie bekam, was sie verdiente«, flüsterte Alienor.

Duncan ließ sie nicht aus den Augen. »Weil Euer Vater sie geliebt hat?«

»Er hat sie nicht geliebt!«, schrie Alienor. »Er hat sie begehrt, mehr nicht, und sie hat ihm die Hochzeit aufgezwungen. Sie hat ihn verführt und ihn dazu gebracht, das teure Angedenken meiner Mutter zu vernachlässigen!«

»Sie war wohl kaum alt genug für eine Verführerin.«

»Vierzehn ist alt genug, wenn man die Sünde im Blut hat«, stieß Alienor wütend hervor. »Alles hat sich verändert, seitdem sie da war! Mein Vater hat mich kaum noch beachtet – das ist gemein! Es war nur gerecht, dass sie in unserem Haus nie glücklich geworden ist und dass mein Vater über die Geburt einer zweiten Tochter erzürnt war und sie verschmäht hat, und es war nur gerecht, dass mein Bruder Eglantine aus dem Haus geworfen hat, bevor mein Vater zur letzten Ruhe gebettet wurde.«

Überrascht hob Duncan eine Augenbraue. »Ist es nicht der mindeste Trost für eine Witwe, dem Begräbnis ihres Gatten beizuwohnen?«

»Es war eine Familienfeier und sie gehörte nicht zur Familie.«

»Eine feine Familie, die Eure. Kaum zu glauben, dass Euer Bruder die Witwe seines Vaters noch ehrloser behandelt hat als Euch.«

»O nein, die ganze Schärfe seiner Boshaftigkeit musste ich allein ertragen!«

»Und was ist mit Jacqueline? Wurde ihr auch nicht gestattet, beim Begräbnis ihres Vaters anwesend zu sein?«

Alienor wich seinem Blick aus. Die Unterhaltung nahm nicht den Verlauf, den sie geplant hatte. Ungeduldig wippte sie mit dem Fuß und fragte sich, warum Duncan mit ihr, der reifen und liebenswerten Alienor, unbedingt über die alte, verblühte Eglantine sprechen wollte.

Vielleicht war der Mann nicht nur unromantisch, sondern auch noch blind.

»Es hat den Anschein, als habe die Dame in Eurem Haus einiges zu erleiden gehabt«, sagte er ruhig.

Verärgert über die Hartnäckigkeit, mit der er an dieser falschen Schlussfolgerung festhielt, schnaubte Alienor vernehmlich. »Ich bin diejenige, der übel mitgespielt wurde.« Sie deutete auf sich. »Ich. Ich bin um meine Mitgift betrogen worden, um die Liebe meines Vaters, um den Ehemann und um ein angenehmes Leben. Ich bin diejenige, die ein hartes Schicksal ereilt hat.« Diesmal waren ihre Tränen echt und bezeugten die Schwere des Schicksals – zumindest in ihren Augen.

»Lady Eglantine«, sagte Duncan, »hat Euch mehr Barmherzigkeit erwiesen, als Ihr mit Eurem Verhalten ihr gegenüber verdient hattet. Wenn Ihr den Mann Eurer Träume finden wollt, solltet Ihr Euch an der Gräfin ein Beispiel nehmen.«

Er machte eine Geste zu seinen Gefährten, sagte ein

paar schnelle Worte und ging davon. Mit wenigen Worten versammelte er seine Männer um sich, ohne Alienors Verzweiflung die geringste Beachtung zu schenken.

Dieser Kerl war unerträglich! Herzlos, dass er sich von ihren Tränen nicht rühren ließ. Dass er sich nicht auf ihre Seite schlug. Dass er die elende Eglantine Alienor vorzog!

Der Blonde hingegen war nicht so verstockt wie Duncan. Obwohl er sich auf Duncans Befehl hin einige Schritte von ihr entfernt hatte, hielt er sich noch in der Nähe auf.

Alienor sah ihn scharf an. »Was gibt's zu glotzen?«, schnappte sie, rieb sich die Tränen aus dem Gesicht und bedeckte dann ihre Brüste mit den Händen. »Macht, dass Ihr wegkommt.«

Er lächelte sie an und legte eine Hand auf sein Herz. »Iain MacQuarrie«, sagte er mit einem derartig starken Akzent, dass es einen Moment dauerte, bevor Alienor begriff, dass er sich ihr vorgestellt hatte.

»Es kümmert mich nicht, wer Ihr seid«, entgegnete sie. »Duncan ist der richtige Mann für mich. Ich will einen reichen Mann, einen Mann mit Einfluss und Macht, der mich so behandelt, wie es mir zusteht.« Um ihre Worte zu verdeutlichen, warf sie dem Mann einen verächtlichen Blick zu.

»Nicht Duncan«, grummelte er und seine tiefe Stimme ließ sie erzittern. Er schlug sich auf die Brust. »Iain MacQuarrie.«

Sie würde sich von niemandem von ihrem Ziel abbringen lassen. Auch wenn dieser gut aussehende Mann mit seinen begehrlichen Blicken ihr Herz rasen ließ, er war ein Nichts.

»Nicht Iain MacQuarrie«, verbesserte sie ihn mit scharfer Stimme, doch er lachte, als wisse er es besser. Er trat näher und packte sie mit einer schnellen Bewegung bei den Schultern.

Dann küsste er sie, seine Lippen legten sich warm und fest auf ihre. Sie zitterte, wobei sie selbst nicht wusste, ob vor Entrüstung oder vor Wonne. Iain drückte seine Lippen noch inniger auf ihre und zog sie so nah an sich, dass ihre Brüste gegen seinen Oberkörper gepresst wurden.

Duncan rief etwas und zögernd löste Iain sich aus dem Kuss.

Doch seine blauen Augen blickten in ihre. Leise und nachdrücklich murmelte er einige Worte auf Gälisch und strich ihr in einer besitzergreifenden Geste mit seinem rauen Daumen über die Wange. Dann flüsterte er seinen Namen wie eine Warnung, ihn ja nicht zu vergessen.

Alienor starrte ihn an. Was glaubte er, wer er war? Sie wollte ihm für seine Frechheit einen Fußtritt verpassen, doch er war schon außer Reichweite.

Dass er sie auslachte, war alles andere als Balsam für ihren Stolz.

»Verfluchter Kerl!«, schrie sie. Iain blinzelte ihr zu, als habe er sie verstanden, ohne sich darum zu scheren. Dann war er fort und Alienor stand allein da.

Sie konnte ihren Atem nicht beruhigen und das Hämmern ihres Herzens nicht unterdrücken. Mit zusammengeballten Fäusten stand sie da und in ihren Brüsten brannte eine Sehnsucht, die sie nicht benennen konnte. Alienor atmete tief durch. Es gefiel ihr gar nicht, dass sie so schnell vergessen war, während sie selbst von Kopf bis Fuss bebte. Sie starrte hinter Iain her, dann kehrte sie beleidigt zu ihrer entsetzten Magd zurück.

Sie wusste, dass es Iain war, der ihren Namen rief, aber sie ließ sein Rufen ungehört verhallen. Sie war nicht interessiert an einem Mann, der glaubte ihr sagen zu können, was sie zu tun habe. Sie wollte Duncan und keinen anderen.

Auch wenn er nicht diese unglaublich blauen Augen hatte.

Kapitel 7

Als Eglantine von der Jagd zurückkehrte, sah sie sich einem Chaos gegenüber, von dem selbst sie bezweifelte, dass es wieder in Ordnung zu bringen sei.

Sie konnte nicht glauben, was sie da sah, doch ihre Augen täuschten sie nicht. Ihr gesamtes Gefolge lief umher wie aufgeregte Ameisen, Zelte waren zusammengefallen und einige Wagen umgestürzt. Pferde und Ziegen tummelten sich ungehindert in dem Gewühl und auch die Hennen waren aus ihrem Gehege ausgebrochen. Sie kämpfte sich durch das Durcheinander, stellte fest, dass niemand verletzt war, und bemerkte die aus dem Boden gezogenen Pflöcke.

Dann zeigte man ihr nicht eine, nicht zwei, sondern ein gutes Dutzend Zeltschnüre, die bis auf einen Faden säuberlich durchtrennt worden waren. Der letzte Faden war ohne Zweifel aufgrund der Spannung gerissen, doch dies hätte nicht passieren können, wären die Schnüre nicht angesägt worden.

Und Eglantine wusste auf der Stelle, wer dafür verantwortlich war. Ihr Blick suchte Duncan MacLaren, der mit seinen Männern grinsend in der Gegend herumstand.

Ehrloser Rüpel! Wenn er glaubte, sie würde sich diese Beleidigung demütig gefallen lassen, dann hatte er sich getäuscht. Eglantine marschierte auf ihn zu und wusste, dass ihre Wut ihr ins Gesicht geschrieben stand.

»Einen solch kindischen Vandalismus hätte ich Euch nicht zugetraut«, sagte sie an Stelle einer Begrüßung.

»Mir?« In gespieltem Entsetzen riss Duncan die Augen auf. »Ihr glaubt, dass ich dafür verantwortlich bin?«

»Wer sonst?«

»Unzweifelhaft unterschätzt Ihr die Launen der Winde in dieser Gegend, Mylady. Sie sind in höchstem Maße unberechenbar. Aber schließlich seid Ihr in Frankreich nicht so starke Winde gewöhnt.« Er verengte die Augen und betrachtete sie eindringlich, als wolle er ihr all ihre Geheimnisse entreißen. »Immerhin befindet Ihr Euch an fremden Küsten, da könnt Ihr nicht über alles Bescheid wissen.«

»An höchst ungastlichen Küsten noch dazu.« Eglantine zog eine Augenbraue hoch. »Sind die Winde an diesen Küsten auch mit Messern ausgestattet? Viele Zeltschnüre sind angesägt worden, und obwohl ich nicht zweifle, dass der Wind die Sache vollendet hat, so hat er sie doch nicht begonnen.«

Sie glaubte, einen schelmischen Zug um seinen Mund zu erkennen, als Duncan einen leisen Pfiff ausstieß. »Oh, Mylady, ich fürchte, das verheißt nichts Gutes.« Offensichtlich besorgt runzelte er die Stirn und nahm ihren Arm. »Ihr müsst mir unbedingt eine zeigen.«

Er hatte wieder diesen undurchdringlichen Gesichtsausdruck und Eglantine fürchtete, geradewegs in die Falle zu tappen, die er für sie aufgestellt hatte. Aber worin konnte die bestehen?

Sie wusste es nicht und sein Daumen strich mit solch verführerischer Zärtlichkeit über die Innenseite ihres Ellbogens, dass es ihr schwer fiel, einen klaren Gedanken zu fassen. Also begleitete sie ihn zurück zum Ort des Geschehens und durchschaute sein Vorhaben erst, als ihr gesamtes Gefolge sich um sie beide versammelt hatte.

»Oh, das ist in höchstem Maße bedenklich«, erklärte Duncan und bei seinem Tonfall tauschten Eglantines Leute verwirrte Blicke.

»Ja, hier ist mutwillig zerstört worden.«

»Nein, schlimmer.« Mit gerunzelter Stirn schüttelte er den Kopf. »Ich habe Euch gewarnt, Mylady, dass dieser Ort meinen Vorfahren heilig ist. Ich habe Euch gewarnt, dass die uralten Seelen über Eure Anwesenheit hier verärgert sein könnten. Aber Ihr habt meine Warnung in den Wind geschlagen und jetzt müsst Ihr den Preis dafür zahlen.«

Eglantine hörte ein ängstliches Raunen durch die Reihen ihres Gefolges gehen. Sie entzog ihren Arm seinem zärtlichen Griff, damit sie nicht zu eng beieinander standen, und starrte ihn wütend an.

»Lächerlich«, sagte sie knapp. »Die Seelen wandern in den Himmel, in die Hölle oder ins Fegefeuer, je nachdem. Hier auf Erden jedoch treiben sich keine Seelen herum, weder uralte noch andere.« Dieser Rezitation der kirchlichen Doktrin nötigte dem anwesenden Priester ein zustimmendes Nicken ab, Duncan jedoch schüttelte den Kopf.

»Vielleicht nicht in Frankreich, Mylady, aber wir hier verfügen über weitaus ältere Traditionen.« Duncan hob den Blick, um den Horizont abzusuchen, und seine Augen verengten sich, als sehe er die Schatten lang vergangener Ereignisse. »Vielleicht liegt es an unseren heidnischen Wurzeln, der Geschichte unseres Glaubens in dieser Gegend, dem blutigen Fluch unserer Vergangenheit.«

Mit großen Augen traten alle einen Schritt näher und Duncan kam langsam in Schwung. Oh, er würde eine wunderbare Geschichte erzählen, daran zweifelte sie keinen Augenblick.

Seine Stimme senkte sich vertraulich und er sah den Zuhörern tief in die Augen, einem nach dem anderen, wie um sie von der Wahrheit seiner Geschichte zu überzeugen. Angesichts dieses Unsinns klopfte Eglantine ungeduldig mit dem Fuß auf den Boden, ihre Leute hingegen waren fasziniert.

»Vor langer Zeit stand hier auf diesem Land ein Kreis aus Steinen, hier, wo ihr eure Heimstatt baut. Übrig gebliében ist nur der größte von ihnen, dort am östlichsten Punkt des Kreises. Man sagt, dort habe sich der Altar befunden, wo die heidnischen Priester ihren hungrigen Göttern Blutopfer darbrachten.«

Die Menge erzitterte und Eglantine verdrehte die Augen. »Gruselmärchen, um unartige Kinder zu verängstigen, mehr nicht.«

»Oh, Mylady, Ihr habt großen Mut, die Götter derart herauszufordern.« Duncan nickte mit ernster Miene und Eglantine ärgerte sich über ihre Untergebenen, die an seinen Lippen hingen und begierig auf grausige Einzelheiten hofften. »Wir glauben, dass die Seelen, die bei ihrem Tod mit der Welt nicht im Reinen sind, nicht ins Jenseits eingehen können. Sie bleiben hier und nehmen Einfluss auf die Lebenden, damit die Angelegenheiten, die sie im Leben nicht abgeschlossen haben, doch noch zu einem Ende gebracht werden, damit sie in Frieden ruhen können.«

Nachdenklich zwei Finger an sein Kinn gelegt, blickte er zu dem riesigen Stein hinüber, und die Blicke der Menge folgten dem seinen. »Welche Geheimnisse kennt dieser Stein?«, grübelte er laut und niemand bemerkte, wie Eglantine erneut die Augen verdrehte. »Welche Tragödien und welche Wunder mag er gesehen haben? Ich kann nicht anders als zu glauben, dass die Unglücklichen, die auf diesen Steinen geopfert wurden, den Aufschub brauchen. Ohne

Zweifel verbleiben sie am Ort ihres Todes und warten darauf, dass Gerechtigkeit geschieht.«

Er hatte jeden einzelnen seiner Zuhörer in seinen Bann gezogen. Sie rückten näher zusammen, als reichte die Sonne nicht mehr aus, sie zu wärmen. Eglantine hob an, ihn zu unterbrechen, doch Duncan legte ihr mit einer solchen Selbstverständlichkeit einen Finger an die Lippen, dass es ihr für einen Moment die Sprache verschlug.

Lange genug für ihn. Er betrachtete die zersägte Schnur und ließ sie dann mit ernster Miene fallen. »So viele Jahrhunderte haben sie in völliger Einsamkeit gewartet, so viele Jahrhunderte haben sie sich nach Rache gesehnt. Kann man es ihnen verdenken, dass sie sich an dem Ersten rächen, der kühn genug ist, sich an dem Ort ihres Unglücks niederzulassen?« Er schüttelte sich. »Wer weiß, welchen Preis sie noch verlangen werden? In der Tat, ihr seid in großer Gefahr – auch wenn ihr in Unwissenheit gehandelt habt, seid ihr nicht davor gefeit, einen grausigen Preis zahlen zu müssen.«

Wildes Geschnatter brach los und Eglantine wünschte sich, Duncan in eben jenen Schattenzustand zwischen dieser und der nächsten Welt versetzen zu können, von dem er gerade so wortreich erzählt hatte.

Es dauerte keine drei Herzschläge, bis ihre Leute sich flehend an sie wandten.

»Madame, wir müssen den Bau sofort abbrechen.«

»Madame, wir müssen das Lager an einem anderen Ort errichten.«

»Madame, ich bitte Euch, plagt diese unschuldigen Seelen nicht länger.«

»Vielleicht«, ließ sich Louis mit strenger Stimme vernehmen, »wäre es das Beste, nach Crevy zurückzukehren.«

Voller Entsetzen drehte Eglantine sich zu ihrem Verwalter um. Niemals hatte sie damit gerechnet, dass er ihr vor ihren Leuten in den Rücken fallen würde. Doch in seinen Augen erkannte sie seine Entschlossenheit und sie wusste, dass auch er nicht an Duncans Ammenmärchen glaubte. Doch er nutzte die Gelegenheit, um kundzutun, was seiner Ansicht nach das Beste war. Eglantine biss die Zähne zusammen und nahm sich vor, mit dem alten Mann einige Worte über seine angebliche Loyalität zu ihrer Familie zu wechseln.

Ihr Gefolge sammelte sich hinter dem Verwalter und alle blickten Eglantine erwartungsvoll an. Ein kurzer Blick auf das verräterische Funkeln in Duncans Augen reichte aus, Eglantines Zorn zu schüren.

Er freute sich also sogar über den Schaden, den er ihr zugefügt hatte!

»Dieser Mann ist ein Lügner«, erklärte Eglantine mit solchem Nachdruck, dass ihr Gefolge sichtlich zusammenzuckte. »Seid ihr so dumm, nicht seine Hand in diesem Spiel zu sehen? Es war die Hand eines Sterblichen, die die Schnüre zerschnitten und die Pflöcke aus dem Boden gezogen hat, und es ist ein Sterblicher, der uns dazu bringen möchte, von hier fortzuziehen, damit er das Land für sich in Besitz nehmen kann. Vergesst nicht, dass er auf dieses Land Anspruch erhebt und dass es in seinem Interesse ist, uns von hier zu vertreiben.« Sie hob das Kinn und starrte Duncan wütend an. »Ich werde nicht so feige sein, mich von einem Märchen verängstigen zu lassen.«

Die Menge nickte bei diesen Worten, doch der Samen des Zweifels war gesät. Der Schaden war angerichtet. Eglantine wusste, dass die Vernunft an diesem Abend zusammen mit der Sonne untergehen und dass ihre Untergebenen ängstlich wachliegen würden. Sie wusste, dass Duncan nicht aufhören würde mit seinem Spielchen, und sie wusste, wenn sie ihn nicht bremsen konnte, würde sie nach und nach das Vertrauen ihres abergläubischen Gefolges verlieren.

Und am Ende würde er Kinbeath bekommen. Doch Eglantine war nicht gewillt, ihm so leicht den Sieg zu überlassen.

Sie würde Feuer mit Feuer bekämpfen. Sie rief nach dem Priester. »Vater, wir benötigen eine Messe.«

»Ja, Madame.« Der Priester von Arnelaine verbeugte sich ehrfürchtig. »Es ist das Edikt keines Geringeren als Papst Gregors, die heidnischen Stätten Britanniens dem Dienste unseres Herrn zu weihen. Mit Eurer Erlaubnis werden wir die Messe an dem großen Stein abhalten.«

Ein ängstliches Raunen ging durch die Reihen, doch Eglantine setzte ein zuversichtliches Lächeln auf und antwortete, bevor Duncan sich einmischen konnte. »Ich habe den klaren Verstand von Papst Gregor stets bewundert. Es soll geschehen, wir Ihr sagtet.«

Die Menge zerstreute sich und alle plapperten wild durcheinander, während sie zu ihren Arbeiten zurückkehrten. Der Priester wählte einige Männer aus, die ihm helfen sollten, und schritt mit dem Kruzifix vor der Brust und wehendem Talar auf den Stein zu.

Eglantine ließ Duncan wortlos stehen. Sie war dermaßen erzürnt über sein Spielchen, dass sie nicht gewillt war, sich irgendwelche Erklärungen anzuhören. Stattdessen stellte sie Louis zur Rede, wenn auch ohne Erfolg – er war der Meinung, mit seinem Einwand im Interesse der Familie gehandelt zu haben.

Sein Tonfall ließ keinen Zweifel, dass er die Ansicht vertrat, Eglantine riskiere ohne Not Leib und Leben ihrer Untergebenen, und sie spürte, dass sie ihn nicht würde auf ihre Seite ziehen können. Dann fiel ihr Blick auf Esmeraude, die mit Célie spielte, und sie wurde an eine weitere Schlacht erinnert, bei der ein Sieg in unerreichbarer Ferne schien. Im gleichen Moment rauschte Alienor an ihrer Stiefmutter vorbei geradewegs auf das Lager von Duncans Männern zu und entlockte Eglantine einen verzweifelten Seufzer.

Welche Unbill stand ihr noch ins Haus?

Aber eins nach dem anderen. Ohne ihr Zutun wanderte ihr Blick zu Duncan, der nahebei mit seinen Männern scherzte. Er stand mit seinen muskulösen Beinen fest auf dem steinigen Untergrund und schien in gleichem Maße in diese Landschaft zu passen, wie sie es nicht tat. Ihr Herz setzte einen Schlag aus, als er in wortlosem Gruß eine Hand hob.

Als ob sie sich nach allem, was er getan hatte, über seine Anwesenheit freute! Eglantine marschierte in die entgegengesetzte Richtung davon. Sie musste eine dauerhafte Lösung für das Problem namens Duncan MacLaren finden. Als sie sich umdrehte, sah sie, wie Alienor vor Duncan umherstolzierte und er sie mit einem Lächeln auf den Lippen betrachtete.

Und auf einmal wusste sie, was zu tun war.

Eglantine hatte gehofft, dass französische Ritter um die Herzen ihrer Töchter werben würden, doch herrschte in diesen Gefilden ein rechter Mangel an Rittern und Kinbeath lag weiter von jeder Zivilisation entfernt, als Eglantine erwartet hatte. Der Bau eines Herrenhauses würde Jahre in Anspruch nehmen und noch länger würde es dauern, sich eine Reputation zu verschaffen, die ehrenwerte Männer an Eglantines Hof locken würde.

Und Alienor wurde nicht jünger. Sie hatte schon vor Jahren verheiratet werden sollen, doch der Tod des Bräutigams und der Verlust der Mitgift hatten die Pläne ihres Vaters durchkreuzt.

Duncan war der Führer des Clans der MacQuarrie, also unzweifelhaft ein Mann von Macht und Einfluss in diesem Land. Mit seinem normannischen Französisch konnte er sich mit Alienor verständigen, was ihn hierzulande vor allen anderen auszeichnete. Er war alles andere als hässlich anzusehen, wie Eglantine eingestehen musste, ohne ihrem klopfenden Herzen Beachtung zu schenken. Und er hatte Charme – er konnte singen und er hatte Mitgefühl mit der kleinen Esmeraude gezeigt.

Offensichtlich fand Alienor ihn ansprechend. Vielleicht würden die beiden ein schönes Paar abgeben – möglicherweise würde er ihre fordernde Art als Ehrlichkeit schätzen. Und ganz gewiss würde es Alienor gut tun, einen Mann an ihrer Seite zu haben, dessen Sturköpfigkeit sich beinah mit der ihren messen ließ.

Außerdem würde sich der Streit um das Land in Luft auflösen, denn eine Heirat zwischen Eglantines Familie und Duncans Clan würde die einander entgegenstehenden Ansprüche zusammenführen. Dieser unsinnige Kampf zwischen ihnen wäre beendet und alle könnten zum Wohle aller an einem Strang ziehen.

Ein fantastischer Einfall. Eglantine überhörte willentlich die bohrenden Einwände, die sich in ihrem Innern erhoben. Sicherlich würde Duncan einem so vernünftigen Vorschlag zugetan sein. Und wenn er erst eine Frau in seinem Bett hatte, würde er auch seine Versuche, sie zu verführen, einstellen.

Aus irgendwelchen Gründen, die keiner näheren Erforschung bedurften, wollte Eglantine über diesen Punkt lieber nicht allzu viel nachdenken.

Sobald das Lager wieder in Ordnung gebracht war, würde sie Duncan die Verbindung vorschlagen. Die Sache musste mit Zartgefühl behandelt werden. Doch sicherlich würde Duncan hocherfreut sein über die Wertschätzung, die sie ihm entgegen brachte, indem sie ihm ihre Tochter zur Frau gab.

***

Entgegen Eglantines Erwartungen geriet Duncan vollkommen aus der Fassung.

Am Nachmittag hatte sie nach ihm rufen lassen, was in Duncan böse Vorahnungen geweckt hatte. Es passte nicht zu ihr, dass sie nach ihm schickte, statt ihn selbst ausfindig zu machen, und er deutete das als schlechtes Vorzeichen. Wie gebeten erschien er vor ihrem Zelt und wappnete sich gegen ihren Zorn und die zu erwartende Strafpredigt, weil er unangebrachterweise Aberglauben geschürt und darüber hinaus mit dem Glauben ihrer Untergebenen gespielt hatte.

Doch wieder einmal hielt die Dame eine Überraschung für ihn bereit.

Sie empfing ihn mit einem hoheitlichen Lächeln, wie eine Königin bei Hofe. Sie trug ein Kleid, das er noch nicht gesehen hatte, und das satte Grün des Stoffes unterstrich das smaragdfarbene Leuchten ihrer Augen. Ihr Haar war unter einem hellen Schleier verborgen und ihr formelles Gebaren ließ sie unangenehm fremd und distanziert erscheinen. Sie wirkte schlank, königlich und unerreichbar und schien noch weniger in diese Umgebung zu passen als zuvor.

Wie er so vor ihr stand, fühlte er sich höchst unwohl in seiner Haut. Er war sich bewusst, dass sein Gewand Wasser und Seife vonnöten hatte – ebenso wie er selbst – und dass sein Bart eine Klinge vertragen konnte. Der Broch, den die Männer bewohnten, bot einen eher einfachen Unterschlupf und sie waren nicht darauf vorbereitet gewesen, hier länger zu verweilen.

In einem mit Ornamenten geschmückten Ofen glühten Kohlen und die Teppiche unter seinen Füßen waren dick und weich. Die seidenen Zeltwände schimmerten, als sie sich sanft im Wind bewegten, und das Sonnenlicht malte Streifenmuster auf den Boden. Hinter der Dame war eine dicke Matratze mit Bergen von Kissen auszumachen, deren bunte Farben und feine Stoffe in dieser Gegend nicht oft zu sehen waren.

Duncan erstarrte vor Ehrfurcht. Eglantine hatte aus dem Nichts einen Hof gezaubert. Und indem sie ihre Herkunft und ihr Geburtsrecht unter Beweis stellte, führte sie Duncan mit schmerzlicher Deutlichkeit seine fehlende Herkunft vor Augen.

Es war ein Spiel um Macht und sie spielte es nach allen Regeln der Kunst.

Während er im Eingang verharrte und sich riesig, männlich und zerzaust vorkam, legte Eglantine einen pelzbesetzten Umhang und Handschuhe aus feinstem Leder an. »Ich möchte Euch bitten, mir ganz *Ceinn-beithe* zu zeigen«, sagte sie mit einer Freundlichkeit, die ihn misstrauisch machte.

Diese so vollkommen gefasste Dame war eine Fremde. Selbst ihre Gesichtszüge waren ihm fremd, ihr Ausdruck so nüchtern, dass sie auch eine Zwillingsschwester seiner Gräfin hätte sein können.

Duncan hob eine Augenbraue. »Wie meinen?«

Die Dame widmete ihre ganze Aufmerksamkeit den Handschuhen. »Ich nehme doch an, dass Ihr reiten könnt? Ich habe einen Hengst für Euch satteln lassen, ebenso wie mein Pferd.« Sie sah ihn an und in ihren Augen leuchtete die Herausforderung. »Ich hoffe, Euch damit keine Unannehmlichkeiten zu bereiten.«

Sie führte etwas im Schilde, da war Duncan sich sicher. Er war neugierig, doch noch mehr beschäftigte ihn die Frage, ob ihr Plan dem seinen entgegenkommen würde. Er hatte geschworen, die Dame zu verführen, und dazu gab es weiß Gott bessere Orte als ihr Lager.

Er setzte ein schelmisches Lächeln auf. »Es ist mir eine Freude, Euch *mein Ceinn-beithe* zu zeigen.«

Doch sie hielt eine weitere Überraschung für ihn bereit. »Euer Anspruch auf das Land erledigt sich von selbst, wenn Ihr Alienor heiratet.«

Sie rauschte an ihm vorbei und ließ ihn mit vor Fassungslosigkeit offenem Munde stehen. Sie machte ganz den Eindruck einer Frau, die alles zu ihrer Zufriedenheit gelöst hatte.

Duncan rannte hinter ihr her. »Was redet Ihr da für einen Unsinn?«

»Es besteht kein Grund, so erschüttert dreinzuschauen. Mein Vorschlag ist durch und durch vernünftig.« Mit dem süßen Lächeln einer Madonna sah sie ihn an und fuhr fort: »Und jetzt reißt Euch bitte zusammen. Ich habe nicht vor, die Angelegenheit vor meinen Untergebenen zu erörtern.«

Diese Frau war fest entschlossen.

Eglantines Vorschlag hatte ihn dermaßen erzürnt, dass er Zeit brauchte, um seine Wut in Worte zu fassen. Sie bestiegen die Pferde, die bereitstanden, und ritten in verbissenem Schweigen aus dem Lager. Die Pferde erklommen die sanften Hügel, die das Land in östlicher Richtung begrenzten.

»Was denkt Ihr darüber?«

Duncan ritt schweigend weiter.

»Wie Euch ohne Zweifel ersichtlich ist, wäre eine solche Verbindung in hohem Maße vernünftig«, erklärte Eglantine mit spröder Sachlichkeit, indem sie sein Schweigen als Zustimmung deutete. »Wenn unsere Familien sich verbünden, kann dieser lästige Streit ...«

»Kommt gar nicht in Frage«, fiel Duncan ihr etwas lauter als notwendig ins Wort.

Eglantine blinzelte, ließ sich jedoch auch diesmal von seiner Lautstärke nicht aus der Fassung bringen. »Sicherlich kommt es sehr überraschend für Euch, aber wenn Ihr einmal in Ruhe die Vorteile …«

Duncan starrte sie an. »Es hat keine Vorteile, ein Kind zu heiraten!«

Eglantine räusperte sich leise. »Alienor ist achtzehn Jahre alt. Sie ist eine Frau.«

Duncan schnaubte. »Sie ist ein undankbares Gör mit ausgesprochen schlechtem Charakter.«

Bei dieser unverblümten Einschätzung riss Eglantine die Augen auf. Dann lächelte sie und die mütterliche Art, mit der sie sich vorbeugte und ihm den Arm tätschelte, trug wenig zur Entspannung der Lage bei. »Ich denke, vor lauter Überraschung über mein großzügiges Angebot unterschätzt ihr Alienors Vorzüge. Von Zeit zu Zeit geht ihr Temperament mit ihr durch, doch ich hatte angenommen, ein Mann Eures Schlages würde ihre Aufrichtigkeit wertschätzen.«

»Ein Barbar, meint Ihr«, verbesserte Duncan, dessen Zorn mit jedem ihrer Worte wuchs.

Eglantine lachte leise und in den grünen Tiefen ihrer Augen sah er ein bezauberndes Funkeln. Verlangen gesellte sich zu Duncans schwelender Wut und ließ sie auflodern.

Wie konnte sie glauben, sie könne sein Leben bestimmen, könne sich bequem seiner entledigen, indem sie ihm Alienor ans Bein band? Duncan knirschte mit den Zähnen und war fest entschlossen, alles andere als bequem zu sein.

»Sicherlich ist Alienor nicht immer ganz einfach, aber sie ist schön und jung genug, um einem Mann Eures Standes einen Sohn zu schenken.«

»Sie ist ein Kind«, dröhnte Duncan. Er trieb sein Pferd in den Galopp und da er die Zügel ihrer Stute hielt, musste sie mithalten.

»Es besteht kein Grund, laut zu werden oder die Pferde zu erschrecken.«

»Es besteht sehr wohl Grund, laut zu werden!« Duncan hielt auf einer kleinen Lichtung und sprang aus dem Sattel. Eglantine blickte von ihrem Sattel aus wie eine Königin, die von dem ungebührlichen Betragen eines Untertanen zutiefst erschüttert ist, auf ihn hinab. »Wie könnt Ihr es wagen zu glauben, Ihr könntet Euch dieser selbstsüchtigen Kreatur entledigen, indem Ihr sie bei mir abgebt!«

»Ich glaubte Euch damit entgegenzukommen.«

»Ihr habt Euch geirrt! Ich habe kein Verlangen nach einem Kind oder nach einer Frau, die nur an sich selbst denkt, es gelüstet mich nicht nach errötenden Jungfrauen, die nicht aus freiem Willen in mein Bett kommen!«

Eglantine verdrehte die Augen. »Ich glaube kaum, dass Alienor gezwungen werden müsste, sich ihrer Jungfräulichkeit zu entledigen«, sagte sie mit jener Deutlichkeit, die er an ihr schätzte.

Schon dieser kleine Hinweis auf die Eglantine, die er kannte, gab ihm neuen Mut. »Aber ich werde mich dafür nicht hergeben!«, schrie er. »Ihr müsst Euch einen anderen geistlosen Trottel suchen, der Euch in dieser Sache zu Diensten ist!«

Eglantines Augen blitzten, und als sie ebenfalls vom Pferd stieg, wurde auch sie lauter. »Es geht nicht darum, mir zu Diensten zu sein, sondern es geht um eine für alle akzeptable Lösung.«

»Diese Lösung ist für mich nicht akzeptabel.«

»Nun, vielleicht sollte sie das aber!«, schrie Eglantine zurück. »Vielleicht seid ja Ihr der geistlose Trottel! Welcher vernünftige Mann würde eine Braut von nobler Geburt zurückweisen, eine junge Schönheit wie Alienor? Welcher Trottel würde Streit dem Frieden vorziehen?«

Duncan war kurz davor, sie zu packen und zu schütteln. »Ein Mann, der weiß, was er will!«

»Ach ja?« Eglantine ließ sich nicht einschüchtern und hob herausfordernd das Kinn. »Und was wollt Ihr, Duncan MacLaren? Welche hochfliegenden Ambitionen treiben Euch, dass Alienor Euch nicht gut genug ist?« Sie deutete mit dem Finger auf ihn. »Sagt mir, welche guten Gründe Ihr habt, mein wohlmeinendes Angebot auszuschlagen.«

Obwohl er es schätzte, dass Eglantine nicht gleich wie ein aufgeschrecktes Huhn davonlief, wenn er die Stimme hob, irritierte es ihn nun doch, dass sie seinem Zorn so gar keine Beachtung schenkte. Er senkte die Stimme und bemerkte mit Genugtuung das Flackern in ihren Augen.

Und noch etwas. Sie hielt den Atem an, trat aber keinen Schritt zurück.

»Damit wir uns verstehen, Mylady Eglantine«, flüsterte er. »Ich habe schon einmal miterlebt, wie ein Mensch zu einer Heirat gezwungen wurde, um den Interessen eines anderen zu dienen, und ich werde mich dafür nicht zur Verfügung stellen.«

Sie schwieg und blickte ihn forschend an. Nun hatte er ihre ganze Aufmerksamkeit. Es gefiel ihm, dass sie seinem Blick nicht auswich. Ihm gefiel ihr Mut und dass sie ihm vertraute. Er fasste sie an den Ellbogen, hob sie hoch, dass sie nur noch mit den Zehen den Boden berührte, und zog sie an sich. Ihm gefiel die aufsteigende Hitze in ihren Augen.

»Ein kluger Mann lernt aus seinen Fehlern, Eglantine«, sagte Duncan sanft. »Wenn ich je heiraten sollte, dann weil es mich nach dieser Frau verlangt.«

»Das passt zu einem Mann«, flüsterte sie. »Zu heiraten, um seine Lust zu stillen.«

»Es passt zu Euch, mir jedes Wort im Munde umzudrehen.«

Fragend hob Eglantine eine Augenbraue, doch das misstrauische Funkeln in ihren Augen sagte ihm, dass sie nicht glaubte, seine Erklärung könne sie überzeugen.

Duncan konnte sich ein Lächeln nicht verkneifen und sein Ärger verflog. Er strich mit dem Daumen sanft über die weiche Wolle ihres Umhangs, ließ seine Hände ihre Arme hinauf zu ihren Schultern gleiten. Sie standen so dicht beisammen, dass er ihren Atem hörte.

»Wenn ich jemals heirate, Eglantine, dann eine Frau, ohne die mir die Luft zum Atmen fehlt, eine Frau, die mein Herz gefangen hält, eine Frau, ohne die ich nie wieder sein möchte.«

Sie verzog die Lippen. »Und Ihr werdet sie nach guter barbarischer Sitte über die Schulter werfen und in die Höhle schleppen.«

»Ich werde sie umwerben, bis nichts mehr in ihrem Herzen einen Platz hat außer mir.«

Eglantine schluckte vernehmlich und starrte zu ihm hinauf. »Dann umwerbt Alienor«, schlug sie mit stockender Stimme vor.

Duncan ließ seinen Blick zu ihren Lippen wandern und drückte sanft ihre Schultern, als er sie näher an sich zog. Sie hielt die Luft an, ihre Lippen öffneten sich, und mit unerwarteter Klarheit wusste er auf einmal, was er wollte. »Nein, Eglantine«, flüsterte er und seine Lippen waren nur einen Fingerbreit von den ihren entfernt. »Ich kann Alienor nicht umwerben. Ich würde sie nicht vermissen, wenn sie fort wäre.«

Eglantine lachte auf. »Ihr und Euer poetisches Gerede.

Sagt mir, wo wollt Ihr eine Braut von noblerer Geburt und edlerer Herkunft, eine Braut von größerer Schönheit als Alienor finden?«

Duncan lächelte, die Worte kamen so leicht über seine Lippen, dass er wusste, er sagte die Wahrheit. »Hier.«

Duncan fühlte, wie Eglantine erzitterte, als er seine Lippen auf ihre legte. Er zog sie an seine Brust. Diesmal war es kein sanfter Vorgeschmack, sondern ein Kuss, der ihre Hingabe verlangte, ein Kuss, der verlangte, dass sie der Leidenschaft freien Lauf ließ, von der er wusste, dass sie in ihr schlummerte.

Und es dauerte keine Sekunde, bis die Dame sich an ihn schmiegte. Sie öffnete den Mund und Duncan brauchte keine zweite Einladung. Sein Herz klopfte vor Freude über seinen Triumph und er gab sich ganz dem Kuss hin und genoss es, wie sie ihm Gleiches mit Gleichem vergalt. Ungeduldig warf er ihren Schleier davon und bewunderte ihre feinen Züge, während er mit einer Hand durch ihr seidiges Haar fuhr.

Sie war umwerfend.

Hungrig beugte er sich wieder über ihre Lippen. Duncan wusste nicht, ob er sie dazu verleitet hatte, ihr wahres Verlangen zu offenbaren, oder ob sie ihn benutzte. Seine Erregung war so groß, dass es ihm gleichgültig war.

Eglantine schien es ebenso zu gehen. Ihre schmalen Hände wühlten in seinem Haar, ihre Finger streichelten sein Gesicht, ihre Zunge tanzte zwischen seinen Zähnen. Es war, als habe er einen Sturm entfesselt, als die Leidenschaft, die er schon zuvor erahnt hatte, sie veranlasste, ihren eigenen Genuss einzufordern.

Duncan war mit Freuden bereit, ihr in dieser Angelegenheit zu Diensten zu sein. Sein Blut raste durch seine Adern, seine Männlichkeit war hart geworden. Es war keine Lüge, dass er diese Frau begehrte. Er küsste Eglantine auf die Wangen, die Lider, die Schläfen, küsste ihr Ohr, begierig, ihren Geschmack zu kosten. Er küsste ihren Hals und die schmerzhaft weiche Stelle unter ihrem Ohr und sie stöhnte auf. Eglantine fuhr ihm mit der Zunge ins Ohr, und als sie atemlos seinen Namen flüsterte, war sein Verlangen stärker als er.

Mit einem einzigen Gedanken im Sinn nahm er sie auf die Arme und ging auf das verfallene Gemäuer zu, das sein Ziel gewesen war. »Die Pferde«, flüsterte sie, doch er schüttelte den Kopf.

»Sie sind nicht so dumm zu fliehen.« Er lächelte sie an. »Und wenn doch, bist du ohne sie besser bedient.«

»Was ist das für ein Gebäude?«

»Eine Kapelle, sie wurde vor fünf Jahrhunderten von einem Eremitenmönch erbaut.« Er duckte sich unter dem niedrigen Eingang hindurch und seine Augen brauchten einen Moment, sich an die Dunkelheit im Innern zu gewöhnen. »Hier drin ist es trocken und windstill.« Unter der niedrigen Decke musste er sich bücken, während er Eglantine absetzte. Das Innere der Kapelle war nicht größer als das Bett eines Edelmannes, aber es war mehr als genug.

Er lächelte. »Ein Jammer, dass das Wolfsfell noch nicht trocken ist.«

»Dies ist nur vom Eichhörnchen«, flüsterte sie heiser, als sie ihren Umhang löste und das Innenfell zeigte. »Aber vielleicht können wir uns damit begnügen.«

Dieses Eingeständnis ihrer Lust war mehr, als er erwartet hatte. Duncan umfasste mit einer Hand ihren Nacken und drückte sie an sich, während er die andere Hand in ihrem leuchtenden Haar vergrub. Dann streichelte er sie der Länge nach und presste ihre Kurven an sich. Sie stöhnte leise auf, als er ihre Brustwarzen berührte, und bäumte sich ihm entgegen, als er sie zwischen Finger und Daumen rieb.

Ihre Lippen öffneten sich und ihre Wimpern flatterten, als er mit einer Hand ihre Brust umfasste. Er beugte sich vor, legte die Zähne um ihre Brustspitze und sie erzitterte, als seine Berührung offensichtlich durch den Stoff ihres Gewandes drang.

Es war nicht genug.

Er löste sich aus dem Kuss, um Eglantines Züge zu betrachten. Er sah ihre leuchtenden Augen, die vollen Lippen und die errötenden Wangen. Er hielt den Atem an, da ihr Blick ebenso forschend und verwundert auf ihm ruhte, und er fragte sich, was sie da sah, das ihre Augen so mit Bewunderung füllte. Sie sog hastig die Luft ein, ohne seinem Blick auszuweichen, als er seine Finger um ihre Brustwarze zusammendrückte.

Er trat einen Schritt zurück, um sie zu betrachten, und war plötzlich erstaunt, dass sie ihm eine solche Nähe gestattet hatte. Das Begehren floss zäh und heiß durch Duncans Adern. Er würde der nächste Mann zwischen ihren Schenkel sein, daran zweifelte er nicht.

Doch zuvor wollte er ihr Einverständnis.

»Du hast mich belogen, Eglantine«, flüsterte er.

»Niemals«, erklärte sie mit festem Blick.

»Oh, doch«, flüsterte Duncan. »In diesem Moment bist du mir sehr wohl ein Ja oder Nein schuldig.«

Es brachte ihn beinah um, sich zurückzuhalten, ihre weiche Haut zu spüren und zu wissen, dass er mit seiner Berührung ihre Hingabe erzwingen konnte, und dennoch daran festzuhalten, dass sie ohne ihr Einverständnis nicht die Seine werden würde.

Aber Duncan wartete.

Die Dame hatte ihn einen Wilden genannt und er hatte

nicht vor, ihr mit seinem Verhalten Recht zu geben. Er würde sich nicht mehr nehmen, als sie ihm darbot. Sein Daumen strich verführerisch über ihre harte Brustwarze, als könne allein diese Berührung sie dazu bringen, ihm alles zu geben. Sie sog die Luft ein und Duncan war ganz und gar nicht darüber erhaben, alle Möglichkeiten zu nutzen, sie zu gewinnen.

Eglantine betrachtete ihn und es schien eine Ewigkeit zu dauern, während ihr Herz unter seiner Hand hämmerte.

Dann umfasste sie seinen Nacken und zog ihn an sich, bot ihm ihre Lippen und die süße Beuge ihres Halses. Wie immer hatte sie eine Entscheidung getroffen und zögerte nicht, sie in die Tat umzusetzen.

»Ja«, flüsterte sie heiser an seinem Hals. »Gott helfe mir in meiner Schwachheit, aber ich kann nicht anders.«

Duncan presste seinen Mund auf ihren, als ein Gefühl der Ehrfurcht ihn durchströmte. Er hatte Aufrichtigkeit von ihr verlangt und doch nicht mit so viel Offenheit gerechnet.

Und er hatte nicht die Absicht, Eglantine die Zeit zu geben, ihre Entscheidung zu überdenken.

***

Eglantine redete sich ein, allein durch ihre Hingabe an Duncan erreichen zu können, dass er Kinbeath aufgab. Ja, er hatte nur ein einziges Bestreben, das Bestreben eines Mannes auf der Jagd nach Eroberungen, und sobald er dieses Verlangen gestillt hatte, würde er sich davonmachen.

Sie glaubte nicht wirklich daran. Sie wollte nicht über ihre eigene Schwäche nachdenken, ihr eigenes brennendes Verlangen, und schon gar nicht über das nagende Gefühl, dass ihr Leben nur noch aus Verantwortung für andere bestand.

Nein, sie wollte sich dem Gefühl hingeben. Und Duncan schien dafür Sorge tragen zu wollen, dass sie genau das tat. Das Band am Halsausschnitt ihres Kleides war bereits gelöst, die Schnüre ihres Hemdes ebenfalls. Eglantine erzitterte, als Duncan ihr das lästige Kleidungsstück abstreifte und ihre Brüste in der kalten Luft entblößte. Sie sah die Hitze in seinen Augen aufflackern und spürte fast vergessenen weiblichen Stolz in sich aufsteigen.

Dann schlossen sich seine Lippen um ihre Brustwarze und sie vergaß alles um sich herum. Seine Zunge spielte mit der Spitze und sandte Hitzewellen durch ihren Körper bis in die Zehenspitzen. Seine Hand schloss sich warm um ihr Knie und wanderte ihren Schenkel hinauf und diese Berührung auf ihrer nackten Haut war zärtlicher, als sie es für möglich gehalten hatte.

Eglantines Herz hämmerte, ihr Mund war trocken. Sie wollte ihn, wie sie noch nie zuvor jemanden gewollt hatte. Sie wühlte mit den Händen in Duncans widerspenstigem Haar und ließ die Locken durch ihre Finger gleiten. Als er ihre Brustwarze mit den Zähnen reizte, hielt sie sich an seinen Schultern fest und bäumte sich gegen seine harte Männlichkeit. Sie wollte mehr.

Forschend glitt seine Hand durch das Haar zwischen ihren Schenkeln und er hob den Kopf und suchte ihren Blick. Seine Finger teilten ihre Schamlippen und er legte seine Hand mit einer solchen Sicherheit zwischen ihre Beine, dass sie zusammenfuhr. Er lächelte, als er ihre Feuchtigkeit spürte.

»Erzähl mir von deinen Wünschen, Eglantine«, flüsterte er und seine Augen leuchteten, während er sie mit den Fingern verwöhnte. Eglantine wand sich hin und her, sie war sicher, noch nie eine Lust von solcher Stärke empfunden zu haben. Sie packte seine Schultern und ihre Nägel gruben sich in seine Haut. Seine Hand schloss sich besitzergreifend um ihre Hüfte, seine Lippen wanderten über ihr Kinn, ihre Ohren. »Sag es mir«, drängte er.

»Du weißt, was ich will.«

Sie spürte an ihrem Hals, wie er lächelte, und verging fast vor Lust, als er mit der Zunge durch ihre Ohrmuschel leckte. »O ja, ich könnte Vermutungen anstellen, aber ich möchte es von deinen Lippen hören.« Seine Zunge spielte an ihrem Ohr und seine wunderbaren Finger ließen sie aufstöhnen. »Sag es mir, Eglantine.«

»Ich will Lust.«

Duncan lachte leise, sie spürte seinen warmen Atem an ihrem Nacken. »Nicht mehr?« Er presste seine Hüften gegen ihre und ließ sie die Größe seiner Erektion spüren. »Wie kann man dir Lust bereiten, Eglantine?«

»Es ist vulgär, darüber zu reden«, wies sie ihn zurecht, wobei ihr schwerer Atem jeden Ton der Entrüstung aus ihrer Stimme nahm.

Duncan lachte und löste sich von ihr, um sie zu betrachten. »Aber ich bin doch ein Barbar, oder etwa nicht?« Wieder hatte er diesen unberechenbaren Gesichtsausdruck, doch nur für einen Moment, dann war er verschwunden.

Er glitt unter ihre Röcke, umfasste ihren Po mit beiden Händen und schloss den Mund um ihre Scham.

Eglantine stöhnte auf, es war ihr unmöglich, leise zu sein, und hob ihren Körper ihm entgegen. Noch nie hatte sie einen so intimen Kuss gespürt und sie wollte nicht, dass er allzu schnell vorüberging.

Duncans Zunge spielte mit ihr, erforschte und reizte sie und brachte ihre Leidenschaft in Wallungen. Er hielt sie fest in seinen großen, starken Händen, obwohl Eglantine sich hin und her wand. Sie fühlte die Berührung seiner Zähne, seiner Nase, die rauen Bartstoppeln, und all das steigerte nur noch ihre Erregung.

Und seine Zunge, oh, seine Zunge war von unerträglicher Geschicklichkeit.

Ihre Lust erreichte bisher unbekannte Ausmaße, in ihrem Körper tobte ein loderndes Inferno und ihre Hüften begannen, sich ohne ihr Zutun heftig auf und ab zu bewegen. Sie packte Duncan bei den kräftigen Schultern und hörte ihren eigenen lauten Schrei, als die Wonne in einer plötzlichen Welle über sie hinwegschwemmte.

Bevor sie zu Atem kommen konnte, kam er hoch zu ihr und in seinen Augen leuchtete das Verlangen. Er verschlang seine Finger mit ihren, streckte ihre Arme über ihren Kopf hinaus und beugte sich herab, um noch einmal an ihren Brüsten zu saugen. Eglantine stöhnte auf und ihre Finger schlossen sich um seine, als er erneut die Leidenschaft in ihr entflammte. Er kostete eine Brust, dann die andere, und blickte zufrieden zu ihr auf, als beide Brustwarzen hart emporstanden.

Sie blickten sich tief in die Augen, als er sich zwischen ihre Schenkel senkte. Sie hielt den Atem an, als sie spürte, wie groß er war und wie hart, und sie wollte ihn.

»Deine Augen erzählen viele Geschichten, Eglantine«, flüsterte er nicht ohne Stolz. Lächelnd presste er seine Hüften gegen ihre. »Aber sag du mir, wonach es dich verlangt.«

»Nach dir«, flüsterte sie ohne nachzudenken.

Duncan hob fragend eine Augenbraue.

»Nach dir, nach deiner Hitze tief in mir, du sollst mich ausfüllen wie kein anderer es vor dir getan hat«, sagte sie und ihr Puls raste ob ihrer Verwegenheit. »Nimm mich, Duncan, und schenke mir Lust, wenn ich meine Beine um deine Hüften schlinge.«

Seine Augen blitzten, als er sich zu ihr hinabbeugte und sie küsste, sie in seinem Verlangen beinah verschlang. Er fasste ihre Hände mit einer Hand und zerrte mit der anderen ungeduldig an den Kleidungsstücken, die noch im Weg waren. Hungrig, gierig, erwiderte Eglantine seinen Kuss, sie war sich der Nacktheit ihrer Schenkel kaum bewusst, bis er wieder auf ihr lag. Doch dann spürte sie das raue Kitzeln der Haare an seinen Beinen und öffnete ihre Schenkel, um ihm darzubieten, wonach es sie beide verlangte.

Er drang in sie ein und es fühlte sich an, als fülle er sie gänzlich aus. Er stöhnte heiser auf und seine dunklen Augen blickten in ihre. »Eglantine«, flüsterte er und dieses einzelne Wort war voller Verwunderung. Mit den Fingerspitzen strich er ihr eine Locke aus der Stirn, während seine Erektion in ihr wuchs.

Und Eglantine fühlte sich mächtiger, als sie sich je in all ihren Tagen und Nächten gefühlt hatte. Dieser Mann, der ihr eine Lust verschafft hatte, die geeignet war, ihre Knochen zum Schmelzen zu bringen, dieser raue Kerl, der sich jede Frau nehmen konnte, die er begehrte, dieser Mann wollte das Geschenk einer Leidenschaft, die nur sie ihm geben konnte. Sie lächelte und in schweigendem Befehl hob sie ihre Hüften ihm entgegen.

Als er ihr Lächeln erwiderte, blitzten seine weißen Zähne auf. »Du fragst mich nicht, wonach es mich verlangt?«

Eglantine musste lachen. »Ich weiß, wonach es dich verlangt.«

Duncans Augen bekamen einen schelmischen Ausdruck. »Ach ja?«

Eglantine betrachtete ihn einen Moment und beschloss dann, seinem Wunsch nachzugeben. Sie legte ihm die Hand in den Nacken und zog ihn zu sich herab, um seine Haltung und seine Frage zu wiederholen. »Erzähl mir von deinen Wünschen, Duncan«, flüsterte sie und fuhr ihm mit der Zunge durchs Ohr.

Er zitterte in höchst zufrieden stellender Art und Weise und drang tiefer in sie ein. »Lust«, brachte er mit gepresster Stimme hervor.

Eglantine ließ ihre Hände unter sein Hemd gleiten und genoss die glatte Wärme seiner Haut. »Was noch?«, fragte sie und knabberte mit den Zähnen an den hervortretenden Muskeln in seinem Nacken. »Sag es mir.«

Duncan begann sich zu bewegen und sein Rhythmus brachte die Glut ihres Verlangen erneut zum Lodern. Als er sie ansah, waren seine Augen von der dunklen Farbe des Schiefers.

»Deine Augen erzählen viele Geschichten«, neckte sie ihn und fuhr ihm mit der Hand durchs Haar. »Sag mir, wonach es dich verlangt, Duncan.«

Seine Augen blitzten und er legte seine Hände erneut mit festem Griff um ihren Hintern. »Nach dir«, erklärte er. »Und das wisst Ihr sehr gut, Mylady Eglantine. Ich will deine Beine um meine Hüfte spüren, ich will dich schreien hören, wenn du den Höhepunkt erlebst. Ich will deine Nägel in meinem Rücken spüren, ich will, dass du mich verschlingst vor Leidenschaft. Ich will dich mit meiner Umarmung befriedigen.«

Er drang ganz tief in sie ein und seine Schultern zitterten vor gebändigter Kraft. Er beobachtete sie aufmerksam, als fürchte er, zu tief und zu fest eingedrungen zu sein – doch obwohl Eglantine ob seiner Größe in ihr nach Luft schnappte, war seine Hitze doch mehr als willkommen. »Und ich möchte von dir befriedigt werden.«

Eglantine lächelte ihn an und beobachtete, wie die Erleichterung sich auf seinen Zügen zeigte. Sie strich ihm eine Locke aus der Stirn und nahm sein Gesicht zwischen ihre

Hände. »Ich will alles, was du zu geben hast«, flüsterte sie und sah voller Freude eine Flamme in seinen Augen auflodern. »Und, Duncan, ich will dich jetzt.«

Er lachte auf, weil sie ihn erneut überrascht hatte, und stützte sich dann auf seine Ellbogen, legte die Hände um ihr Gesicht und küsste sie mit neuer Leidenschaft, während er sich in ihr bewegte. Eglantine bäumte sich ihm entgegen, sie genoss seine Hitze in ihr, den Druck seiner Hände auf ihren Brüsten und die Leidenschaft seiner Küsse.

»Ich möchte, dass wir beide zusammen die höchste Lust erreichen«, flüsterte er an ihrer Schläfe. Er ließ eine Hand zwischen ihre Körper gleiten, suchte mit dem Daumen die Knospe ihrer Lust und schon bald wand Eglantine sich erneut unter ihm. Sie fühlte, wie die Anstrengung, sich selbst zurückzuhalten, ihn erzittern ließ, und diese Feinfühligkeit berührte sie mehr als alles andere.

Doch dann löschten seine Berührungen jeglichen Gedanken aus. Eglantine bäumte sich ihm entgegen, packte ihn bei den Schultern und verlangte stöhnend nach mehr. Sie biss ihn mit den Zähnen in den Hals, schlang ihm die Beine um die Hüften und bewegte sich in schweigendem Befehl gegen ihn.

Duncan stöhnte auf und bewegte sich immer schneller, wobei er sie mit beiden Händen festhielt. Einen solchen Ritt hatte Eglantine in all ihren Jahren nicht erlebt und sie erkannte sich selbst in ihrer hemmungslosen Hingabe kaum wieder. Aber es fühlte sich so richtig an. Sie bewegten sich aneinander, als hätten sie sich schon Tausende von Nächten geliebt. Sie blickten sich tief in die Augen und Eglantine sah, wie sich in seinem Blick ein Sturm zusammenbraute. Sie sah die Hitze in ihm aufsteigen und fühlte die eigene Hitze. Er drang immer tiefer und schneller in sie ein und laut stöhnend bewegte sie sich ihm entgegen.

Und einen Herzschlag später erreichten sie gemeinsam den höchsten Gipfel. Sie hielt den Atem an, als ihr Name von Duncans Lippen drang.

»Mein«, flüsterte er an ihrem Hals. Er bedeckte ihre Kehle mit Küssen. »Eglantine ist ganz mein.«

Weit davon entfernt, diese besitzergreifende Äußerung in Frage zu stellen, empfand Eglantine eine seltsame Freude bei diesen Worten. Sie schloss die Augen, hielt Duncan eng an ihre Brust gepresst und ließ sich nach hinten fallen. Sein rasender Puls war von ihrem nicht zu unterscheiden. Sie lächelte, als ihr bewusst wurde, dass ihr zum ersten Mal seit Monaten vom Kopf bis in die Zehenspitzen warm war.

Dann fand sie ihren Verstand wieder und fragte sich, was sie getan hatte. Eglantine starrte auf die schwarzen Locken zwischen ihren Fingern, spürte seinen Atem an ihrem Hals und sah die Abdrücke ihrer Zähne an seiner Schulter. Vor Entsetzen zog sich ihr der Magen zusammen.

War sie zu einer Wilden geworden?

Kapitel 8

Duncan hatte vom Paradies gekostet und wäre am liebsten für immer dort geblieben. In der Tat hätte er sehr gut an Ort und Stelle einschlafen können, in Eglantines weichem, pelzgefütterten Umhang und ihrer noch weicheren Umarmung. Ihm fielen die Augen zu, tief atmete er den Duft ihrer Haut ein und fiel sanft in leichten Schlummer.

Eglantine jedoch hatte offensichtlich andere Pläne.

»Steh auf«, sagte sie abrupt und ihre Stimme klang kühler, als er für angemessen hielt. Er zog die Stirn in Falten und schmiegte sich enger an sie.

Diese Frau war weicher als Seide und ihr Haar roch nach Blumen in der Sommersonne. Er lächelte, als seine Lippen die reife Rundung ihrer Brust fanden. Er küsste sie und umschloss sie mit der Hand, dann fuhr er mit der Zunge über die Brustwarze, die sich sofort verhärtete.

Eine weitere Vereinigung wie die gerade erlebte wäre nicht das Schlechteste, wie er meinte.

Doch Eglantine stieß ihn von sich und grummelte erbost. »Steh auf, lass mich los.«

War das die Frau, mit der er soeben diese unglaubliche Leidenschaft erlebt hatte? Duncan traute seinen Ohren nicht. Er stützte sich auf einen Ellbogen und betrachtete sie eingehend.

Sie sah zwar aus wie die Frau, die ihn in ihre Arme gezogen hatte. Ihr zerzaustes Haar war von der Farbe wilden Honigs, ihre Wangen waren erhitzt und ihre Lippen blutrot. Ihre Worte jedoch klangen barsch.

»Runter!«, beharrte sie und wand sich unter ihm, was ihn jedoch nicht dazu veranlassen konnte, ihr zu gehorchen. Sie starrte ihn an und in ihren grünen Augen leuchtete etwas anderes als Leidenschaft. »Es ist höchste Zeit, dass Ihr von hier verschwindet. Und täuscht Euch nicht, ich werde Euch nicht noch einmal in meinem Lager willkommen heißen.«

Duncan verengte die Augen, rührte sich jedoch nicht. »Verzeiht mir, habt Ihr noch eine andere Frau in dieser Kapelle gesehen? Ich hätte schwören können, dass die Frau in meinen Armen so viel Lust erfahren hat, dass sie es nicht eilig haben würde, mich loszuwerden.«

Die Farbe in Eglantines Wangen wandelte sich von gesunder Röte in erhitztes Scharlach. »Die *Dirne* in Euren Armen, das ist es, was Ihr meint. Die Frau, der es so an Moral fehlte, dass sie nicht vermochte, Euch abzuweisen. Sie tut es jetzt!« Mit entschlossener und eindeutiger Bewegung hob sie ihr Knie.

Aus reinem Selbstschutz rollte Duncan von ihr weg und stand auf. Dennoch war er nicht bereit zu gehen.

Nicht ohne eine Erklärung.

Eglantine strich hastig ihre Röcke zurecht und band mit zitternden Fingern ihr Mieder. Hastig erhob sie sich. Sie machte einen großen Bogen um ihn und trat hinaus in das Sonnenlicht. Wütend folgte er ihr.

»Was redest du für einen Unsinn?«, fragte er ungeduldig. »Es hat dir doch Lust bereitet, da bin ich sicher.«

»Ja, und dir ebenfalls!« Sie drehte sich um und ihr Blick wanderte über sein zerzaustes Gewand, bevor sie sich abwandte. Duncan war sich bewusst, dass seine Brust nackt war und sein Gewand alles andere als ordentlich saß, doch es war ihm egal.

Es gab Wichtigeres, um das er sich zu kümmern hatte.

»Das habe ich nie bestritten. Wir beide haben die höchste Lust erlebt, zumindest habe ich das geglaubt.« Er trat auf sie zu und versuchte sie mit seiner Berührung zu besänftigen.

Doch Eglantine wich ihm aus. Mit herausforderndem Blick sah sie ihn an.

»Was spielst du für ein Spiel?«, fragte er und runzelte die Stirn. »Hast du nicht gesagt, du wollest mich in dir spüren? Warst nicht du es, die von meiner Hitze erfüllt sein wollte?«

Obwohl er es kaum für möglich gehalten hatte, nahmen ihre Wangen ein noch tieferes Rot an. »Ein Monat unter Barbaren und ich werde wie sie! Was macht dieser Ort aus gesitteten Menschen?«

Sie schämte sich ihrer Leidenschaft, das war es. Duncan seufzte erleichtert. Glücklicherweise teilte er ihre Skrupel nicht. Er hatte des Öfteren von Frauen gehört, denen ihre Leidenschaft im Nachhinein peinlich war, doch er hatte nicht erwartet, dass Eglantine von solcher Schüchternheit geplagt wurde.

Lächelnd trat Duncan auf sie zu und musste mit Bedauern feststellen, dass sie noch immer vor seiner Berührung zurückwich. »Dieser Ort erweckt unsere wahre Natur«, sagte er und strich mit dem Finger über ihren Arm. »Er gewährt den Menschen die Möglichkeit, ihre wahre Natur zu zeigen, zu ihrer Leidenschaft zu stehen, ehrlich zu sein.«

Eglantine schüttelte sich so theatralisch, dass er geneigt war, ihren Abscheu für gespielt zu halten. »Er macht uns alle zu Barbaren. Ihr habt eine Barbarin aus mir gemacht.«

Sie verzog das Gesicht, als ihr Blick zu der Kapelle wanderte. »In der Tat, selbst Hunde zeigen mehr Zurückhaltung bei der Befriedigung ihrer Bedürfnisse.«

»Und wozu soll diese Zurückhaltung gut sein?«, fragte Duncan. Er packte sie bei den Schultern, bevor sie sich abwenden konnte. Sie zitterte unter seinen Händen, wich seinem Blick aber nicht aus. »Was ist Schlechtes an dem, was wir geteilt haben, Eglantine? Wir haben uns begehrt, wir haben uns genau das gesagt und wir haben entschieden, diesem Begehren nachzugeben. Das ist nur gesund.«

Nun blitzten ihre Augen in ehrlichem Entsetzen. »Gesund? Es ist tierisch! Undiszipliniert und haltlos und ...«

»Und über alle Maßen befriedigend.« Duncan beugte sich zu ihr herab und gab ihr einen schnellen Kuss, bevor sie ihm die Hände auf die Brust legen und ihn wegstoßen konnte.

»Und nun beansprucht Ihr einen festen Platz in meinem Bett. Einmal gewährt, geht Ihr davon aus, dass ich Euch ganz nach Lust und Laune zur Verfügung stehe. Ihr seid im Irrtum, Duncan MacLaren, ganz gehörig im Irrtum.« Wütend schüttelte sie den Kopf. »Ich habe einmal gefehlt, aber ich werde es kein zweites Mal tun. Das schwöre ich beim Grab meines Vaters und des Vaters meines Vaters. Ich bin nicht aus weichem Holz geschnitzt und ich werde mich keineswegs dem Verlangen eines jeden Mannes hingeben wie ein Strohhalm im Wind. Ich werde nicht zu einer Wilden werden, einer ...«

»Einer Barbarin«, ergänzte er und seine gute Laune schwand dahin.

Die Dame reckte hochmütig das Kinn. »Ganz genau, Ihr sagt es. Und nun lasst mich gehen.« Sie verschränkte die Arme vor der Brust und starrte ihn wütend an. »Ein für alle Male.«

Doch Duncan umfasste ihr Kinn und spürte ihre weiche

Haut in seiner Hand. Er spürte, wie sie zitterte, doch ob vor Wut oder vor Angst, vermochte er nicht zu sagen.

Und er würde sich jede Vermutung sparen, um keine falschen Schlüsse zu ziehen. Anscheinend fehlte es ihm an Gespür für die Ängste einer Frau. »Für heute werde ich dich gehen lassen, Eglantine. Deine Worte sind in außergewöhnlicher Weise geeignet, meinen Zorn zu erregen – wenn ich bliebe, würde ich anfangen zu schreien und die Dinge damit ohne Zweifel noch schwieriger machen, als sie jetzt bereits sind.«

Mit zusammengekniffenen Lippen sah sie ihn an und Duncan fühlte Wut in sich aufsteigen. »Aber ich werde dich nicht ein für alle Mal gehen lassen, denn was wir miteinander geteilt haben, war etwas ganz Besonderes, und ich werde nicht der Einzige sein, der sich nach einer weiteren Kostprobe solch süßer Leidenschaft verzehren wird.«

»Es wird nicht noch einmal geschehen.«

»Es wird noch einmal geschehen«, berichtigte Duncan. »Darauf kannst du dich verlassen.« Er zog sie an sich und schlang die Arme um sie. »Bedenke meine Worte, Eglantine, du wirst es sein, die mich wieder in ihr Bett einlädt«, flüsterte er und küsste sie. Von ganzem Herzen bereute er, dass dieses süße Zusammentreffen ein so bitteres Ende gefunden hatte. Er war bis in die Zehenspitzen erschüttert und nicht in der Lage, sich mit dieser betörenden Frau ein Wortgefecht zu liefern.

Er hob ihr Kinn an und sah mit Bestürzung, dass ihr Tränen in den Augen standen.

»Natürlich kann man sagen, dass ich nichts zu verlieren habe, da ich schon lang keine schüchterne Jungfrau mehr bin.« Sie sprach mit leiser und erregter Stimme und ihre Augen glühten. »Ich wurde geliebt und ich wurde genommen und ich habe sogar Liebe gegeben.«

In ihren Augen schimmerten die Tränen und Duncan wusste, dass sie sich nie erlauben würde, diese Tränen zu vergießen. »Ihr habt genommen, was Ihr von mir wolltet, und es ist offensichtlich, dass meine Schwachheit mir zum Verhängnis geworden ist. Aber ich werde niemals aus freien Stücken das Einzige aufgeben, was wirklich mein ist.« Sie presste sich eine Faust aufs Herz. »Ja oder nein bleibt allein mir überlassen.«

Duncan starrte sie an. Ihr Geständnis hatte ihn zutiefst berührt und erlaubte ihm zugleich, ihr Verhalten ein wenig besser zu verstehen. Er dachte an die beiden Männer in ihrem Leben und fragte sich, welcher von ihnen sich ihr aufgezwungen hatte, welcher ihr das Recht genommen hatte, sich seinen Wünschen zu widersetzen. »Man hat nie um dich geworben«, sagte er mit ruhiger Stimme.

Eglantine stieß ein humorloses Lachen aus und ihr Blick wurde hart. »Männer umwerben nicht, was ihnen gehört.«

Bei dem Gedanken, dass sie alle Männer mit dem einen Schurken, der sie übel misshandelt hatte, über einen Kamm schor, wurde er wütend. »Manche Männer vielleicht nicht, aber ein Mann von Ehre umwirbt die Frau, die er nicht verlieren möchte«, erklärte er erregt. »Wenn ich mich entschließe, eine Frau zu umwerben, dann wird es die Frau sein, die mein Herz gestohlen hat und die ich für alle Tage und Nächte an meiner Seite haben möchte.«

Er starrte die wunderbar zerzauste Eglantine an. »Und diese Verbindung wird auf gegenseitigem Einverständnis gründen, nicht mehr und nicht weniger. Du magst das Eingeständnis der eigenen Lust für barbarisch halten, für mich ist es aufrichtig und ich werde mich niemals mit weniger zufrieden geben.«

Ohne ihre Antwort abzuwarten, wandte er sich ab und ging auf sein Pferd zu. Er wartete, bis Eglantine im Sattel saß, begleitete sie in einigem Abstand zurück zum Lager und verließ sie dann ohne ein Wort.

Er fürchtete die Kontrolle zu verlieren, sollte er auch nur ein einziges weiteres Wort an sie richten.

***

Eglantine hatte Angst.

Das Lager lag ruhig da, nur noch die leisen Geräusche der letzten abendlichen Verrichtungen waren zu hören, die Stimmen ihres Gefolges hatten sich zu einem Flüstern gesenkt, das Meer brandete gleichmäßig an die Küste. Ein halbes Dutzend ihrer Untergebenen saß lachend und schwatzend um die glühenden Kohlen des Feuers versammelt. Der Himmel erstrahlte in tausend glühenden Farben, nachdem die Sonne gerade hinter der schwarzen See untergegangen war.

Und Eglantine verharrte vor dem seidenen Schimmer ihres Zeltes, taub gegen alle Geräusche außer Esmeraudes Kichern und Plantschen, während sie im Innern des Zeltes von Célie gebadet wurde. In dieser Nacht würde sie sich nicht noch einmal um ihre Pflichten drücken können.

Doch gegen Esmeraudes eisernen Willen fühlte sie sich schlecht gewappnet. Sie hatte den größten Teil des Tages in der Zurückgezogenheit ihres Zeltes verbracht, mit ihrer Schwäche gehadert und gewünscht, sie könne das Geschehene ungeschehen machen. Sie fühlte sich angespannt wie selten, unruhig und reizbar, und sie wusste, es lag an Duncan.

Unter seiner Berührung war sie zu einer anderen Frau geworden, einer Frau, die sich dem Verlangen und der Leidenschaft hingab, einer anderen Frau als die, die sie zu kennen glaubte. Stand sie nicht allgemein in dem Ruf, eine

Frau von außerordentlicher Haltung zu sein? Stets gefasst? O ja, sie wusste, dass das Wort die Runde gemacht hatte, Theobald habe es geschafft, die eisige Jungfer von Crevy aufzutauen. Obwohl sie einst geglaubt hatte, Theobald zu lieben, sie hatte ihn nie gebeten, sie mit seiner Hitze zu erfüllen.

Seine Berührung war weniger abscheulich gewesen als die Roberts, doch die Vereinigung war nicht gerade ein Ereignis gewesen, das sie mit Freuden herbeigewünscht hatte. Immerhin hatte es einen gewissen Reiz gehabt, wenn auch nicht immer.

Und niemals hatte es sie so bis ins Mark erschüttert wie die Lust, die sie an diesem Tag mit Duncan erlebt hatte.

Und als wäre das nicht beunruhigend genug, verlangte es Eglantine nach mehr. Sie wollte dieser leidenschaftlichen Frau in sich noch einmal freien Lauf lassen, sie wollte Duncan berühren, wollte sich wieder ganz dem Gefühl hingeben.

Doch nun fand sie sich erst einmal einer anderen Herausforderung gegenüber, Esmeraude.

Die Zuneigung des Kindes würde nicht leicht zu erringen sein. Nein, Esmeraude hatte schon immer ihren eigenen Kopf gehabt und vom ersten Tag an, als sie das Licht der Welt erblickte, hatte sie keine Hemmungen gekannt, ihrer Meinung Ausdruck zu verleihen. Sie war ein Mensch der Gegensätze, sie vereinte Sonne und Sturm in sich. Sie konnte von engelsgleichem Charme sein und im nächsten Moment so aufbrausend, als lebten Dämonen in ihr. Und sie hatte Theobald sehr nahe gestanden.

Gleich und Gleich, dachte Eglantine. Das Bemerkenswerte an Esmeraude war, dass ihr Lächeln noch die geplagteste Seele dazu bringen konnte, ihr alles zu verzeihen.

Die Tochter ihres Vaters. Eglantine ahnte, dass sie die

Kräfte, die durch die Adern ihres jüngsten Kindes flossen, niemals verstehen würde, wie sie auch Theobald niemals wirklich verstanden hatte. Doch er hatte Eglantine immer seinen Fels in der Brandung genannt – vielleicht konnte sie für Esmeraude das Gleiche sein.

Außerdem verfügte sie seit neuestem über ein Wissen um die Leidenschaft, das ihr bisher unbekannt gewesen war.

Eglantine dankte der Küchenmagd, die ihr einen Becher mit warmer Ziegenmilch brachte, und seufzte schwer. Sie konnte den Moment nicht länger hinauszögern.

»Sie wird sich freuen, Euch zu sehen«, sagte das Mädchen mit einem aufmunternden Lächeln.

Eglantine lächelte auch, obwohl sie die Zuversicht der Magd nicht teilte. »Ich danke dir noch einmal.« Das Mädchen verbeugte sich und verschwand in den Schatten der Nacht.

Eglantine betastete ihr Kleid und fragte sich, ob es wirklich sinnvoll war, Esmeraude in diesem einfachen Gewand gegenüberzutreten. Sie hoffte, in diesem Kleid und mit offenen Haaren weniger einschüchternd zu wirken, doch in diesem Moment zweifelte sie an all ihren Entscheidungen.

Doch weiteres Zögern brachte ihr nichts ein.

Eglantine hob das Kinn, warf einen Blick über das Lager und erstarrte. Keine zwanzig Schritte von ihr entfernt stand ein Mann, außerhalb der Lagergrenzen, die untergehende Sonne im Rücken und die Arme vor der Brust verschränkt. Ihr Herz raste, als sie ihn erkannte. Obwohl sein Gesicht im Schatten lag, zweifelte sie nicht, dass er sie beobachtete.

Und sie zweifelte nicht, dass es Duncan war. Die Wache hielt sich in der Nähe auf, doch Duncan verharrte an seinem Platz.

Er bewegte sich nicht und er sprach nicht, er sah sie einfach nur an. Es war, als wolle er sie nicht von seiner Seite lassen, obwohl sie wusste, dass das Unsinn war.

Er wollte mehr, das war alles. Wie alle Männer immer mehr wollten.

Wie sie selbst mehr wollte. Eglantine bekam einen trockenen Mund. Duncan war offensichtlich darauf bedacht, sie an seine Anwesenheit zu erinnern, als habe er keine Ahnung, wie sehr er ihre Gedanken beherrschte. Womöglich hoffte er, sie dazu zu bringen, die Sicherheit des Lagers zu verlassen, um mit ihm zu sprechen.

Selbst im Dunkeln wirkte Duncan entschlossen, gefährlich und unberechenbar. Und dass seine Züge im Schatten lagen, verstärkte noch den Eindruck, dass auch er schlichtweg nicht zu verstehen war – wie Theobald. Eglantine wusste, dass es gefährlich war, sich ihm zu nähern, dass sie sich selbst nicht wirklich unter Kontrolle hatte.

Und doch gab es einen sündigen Teil in ihr, der sich danach sehnte, auf ihn zuzugehen und ihr Erlebnis vom Nachmittag zu wiederholen, sich zu vergewissern, dass seine Berührung anders war als die anderer Männer. Sie schüttelte den Kopf. Ohne Zweifel legte er es genau darauf an. Genau wie sie es ihren Töchtern stets gepredigt hatte: Ein Mann ohne Ring will nur ein einzig Ding.

Eglantine hatte es nie für möglich gehalten, dass sie ihm genau das gewähren würde, und schon gar nicht mit einer solchen Hingabe.

Als sie ihm gerade den Rücken zudrehen wollte, hob er in schweigendem Gruß die Hand. Einen Moment lang vermeinte sie, er wolle ihr für die bevorstehende Aufgabe Mut zusprechen. Sie hielt den Atem an. Wie konnte er wissen, wie unsicher sie war?

Seltsamerweise war Eglantine überzeugt, dass er es wusste. Sie rang um Atem und wünschte, seine Augen sehen zu können. Doch dann erinnerte sie sich an sein wahres Begehren und wandte sich ab.

Sie war allein, wie sie seit jeher allein gewesen war, und sie hatte ihre Verpflichtungen, denen sie nachkommen musste.

Allein.

Eglantine hob den Eingang zu dem gestreiften Zelt. Ihr Vater hatte die drei seidenen Zelte für sie und ihre Töchter anfertigen lassen. Sie spürte einen Kloß im Hals, als sie ihren Vater mit plötzlicher Wucht vermisste. Er war immer so gut zu ihren Töchtern gewesen, stets hatte er instinktiv gewusst, wie mit ihnen umzugehen war. Er war ein besserer Vater gewesen als ihre beiden Ehemänner. Auf einmal erkannte sie, dass ihr Vater für Theobald und sein Verhalten Esmeraude gegenüber kein Verständnis gehabt hätte.

Ihr Vater hätte Theobalds oberflächlichen Charme durchschaut, was sie nicht vermocht hatte. Ihr Vater hätte diesen Fehler nicht begangen und sein guter Rat hätte Eglantine davor bewahrt, diesen und zahlreiche andere Fehler zu begehen. Zwar hatte er ihre Verbindung mit Robert arrangiert, doch er hatte nach bestem Wissen und Gewissen gehandelt – zumal in Anbetracht des Glücks, das er mit seiner Frau gefunden hatte.

Doch er war fort, zusammen mit seiner bedingungslosen Liebe, seiner beschützenden Art und seiner tiefen Güte. Eglantine sagte sich, wie glücklich sie sich schätzen konnte, einen solchen Mann zum Vater gehabt zu haben. Sie lächelte, als sie daran dachte, wie sie einst geglaubt hatte, alle Männer seien wie er.

Sie hätte sich nicht mehr irren können.

Doch die Vergangenheit ließ sich nicht mehr ändern.

Eglantine atmete tief durch und trat ins Innere des Zeltes. Das Bad war gerade beendet worden und in dem warmen Licht sah Esmeraude aus wie ein neckischer Kobold. Ihr feuchtes Haar klebte ihr an der Stirn, während sie mit Célie spielte. Unter anderen Umständen hätte Eglantine ihre Tochter mit einem Lächeln beobachtet. Doch nicht in dieser Nacht.

»Esmeraude«, sagte sie leise und trat in den goldenen Lichtkreis der einzigen Öllampe in dem Zelt. Magd und Kind blickten auf und Esmeraudes Gekicher erstarb. Mit bangem Blick starrte ihre Tochter ihr entgegen.

Eglantine zog sich das Herz vor Schmerz zusammen, weil ihre eigene Tochter sie fürchtete. Erst jetzt wusste sie zu schätzen, wie einfach es mit Jacqueline gewesen war, wie selbstverständlich das enge Band zwischen ihnen geknüpft worden war. Sie hatte noch nie um die Liebe ihrer Kinder kämpfen müssen.

Sie konnte nur hoffen, alles richtig zu machen. Ihre Hoffnung, Esmeraude ein Fels zu sein, schwand angesichts des misstrauischen Gesichtsausdrucks ihrer Tochter dahin und sie spürte einen Kloß im Hals.

Bevor die Kleine in Tränen ausbrechen konnte, hob Eglantine den Becher. »Ich habe dir Milch mitgebracht, Esmeraude, warme Milch.«

Mit ihren kleinen Fingern griff Esmeraude nach dem Becher. Obwohl die Ziegenmilch nicht halb so tröstlich war wie die Brust ihrer Amme, erkannte sie sie als bestmöglichen Ersatz. Sie hatte keine andere Wahl.

»Gib.«

Erfreulicherweise wollte sie die Milch. »Nein, Esmeraude.« Eglantine sprach bewusst mit leiser und ruhiger Stimme. »Ich halte den Becher für dich. Komm her und setz dich auf meinen Schoß.«

Esmeraude verzog das Gesicht und Eglantine hämmerte das Herz in der Brust, als sie hastig weitersprach, ohne den dringenden Unterton in ihrer Stimme unterdrücken zu können. Sie hörte selbst, wie verzweifelt sie klang. »Ich weiß, du vermisst deinen Papa, Esmeraude, aber er wird nicht wiederkommen. Das ist nicht leicht zu verstehen, aber es ist so.« Eglantine ging auf sie zu und die Knöchel der Hand, mit der sie den Becher hielt, traten weiß hervor. »Auch deine Tränen können daran nichts ändern, Esmeraude.«

Es war nicht gerade ermutigend, dass das Kind vor ihr zurückwich, aber sie durfte diese Schlacht nicht verlieren.

»Ich verstehe, dass du Angst hast, Esmeraude, aber ich werde dir nicht weh tun. Das verspreche ich dir.« Eglantine lächelte, obwohl es sie beinah umbrachte, ruhig bleiben zu müssen, wenn so viel auf dem Spiel stand. »Du kannst wählen.«

Esmeraude sah sie lange an, fest an die Magd geklammert. »Célie Milch bringen«, sagte sie, wobei ihre Stimme wenig zuversichtlich klang.

»Nein«, sagte Eglantine sanft. »Von heute an bringt *Maman* dir die Milch.« Sie legte eine Hand um den Becher und zog die Augenbrauen hoch. »Und sie wird schon langsam kalt.«

Esmeraude schnaufte. Ihre Lippen bewegten sich stumm, während sie Eglantine beobachtete. Offensichtlich erwägte sie, ob Weinen in diesem Fall von Nutzen sein könnte. Eglantines Miene schien sie vom Gegenteil überzeugt zu haben, denn sie streckte erneut die Hand aus.

»Milch, jetzt!«

Eglantine schüttelte den Kopf. Sie setzte sich auf ihr Bett und klopfte sich auf den Oberschenkel. »Natürlich kriegst du die Milch jetzt. Du musst nur herkommen.«

Esmeraude zog die Brauen zusammen und klammerte sich weiter an Célies Hand. »Célie«, beharrte sie. Die

Magd war zum einzigen festen Punkt in ihrem Leben geworden, doch diese Rolle sollte nicht von einer Magd erfüllt werden. Obwohl Eglantine dankbar war für alles, was das Mädchen getan hatte, konnte sie nicht länger außen vor bleiben.

Sie war Esmeraudes Mutter. Zwar hatte Theobald sein Bestes getan, diesen Umstand vergessen zu machen, doch nun war er tot und sie würde das tun, was sie für das Richtige hielt.

»Célie geht ja nicht weg«, versprach Eglantine mit sanfter Stimme. Sie lächelte das Kind an. »Komm und hol dir deine Milch. Du kannst ja beim Trinken weiter Célies Hand halten.«

Einen endlosen Moment lang blickte sie Esmeraude in die Augen. Sie glaubte, platzen zu müssen, wenn sie nicht bald Luft holte, doch dann wieder fürchtete sie, mit einer Bewegung das Kind zu erschrecken.

Auf einmal hatte Esmeraude wohl beschlossen, auf sie zuzugehen. Es entsprach ganz ihrer Art, eine Entscheidung zu treffen und dann ohne Zweifel und Zögern in die Tat umzusetzen. Vor Eglantine blieb sie stehen, um sie erneut zu betrachten. Sie wirkte viel zu ernst für ihr Alter.

»Hochheben«, befahl sie herrisch in der unerschütterlichen Überzeugung, dass alle Welt nur dazu da war, ihren Wünschen zu gehorchen. Sie streckte der abwartenden Magd beide Arme entgegen.

Zitternd vor Erleichterung atmete Eglantine tief durch und die beiden Frauen tauschten einen Blick. Eglantine deutete auf den vollen Becher. »Célie, es wäre sehr nett, wenn du mir Esmeraude auf den Schoß setzen würdest.«

Die Magd lächelte und hob Esmeraude hoch. Sie gab dem Kind einen Kuss auf die Nase, sodass die Kleine kicherte und sich in ihren Armen wand. Dann setzte sie das

Kind auf Eglantines Schoß und die Vertrautheit zwischen den beiden führte Eglantine mit aller Deutlichkeit vor Augen, was sie aufgegeben hatte.

Dann spürte sie Esmeraudes Gewicht auf den Schenkeln und ihr süßer Kinderduft entlockte Eglantine ein Lächeln. So viel Zeit war vergangen, seid sie Jacqueline so gehalten hatte! Sie wünschte sich, Esmeraude an sich zu drücken, aber sie wusste, dass sie sich dieses Anrecht erst verdienen musste.

Und in der Tat war Esmeraude äußerst skeptisch, steif und mit misstrauischer Miene saß sie da. Sie rückte von Eglantine weg, um die Nähe zwischen ihnen auf ein Mindestmaß zu beschränken. Offensichtlich war die Milch ein weitaus verlockenderer Köder, als Eglantine zu hoffen gewagt hatte. Das Kind streckte die Hand nach dem Becher aus und führte ihn so hastig an den Mund, dass er ihr gegen die Oberlippe schlug.

Die Tränen stiegen ihr in die Augen und sie begann zu weinen, dennoch ließ sie sich den Becher nicht aus der Hand nehmen. Sie klammerte sich daran fest, während sie hochrot anlief und die Tränen ihr über die Wangen flossen.

Mit wortlosen Lauten, die seit Jahren in ihr schlummerten, versuchte Eglantine sie zu trösten. Sie wiegte das Kind hin und her und warf Célie erneut einen Blick zu. »Esmeraude ist müde.«

»Sie will die Milch, aber sie kann den Becher noch nicht richtig halten«, erklärte Célie. »Außerdem hat sie es geliebt, an der Brust zu liegen.«

»Genau wie ihre Schwester Jacqueline«, sagte Eglantine.

Esmeraude ließ sich trösten, offenbar war sie zu aufgeregt, um zu bemerken, wer es war, der sie da an sich drückte. Doch als ihr das schließlich klar wurde, riss sie vor Entsetzen die Augen auf.

»Habe ich nicht versprochen, dir nicht wehzutun?«, fragte Eglantine und erhielt als Antwort ein vorsichtiges Nicken. »Dann lass mich dir helfen, Esmeraude. Ich kann dir einen Trick zeigen, den Jacqueline angewandt hat, als sie zum ersten Mal allein ihren Becher nahm.«

Esmeraude schnüffelte. »Jacqueline ist schon groß.«

»Ja, heute ist sie eine junge Frau, aber sie war mal genauso klein wie du.« Eglantine lächelte. »Und sie hat die Milch und die Brust genauso geliebt wie du. Und ich habe jeden Abend den Becher für sie gehalten.« Sie klopfte sich auf den Oberarm. »Wenn du dich hier anlehnst, helfe ich dir. Es wird gehen, du wirst sehen, genau wie es bei Jacqueline gegangen ist.«

Esmeraude sah zu Célie, die aufmunternd nickte. »Deine *Maman* kennt sich aus.«

Unsicher lehnte die Kleine sich gegen Eglantines Arm. Eglantine tat, als bemerke sie den Argwohn ihrer Tochter nicht, und legte den Arm um sie.

Sie lächelte die Kleine an. »Ja, genauso, sehr gut. Jetzt halt du den Becher und ich helfe dir. Die Milch ist immer noch warm.« Sie sorgte dafür, dass Esmeraude sich nicht wieder mit dem Becher gegen die Lippe schlug, und spürte, wie Esmeraude selig zusammensackte, als ihr die warme Milch über die Zunge rann. Eglantine bemühte sich, selbst locker dazusitzen, da sie wusste, dass das Kind ihre Anspannung spüren würde.

Während Esmeraude trank, betrachtete sie mit leuchtenden blauen Augen ihre Mutter. Nach einem langen Schluck zog sie den Kopf ein kleines Stück vom Becher zurück. »Erzähl eine Papa-Geschichte«, verlangte sie.

Verwirrt blickte Eglantine zu der Magd.

»Seigneur Theobald pflegte ihr Geschichten zu erzählen, während sie gestillt wurde.«

Eglantine blinzelte. Eine Geschichte? Sie war keine Geschichtenerzählerin, das stand fest. Sie behielt fantasiereiche Erzählungen nur selten in Erinnerung, auch wenn sie ihnen gern lauschte. Sie kannte nur eine einzige, und das war die, die sie selbst erlebte.

Das musste reichen.

Eglantine lehnte sich zurück in die Kissen. »Es war einmal ein hübsches Fräulein, das hatte zwei ältere Schwestern.«

»Esmeraude«, sagte das Kind und schmiegte sich enger an sie. Sie nippte eifrig an ihrer Milch und ließ ihre Mutter nicht aus den Augen.

Eglantine lächelte. »Richtig, ihr Name war Esmeraude. Woher hast du das gewusst?«

Esmeraude kicherte und blies Blasen in die Milch. »Erzähl!« Sie streckte die Finger nach Eglantines Haar aus und betrachtete eine der blonden Locken, bevor sie beherzt die Faust darum schloss.

Immerhin ein Anfang. »Nun, diese Esmeraude hatte auch eine Mama und einen Papa …«

»Und sie lebten auf einem Schloss.«

»Wer erzählt nun die Geschichte?«, fragte Eglantine mit gespielter Entrüstung, wie Theobald es in seinen charmantesten Momenten getan hätte. Esmeraude antwortete erneut mit einem Kichern und wirkte wenig beeindruckt. »Man könnte fast meinen, du kennst die Geschichte schon!«

Während Eglantine die Geschichte von dem hübschen Fräulein Esmeraude erzählte, die in jungen Jahren ihren geliebten Vater verloren hat, aber dennoch niemals aufgab, in ihrem Leben das Glück zu suchen und das Herz eines tapferen Ritters zu erobern, spürte sie, wie ihre Tochter sich in ihren Arm schmiegte.

Als Eglantine zum Ende gekommen war, kitzelte sie ihre

Tochter unterm Kinn und fragte: »Kennst du den Schluss?«

Esmeraude lächelte voller Stolz. »Und sie lebten glücklich zusammen bis ans Ende ihrer Tage.«

»Ganz genau, das taten sie.« Eglantine beugte sich vor und küsste ihre Tochter auf die Stirn, so wie ihre Mutter es stets zum Abschluss einer Geschichte getan hatte. »Und wenn ich mich nicht irre, leben sie noch immer glücklich zusammen.«

»Und er ist nie eine Kröte gewesen«, fügte Esmeraude in Erinnerung an Duncans Lied hinzu, woraufhin Célie laut auflachte.

»Würdest du keine Kröte heiraten?«

»Nein, ich nicht!«

»Und sie küssen?«

Esmeraude zog eine Schnute, und als daraufhin alle gemeinsam in Gelächter ausbrachen, zeigten sich die Grübchen auf ihren Wangen. Welch seltene Freude! Eglantine betrachtete ihre glückliche Tochter und konnte kaum fassen, welchen Fortschritt sie in so kurzer Zeit gemacht hatte.

Doch der Triumph war von kurzer Dauer. Das Kind piekste Eglantine in den Arm und sah sie fordernd an.

»Noch eine Geschichte«, verlangte sie und Eglantines Befürchtungen kehrten zurück.

»Aber ich weiß keine Geschichte mehr.« Angst ergriff ihr Herz. Würde sie gleich wieder am Anfang stehen?

»Ein Lied«, sagte Esmeraude und nickte eifrig, um ihrem Vorschlag Gewicht zu verleihen.

Eglantine verzog das Gesicht und blickte zu Célie. »Ich denke nicht, Esmeraude, dass ein Lied von meinen Lippen dich erfreuen könnte.« Sie blickte dem Kind in die Augen. »Ich kann nicht singen, mein Kind, und wenn ich es täte, wäre es uns allen eine große Pein.«

Esmeraude nuckelte an ihrem Daumen und betrachtete ihre Mutter. Sie tätschelte Eglantines Brust, die sie offensichtlich gerade zum ersten Mal entdeckte, und ihre Augen weiteten sich voller Hoffnung. »Milch?«, fragte sie mit dem Finger im Mund und Eglantine war zutiefst unglücklich, ihrer Tochter auch das nicht bieten zu können.

Dabei war alles so gut gelaufen. Doch es war wenig wahrscheinlich, dass sich Milch in ihrer Brust sammeln oder dass in ihrem praktischen Denken eine Geschichte Form annehmen würde. Wenn sie doch nur singen könnte!

Doch bevor Eglantine Gelegenheit hatte zu antworten, erklang das Summen einer männlichen Stimme. Es war Duncan, daran zweifelte sie nicht, und er war nicht weit entfernt. Eglantine zog die Stirn in Falten, denn er musste sich ins Lager geschlichen haben, um so nah ans Zelt heranzukommen.

Dieser unverschämte Kerl! Allein seine Nähe ließ sie in unerbetener Weise erzittern.

Dann begann er mit sanfter Stimme zu singen, offensichtlich auf Gälisch, denn die Worte waren unverständlich für Eglantine. Die Melodie jedoch kam ihr bekannt vor. Es war die Ballade, die er schon einmal gesungen hatte, und offensichtlich würde er es ein zweites Mal tun.

Für ihr Kind. Eglantine seufzte vor Erleichterung. Sie hatte keine Vorstellung, welches seine Gründe sein mochten, doch so sehr sie ihm lieber aus dem Weg gehen würde, so sehr wollte sie ihm dafür danken.

Ihre Wangen wurden heiß, als sie daran dachte, was ein Mann wie Duncan womöglich als Gegenleistung verlangen würde.

Seine Stimme wurde lauter, die Melodie erfüllte die Luft und die Worte legten sich um ihr Herz. Es war eine schmerzlich schöne Melodie, gesungen von einem Mann mit einer schmerzlich schönen Stimme.

Eglantine fragte sich, wovon das Lied handelte. Erneut bemerkte sie die Sehnsucht in seiner Stimme. Sang er von einem Kind? Einem verlorenen Kind? Einer verlorenen Liebe? Sehnte er sich nach einer Frau, die einen anderen hatte heiraten müssen?

Bei der Vorstellung bildete sich ein Kloß in ihrem Hals. Hatte Duncan wahre Liebe gefunden und verloren? Sie hielt ihn nicht für einen Mann, der einen solchen Verlust einfach hinnehmen würde, und sie fragte sich, ob das der Grund war für seinen unverrückbaren Entschluss, nur die Frau seiner Wahl zu umwerben.

Sie wollte nicht darüber nachdenken, mit welcher Hingabe Duncan eine Frau umwerben würde.

Aber dieses Geschenk wollte sie mit Freuden annehmen. Zusammen mit Célie schüttelte sie die Kissen auf ihrem Bett auf, dann lehnte sie sich zurück, Esmeraude an ihrer Brust. Die Kleine saugte immer schwächer an ihrem Daumen, während ihr langsam die Augen zufielen. Die Magd löschte die Lampe und legte sich auf ihr Bett, als Esmeraude die Augen schloss.

Eglantines Herz hämmerte, während Duncans Stimme an- und abschwoll wie der Rhythmus der See. Sein Gesang wob einen farbenfrohen Umhang, der sie und ihr Kind einhüllte.

Ihr Kind, das sich nicht länger vor ihr fürchtete, wenigstens nicht in dieser Nacht. Eglantine drückte Esmeraude eng an sich und genoss die Wärme des Mädchens.

Wenigstens in dieser Angelegenheit war das Glück ihr hold.

Vielleicht war dieses Land ja doch nicht so schrecklich. Eglantine beobachtete, wie die letzten Strahlen des Sonnenuntergangs die Seide über ihrem Kopf verfärbten und wie der Wind, der vom Meer hereinkam, die Zeltwände sanft bauschte. Ja, wenn das Wetter mitspielte, war Kinbeath ein wunderschöner Ort. Ein wilder Ort, doch von einer Schönheit, die ordentlich kultivierte Felder nicht besaßen.

Ebenso wie ein unberechenbarer Mann mit Augen, deren Farbe so wechselhaft war wie die der See, eine Schönheit besitzen konnte, über die ein Edelmann nicht verfügte. Eglantine schloss die Augen und sah Duncan vor sich, wie er mit feurigen Augen auf ihr Ja oder Nein wartete.

Weder Robert noch Theobald hatten je um ihr Einverständnis gebeten, bevor sie sich nahmen, was ihr eheliches Recht war. War Duncans Zurückhaltung allein darauf zurückzuführen, dass sie sich nicht den Schwur der Ehe geleistet hatten?

Eglantine glaubte nicht daran. Vielleicht war er in mancherlei Hinsicht ein Barbar – in anderer jedoch war ihm eine seltene Feinfühligkeit zu eigen. Hatte sie je zuvor eine solche Befriedigung erlebt? Nun, wo er nicht mehr bei ihr war, konnte sie sich die Wahrheit eingestehen. Und sie wusste, dass sie noch nie eine solche Ehrfurcht in den Augen eines Mannes gesehen hatte, der sie in den Armen hielt.

Es war nur menschlich, nach mehr zu verlangen. Eglantine seufzte schwer und der Klang der Wellen im Verein mit Duncans Stimme löste noch die letzte Verspannung aus ihren Schultern.

Gott im Himmel, dieser Mann konnte wirklich singen.

Eglantine lächelte, als ihre Füße langsam warm wurden. In diesem Moment herrschte eine fast häusliche Atmosphäre, obwohl es zweifelsohne schon bald wieder wie aus Eimern regnen würde. Mit dem Daumen strich sie über Esmeraudes weiche Locken und dachte an Engel, starke Engel mit stürmischem Blick, tiefer Stimme und breiten Schultern.

Engel, die Balladen sangen.

Als Duncans Stimme zusammen mit dem letzten Schimmer des Sonnenuntergangs erstarb, war nicht nur Esmeraude in tiefen Schlaf gefallen.

Und es war nicht nur das Kind, das im Traum lächelte.

***

Tief in der Nacht wurde Eglantine an die weniger schönen Seiten erinnert, die es mit sich brachte, mit einem Kleinkind das Bett zu teilen. Sie riss die Augen auf, als sie die Nässe in den Kissen spürte, die ganz gewiss nicht vom Regen kam. Hatte ihr kleiner Cherub sich doch in einen Menschen zurückverwandelt.

Kapitel 9

Noch lange nachdem Eglantine ihre Erzählung beendet hatte, saß Duncan auf den Steinen und beobachtete, wie der Mond aufstieg. Hinter ihm lag ihr Lager ruhig und schlafend da. Vor ihm erhob sich der Broch als dunkler Schatten in die Nacht; dort schlummerten seine Männer.

Tausende von Sternen schimmerten am Nachthimmel, sie schienen so nah, als könne man sie mit Händen greifen. Zu seinen Füßen leckten die dunklen Wellen über den Strand und ihr gleichförmiger Rhythmus lullte ihn ein.

Es war eine Nacht voller Magie, eine Nacht, in der jeder Traum wahr werden konnte. Er sah einen Stern vom Himmel fallen und überlegte sich, was er sich wünschen sollte, dabei wusste er, sein Wunsch würde mit Eglantine und ihrem pelzgefütterten Umhang zu tun haben.

Und mit ihren Lippen auf seiner Haut.

Duncan hatte lange geglaubt, Mhairi würde ihn bis ans Ende seiner Tage heimsuchen, doch Cormacs verlorene Tochter verfügte nicht annähernd über Eglantines Macht, ihn zu quälen. Noch nie hatte er eine Frau getroffen, deren Feuer loderte wie Eglantines und die seine Seele mit einer einzigen Berührung in Brand setzen konnte.

Doch Eglantine war ihm seit ihrer gemeinsamen Rückkehr aus dem Wege gegangen. Er hatte sie nur noch einmal gesehen, am Abend, mit offenem Haar und seltsam verletzlichem Gesichtsausdruck. Das Verlangen, sie in die Arme zu schließen, ihre Drachen zu bekämpfen und ihr alle Hindernisse aus dem Weg zu räumen, war beinah stärker gewesen als er.

Es schmerzte ihn, dass sie ihn mied. Er wollte sie berühren, wollte mit ihr reden. Er wollte ihren Streit zu Ende führen, wenn es denn sein musste, und sich mit ihr im Bett versöhnen.

Eglantine jedoch beharrte darauf, ihre Drachen allein zu bekämpfen. Ihre Erzählung hallte noch immer in seinem Kopf wider. Ihre Worte hatten sehr vieles erklärt, doch die Worte, die sie nicht gesprochen hatten, waren noch erkenntnisreicher gewesen.

Er spürte das dringende Verlangen, den Vater von Esmeraude windelweich zu prügeln, und war enttäuscht, dass der Mann bereits tot war.

In diesem Moment vernahm er ein leises Plätschern.

Er wandte sich dem Geräusch zu in der Erwartung, nichts als das Meer zu sehen, und erstarrte. Im Mondlicht und sich seiner Anwesenheit nicht bewusst, tastete Eglantine sich zum Wasser vor. Ihr Haar, das in dem sanften Licht des Mondes silbern schimmerte, fiel ihr offen über die Schultern herab. Sie hatte sich einen schweren Umhang um die Schultern gelegt und den Kragen gegen die Kälte hochgeschlagen. Zögernd beugte sie sich vor und beäugte das Meer und Duncan lächelte über ihre Umsichtigkeit.

Dann hielt sie etwas, das er nicht sofort erkannte, in die tintenschwarzen Wellen. Mit langsamen Bewegungen drehte Duncan sich ihr ganz zu, er wollte nicht, dass sie floh, und fürchtete zugleich, ihre Erscheinung sei allein aus seinen ruhelosen Gedanken geboren.

Doch es war Eglantine und er stellte ohne Überraschung fest, dass sie der träumerischen Atmosphäre der Nacht gegenüber immun war. Stattdessen schrubbte sie eifrig ein helles Kleidungsstück und beugte sich nieder, um es noch einmal auszuspülen.

Stets praktisch, das war seine Gräfin. Duncan lächelte.

»Blut lässt sich nicht so leicht auswaschen«, sagte er mit leiser Stimme. Trotz seines sanften Tonfalls fuhr Eglantine zusammen, wirbelte herum und sog scharf Luft ein, als sie ihn erblickte.

Einen langen Moment sahen sie sich an, obwohl ihre Gesichter im Dunkeln lagen. Sie hielt den tropfnassen Stoff schützend vor sich und sprach dann mit höflichem Tonfall.

»Ich möchte Euch für das Lied heute Abend danken, es erklang genau zum rechten Zeitpunkt.«

Zum Dank senkte er leicht den Kopf. »Ich möchte mit dir sprechen über das, was heute geschehen ist.«

Eglantine überhörte seine Bitte und blieb reglos stehen. »Ist es die gleiche Ballade, die Ihr schon gestern Abend gesungen habt?«

»Ja.« Duncan bemerkte, dass sie ihm nicht näher kam. »Habe ich dir wehgetan heute? Ich hatte nicht vor, Eglantine ...«

»Ich bin nicht verletzt«, entgegnete sie und hob das Kinn, als sie das Thema wechselte. »Worum geht es in dem Lied? Ich kann die Worte nicht verstehen.«

Duncan zuckte abwehrend mit den Schultern. »Eine Sage aus alten Zeiten, nichts weiter.« Er blieb stehen und sah mit Erleichterung, dass sie nicht vor ihm floh. »Eglantine, ich muss mit dir sprechen ...«

Eglantine schüttelte den Kopf. »Ich glaube nicht, dass es nur eine Sage aus alten Zeiten ist. Es ist ein trauriges Lied, da bin ich sicher, eine Sage von Liebe und Verlust. Es liegt Euch zu sehr am Herzen, Duncan, um nur irgendeine alte Sage zu sein. Ihr könnt mir nichts vormachen.«

Duncan wich ihrem Blick aus. Er wollte, dass sie blieb, aber er wollte sie nicht wissen lassen, wie Recht sie hatte. »Es ist nichts Wichtiges. Ich liebe die Sagen der alten Zeit, das ist alles.«

»Lügner«, sagte sie mit sanfter Stimme.

Duncan zog die Stirn in Falten, die Beschuldigung missfiel ihm ebenso wie die Tatsache, dass sie in diesem Fall berechtigt war. »Was ist mit der Geschichte, die du heute Nacht erzählt hast? War es eine Lüge oder eine Erzählung, die du erdacht hast, um dein Kind in den Schlaf zu wiegen?«

Eglantines Verteidigungswälle bröckelten und für einen kurzen Moment fühlte sie sich unendlich verletzlich. »Ihr habt sie mit angehört?«

»Ja.«

Ihr stockte der Atem und sie versuchte, ihre Erschütterung zu verbergen. »Ihr hattet kein Recht dazu.«

»Nein, das hatte ich nicht«, räumte er ein und trat einen Schritt auf sie zu. »Ist es eine wahre Geschichte?«

Eglantine seufzte schwer und blickte aufs Meer hinaus. Sie sprach so leise, dass ihre Worte in der weiten See untergegangen wären, hätte Duncan nicht so angestrengt gelauscht.

»Ja. Mehr oder weniger.« Sie rieb sich die Augen und machte Anstalten, sich abzuwenden, doch Duncan trat vor und legte ihr eine Hand auf den Arm.

»Wie hat er dafür gesorgt, dass das Kind nur ihn liebte?« Er war selbst überrascht über die unterdrückte Wut in seiner Stimme. »Das waren deine Worte und ich habe deinen Schmerz herausgehört. Wie konnte er es wagen, dich mit solcher Herablassung zu behandeln, nachdem du ihm ein Kind geboren hattest?«

Auch Eglantine überraschte sein Verhalten und sie blickte verwundert auf.

»Theobald war zu nachsichtig mit Esmeraude, das ist alles.« Sie seufzte. »Und wie alle Kinder liebt sie Zuckerbrot mehr als die Peitsche.«

»Erzähl mir davon.«

»Ich bin müde«, sagte sie und wollte sich abwenden.

Das Versprechen kam so schnell über Duncans Lippen, dass es heraus war, bevor er darüber nachgedacht hatte. »Erst will ich dir das Lied übersetzen.«

»Warum sollte ich mich wieder auf Euch einlassen?«

Duncan schenkte ihr sein gewinnendstes Lächeln. »Weil ich von Herzen nach der Wahrheit trachte. Ich habe es dir bereits gesagt, Eglantine, meine besondere Leidenschaft gilt der Wahrheit.«

Ein Kribbeln überlief ihn, als er die Hitze in ihren Augen auflodern sah. Dann schüttelte sie den Kopf und blickte zurück zum Zelt. »Ihr seid ein ausgesprochen hartnäckiger Mann, Duncan MacLaren«, rügte sie ihn, doch in ihrem Tonfall lag keine Missbilligung.

Er grinste. »Cormac hat es immer dickköpfig genannt, aber er war kein Freund höflicher Umschreibungen.« Ein schwermütiges Lächeln umspielte ihre Lippen und Duncan schöpfte Mut, als sie nicht davonging.

»Du hast diesen Cormac sehr gern gehabt.«

Duncan nickte, ohne sich seiner Gefühle zu schämen. »Oh ja. Er war sehr gut zu mir.«

»Du hast gehört, wie das Kind sich gegen mich gewehrt hat«, sagte sie leise. »Ich denke, ich schulde dir Dank für deine Hilfe.«

Unsagbar erleichtert wies Duncan auf die glatte Steinplatte, als handle es sich um einen gepolsterten Thron. Zögernd betrachtete Eglantine die Stelle. Sie stand da wie ein Reh, das jederzeit zur Flucht bereit war.

»Es ist kalt. Vielleicht ist der Morgen doch besser geeignet für solche Erzählungen.«

»Jetzt oder nie.« Duncan blickte ihr tief in die Augen, verzweifelt suchte er einen Weg, ihr die Unsicherheit zu nehmen. »Meine Erzählung ist lang. Du solltest dich setzen.«

Hastig setzte sie sich hin, als sollte nun über sie Gericht gehalten werden. Sie wandte ihr Gesicht von Duncan ab und faltete die Hände im Schoß.

»Du darfst nicht schlecht von Theobald denken«, sagte sie mit schneller, gepresster Stimme und er war verwundert, dass sie diesen Mann verteidigte.

Sprach da das schlechte Gewissen aus ihr? Duncan wusste es nicht.

»Theobald hatte sich schon lange ein Kind gewünscht. Esmeraude war sein erstes und einziges Kind. Er sah die Nähe zwischen Jacqueline und mir und wollte einen Teil davon für sich selbst.«

»Aber musste sie wirklich von einer Amme gestillt werden?«

Eglantine sprach mit eintöniger Stimme. »Er zog es vor, dass eine Amme sich ihrer annahm, weil die oft ausgetauscht werden konnten.« Unruhig machte sie sich an den Falten ihres Umhangs zu schaffen und blickte dann mit gerunzelter Stirn auf ihre Finger, als wisse sie nicht, was sie da taten. »Er bestand darauf, ihr jeden Wunsch zu erfüllen, doch es ist nicht gut für ein Kind, ganz ohne Regeln aufzuwachsen und so verwöhnt zu werden.«

Angesichts der Selbstsucht dieses Mannes erwachte Duncans Wut erneut. »Und so war es deine Aufgabe, dem Kind Grenzen zu setzen.«

Eglantine nickte, den Kopf gesenkt. »Jemand musste nein sagen. Es ist nur natürlich, dass Esmeraude ihren Vater vorgezogen hat, denjenigen nämlich, der ihr alles erlaubte.«

»Und dann war Esmeraude am Boden zerstört, als er starb.«

Eglantine lächelte sanft. »Wem wäre es an ihrer Stelle nicht so ergangen?«

Duncan zog sich das Herz in der Brust zusammen. Er legte Eglantine eine Hand auf die Schulter, um ihr den Zuspruch zu geben, den sie so dringend brauchte. Eglantine hatte ebenso sehr gelitten wie Esmeraude, daran zweifelte er nicht. »Du erklärst dich an dem Verbrechen eines anderen für schuldig, Eglantine.«

»Nein, ich hätte es besser wissen müssen.«

»Es war *sein* Fehler«, beharrte er hitzig. »Kein Vater darf so etwas verlangen. Er hat nicht recht gehandelt, und dass du nun seine Schuld auf dich nimmst, macht seine Fehler nicht besser.«

Offensichtlich überrascht, dass er sie derart in Schutz nahm, blickte sie auf.

»Liebe ist keine Ware, die man hortet, Eglantine, aber ich denke, das weißt du.« Duncan lächelte sie an. Die Verunsicherung in ihren Augen berührte ihn zutiefst. »Du hast große Fortschritte gemacht heute Nacht, den Fehler wieder gutzumachen.«

Eglantines Lächeln erhellte nicht ihre Augen. »Ohne deinen Gesang wäre aller Fortschritt wieder verloren gewesen. Ich danke dir noch einmal für deine Hilfe.«

Er betrachtete sie eindringlich, während das Mondlicht auf ihrem Gesicht spielte. »Warum bist du nach *Ceinn-beithe* gekommen?«, fragte er mit leiser Stimme und fühlte, dass sie ihm in dieser Nacht die Wahrheit nicht verweigern würde. Das Mondlicht schien sie zu verleiten, ihre stets gehobenen Verteidigungsschilde zu senken. Oder vielleicht war es Esmeraudes Zuneigung gewesen, die das vermocht hatte.

Eglantine seufzte. »Wegen meiner Töchter. Ich bin gekommen, um Alienor, Jacqueline und Esmeraude die Möglichkeit zu geben, den Mann zu finden, der sie von ganzem Herzen und von ganzer Seele liebt. Ich möchte, dass sie aus Liebe heiraten können und nicht unter Zwang. Ich möchte, dass sie in der Ehe ihr Glück finden, so wie es mir nicht vergönnt war.«

Duncan blinzelte. Ein nobles Streben wie aus einer alten Sage, ein so selbstloses Ziel, dass es Duncans Herz ebenso tief berührte wie der Blick aus diesen hellen, grünen Augen.

Ein Wunsch, der so sehr seinem eigenen Herzenswunsch entsprach, dass er kein Wort der Zustimmung fand, vollkommen verwundert, solch romantische Worte von den Lippen der resoluten Eglantine zu hören.

»Ich weiß, es ist irrsinnig«, sagte sie bestimmt, indem sie sein Schweigen offensichtlich als Missbilligung deutete. »Ich weiß, es widerspricht allen Konventionen, aber wer kann es einer Mutter verdenken, dass sie für das Glück ihrer Kinder alles zu tun bereit ist?« Eglantine holte tief Luft und verschränkte die Arme vor der Brust.

»Und so irrsinnig ist es auch wieder nicht«, beharrte sie, offensichtlich in Erwartung seines Widerspruchs. »Manche Leute haben das Glück, aus Liebe zu heiraten. Mein Bruder ist über alle Maßen glücklich mit seiner Frau. Und sein Freund hat seine Geliebte bis ans Ende der Welt verfolgt, denn das Bild dieser Frau hatte sich ihm so tief ins Herz gebrannt, dass er mit keiner anderen mehr glücklich sein konnte.«

»Das klingt nach einer alten Sage«, sagte Duncan.

»Ja.« Ein kurzes Lächeln zeigte sich auf Eglantines Lippen. »Eine bewegende Sage und mein größtes Vorbild.« Zu Duncans Verwunderung füllten ihre Augen sich mit Tränen. »Meine Töchter haben eine solche Liebe verdient, eine solche Ehe. Ich habe sie ans Ende der christlichen Welt gebracht, um ihnen diese Möglichkeit zu sichern. Möge sich ruhig alle Welt darüber lustig machen, dass ich auf Kinbeath eine Brautschau ausrufen werde.«

Sie mühte sich, das ›th‹ richtig auszusprechen, und Duncan verfluchte sich für seine Neckerei. »Und mach du dich ruhig über meine Dummheit lustig, dass ich für meine Töchter solche Träume hege. Aber ich habe das Gegenteil am eigenen Leib erfahren und ich will sie glücklich verheiratet sehen, an der Seite eines Mannes, der sie verdient, und wenn es das Letzte ist, was ich in diesem Leben tue.«

Duncan betrachtete sie schweigend, zutiefst beeindruckt von ihrer Selbstlosigkeit. Er zweifelte nicht daran, dass sie ihm die Wahrheit gesagt hatte, zweifelte nicht, dass dies ihr wirkliches Bestreben war.

»Du erwartest nichts für dich selbst.«

Eglantine blickte ihm in die Augen. »Ich habe keine Träume mehr für mich selbst.«

Es war das Traurigste, was Duncan je gehört hatte.

»Warum nicht?«

»Ich bin zu alt für Träume.« Eglantine blinzelte, wie um die Tränen aus ihren Augen zu vertreiben, und fuhr hastig fort. »Ich habe schon viel zu viel gesagt und ich brauche Schlaf. Wenn du mir nicht mehr von deinem Lied erzählen möchtest, werde ich mich jetzt zurückziehen.« Sie wollte aufstehen, doch Duncan hielt sie mit einer sanften Berührung zurück.

Er wusste, er hatte nicht das Recht dazu, nicht nachdem er heimlich ihrer Geschichte gelauscht und nun weitere Geständnisse von ihr errungen hatte. Und er wollte es auch nicht. Doch Eglantines Geschichte klang wie die eines Barden – es war eine Geschichte, die das Herz eines Barden wie Duncan erobern musste.

Sein Gefühl sagte ihm, was er zu tun hatte, obwohl ihm angesichts dieses kühnen Entschlusses das Herz raste.

Es war wie in einer Legende aus längst vergangener Zeit – sobald man die Suche vergaß, wurde man fündig. Duncan hatte es vor langer Zeit aufgegeben, eine Braut und Lebensgefährtin zu suchen – und hatte nun an diesem unwahrscheinlichen Ort die Frau seines Herzens gefunden.

Er hatte nicht vor, sie gehen zu lassen. Ihr Herz war verwundet, doch Duncan wusste, er besaß die beste aller Heilsalben. Es war an der Zeit, um Eglantine zu werben.

***

Eglantine erwartete, dass Duncan ihr von dem Lied erzählte, doch stattdessen ergriff er ihre Hand. Er hielt sie sanft in seiner und sie konnte nicht umhin, den Gegensatz zwischen seinen großen, rauen Handflächen und ihrer eigenen, schmalen Hand zu bemerken.

Besser, als dem Schauder Beachtung zu schenken, der ihr ob seiner Berührung über den Rücken lief.

Er streichelte ihre Hand mit dem Daumen und runzelte auf der Suche nach den richtigen Worten die Stirn. Er sah so besorgt aus, dass sie es nicht über sich brachte, ihre Hand wegzuziehen. Dann blickte er auf einmal auf. »Mylady Eglantine, ich bitte dich, mich als den ersten Freier an deinem Hof zu betrachten.«

Was immer Eglantine erwartet hatte, ganz gewiss nicht dies. Sie starrte ihn an, doch Duncan wirkte entschlossener denn je. »Dich?«

Er zuckte zusammen und sie spürte, dass sie ihn beleidigt hatte. »Ja, mich. Ich bin der Führer des Clans der MacQuarrie, das entspricht in diesen Gefilden in etwa einem Lord über diese Ländereien.« Sein Griff drückte sanft ihre Hand, um den Worten Nachdruck zu verleihen. »Ich bin ein angemessener Verehrer, ich bin im richtigen Alter zu heiraten und ich suche eine Braut.«

»Du.« Sie hatte noch immer nicht begriffen. »Aber noch heute Morgen hast du Alienor abgelehnt. Du warst sogar in höchstem Maße verärgert ...« Eglantines Worte erstarben, als Duncan ihre Hand an seine Lippen führte. Sie zitterte, als er einen Kuss in ihre Handfläche drückte und ihr tief in die Augen sah.

»Ich halte nicht um Alienors Hand an.« Seine Miene war entschlossen, sein Blick ernst, als er ihre Finger über seinem Kuss schloss.

Eglantine hatte Schwierigkeiten, einen klaren Gedanken zu fassen. »Du wolltest Alienor nicht wegen ihres Alters«, brachte sie schließlich hervor.

Lächelnd legte Duncan ihre Hand zwischen die seinen und die Berührung wärmte sie bis in die Zehenspitzen. »Unter anderem.« Schelmisch hob er eine Braue. »Zu viel der Jugend und zu wenig an Tugenden.«

Eglantine schüttelte den Kopf begriff nicht, was er so lustig fand. »Aber Jacqueline ist noch jünger.«

»Ich will auch nicht um Jacquelines Hand anhalten«, sagte er mit sanfter Stimme.

Eglantine stockte der Atem und sie staunte ob der Fähigkeit dieses Mannes, ihren Verstand vollständig einzuschläfern. Auf einmal wurde ihr nur allzu bewusst, dass sie nichts als ihren Umhang trug und dass das Innenfell ihre Haut streichelte.

Und Duncan hielt ihre Hand, als wolle er sie nie wieder loslassen. Eglantine war versucht, sich an ihn zu schmiegen, ihm zu vertrauen, sich auf ihr Gefühl zu verlassen, das ihr sagte, dass dieser Mann ihrem Vater ähnlicher war als alle Männer, die sie je kennen gelernt hatte. Das Mondlicht zauberte Traumbilder herbei und machte sie glauben, dass diesem Mann die Sicherheit, die Gesundheit und das Glück seiner Frau am Herzen liegen würden.

Aber das war ein Irrtum. Oder nicht?

»Grübelt nicht, Mylady.« Duncan lächelte und seine Stimme war leise und eindringlich. »Ich werde Euch beweisen, dass ich der Mann bin, den Ihr sucht. Ich werde Euch beweisen, dass ich ein Mann bin, der den zerbrechlichen Schatz der Träume kennt.«

Oh ja, daran zweifelte sie nicht, zumindest nicht in diesem Moment. Eglantine starrte in das stürmische Grau seiner Augen und fürchtete, die letzten Reste ihrer Widerstandskraft zu verlieren.

»Das Lied«, flüsterte sie mit gepresster Stimme.

Duncan betrachtete sie stumm, bevor er sich abwandte. Er stützte die Ellbogen auf seine Knie und starrte auf das Meer hinaus. Obwohl er aussah, als habe er sich an einen anderen Ort und in eine andere Zeit versetzt, spürte Eglantine nur zu deutlich die Wärme seines Körpers an ihrer Seite.

Dann hob er an zu singen und Eglantine schloss die Augen, um alles aus ihrem Kopf zu verbannen bis auf den vollen Klang seiner Stimme.

Ceinn-beithe ist alt mit einem langen Gedächtnis,
Gelübde alter Zeiten sind sein Vermächtnis.

Doch eines haben die Steine vernommen nie:
das Eheversprechen der Maid Mhairi.

Mhairi war stur, stur und stolzgestählt
Und weigerte sich zu heiraten, wen ihr Vater gewählt.
Sie selbst wollte wählen, wessen Braut sie würde
Und schwor, dass ihre Liebe nur Ruaraidh gebühre.

Dann kam ihr Vater und stand in der Türe:
»Mhairi, spiel nicht das Spiel einer Hure,
verschmäh nicht den Mann, der vor Liebe erglüht.
Folg meiner Wahl und verlass Ruaraidh.

Denn dein Ruaraidh ist der rechte Mann nicht
Hübsch mag er wohl sein, doch ohne Gewicht.
Dein Verlobter hat Land, ist reich und verliebt:
Folg meiner Wahl und verlass Ruaraidh.«

Eglantine war froh, dass sie die Augen geschlossen hatte, denn sie spürte, dass dieses Lied Duncan sehr nahe ging. Sie hielt die Hände im Schoß gefaltet, die Finger eng ineinander geschlungen. O ja, sie wusste sehr gut, wie Mhairi zumute war, obwohl sie selbst das Glück der wahren Liebe nicht gekannt hatte, als es um ihre Verheiratung ging.

Mhairi wollte dem Drängen des Vaters nicht weichen,
Nach Ceinn-beithe konnt kein Mann dieser Inseln sie schleifen.
Der Segen des Ortes blieb ihrer Liebe verwehrt
Und keiner zur willigen Braut sie bekehrt.

»Du bist mein Vater und zwingst mich zur Ehe,
Doch lass ich nicht zu, dass sein Samen mich blähe,
Niemals wird er mit Sohn oder Tochter geehrt,
Denn sterben will ich, wenn mir Ruaraidh bleibt verwehrt.«

Das gefühlvolle Lied ließ Eglantines Herz höher schlagen. Dies war genau das, was sie sich für ihre Töchter wünschte. Vielleicht hatte sie ihn missverstanden, wenn sie auch nicht wusste, inwiefern. Sie warf Duncan einen kurzen Blick zu und sah, wie sehr er in seinem Gesang versunken war. Hatte er dieses Lied mit Berechnung gewählt? Waren das wirklich die Worte, die er am Abend zuvor gesungen hatte, oder hatte er einen neuen Text erdacht, nachdem er nun ihre Geschichte kannte?

Wie weit konnte sie ihm vertrauen? Konnte sie ihm überhaupt vertrauen?

»Komm zu mir, Mhairi, mein Honig und meine Süß,
Dich zu besitzen, Geliebte, ist mein größtes Gelüst.«
So weinte ihr Gatte, als Mhairi zum Festschmaus nicht kam,
Doch Mhairis Antwort brachte nichts als Gram.

»Geliebte oder Mhairi, das ist mir ganz gleich,
Denn, Gatte, selbst im Bett werd ich nicht weich.«
Doch dann sprach ihr Vater mit ernstem Verstand:
»Ihr Mägde da drüben, öffnet ihr das Nachtgewand.«

Mhairi beugt sich und ging in die Knie,
lag bleich ihm zu Füßen und seufzte ihr Weh:
»Vater, so sterb ich, o Vater, und sieh:
ich sterbe für ihn, meine Lieb Ruaraidh.«

Voller Entsetzen führte Eglantine eine Hand zum Mund, doch Duncan blickte starr aufs Meer hinaus. Seine Stimme wurde leiser und seine Augen füllten sich mit Tränen.

Der Tag ihrer Hochzeit war der Tag ihres Todes.
Als Ruaraidh kehrte heim an Bord eines Bootes,
Klagten die Mägde und rangen die Hände:
»Oh, so lang warst du fort, so lang aus dem Lande.

Verheiratet ward Mhairi, nun liegt sie tot.«
Das Herz bleibt ihm stehen, Ruaraidh fühlt die Not.
Er küsst Mhairis Lippen, so kalt und so bleich, und weinte
Und folgt ihr bald nach, in ein anderes Reich.

Ceinn-beithe ist alt mit einem langen Gedächtnis,
Gelübde alter Zeiten sind sein Vermächtnis.
Doch eines haben die Steine vernommen nie:
Unglücklich war das Schicksal der Maid Mhairi.

Duncan verharrte auf der letzten Note und wandte dann Eglantine langsam das Gesicht zu.

»Es ist wunderschön«, flüsterte sie.

Er zuckte mit den Schultern und die Röte stieg ihm in die Wangen. »Im Gälischen ist es noch viel schöner.«

»Ja, in deiner Sprache muss es ein Juwel sein.«

Mit leeren Augen sah er sie an und Eglantine vermochte es nicht, seinen Blick zu erwidern, solange sie seine Gedanken nicht kannte. Sie wandte sich ab und starrte auf das Meer hinaus, die Arme um die Knie geschlungen und die Melodie noch im Ohr. Sie vermutete, dass dieses Lied mehr für ihn war als eine schöne Geschichte. Doch wo lag der Schlüssel dazu, Duncan zu verstehen? In der Wahl der Geschichte?

Oder hatte er die unglücklichen Liebenden gekannt?

Oder war er nur ein Barde, wie er behauptet hatte, der in die Schatztruhe seiner Lieder griff und das erstbeste auswählte, das er in die Finger bekam? Eglantine wusste es nicht und sie wusste nicht, wie sie es herausfinden sollte.

»Aber man kann nicht mehr tun, als man tun kann«, sagte Duncan leise. Er lächelte, als Eglantine ihn fragend ansah. »Eine Redewendung, die einer meiner Gefährten oft benutzt.«

»Das Lied klingt in deiner Sprache wirklich schöner, melodischer und weniger streng.« Eglantine nickte. »Viel gefühlvoller.«

»Ja. Jede Sprache hat ihre eigene Musik, ihre eigenen Vorzüge.« Duncan zog die Stirn in Falten, als wolle er noch mehr sagen, dann warf er ihr ein Lächeln zu. Eglantine spürte, dass er das Gespräch auf etwas anderes lenken wollte, doch der Schmerz in ihrem Herz ließ sich nicht so leicht vertreiben.

Das dunkle Haar fiel im widerspenstig in die Stirn, das schelmische Funkeln in seinen Augen deutete darauf hin, dass er ihre Verwirrung ahnte und noch dazu wusste, dass er sie herbeigeführt hatte. Er rutschte näher an sie heran, sodass seine Schulter die ihre berührte, und Eglantines Mund wurde trocken.

»Wir Gälen haben die Eigenschaft, den Preis für eine unglückliche Liebe lange zu zahlen.« Er sah sie an, als könne er in ihr Herz blicken. »Und auch du scheinst reichlich Erfahrung damit gemacht zu haben. Warum hast du dich diesem Theobald hingegeben?«

»Er war mein Ehemann und hatte ein Anrecht auf mein pflichtgemäßes Einverständnis.«

Duncan lachte laut auf und Eglantine verzog die Lippen. »Ich nehme doch nicht an, dass das deinen vehementen Widerspruch zum Schweigen gebracht hat!«

Einen Moment lang sahen sie sich in die Augen, dann schüttelte Eglantine den Kopf und wich seinem Blick aus. »Ich habe ihn geliebt. Hast du nie dem geliebten Menschen seine Wünsche erfüllt, einfach nur deshalb, weil du sie erfüllen konntest?«

Jetzt war es an Duncan, ihrem Blick auszuweichen und die Stirn in Falten zu ziehen. »Oh doch.« Er warf ihr einen kurzen Blick zu. »Und es scheint, ich bin nicht der Einzige, der das bereut hat.«

Eglantine stockte der Atem und sie konnte ihren Blick nicht von seinem wenden. Sie sah, wie er die Hand hob, und wusste, dass er sie berühren wollte und dass sie unter seiner Berührung vergehen würde.

Doch die Erinnerung an Theobald war zu nahe. Hatte sie nicht genug schlechte Erfahrungen mit Männern gemacht?

Schnell wich sie ihm aus, da sie nicht sicher war, ihm widerstehen zu können, wenn seine Hand erst auf ihrer Haut lag, und stellte die erste Frage, die ihr in den Sinn kam: »Warum sprichst von all deinen Leuten allein du französisch?«

Duncan senkte die Hand. Sein Gesichtsausdruck verriet nur zu deutlich, dass sie mit der Frage an einen Punkt rührte, um den er lieber einen großen Bogen machte.

Zu ihrer Überraschung antwortete er dennoch. »Weil ich allein den Süden bereist habe.«

»Wo warst du?«

»Im Süden.« Er presste die Lippen aufeinander.

»Wo im Süden?« Als er nicht antwortete, zählte Eglantine eine Reihe von Möglichkeiten auf, um ihm eine Antwort zu entlocken. »In das normannische England? Frankreich? Spanien?«

»Im Süden.« Er warf ihr einen Blick zu, der ihr unmissverständlich bedeutete, nicht weiter nachzufragen.

Doch Eglantine ließ sich nicht beirren. Diese Sache war von großer Bedeutung für ihn und sie wollte die Wahrheit wissen. »Warum bist du fortgegangen?«

»Es war an der Zeit.«

»Aber es muss doch einen Grund gegeben haben …«

Bevor sie den Satz zu Ende führen konnte, stand Duncan auf und beendete damit die Unterhaltung. »Bitte entschuldige mich, es ist schon spät.« Er wandte sich ab und ging so schnell davon, dass Eglantine sich fragte, ob er Angst hatte, sie würde ihm folgen.

Und die Wahrheit von ihm einfordern.

Doch das war ein dummer Gedanke. Duncan fürchtete sich vor nichts und ganz bestimmt nicht vor ihr. Nachdenklich wrang sie ihr Hemd ein letztes Mal aus und blickte Duncan hinterher.

Doch er war fort. Bei all ihren bisherigen Treffen war dies das erste Mal, dass er sie nicht geküsst hatte. Eglantine war ehrlich genug zu sich selbst, um sich einzugestehen, dass sie enttäuscht war.

In der Ferne heulten die Wölfe, ebenso fremd und unberechenbar wie der Mann, der eben noch an ihrer Seite gesessen hatte. Eglantine zitterte und ging eilig zurück zu ihrem Zelt. Sie musste dafür sorgen, dass sie mehr Schlaf bekam. Der Mangel an Schlaf begann, ihre frohsinnige Natur zu beeinträchtigen.

Ganz zu schweigen von ihrer Urteilskraft.

***

Das Feingefühl der Dame ließ sehr zu wünschen übrig.

Kaum hatte Duncan erkannt, dass sie die Frau war,

nach der er immer gesucht hatte, hatte sie es geschafft, seine dunklen Erinnerungen an Mhairi zu wecken. O ja, diese Geschichte konnte einen Mann dazu bringen, für all seine Tage und Nächte die Ehe zu meiden, sie war ein schlechter Vorbote für eheliches Glück.

Er wanderte an der Küste entlang, wie es zu seiner Gewohnheit geworden war, und erfreute sich an den Geräuschen des Windes und der Wellen, den gedämpften Klängen der Nacht, dem entfernten Heulen der Wölfe. Es dauerte lang, bis er sich aus dem kalten Griff der Schuldgefühle gelöst hatte, so lang, dass neue Wolken den Mond verdunkelten und der Wind Regen versprach.

Doch Eglantine war nicht Mhairi. Sie war keine unschuldige Jungfrau, sie war nicht zart von Gemüt und von zerbrechlicher Gestalt, und sie war nicht hemmungslos in ihn vernarrt.

Sie würde niemals eine solch dumme Entscheidung treffen, wie Mhairi sie getroffen hatte. Nein, nicht Eglantine. Duncan lächelte. Diese Dame war aus härterem Holz geschnitzt als Mhairi.

Duncan seufzte schwer und kehrte zum Broch zurück. Gerade als die ersten Regentropfen auf die Steine über ihm prasselten, duckte er sich unter dem Eingang hindurch. Grummelnd war Gillemore damit beschäftigt, das kleine Feuer zu neuem Leben zu erwecken, wobei das Holz den engen Raum mit Rauch füllte, bevor die ersten Flammen züngelten.

Und erst in diesem Moment, als die Flammen mit den ersten Strahlen der Dämmerung wetteiferten und den Unterschlupf erhellten, bemerkte Duncan, dass etwas fehlte.

Iain war verschwunden.

***

Eglantine erwachte, als Célie sie sanft an der Schulter schüttelte. Sie hatte die halbe Nacht wach gelegen und war erst in einen tiefen Schlaf gefallen, als der Regen auf das Zeltdach trommelte. Es war wieder kühl und feucht geworden und Eglantine war sicher, dass der Morgen nicht mehr fern war.

In der Tat war es schon fast hell.

»Madame, Ihr müsst kommen.« Célie sprach mit leiser, eindringlicher Stimme. »Gunther und Gerhard sind vollkommen außer sich.«

Eglantine strich sich das dichte Haar aus dem Gesicht und setzte sich verwirrt auf. »Gunther und Gerhard sind die ruhigsten Personen im ganzen Haushalt. Bist du sicher, dass du dich nicht irrst?«

»Ja, Madame.« Célie nickte eifrig. »Ihre Vorräte sind geplündert worden und alle sind überzeugt, dass es die rastlosen Seelen waren, die uns von hier vertreiben wollen.«

Eglantine schwang die Beine aus dem Bett und zitterte in der kalten Morgenluft, bevor sie sich ihr Gewand übergestreift hatte. Mit ungeduldigen Fingern band sie es zu, während Wut in ihr aufstieg.

Welchen Unsinn doch das Mondlicht hervorbrachte! Hatte Duncan sie absichtlich abgelenkt, während seine Männer ihr Unwesen trieben? Oder war er von ihrer Seite geflohen, nachdem er sie mit seinem Gesang verzaubert hatte, um das Überleben ihres gesamten Hausstands zu gefährden?

Oh, sie war so dumm gewesen, ihm Vertrauen zu schenken, wenn auch nur für einen kurzen Moment!

»Es gibt nur eine einzige Seele, die uns von hier vertreiben möchte, Célie«, sagte sie mit scharfer Stimme. »Und die ist nicht tot.« Sie warf dem verwirrten Mädchen einen unheilverkündenden Blick zu. »Aber ich bin auch noch nicht mit ihm fertig.« Das Mädchen hinter sich lassend, marschierte Eglantine aus dem Zelt.

Es war schlimmer, als sie erwartet hatte.

Die Mehlsäcke waren aufgeschlitzt und ihr Inhalt hatte sich über den Boden ergossen und vermischte sich bereits mit dem Schlamm. Das Korn war auf ähnliche Weise verstreut worden, wobei eine Spur darauf hindeutete, dass einiges ins Meer geworfen worden war. Töpfe und Pfannen hatte man im angrenzenden Wald verstreut, mühsam gesammelter Zunder und Feuerholz waren hinaus in den Regen geworfen worden und damit wertlos.

Man hatte das Geflügel freigelassen und ihre Schreie drangen leise aus dem angrenzenden Wald. Unzweifelhaft war ein Großteil den Raubtieren dieser Gegend zum Opfer gefallen. Gott allein wusste, was mit den Ziegen geschehen war, und Esmeraude schrie bereits nach ihrer Milch. Selbst die vom Mahl übrig gebliebenen Kaninchen, die aufgehängt worden waren, hatte man abgeschnitten und den Raben zum Fraß vorgeworfen, welche sich auch durch Eglantines Auftauchen nicht in ihrem Festmahl stören ließen. Ihre Leute schienen nicht zu wissen, wo sie anfangen sollten, um das Durcheinander in Ordnung zu bringen, und wanderten kopfschüttelnd hin und her.

Gunther und Gerhard hatte es besonders schwer getroffen. Seite an Seite saßen sie da, mit leeren Augen und entsetzten Gesichtern. Es gab kein Feuer zu schüren und keinen Topf mit Wasser zum Kochen zu bringen.

Wilde Mutmaßungen machten die Runde unter ihrem Gefolge. Die Mägde standen dicht gedrängt beisammen und plapperten durcheinander wie aufgeregte Hühner.

Wo immer sie hinkam, wurde geheimnisvoll geflüstert, bis man ihre Anwesenheit bemerkte und alle verstummten.

Die drei Wachen machten eine tiefe Verbeugung und brachten hastig ihre höchst verwirrenden Entschuldigungen vor. »Madame, wir haben geschlafen und wir wissen nicht, wie das geschehen konnte.«

Eglantine berührte sie an der Stirn und zog angesichts ihrer trägen Art die Brauen zusammen. »Habt ihr etwas getrunken letzte Nacht?«

»Ja, einen Becher Grog, um uns warm zu halten. Gunther hat ihn zubereitet.«

Eglantine forderte von dem Koch eine Liste der Inhaltsstoffe und musste zu ihrer Überraschung feststellen, dass sich unter den aufgeführten Kräutern keine schlaffördernden befanden. »Habt ihr ihn sofort serviert?«

»Nein, Madame, er war zu heiß. Ich habe die Becher hier abgestellt.« Er deutete auf den Tisch am Rande des Küchenbereichs.

»Und wo warst du?«

Er deutete auf den gegenüberliegenden Tisch. »Wir haben den Brotteig vorbereitet, wie jeden Abend.«

Es war nicht schwer sich vorzustellen, wie jemand sich an den Tisch mit dem Grog angeschlichen hatte, jemand der zuvor verstohlen durch die Dämmerung gewandert war. Und wie dieser jemand ein oder zwei Kräuter in das Getränk fallen ließ, um sicherzugehen, dass er bei seinem Vorhaben nicht gestört würde.

Jemand.

Der Priester murmelte ein ums andere Mal den Rosenkranz vor sich hin und mehr Menschen als üblich hatten sich zum Morgengebet zu ihm gesellt. Die Männer nickten wissend und betrachteten den Horizont, als rechneten sie jeden Moment damit, dass ihnen Geister erschienen. Alle sahen ihre Herrin näherkommen und blickten ihr erwartungsvoll entgegen.

Alle außer Louis, der mit gepressten Lippen und niedergeschlagenem Blick dastand, das zerfledderte Hauptbuch in der Hand. Das Schloss der Schatztruhe war gebrochen worden.

Ihr Inhalt war verschwunden, so auch der Titel zu Kinbeath.

»Hattet Ihr die Truhe nicht bei Euch, Louis?«

»Doch, Madame, wie es meine Gewohnheit und meine Pflicht ist. Doch unglücklicherweise habe ich in der vergangenen Nacht von dem Grog getrunken, da ich bis auf die Knochen durchgefroren war.«

Der Verwalter machte aus seiner Missbilligung dieses Umstands keinen Hehl und Eglantine wusste, dass er schier platzte vor Verlangen, sie darauf hinzuweisen, dass all dies nicht geschehen wäre, wären sie früher abgereist. Sie hatte nicht vor, ihn nach seiner Meinung zu fragen, und konnte nur hoffen, dass seine guten Manieren ihm gebieten würden, diese für sich zu behalten.

Sie war derartig erzürnt, dass ihr die Hände zitterten. Duncan trieb sein böses Spiel mir ihr.

Und schlimmer noch, sie war dumm genug gewesen, ihre zuwiderlaufenden Interessen zu vergessen. Und das nur wegen seines Charmes. Oh ja, dieser Mann wusste, dass seine Berührung sie in Unruhe versetzte, er wusste, dass seine Küsse sie aus der Fassung brachten. Er wusste es und nutzte es schamlos zu seinem Vorteil.

Weil er wollte, dass sie ihm Kinbeath überließ. So einfach war das. Und sie hatte ihm bereits mehr überlassen, als sie vorgehabt hatte, so viel stand fest.

Sie wusste, Duncan würde vor nichts Halt machen, um

sein Ziel zu erreichen. Offensichtlich hatte er sie in der vergangenen Nacht betrogen. Dieser Mann wollte keine Braut, er wollte um niemandes Hand anhalten. Er wollte Kinbeath, mehr nicht.

»Die ruhelosen Seelen haben uns erneut heimgesucht, Madame«, flüsterte Gerhard. Er schüttelte den Kopf. »Und ich weiß nicht, wie wir uns von diesem Schlag erholen sollen.«

»Wir werden uns von diesem Mummenschanz erholen, indem wir Gerechtigkeit einfordern«, sagte Eglantine mit scharfer Stimme.

»Von den Toten?«

»Es waren keine ruhelosen Seelen, die dieses Unheil über uns gebracht haben, es war eine Gruppe von Männern, die höchst lebendig sind.« Gebannt bewegte ihr Gefolge sich auf sie zu. »Gewiss will ich die Macht der Seelen nicht unterschätzen, doch mein Vater hat mich gelehrt, stets zuerst unter den Lebenden nach dem Urheber eines Unheils zu suchen.« Einige ihrer Leute lachten leise und ließen wohlwollende Bemerkungen über den guten Charakter des verstorbenen Seigneur de Crevy-sur-Seine fallen.

Eglantine redete sich langsam in Fahrt. »Und wer ist es, die uns von hier vertreiben wollen? Wer weiß, welche Vorräte wir am dringlichsten brauchen und wie sie am besten zu zerstören sind? Es waren keine Gespenster, die diesen Schaden angerichtet haben, sondern ein Haufen Barbaren!« Eglantine wandte sich um und deutete mit dem Finger ihrer vor Wut zitternden Hand auf Duncans Männer, die gerade erst ihre Nachtruhe beendeten. »Seht doch, wie lange sie schlafen! Unzweifelhaft hat die Arbeit heute Nacht sie ermüdet!«

Aufgeregtes Murmeln erhob sich unter ihren Untergebenen und alle warfen zornige Blicke in Richtung des Broch. »Und wer sind sie, uns von einem Besitz zu vertreiben, dessen Titel rechtmäßig auf mich übergegangen ist? Sie sind es, die das Gesetz brechen, und sie sollen den Preis dafür zahlen!«

»Jawohl!«, war die lautstarke Antwort ihres Gefolges, woraufhin Louis den Kopf schüttelte.

»Womit sollen sie den Schaden zahlen, Madame?«, fragte er mit ruhiger Stimme.

»Zuerst mit der Rückgabe des Goldes, das sie uns gestohlen haben.« Eglantine biss die Zähne zusammen und bedachte erst ihren Verwalter und dann Duncans Lagerstatt mit einem zornigen Blick. »Und dann mit der Arbeit ihrer Hände, wenn dies vonnöten ist. Ich werde Wiedergutmachung von ihnen verlangen, das steht fest, oder es wird noch mehr Blut auf Kinbeath vergossen werden – ob auf dem verdammten Stein oder nicht.«

Ihr Gefolge jubelte.

Genug war genug. Sie würde eine Audienz bei dem König verlangen, der über dieses Land herrschte, welcher auch immer es sein mochte. Wenn nötig auch bei beiden! Es war an der Zeit, in dieser Angelegenheit Recht und Gesetz zu Hilfe zu rufen.

Es war nicht gerade erfreulich, dass sie Duncan nach dem Sitz des einen Königs fragen musste, aber sie war so wütend, dass es ihr egal war. Sie hob die Hand in die Höhe. »Lasst uns Genugtuung einfordern! Lasst uns vor den König treten und den Spruch des königlichen Gesetzes verlangen. Wir sind die rechtmäßigen Bewohner von Kinbeath. Lasst uns auf die Bestätigung unseres Anrechts dringen!«

Ihr Haushalt brachte lautstark seine Zustimmung zum Ausdruck. Eglantine wandte sich um und marschierte auf das Lager der Eindringlinge zu, um sie von ihrem Vorhaben in Kenntnis zu setzen.

Mit der Hinzuziehung eines Königs würde diese Angelegenheit ein für alle Mal geregelt werden.

Kapitel 10

Duncan hatte einen wunderbaren Traum.

Es musste ein Traum sein. Selbst im Schlaf wusste er, wie höchst unwahrscheinlich es war, dass Eglantine versuchen würde, ihn zu verführen, und er weigerte sich aufzuwachen.

Er seufzte wohlig, als Eglantine sich über ihn beugte und ihre Brust sanft seinen Arm streifte. Ihr Atem an seinem Ohr ließ ihn erbeben, ihr Haar fiel ihm ins Gesicht und er genoss die seidige Berührung. Die Gräfin küsste ihn sanft auf die Wange und bestätigte damit seine Vermutung, dass er träumte.

Denn die wirkliche Gräfin war nicht so schüchtern. Bei diesem Gedanken horchte Duncan auf, denn es passte nicht zu einem Traum, weniger leidenschaftlich zu sein als das, was man im wachen Zustand bereits erlebt hatte.

Und wenn er doch nicht träumte?

Vorsichtig öffnete Duncan ein Auge, nahm die kühle Luft wahr und das Geräusch des Regens. Dann sah er, dass die Haarsträhne, die ihm ins Gesicht fiel, von der Farbe des Ebenholzes war.

Es war nicht Eglantine!

Ruckartig setzte Duncan sich auf und der Anblick, der sich ihm bot, ließ ihn entsetzt zurückweichen.

»So schlecht küsse ich doch gar nicht«, sagte Alienor mit

einem Schmollmund. Sie hockte neben ihm und sah reichlich zerzaust aus. Sie hatte ihren Zopf gelöst und die dunklen Locken hingen ihr über die Schulter bis zur Taille hinab. Unter dem Umhang trug sie offensichtlich nichts außer ihrem Nachthemd. Sie war barfuß und ihre verführerische Miene zusammen mit den Kurven, die unter dem offenen Umhang auszumachen waren, versprachen zahllose Freuden. Die meisten Männer würden sich mit Entzücken nehmen, was sie ihnen darbot.

Duncan jedoch blickte die Besucherin voller Entsetzen an. »Bei den Göttern, was tut Ihr hier?«

Alienor setzte ein kokettes Lächeln auf und rutschte näher.

Hastig blickte Duncan sich in dem Broch um, doch seine Männer schliefen tief und fest. Er würde seine letzte Münze darauf verwetten, dass Eglantine keine Ahnung hatte, wo ihre Stieftochter sich aufhielt.

Und sie würde wenig erfreut sein, die Wahrheit zu erfahren.

»Ihr müsst sofort zurück in Euer Zelt«, befahl er in einem leisen Flüstern, doch die Entschlossenheit in den Augen des Mädchens verriet ihm, dass sie ihm genauso wenig gehorchen würde, wie sie Eglantine gehorchte. »Ihr müsst unbedingt …«

»Nur, wenn ich einen Kuss bekomme«, flüsterte sie, als sie mit einem Lächeln ihren Umhang öffnete und zu Boden fallen ließ. Ihr Nachthemd war von so feinem Stoff, dass es nichts verhüllte. Sie krabbelte auf ihn zu, ihre Augen leuchteten und ihre Brüste schienen beinah aus dem Nachthemd zu purzeln. »Begehrst du mich, Duncan? Möchtest du mich nicht zu der Deinen machen?«

Es wäre grob, ihr die Wahrheit zu sagen, und schlimmer noch, er befürchtete, dass diese Kindfrau eine Abfuhr nicht ohne weiteres hinnehmen würde. »Es gehört sich nicht, dass Ihr hier seid«, wiederholte er mit strenger Stimme und hielt den Blick fest entschlossen über ihren fast vollkommen entblößten Brüsten. »Habt Ihr denn keine Angst um Euren Ruf und vor allem um Eure Reinheit?«

Alienor verdrehte die Augen. »Ich gebe meine Reinheit gern und mit Freuden auf, wenn ich mit diesem Opfer einen echten Mann gewinnen kann.« Duncan saß mit dem Rücken zur Wand und Alienor kniete genau vor ihm. Sie schüttelte ihr Haar und begann mit einem Lächeln, die Bänder ihres Nachthemds zu lösen.

»Meine Männer werden Euch sehen«, flüsterte Duncan.

Ihr Lächeln wurde noch breiter. »Dann solltest du sicherstellen, dass jeder weiß, dass ich dir gehöre.«

Duncan packte ihre Hand, bevor sie ihre Brüste endgültig entblößen konnte, und verknotete das Band hastig. Doch ließ seine Geschicklichkeit zu wünschen übrig, da er an solch feine Stoffe nicht gewohnt war, und das Hemd stand noch immer offen. Er kroch an ihr vorbei, packte ihren Umhang und warf ihn ihr über.

»Ihr werdet zum Lager Eurer Mutter zurückkehren«, befahl er und schaffte es nur mit Mühe, seine Stimme zu dämpfen, damit die anderen nicht aufwachten. »Dies ist nicht der rechte Ort für Euch und ich bin nicht auf der Suche nach einer Frau.«

Alienors Augen blitzten. »Und warum nicht, um alles in der Welt?« Hastig setzte sie wieder eine kokette Miene auf und legte ihm die Hände auf die Schulter. »Ich könnte dich da vielleicht eines Besseren belehren …«

Duncan stand auf und zog das Mädchen auf die Füße. »Bestimmt nicht mit Euren kindischen Spielchen.«

»Ich bin kein Kind! Ich bin eine Frau! Welcher Mann würde zurückweisen, was ich zu bieten habe?«, fauchte

Alienor wütend. »Gehörst du etwa zu den Männern, die Knaben bevorzugen?« Ihre Stimme wurde immer lauter und giftiger und gab Duncans Vermutung Recht. »Am Königshof gibt es mehr als genug dieser Kerle, aber ich hatte doch angenommen, hier echte Männer zu finden, Männer, die wissen, wie man eine Frau glücklich macht, und die für all ihre Bedürfnisse zu kämpfen bereit sind.« Herausfordernd hob sie das Kinn. »Was für ein Mann bist du, Duncan MacLaren?«

»Ein Mann, der nicht den Wunsch hegt, ein Kind zur Frau zu nehmen.« Er packte sie am Ellbogen, schob ihren Umhang zurecht und führte sie aus dem Broch hinaus.

»Oh, du redest wie Eglantine. Immer ehrenwert, immer nur an die Pflichten denken, niemals einen Moment für unschuldige Vergnügungen ...«

»Das Vergnügen, das du mir vorschlägst, ist alles andere als unschuldig.«

Alienor warf ihr Haar zurück. »Ich habe nicht mehr geboten als einen Kuss.«

»Nur eine dumme Gans kann glauben, dass sie ein solches Verhalten nur mit einem Kuss bezahlen würde.« Duncan starrte das störrische Mädchen an. »Du kannst von Glück sagen, Alienor, denn ein weniger ehrenhafter Mann hätte genommen, was du dargeboten hast, und mehr als das, und hätte dich mit nichts weiter als Blut an deinen Schenkeln zurückgelassen.« Ihre Augen weiteten sich nur für einen kurzen Moment, bevor sie mit trotziger Miene die Lippen verzog. »Und was wird dann aus der Hochzeit, die du so sehr erstrebst? Und was würde Eglantine sagen?«

Alienor warf über Duncans Schulter hinweg einen Blick auf das Lager ihrer Mutter. Ein seltsam keckes Lächeln umspielte ihre Lippen. »Warum fragst du sie nicht selbst?«

Duncan fuhr herum und sah Eglantine gefolgt von ihrem nahezu vollzähligen Hausstand auf ihn zumarschieren. Anscheinend hatte die Kunde von Alienors Ausflug schnell die Runde gemacht, denn die Dame kam mit düsterem Gesichtsausdruck und voller Entschlossenheit auf ihn zu.

Sie sah so wütend aus, dass er fürchtete, sie würde ihm mit der offenen Hand ins Gesicht schlagen. Duncan hoffte, dass sie ihm Gelegenheit gab zu erklären, was geschehen war, aber er zweifelte nicht, dass die Dame ihm einiges zu sagen hatte.

Er stellte sich vor Alienor, um sie in ihrem Aufzug vor den Augen der Untergebenen zu schützen, doch das Mädchen teilte seine Besorgnis um ihre Scham nicht. Sie trat neben ihn und schmiegte sich an seine Seite.

»Dummes Kind! Sollen denn alle deine Nacktheit sehen?«, schimpfte Duncan, als er bemerkte, dass Alienor so an ihrem Hemd gezerrt hatte, dass es weit offen stand. Der Regen hatte den dünnen Stoff bereits durchnässt und ließ ihn so durchsichtig erscheinen, dass die Reize des Mädchens für aller Augen sichtbar waren.

Und in ihren Augen blitzte teuflische Schläue. »Was wirst du Eglantine erzählen?«, flüsterte sie. »Und wird sie dir glauben?« Sie schmiegte sich enger an ihn und blickte ihrer Stiefmutter mit einem triumphierenden Lächeln entgegen. »Ich gehöre zu den Frauen, die bekommen, was sie wollen, Duncan, und daran solltest du dich gewöhnen, bevor wir verheiratet sind.«

Duncan fluchte leise. Er musste sich eingestehen, dass sein Werben um Eglantines Hand nun wenig Aussicht auf Erfolg hatte.

***

Eglantine hatte geglaubt, ihr Zorn habe sein höchstes Maß erreicht, doch sie wurde bald eines Besseren belehrt. An Duncans Seite wartete Alienor auf sie, um der Stiefmutter eine weitere unerwünschte Überraschung zu bescheren. Ihr Gewand und ihr Betragen sprachen Bände – zwar blickte Duncan ihr ohne Anzeichen von Reue entgegen, doch Eglantine zweifelte nicht daran, was er getan hatte.

Dieser schamlose Hund! Eine solche Erbärmlichkeit war einfach unfassbar. Welcher Mann ging von der Mutter zur Tochter – noch dazu in so kurzer Zeit? Nur gut, dass Eglantine so wütend war, denn sonst hätte womöglich der Schmerz sie übermannt.

»Das ist unverzeihlich!«, erklärte sie. Alienor drückte sich noch enger an ihren Liebhaber, doch Eglantine verwand ihren Zorn auf denjenigen, der es hätte besser wissen müssen. »Ihr werdet noch heute Morgen abreisen und Ihr werdet nicht zurückkehren und Kinbeath weiterhin mit Eurer Anwesenheit besudeln!«

Duncan verschränkte die Arme vor der Brust. »Ihr seid sehr schnell bei der Hand mit Euren Schlussfolgerungen, meine liebe Eglantine ...«

In ihren Augen funkelte smaragdfarbenes Feuer. »Ich bin nicht *Eure liebe* Eglantine!«

»Darüber ließe sich streiten.«

»Mit Euch werde ich über gar nichts streiten! Macht, dass ihr fortkommt!«

Doch Duncans Augen verengten sich. »Ihr habt schon des Öfteren vergeblich versucht, mich fortzujagen, was glaubt Ihr, sollte heute anders sein?«

»*Alles* ist anders. Ihr habt meine Tochter geschändet und beansprucht, was Ihr nicht beanspruchen durftet.« Eglantine atmete tief durch. »Es sei denn, ihr zwei habt gestern Abend ohne mein Wissen den Bund der Ehe geschlossen?«

»Wir könnten jetzt heiraten, Eglantine, wenn du das wünschst«, schlug Alienor vor.

»*Ich* wünsche es nicht«, ließ Duncan sich mit einem entnervten Blick auf das Mädchen vernehmen. »Wir werden weder heute noch irgendwann heiraten.«

Eglantine war empört. »Ihr wollt den Schaden, den Ihr angerichtet habt, nicht wieder gutmachen? Ihr nehmt ihr die Jungfräulichkeit in dem Wissen, dass sie einen Ehemann sucht, und lasst sie dann ganz allein den Preis zahlen? Nicht einmal ich hätte Euch eines so schändlichen Verhaltens für fähig gehalten.«

Duncans Augen blitzten. »Ich habe gar nichts genommen!«

»Das nicht aus freien Stücken geboten worden wäre«, ergänzte Alienor mit einem vorwitzigen Lächeln.

Duncan sah sie mit einer solchen Wut an, dass das Mädchen einen Schritt zurücktrat. »Holt Euren Umhang«, befahl er. »Und verschwindet von hier. Ihr habt zu diesem Gespräch nichts Sinnvolles beizutragen.«

»Alienor«, fragte Eglantine, von Duncans erbostem Unterton verunsichert. Das Mädchen erwiderte mit trotziger Miene ihren Blick. »Sag mir die Wahrheit – hat Duncan dir die Jungfräulichkeit genommen oder nicht?«

Alienor warf ihr Haar über die Schulter zurück, damit alle ihre keck hervorstehenden jungen Brüste unter dem durchnässten Hemd sehen konnten. »Er hat mir die Jungfräulichkeit genommen«, erklärte sie mit einer Vehemenz, die bei ihr häufig ein Anzeichen für eine Lüge war. »Er hat alles genommen, was ich zu geben hatte.«

Eglantine zog die Stirn in Falten, sie war sich über die Gründe für ihre Zweifel nicht ganz im Klaren. War Alienors Auftreten wirklich dahingehend zu deuten, dass sie nicht die Wahrheit sagte? Oder *wünschte* sie sich, dass das

Mädchen log? Sie sah zu Duncan hinüber, auf dessen Zügen sich neuer Zorn spiegelte.

»Eglantine, ich habe gar nichts genommen«, beharrte er. »Sie ist an mein Bett gekommen, doch ich habe sie abgewiesen. Alienor ist so jungfräulich wie bei Eurer Ankunft, oder wenn sie das nicht ist, so war es nicht ich, der ihr die Unschuld genommen hat.« Sein silberner Blick bohrte sich in ihren und flehte sie an, ihm zu glauben. »Das schwöre ich Euch.«

Eglantine zögerte, ganz im Gegensatz zu Alienor. Die setzte ein berechnendes Lächeln auf und strich mit der Fingerspitze zärtlich über Duncans Arm. Er würdigte sie keines Blickes. »Du hast nichts zu fürchten, mein Geliebter. Meine Stiefmutter ist nicht so dumm, dass sie sich wahren Liebenden in den Weg stellen würde. Wir müssen nur den Tag unserer Hochzeit festlegen und damit ist die Angelegenheit erledigt.«

»Es gibt keine Hochzeit!«, dröhnte Duncan.

»Richtig, es gibt keine Hochzeit«, stimmte Eglantine zu. Beide erstarrten und sahen sie mit großen Augen an, in Alienors Blick lag Verachtung und in Duncans Verwunderung. »Wahre Liebe hin oder her, ich werde keiner meiner Töchter erlauben, einen Dieb zu heiraten, schon gar nicht einen, der wissentlich eine ganze Gruppe von Menschen dem Hungertod überantwortet. Eine solche Grausamkeit wirft kein gutes Licht auf den Charakter eines Gatten.«

»Wovon redet Ihr?«, fragte Duncan und trat einen Schritt auf sie zu. Doch Eglantine ließ sich von seiner scheinbaren Verwirrung nicht täuschen.

»Spielt nicht den Unschuldigen«, erwiderte sie. »Unsere Vorräte sind heute Nacht geplündert worden, angeblich von ruhelosen Geistern, die uns von hier vertreiben wollen. Wir haben nichts mehr zu essen und keine Saat zum Aussäen, doch wir beide wissen, dass es keine Geister waren, die für diese böswillige Zerstörung verantwortlich zeichnen. Der Titel zu Kinbeath wurde gestohlen und unsere Schatztruhe geleert.« Sie trat einen Schritt auf ihn zu. »Es gibt nur einen, der uns um jeden Preis von hier vertreiben will, und der steht hier vor mir.«

»Ihr irrt Euch, Eglantine.«

»Ich habe mehr als genug von Euren Geschichten«, unterbrach sie ihn, um ihm nicht die Gelegenheit zu geben, sie erneut mit seinem Charme herumzukriegen. »Es ist an der Zeit, dass die Angelegenheit einem Gericht vorgetragen und endlich entschieden wird. Kinbeath gehört mir, ich hatte die Urkunde zum Beweis, während Ihr nichts vorzuweisen habt als alte Geschichten. Ihr habt Euch nicht nur meinem Aufenthalt hier widersetzt, mit der Zerstörung unserer Vorräte habt ihr Gesundheit und Leben meines Gefolges riskiert. Ich werde von Eurem König Genugtuung verlangen.«

Duncan schüttelte den Kopf. »Es ist offensichtlich, dass Ihr heute Morgen für verständige Worte nicht zugänglich seid.«

»Es ist offensichtlich, dass ich den Charakter meines Gegners endlich durchschaut habe.«

Er betrachtete sie einen langen Moment und in seinen Augen glomm dieses ungebärdige Feuer, von dem sie wusste, dass sie ihm nicht trauen durfte. Als er antwortete, klang seine Stimme leise und beherrscht. »Ein König braucht Antragsteller, wenn er ein Urteil sprechen soll.« Er bot ihr den Arm und seine große Hand wirkte all ihrem Wissen zum Trotz warm und einladend. »Wenn Ihr befehlt, werdet Ihr und ich noch heute Morgen zum Hof von Dugall, dem König der Inseln, aufbrechen.«

Eglantine stieß ein verwirrtes Lachen aus und trat einen Schritt zurück. »Wohl kaum!«

»Es gibt keinen anderen Weg, unseren Streit beizulegen.«

Eglantine mühte sich, all ihren Zynismus aufzubringen, denn sie wagte es nicht, ihm auch nur im Mindesten nachzugeben. »O ja, das kann ich mir gut vorstellen. Ich soll mit Euch abreisen und nicht mehr zurückkommen. Ich höre schon jetzt Eure Geschichte.« Zitternd vor Wut imitierte sie die Pose eines heimkehrenden Eroberers. »Wie bedauerlich, dass Gräfin Eglantine auf dem Weg von einem Unfall ereilt wurde.«

»Ich würde niemals zulassen, dass Euch ein Übel widerfährt!«, sagte Duncan hitzig.

»In der Tat.« Eglantine brachte ihn mit einem Blick zum Schweigen, der einen Stein hätte spalten können. »Und was habt Ihr an diesem Morgen erreicht?«

Duncan öffnete den Mund und schloss ihn wieder. Seine Lippen bildeten eine schmale Linie. »Ich habe Euch gesagt, dass ich in beiden Anklagen unschuldig bin.«

»Und ich sage, Ihr lügt.«

»Nein, Eglantine, Ihr wisst es doch besser.« Er wollte seine Hände auf ihre Schultern legen, doch sie wich zurück. »Eglantine, Ihr zieht die falschen Schlüsse. Ich habe Eure Vorräte nicht geplündert. Ich habe Eure Tochter nicht geschändet. Ich habe Eure Schatztruhe nicht ausgeraubt. Warum sollte ich eine wertlose Urkunde an mich bringen wollen? Wollt Ihr mir nach allem, was zwischen uns vorgefallen ist, nicht wenigstens die Möglichkeit zur Verteidigung geben?«

»Nach allem, was zwischen uns vorgefallen ist, hätte ich erwartet, dass nicht der Hauch eines Zweifels auf Eure Aufrichtigkeit fiele. Doch offensichtlich habe ich mich da getäuscht.« Sprach's und machte auf dem Absatz kehrt, um zu ihrem Gefolge zurückzukehren. Mit Überraschung stellte sie fest, dass sie am ganzen Leib zitterte.

Es sah ihr gar nicht ähnlich, so außer sich zu geraten vor Zorn. Dieser Mann kehrte ihre schlimmsten Seiten hervor.

»Eglantine!«, bellte Duncan. »Ihr werdet mich anhören!«

Sie blieb stehen und versuchte, ein möglichst gefasstes Gesicht aufzusetzen, damit er ihr ihre Enttäuschung nicht ansah. Es war dumm gewesen, einem Mann wie ihm auch nur im Mindesten zu vertrauen. »Der König wird Euch anhören. Ich muss bis zu Eurer Rückkehr für das Überleben meines Gefolges sorgen.«

»Ach ja? Und wer wird Euren Fall vorbringen?« Eglantine blickte zurück zu ihm; Duncan sah wütend aus – und umwerfend gut. Mit festen Beinen stand er auf dem felsigen Untergrund, die Arme vor der Brust verschränkt, die dunklen Augenbrauen zusammengezogen. Auf einmal hob er eine Braue und für einen Moment hatte sein Gesichtsausdruck etwas Schelmisches. »Wenn Ihr Euch nicht dazu herablasst, mich an den Hof des Königs zu begleiten?«

Eglantine erwiderte seinen Blick und sie wusste, dass er sich zu Unrecht beschuldigt fühlte. »Louis wird Euch begleiten. Als mein Verwalter hat er die Vollmacht, in meinem Namen zu verhandeln.« Sie wandte sich ab, bevor er sie noch weiter verunsichern konnte, und führte Alienor zurück zum Lager.

»Eglantine!«, dröhnte Duncan. »Ihr werdet diese Sache mit *mir* bereden!«

Das würde sie nicht. Sie wagte es nicht. Ihr Gefolge umringte sie, als wollten sie sie vor Duncan und seinen Männern beschützen, doch Eglantine wusste, wenn er wollte, konnte er sich einen Weg an ihre Seite erkämpfen.

Doch er folgte ihr nicht. Sie blickte sich ein einziges Mal um und sah ihn in einer hitzigen Auseinandersetzung mit

Louis, der so verkniffen dreinschaute, wie es ihm nur möglich war.

Célie kam ihr entgegen, eine in Tränen aufgelöste Esmeraude auf der Hüfte schaukelnd.

»Milch!« Das hungrige Kind streckte die Hand nach Eglantine aus und sie nahm sie fest in die Arme. Sie wiegte sich vor und zurück, um das Kind zu beruhigen.

»Madame, was werden wir bloß tun ohne die Ziegen?«, fragte Célie. »Sie sind nicht aufzufinden und Esmeraude hat Hunger.«

»Gehen wir zu Gunther und Gerhard«, schlug sie in dem Wissen vor, dass das Kind ihr zuhörte. »Esmeraude ist schon so groß geworden, vielleicht ist es an der Zeit, dass sie den gleichen Haferbrei bekommt wie wir alle.«

Esmeraude schniefte, dann legte sie Eglantine die Arme um den Nacken. Offensichtlich war sie erfreut zu hören, dass sie schon ein großes Mädchen war. Eglantine küsste ihre Tochter auf die Stirn und strich ihr das Haar aus dem Gesicht. Sie konnte den Gedanken nicht vertreiben, dass es Duncan gewesen war, der ihr geholfen hatte, das zerbrechliche Band zwischen ihnen neu zu knüpfen.

Ja, dafür schuldete sie ihm Dank, nicht mehr – und als Gegenleistung hatte er bereits mehr als genug von ihr bekommen.

***

Diese Frau war alles andere als einfach, das konnte Duncan ihr schriftlich geben.

Doch an ihrer Stelle hätte er die gleichen Schlüsse gezogen, zumal Alienor sich in der Sache nicht gerade als hilfreich erwiesen hatte. Er hatte keine Ahnung, wer die Vorräte vernichtet und die Schatztruhe geplündert hatte, aber er war es nicht gewesen, noch war es auf seinen Befehl geschehen.

Und dass Iain ausgerechnet an diesem Morgen nicht im Broch gewesen war, machte ihn stutzig.

Duncan kannte Eglantine gut genug um zu wissen, dass Worte in dieser Angelegenheit nicht ausreichen würden – er musste sie mit Taten überzeugen. Er musste für eine Wiedergutmachung ihrer Verluste sorgen – unter diesen Umständen ein verständliches Verlangen ihrerseits –, und die konnte nur an Dugalls Hof erstritten werden.

Und er musste beweisen, dass seine Schwüre keinesfalls so inhaltslos waren wie die des Schurken Theobald.

Was bedeutete, dass Duncan den wahren Schuldigen finden musste – und er ging davon aus, dass er Iain bei Hofe antreffen würde, wie er sich in Dugalls Gunst schmeichelte. Dort und nur dort konnte Iain gegen die in seinen Augen ungerechte Tatsache klagen, dass Cormac Duncan zu seinem Erben bestimmt hatte.

Im Grunde lag Duncan nicht viel an der Führung des Clans der MacQuarrie, doch er bezweifelte, dass er seinen Herzenswunsch ohne diesen Titel würde erfüllen können. Oh ja, er wollte weiterhin um Gräfin Eglantine werben, auch wenn es den Anschein hatte, als würden die Ereignisse einen anderen Verlauf nehmen, als ihm lieb war.

Eglantine hatte bereits die beste Lösung für ihre zuwiderlaufenden Interessen vorgeschlagen, die Zusammenführung ihrer Ansprüche durch eine Ehe. Doch um dieses Band zu besiegeln, wollte Duncan Eglantine die Hand zum Schwur reichen, nicht einer ihrer Töchter. Er wusste, er würde Dugall überzeugen können, der Verbindung zuzustimmen, denn dieser Mann teilte das Interesse eines jeden Königs an wohlhabendem, ausländischem Geblüt. Duncan und Eglantine würden hier auf *Ceinn-beithe* ein traditionelles Ehegelübde ablegen, um ihrer Verbindung das Wohlwollen der Vorsehung zu sichern. Dann würde er ein Jahr und einen Tag Zeit haben, sie zu umwerben und für sich zu gewinnen, ein Jahr und einen Tag würde er sie sicher an seiner Seite wissen.

Duncan zweifelte nicht, dass er dann erfolgreich sein würde, die wahre Herausforderung jedoch bestand darin, Eglantine dazu zu bringen, das Gelübde mit ihm abzulegen. Duncan hatte gelernt, dass mit dieser Frau nichts einfach war.

Und in der Tat gehörte dies zu den Dingen, die er an ihr mochte.

Er beschloss, eine kleine Gruppe von Männern auf *Ceinn-beithe* zurückzulassen und mit dem Rest seines Gefolges an Dugalls Hofe zu gehen.

Sehr zu seiner Überraschung bot Gillemore sich an zu bleiben.

»Aber möchtest du nicht für ein paar Tage raus aus dem Regen? Für deine Knie wäre es besser.«

»Ach was, meine Knie sind so kräftig wie nur irgendwelche.« Der alte Mann grinste. »Wo eine Kuh ist, ist eine Frau nicht weit, und wo eine Frau ist, ist die Versuchung nicht weit. Ich werde hierbleiben und aufpassen, dass nichts passiert, was die Lage noch verschlimmern könnte.« Gillemore warf Reinald einen düsteren Blick zu. »Und für diese Aufgabe bin ich besser geeignet als andere.«

Alle Männer lachten laut auf.

»Oh, ich würde ihnen schon Dampf unterm Hintern machen, wie sie es noch nie erlebt haben«, scherzte Reinald unter allgemeinem Gelächter.

»Aber hier gibt's keine Kühe, Gillemore«, bemerkte einer der Männer. »Heißt das, dass es hier auch keine Frauen gibt?« Die Stimmung drohte umzuschlagen und Beleidigungen und Scherze flogen schnell hin und her. Es war offensichtlich, dass die Männer froh waren, endlich wieder auf Reise gehen zu können.

Mit einem Lächeln der Erleichterung ging Duncan zum Wasser hinunter, um die schmalen Boote in Augenschein zu nehmen, die sie zwischen den Felsen verstaut hatten. Er war froh, Reinald im Auge behalten zu können. Das Letzte, was er brauchte, war ein weiterer Anlass zum Streit zwischen ihm und Eglantine.

Nachdem er den Rumpf des ersten Bootes untersucht hatte, blickte er auf und sah den Verwalter, der sich in der Nähe seiner Männer herumdrückte. Augenscheinlich kannte der Mann seinen Platz und ebenso augenscheinlich verstand er kein Wort von dem, was die anderen sich auf Gälisch zuriefen.

Es würde eine lange Reise werden für Louis, dachte Duncan, doch die Entscheidung hatte nicht er getroffen.

***

Es war Gillemore, der die Ziegen fand, und das noch bevor Duncan mit seinen Leuten abgereist war.

Er war eine barsche und raue Kreatur mit schwieligen Händen und wettergegerbtem Gesicht. Mit finsterem Blick trieb er die Ziegen auf Eglantine zu und sein wilder Gesichtsausdruck ließ Eglantine zunächst im Unklaren über sein Begehr. Er deutete auf die Tiere und ließ einen gälischen Wortschwall los, der alle veranlasste, einige Schritte zurückzuweichen und ihn misstrauisch zu beäugen. Esmeraude hatte sich hinter Eglantine verschanzt, sie war zu neugierig, sich zu verstecken, klammerte sich jedoch schutzsuchend an die Röcke ihrer Mutter.

Der Mann machte eine Bemerkung, die nur als Fluch gedeutet werden konnte, schnappte sich einen Eimer und begann, die erste Ziege zu melken. Das Tier kaute zufrieden, anscheinend waren seine Hände in dieser Arbeit geübt und sanfter als sein Auftreten.

Als er mit der Ziege fertig war, verfinsterte sich sein Gesichtsausdruck, als er feststellte, dass der gesamte Hausstand noch immer reglos dastand und ihn schweigend beobachtete. Er ließ sich von der Stille nicht beirren, sondern erklärte mit wilden Gesten die Lage. Mit eindringlichen Handbewegungen deutete er auf die prall gefüllten Euter der Ziegen.

Und Eglantine begriff, dass er erzürnt war, weil die Ziegen nicht gemolken worden waren. Und in der Tat musste das mehr als unangenehm sein für die Tiere, von denen eines wie zur Klage wehleidig meckerte.

»Didier, geht dem Mann zur Hand. Er hat Recht, die Ziegen müssen dringend gemolken werden«, sagte Eglantine zu einem der Burschen, die in Gunthers und Gerhards Dienst standen, und der hockte sich auf der Stelle hin, um die dritte Ziege zu melken.

Duncans Mann hatte sich bereits an der zweiten Ziege zu schaffen gemacht, doch er überhörte nicht Eglantines Anweisung. Sie erntete ein zustimmendes Grummeln und eine Litanei auf Gälisch. Die Worte schienen sich zu reimen, womöglich handelte es sich um ein Sprichwort. Obwohl sie seine Worte nicht verstehen konnte, lag ein Ton der Anerkennung in seiner Stimme, der keiner Übersetzung bedurfte.

Schließlich stand er auf, als er seine Aufgabe beendet hatte, und rieb sich die Hände an dem Wollstoff sauber, den er um die Hüften gebunden trug. Er ging barfuß und seine Beine waren behaarter, als sie es für möglich gehalten hatte. Er war überraschend klein, was Eglantine jedoch erst feststellte, als er unmittelbar vor ihr stehen blieb.

»Gillemore«, sagte er, schlug sich mit der Faust auf die Brust und wiederholte, was offensichtlich sein Name war. Seine buschigen Brauen waren von Silber durchzogen und wirkten so dicht und störrisch, als verfügten sie über einen eigenen Willen. Er betrachtete sie aufmerksam und Eglantine wusste, sie stand auf dem Prüfstand. Dann bot er ihr mit einem leichten Kopfnicken den Eimer mit der Milch. Er sprach erneut und seine Worte waren so unverständlich wie sein Begehr offensichtlich.

Mit einem Nicken nahm Eglantine den Eimer entgegen. »Ich danke dir für deine Hilfe, Gillemore«, sagte sie mit herzlicher Stimme. »Ich hatte befürchtet, die Ziegen für immer verloren zu haben, und bin dir sehr verbunden für deine Hilfe. Sie kommt äußerst unerwartet.«

Er nickte mit ernster Miene und sie fragte sich, ob er ihre Worte verstanden hatte. Wie sollte sie weiter vorgehen? Sie setzte den Eimer ab und ein Zerren an ihren Röcken verriet Esmeraudes Aufregung.

»Milch!«, rief das Kind mit unverhüllter Begeisterung. Bevor jemand eingreifen konnte, fuhr sie mit der Hand durch die Milch und versuchte zu trinken, bevor ihr alles durch die Finger gelaufen war. Dabei verteilte sie die Milch gleichmäßig auf ihrem Gesicht und ihrem Kleid, dennoch blickte sie so zufrieden drein, dass es unmöglich war, sie zu schelten.

Esmeraude schenkte Gillemore ihr bezauberndstes Lächeln, während ihr die Milch vom Kinn rann. Dann formte sie beide Hände zu einer Schüssel, tauchte sie in die Milch und hielt sie ihm hin. »Milch gut«, erklärte sie feierlich.

Der alte Mann war sichtlich gerührt. Vergeblich versuchte er ein Lächeln zu unterdrücken und ließ sich schließlich auf ein Knie herab. Er legte seine Hände zusammen und Esmeraude ließ die Milch in seine Hände laufen. Gillemore trank, seufzte über alle Maßen begeistert und wischte sich mit dem Handrücken über den Mund. Er blickte so zufrieden drein, als habe er die köstlichste Speise der Welt genossen. Mit funkelnden Augen lächelte er das Kind wohlwollend an.

Esmeraude war außerordentlich stolz auf ihre neue Eroberung, schmiegte sich an Eglantines Knie und kaute auf ihrer Unterlippe, während sie Gillemore mit kecker Miene betrachtete. »Kannst du Geschichten erzählen?«, fragte sie und streckte bittend die Hand aus. »Eine Geschichte für mich?«

Eglantine beugte sich zu ihr hinab und nahm sie auf den Arm. »Belästige Gillemore nicht wegen einer Geschichte«, sagte sie mit sanfter Stimme. »Er hat die Ziegen gefunden und die Milch gebracht, damit hat er schon sehr viel für dich getan.«

Höchst unzufrieden mit dieser Antwort zog sie ein finsteres Gesicht. »Eine Geschichte! Ein Lied!«

»Schscht, ich werde dir eine Geschichte erzählen«, erklärte Eglantine und kramte in ihrem Gedächtnis. Sie sollte sich besser schnell daran gewöhnen, Esmeraude allein unterhalten zu müssen, denn fürs Erste würde es keine Lieder von Duncan zur rechten Zeit mehr geben.

Vielleicht nie wieder. So sehr sie sich eine Lösung ihrer Streitigkeit wünschte, konnte sie doch nicht behaupten, dass sie froh wäre, den unmöglichen Kerl niemals wiederzusehen. Er war nicht ohne Charme, auch wenn es gut war, sich daran zu erinnern, dass dieser Charme nicht für sie bestimmt war. Mit Esmeraude auf dem Arm – die für solche Mätzchen langsam zu schwer wurde – ging sie auf ihr Zelt zu. Sie spürte sehr wohl, dass das Kind Gillemore über ihre Schulter hinweg zum Abschied winkte und dass der Mann aus Duncans Gefolge ihr lange nachblickte.

***

Erst in der Not zeigte sich die wahre Natur der Töchter Eglantines. Alienor schmollte, beharrte darauf, ihr sei die Unschuld genommen und – zu allem Überfluss – dass ihre wahren Eltern dafür gesorgt hätten, dass Duncan für seine Tat bezahlte, statt ihn auf Nimmerwiedersehen davonsegeln zu lassen. Eglantine überließ das Mädchen ihrem Gejammer. Sie hatte keine Geduld für solcherlei Anschuldigungen, es gab Wichtigeres zu tun.

Jacqueline hingegen wuchs bei dieser Gelegenheit über sich hinaus. Eglantine fand ihre Tochter, wie sie mit Schleiern aus ihrem Bestand geduldig allen Schmutz aus dem Mehl siebte. Gunther und Gerhard hatten sich so weit erholt, dass sie ihr wohlwollend zur Hand gingen.

»Ich weiß, das war dein Lieblingsschleier, *Maman*, aber er ist von allen am feinsten gewebt und so kann er dem Gemeinwohl dienen.«

»Wie immer zeigst du einen klaren Verstand, Jacqueline, indem du ihn einem guten Zweck widmest.« Eglantine lächelte. »Abgesehen davon ist es in dieser Gegend bei dem stürmischen Wind ohnehin verlorene Liebesmüh, einen Schleier tragen zu wollen. Ich bin froh, dass ich ihn los bin.«

Die beiden lächelten sich zu, dann brachte Gunther für Esmeraude eine kleine Schüssel Haferbrei, gesüßt mit dem letzten Honig. Das Kind zeigte ihren ganzen Charme, offensichtlich entschlossen, sich den Worten ihrer Mutter entsprechend als großes Mädchen zu erweisen. Sie wiegte sich sanft zwischen Eglantines Knien hin und her, während

Eglantine die Schüssel hielt. Fröhlich summend klatschte sie mit dem Löffel in die Schale, während sie aß.

Alle Vorübergehenden lächelten ihr zu. In der Tat, wenn sie wollte, konnte Esmeraude mit ihrem Charme die Sonne vom Himmel zaubern.

Bald darauf hörte Eglantine, wie Duncans Männer sich gegenseitig Befehle zuriefen, und sie konnte nicht umhin, aufzublicken. Die Wellen platschten, als sie die kleinen Boote aufs Meer hinausruderten, und ihr Gelächter dröhnte über den Strand. Sie hatte nicht vor, nach Duncans Silhouette Ausschau zu halten, und doch konnte sie es nicht verhindern.

Die Sonne stand ihm im Rücken, sodass sie nicht sagen konnte, ob er zu ihr hinübersah. Obwohl Eglantine sich einredete, dass seine Abreise das Richtige sei, wurde ihr schwer ums Herz. Sie wusste, dass ihr mit Männern wenig Glück beschieden war – hatten die Ereignisse mit Duncan das nicht erneut unter Beweis gestellt?

Aber was, wenn Duncan nicht gelogen hatte?

Was, wenn er niemals zurückkehrte?

Wer konnte sagen, ob sie jemals die Gelegenheit haben würde, Duncan anzuhören, wie er es erbeten hatte? Eglantine verspürte den Drang, hinter ihm herzulaufen, seinen Namen zu rufen, damit er anhielt und sie die Aufrichtigkeit zwischen ihnen herstellen konnte, die er so ersehnt hatte. Aber sie tat es nicht. Wenn er gelogen hatte, wie alle Männer sie belogen hatten, würde sie sich nur lächerlich machen.

So blieb sie, wo sie war, doch sie blickte ihm hinterher, wie er davonsegelte, denn sie war nicht stark genug, sich einen letzten Blick auf Duncan MacLaren zu versagen.

Erst als die Boote in dem Nebel, der den Horizont umhüllte, verschwunden waren, ließ Eglantine die Schultern hängen. Sie rieb sich die Augenbrauen und fragte sich, wie um alles in der Welt sie es geschafft hatte, eine Situation herbeizuführen, die noch schlimmer war als die, in der Theobald sie zurückgelassen hatte. Ihre Augen füllten sich mit Tränen, während sie ihre karge Umgebung betrachtete und sehnsüchtig an Zuhause dachte.

Zuhause. So weit entfernt von diesem wilden Ort. Sie rief sich die Felder von Arnelaine ins Gedächtnis, die Türme von Crevy, die Wiesen hinter den Wäldern und das Glitzern des Mühlbachs. Sie lächelte in Erinnerung an das Lächeln ihrer Mutter und die grummelige Art, mit der ihr Bruder seine süße Gemahlin umsorgte.

Vermutlich hatte Brigid ihr Kind inzwischen zur Welt gebracht und diese Vorstellung verstärkte Eglantines Heimweh nur noch. Sie wünschte sich, bei der Geburt dabei gewesen zu sein und fragte sich, ob es wohl ein Mädchen oder ein Junge geworden war. Guillaume würde beide mit Freuden empfangen und dieser Gedanke zauberte ein Lächeln auf ihr Gesicht.

Wenn es Brigid nur gut ging. Oh, sicherlich hatte Guillaume einen Trampelpfad in die Steinböden auf Crevy gelaufen, während sie das Kind unter Schmerzen zur Welt brachte, das würde zu ihm passen. Eglantines Lächeln erstarb. Mit plötzlicher Inbrunst betete sie, alles möge gut gegangen sein.

Neue Zweifel quälten sie. Vielleicht hätte sie noch bleiben und Brigids Niederkunft abwarten sollen. Vielleicht hatte der Schreck über ihre Abreise die sensible Brigid durcheinander gebracht. Und wer außer Eglantine sollte ihr bei der Geburt beistehen?

Was, wenn Eglantines Mutter krank danieder lag, wie es in den letzten Jahren zur Winterzeit so oft der Fall gewesen war – oder schlimmer, wenn ihre Mutter mit ihrer Besserwisserei mehr zur Last als zur Hilfe wurde. Brigid hatte keine anderen Verwandten in der Nähe, außer Burkes Frau Alys.

Was, wenn das Kind zu früh geboren wurde, solange Guillaume noch bei Hofe war?

Eglantine zog die Stirn in Falten, als ihr bewusst wurde, dass sie diese Pflicht zu erfüllen versäumt hatte. Doch es war zu spät. Andererseits, sie hätte nicht bleiben und damit Jacqueline an Reynaud verlieren können. Sie hatte zwischen zwei Übeln wählen müssen. Egal, welche Wahl sie getroffen hätte, alle brachten ihr Enttäuschungen.

Doch es führte zu nichts, sich in sinnlose Grübeleien zu verlieren. Eglantine drückte Esmeraude einen Kuss auf die Stirn und erfreute sich an diesem einen Sieg in ihrem Leben. Sie betete für das Gute, betete, dass Brigid und das Kind wohlauf seien und dass ihr Bruder ihr vergeben möge.

Mehr konnte sie nicht tun.

Kapitel 11

Guillaume jedoch war nicht nach Vergebung zumute.

Er tobte, wie er noch nie in seinem Leben getobt hatte. Er lief auf und ab und schimpfte, sodass seine Dienerschaft sich vorsichtig an die Wand drückte, um so viel Abstand wie irgend möglich zwischen sich und ihren tobenden Herren zu bringen. Selbst seine Mutter war klug genug, ihre Zunge im Zaum zu halten, was einiges heißen sollte.

Guillaume war außer sich, weil das Kind auf sich warten ließ. Nicht nur hatten die Wehen spät eingesetzt, noch dazu dauerten sie außerordentlich lange an. Guillaume hatte die Vermutung, dass das Kind nicht willens war, das Licht der Welt zu erblicken. Dieses Kind brauchte länger als alle Kinder der Christenheit zusammen! Und das Schlimmste war, er konnte nichts tun.

Hoch über ihm schrie seine Frau außer sich vor Schmerzen in einer Lautstärke, die kaum zu ihrer sanftmütigen Natur passte, und er konnte nichts tun, um ihr die Sache zu erleichtern, geschweige denn, den Vorgang zu beschleunigen.

So lief er auf und ab und grummelte und stürzte sich auf jeden, der dumm genug war, sich in seine Nähe zu wagen. Vor zwei Wochen war er mit der Angst heimgekehrt, das Kind könne vor der Zeit zur Welt gekommen sein, doch hatte er sich nicht früher aus dem Dienste des Königs lösen können. Im Galopp war er durch die Tore geprescht und hatte mit Erleichterung festgestellt, dass Brigid beinah aus allen Nähten platzte. Bei seinem Anblick war sie in Tränen ausgebrochen.

Doch der folgende Tag hatte Guillaumes Angst gesteigert, etwas könne nicht in Ordnung sein. Seine Mutter hatte ihn beruhigt, dass das Erstgeborene oft auf sich warten ließ, dennoch war er gereizt gewesen.

Diese Sorgen nahmen ihn so in Anspruch, dass er nur am Rande zur Kenntnis genommen hatte, dass Eglantine seine Schatzkammer und seine Ställe geplündert hatte. Er war den Sorgen seiner Mutter über seine abtrünnige Schwester aus dem Wege gegangen, ebenso ihrem Drängen, er solle jemanden schicken, um herauszufinden, ob es Eglantine gut ging. Anspielungen in diese Richtung fielen immer wieder, stets mit einem scharfen Seitenblick auf Guillaume, doch der hatte seine eigenen Sorgen. Er wusste sehr gut, dass Eglantine eine starke Frau war. Eglantine war entschieden und konnte sehr gut für sich selbst sorgen.

Brigid dagegen war zart und verletzlich. Brigid brauchte ihn.

Und nun schrie sie vor Schmerz in dem Kampf, das Kind zur Welt zu bringen, das er in ihren Bauch gepflanzt hatte. Guillaume fuhr sich mit der Hand durchs Haar und ging ein weiteres Mal in der Halle auf und ab. Er hatte getan, was er konnte, er hatte nach Alys und Burke geschickt, er hatte eine Hebamme herbeigeholt und jetzt konnte er nichts mehr tun, als warten.

Und das gefiel ihm ganz und gar nicht.

»Wo bleibt Burke?«, fragte er verzweifelt. »Und warum beeilt er sich nicht? Es kann doch wohl kaum sein, dass jeder Gaul in seinem Stall auf einmal lahmt! Man wäre ja fast zu Fuß schneller von Montvieux, ach was sag ich, sogar von Villonne!«

Seine Mutter räusperte sich. »Es ist erst einen Tag her, dass du nach ihm hast schicken lassen …«

Guillaume wirbelte herum und schleuderte ihr den ausgestreckten Zeigefinger entgegen. »Es ist eine Ewigkeit her!«

Sie hob eine Augenbraue, das höchste Maß an Missbilligung, das sie sich erlaubte, und stand auf. »Ich habe es dir oft genug gesagt, das erste Kind braucht seine Zeit.«

»Aber irgendjemand muss etwas unternehmen! Ich ertrage das nicht länger!«

»*Alors*, ich werde Brigid eine Honigwabe bringen. Sie liebt Honig und vielleicht kann ich sie damit von ihren Schmerzen ablenken, *non*?«

»Eine Honigwabe wird die Geburt auch nicht beschleunigen!«, schrie Guillaume und bemerkte erst, als die Augen seiner Mutter sich überrascht weiteten, dass dies das erste Mal war, dass er die Stimme gegen sie erhob.

Sie öffnete den Mund und schloss ihn wieder, dann wandte sie sich um. Ihr Röcke bauschten sich, als sie ihren Mägden mit den Fingern schnipste und die Treppe hinaufstieg. Ihr Schweigen war so schneidend wie eine Rüge es kaum hätte sein können.

Bevor Guillaume ihr folgen konnte, um sich zu entschuldigen, betrat sein Verwalter die Halle. »Chevalier Burke de Montvieux, Seigneur de Villonne, und seine Gemahlin Alys, Seigneur.«

»Burke!« Mit offenen Armen lief Guillaume auf seinen Freund zu. »Warum hast du so lange gebraucht?«

Der Mann verdrehte die Augen und lächelte. »Liegt sie schon länger als eine Stunde in den Wehen?«, scherzte er und ergriff Guillaumes Hand.

Brigid schrie auf – ein höchst effektiver Kommentar zu Burkes Worten, der alle Anwesenden zusammenzucken ließ. Alys, das blonde Haar zurückgebunden und den Bauch erst leicht gerundet, wirkte verängstigt.

Guillaume wurde bewusst, wie wenig feinfühlig es gewesen war, ausgerechnet sie zu der Geburt herbeizurufen. Aber es würde doch alles gut gehen, oder etwa nicht? Er verbeugte sich tief, denn es war nicht seine Absicht gewesen, in seinen guten Freunden schmerzhafte Erinnerungen zu wecken. »Alys, ich entschuldige mich …«

Sie rang sich ein Lächeln ab und drückte Burkes Hand. »Vielleicht sparen wir uns die Höflichkeiten für später auf«, schlug sie vor, während sie sich sichtlich straffte. »Ich möchte schnell zu Brigid.«

In Burkes Gesicht zeigte sich Besorgnis. »Ich werde dich begleiten«, sagte er und nahm damit Guillaume die Worte aus dem Mund.

Doch Alys schüttelte den Kopf. »Deine Anwesenheit würde Brigid zutiefst beschämen. Ich werde mich allein um sie kümmern und es wird alles gut gehen.«

»Du wirst alles andere als allein sein in dem Zimmer«, versuchte Guillaume zu scherzen. »Mittlerweile muss sich eine echte Menschenmenge dort versammelt haben. Meine Mutter zum Beispiel hatte gerade vor, Brigid Honigwaben zu bringen.«

»Jetzt?« Alys' Augen weiteten sich vor Überraschung, dann schüttelte sie den Kopf. »Nur die Herrin von Crevy kann auf eine solche Idee kommen«, flüsterte sie liebevoll, bevor sie auf die Treppe zuging. Burke sah ihr nach und kniff die Augen zusammen.

»Burke, in meiner Panik habe ich vergessen …«

Doch Burke hob eine Hand. »Alys würde sich das nicht entgehen lassen wollen.« Er lächelte. »Sie empfindet eine solche Zuneigung für Brigid, dass auch ein so trauriges Ereignis sie nicht davon abhalten kann, ihr zur Seite zu stehen.«

Der kleine Junge an Burkes Seite, nicht älter als drei Lenze, betrachtete Guillaume mit würdevollem Blick. Er war ein hübscher Junge von der gleichen Haarfarbe wie sein Vater und mit den hellgrünen Augen seiner Mutter. »Warum schreit die Frau so, Papa?«

Burke fuhr seinem Sohn durchs Haar. »Oh, weil sie in den Wehen liegt. Aber mach dir darum keine Sorgen, Bayard. Du erinnerst dich doch an Guillaume, oder?« Guillaume war dankbar, dass sein Freund seinen Sohn und ihn selbst von den Vorgängen über ihren Köpfen abzulenken versuchte. »Du weißt es vielleicht nicht mehr, Bayard, aber Guillaume ist dein Pate.«

Der Junge machte eine tiefe Verbeugung und der Vater erglühte vor Stolz über die guten Manieren. »Es ist eine Ehre, erneut Eure Bekanntschaft zu machen, Seigneur de Crevy-sur-Seine.«

Guillaume lächelte. Es kam ihm vor, als sei es erst gestern gewesen, dass er und Brigid geschworen hatten, diesen Jungen wie ihren eigenen anzunehmen, sollte das notwendig sein, und die Flamme des wahren Glaubens hell in der Seele dieses Kindes brennen zu lassen. Wie die Jahre verflogen waren!

»Du kannst mich ruhig Onkel Guillaume nennen«, schlug er vor und ging vor dem Jungen in die Knie. »Hat dein Vater dir beigebracht, wie man Dame spielt?«

Ein lausbübisches Lächeln erschien auf dem Gesicht des Kindes, als er sich vorbeugte und Guillaume ins Ohr flüsterte: »Ja, und ich gewinne fast immer!«

»Nun ja, dein Vater war nie ein guter Spieler«, erklärte Guillaume und grinste, als Burke bei dieser Verleumdung schluckte. Guillaume zwinkerte ihm zu. »Denn ich gewinne auch fast immer!«

»Gegen mich werdet Ihr nicht gewinnen, Sir«, brüstete sich der Junge.

Guillaume freute sich über die willkommene Ablenkung. »Ach nein? Lassen wir es darauf ankommen!«

***

Alys blieb auf der Schwelle zum Wöchnerinnenzimmer stehen und atmete tief durch. Sie wollte sich nicht erinnern, sie wollte nicht an ihr eigenes Martyrium mit ihrem ersten Kind denken.

Sie wollte nicht an das winzig kleine Mädchen denken, dieses unfassbar kleine Neugeborene, das seinen letzten Atemzug in ihren Armen getan hatte. Brigid würde ein gesundes Kind zur Welt bringen, daran glaubte sie fest, und alles würde gut gehen.

Doch Alys' Handflächen waren feucht, als sie das Zimmer betrat. Die Geburt und die damit verbundene Tortur waren ihr nicht fremd, dennoch war sie schockiert bei dem Anblick, der sich ihr bot. Ihre Cousine war so bleich wie der Wintermond und auf dem Leinen war eine erstaunliche Menge Blut zu sehen. Die korpulente Hebamme lehnte sich mit düsterer Miene in ihrem Stuhl zurück und fuhr sich mit dem Handrücken über die Stirn.

»So oder so«, sagte sie mit scharfer Stimme, erhob sich und wischte sich die blutigen Hände an der Schürze ab. »Es liegt in Gottes Hand.«

Allem Anschein nach hatte die Frau vor zu gehen. »Was ist das für ein Unsinn?«, fragte Alys streng und hielt die Frau am Ellbogen fest. »Sie liegt doch noch nicht lang in den Wehen, oder?«

»Einen Tag und eine Nacht«, sagte Madame Crevy. Mit ungewöhnlich ernstem Gesichtsausdruck und großen Augen saß sie auf der Fensterbank und knabberte an der Honigwabe.

Alys schüttelte die Hebamme am Arm. »Du kannst nicht einfach gehen!«

»Es hat keinen Zweck, dass ich bleibe.«

»Aber woran fehlt es?«

Die Frau zuckte mit den Achseln. »Ich weiß es nicht. Ich bin erst seit kurzem in diesem Beruf. Berthe aus dem Dorf hat mich unterrichtet, aber sie ist gestorben, bevor meine Lehrzeit vorüber war.« Sie zuckte erneut mit den Achseln. »Die leichten, die sind keine Schwierigkeit. Sie kommen raus und unsereiner muss sie nur auffangen und die Nabelschnur durchschneiden.« Mit einem Kopfschütteln blickte sie auf Brigid. »Aber dies hier kommt nicht raus.«

Alys murmelte einen Fluch und beugte sich vor, um Brigid über die Wange zu streichen. Ihre Cousine war bleich, zu bleich, und ihr Atem ging flach. Doch ihr Puls war stark und ihre Wimpern flatterten nur für einen kurzen Moment, bevor sie die Augen öffnete.

»Alys.« Der Name kam von ihren Lippen wie ein Seufzer. »Ich bin so froh, dass du da bist.« Sie fuhr sich mit der Zunge über die Lippen und sprach mit leiser Stimme. Das Stottern, das sie einst geplagt hatte, war dank Guillaumes hingebungsvoller Liebe verschwunden. »Du bist weit gereist – hat Guillaume dir einen Becher Wein angeboten, um deinen Durst zu stillen?«

»Brigid, ich bin bekommen, um dir zu helfen, nicht um Wein zu trinken.« Alys beugte sich näher an sie heran. »Wie geht es dir?«

»Es tut so weh.« Brigid packte Alys' Hand und in den Tiefen ihrer Augen war die Angst zu sehen. »Irgendetwas ist nicht in Ordnung, Alys.« Sie flüsterte, wie um die anderen Anwesenden nicht zu beunruhigen. »Es tut unendlich weh und es geht nicht voran. Sollte das Kind nicht schon längst viel weiter sein? Ich bin so müde.«

Alys zog sich das Herz zusammen, doch sie zwang sich zu einem fröhlichen Lächeln. »Es tut immer weh, Brigid. Und es dauert immer länger, als man für möglich hält.«

»Alys.« Brigid öffnete die Augen und Tränen liefen ihr über die Wangen. »Alys, hilf mir. Mein Kind darf nicht sterben. Guillaume wünscht sich so sehr einen Sohn.«

Alys musste die eigenen Tränen zurückhalten und drückte die Hand ihrer Cousine. »Ich werde sehen, was ich tun kann.«

Brigids Züge verzerrten sich, als eine weitere Wehe kam. Ihre Hand klammerte sich um Alys' Finger und ihr Schrei brachte beinah die Wände zum Einstürzen.

Und noch während sie sich vorbeugte, um nachzusehen, wusste Alys, dass die letzte Wehe zu lange her war. Bei dem vielen Blut müssten die Wehen normalerweise bereits dicht hintereinander kommen und der Kopf des Kindes sollte zu sehen sein.

»Ich ertrag es nicht mehr«, murmelte die Hebamme und hielt sich die Ohren zu.

»Lasst sie nicht gehen!«, schrie Madame Crevy, doch Alys legte wenig Wert auf die Hilfe dieser Frau.

»Es spielt keine Rolle«, sagte sie mit harscher Stimme und fasste unter die blutgetränkten Leinen. Später würde sie mit Guillaume über die Auswahl der Hebamme ein Wörtchen zu reden haben – sie selbst würde diese Frau nicht einmal in ihre Ställe lassen.

Etwas war nicht in Ordnung – und Brigid wurde des Pressens müde. Offensichtlich lag es an ihrem Mutterschoß, der das Kind nicht hervorbrachte. Aber warum?

Und wenn es nun zu der Entscheidung kam, ob Mutter oder Kind zu retten seien, welche Wahl würde Guillaume treffen? Brigid, entschied Alys, ohne Zweifel Brigid. Doch angesichts der Blässe ihrer Cousine fürchtete sie, es könne nicht mehr zu dieser Wahl kommen. Alys schaute wieder nach, doch von dem Kind war noch nichts zu sehen.

Wenn sie dafür sorgen wollte, dass dieses Kind überlebte, wie es ihrem ersten nicht beschieden gewesen war, war Zimperlichkeit fehl am Platz. Alys biss die Zähne zusammen und führte die Hand zwischen die Beine ihrer Cousine. Sie redete leise auf Brigid ein, um sie zu beruhigen, dabei achtete sie nicht einmal darauf, ob sie Erfolg hatte. Brigids schweres Atmen erfüllte den Raum.

Alys schloss die Augen und erfühlte sich ihren Weg. Ihr Herz machte einen Sprung, als sie den Kopf des Kindes ertastete. Doch er regte sich nicht und Alys fürchtete, es könne zu spät sein für das Kind.

Doch dann zog Brigids Bauch sich zusammen, eine weitere Wehe baute sich auf, und das Kind presste sich gegen Alys' Hand.

Voller Hoffnung tätschelte sie ihrer Cousine den Bauch. »Nicht pressen, Brigid – schrei, schrei die Wände nieder, aber halt das Kind einen Moment lang in dir fest.«

»Ja, Alys«, schnaufte Brigid, bevor ein weiterer Schmerzenschrei aus ihrer Lunge drang. Mit einem Fluch floh die Hebamme aus dem Zimmer. Ängstlich kam Madame Crevy näher. Alys bemerkte die Bewegung im Zimmer, bemerkte, wie die Mägde voller Verzweiflung näher rückten, doch ihre ganze Aufmerksamkeit galt dem Kind.

Und dann fühlte sie die Nabelschnur.

Sie war um die Schulter des Kindes gewickelt und hielt es so im Mutterleib fest. Alys verspürte eine Welle der Erleichterung, dass die Dinge doch so einfach lagen.

»Brigid, die Nabelschnur hat sich um das Kind verwickelt. Ich werde sie beiseite schieben, aber du musst mir helfen. Du darfst nicht pressen, bis ich fertig bin.«

»Ja, Alys, ja, Alys«, schnaufte Brigid und ihre Finger verkrampften sich in das Laken, als eine weitere Wehe durch ihren Körper lief.

»Madame Crevy, haltet ihr die Hand. Und jemand soll ihr die Stirn kühlen, es hilft uns nicht weiter, wenn sie zu heiß wird.« Hastig führten alle Alys' Anweisungen aus, zweifelsohne waren sie dankbar, etwas tun zu können.

Doch die Nabelschnur war gar nicht so leicht zu entfernen. Alys schob die schlüpfrige Schnur über die glatte Schulter und wunderte sich über die Größe des Kindes. Sie hatte nur wenig Platz und die Schnur schien sich ihren Bemühungen zu widersetzen. Das Kind jedoch bewegte sich unter ihren Händen, als kämpfe es um sein Überleben. Noch nach der bereits erlittenen Tortur war es stärker, als sie zu hoffen gewagt hatte, und Alys schöpfte neue Zuversicht.

Es dauerte zwei Wehen lang, bis sie die Schulter des Kindes von der Schnur befreit hatte, und als die nächste Wehe kam, zitterte sie am ganzen Körper. »Jetzt musst du pressen, Brigid, pressen. Und schrei, wenn du schreien willst.«

Madame Crevy küsste Brigids Hand und hielt sie an ihr Herz. »Ich gebe dir meine Stärke, *ma petite*«, flüsterte sie. »Wir pressen zusammen, du und ich, *non*? Das erste Kind lässt sich immer Zeit, das Licht der Welt zu erblicken.«

Brigids Körper krümmte sich unter der Macht der Wehe, bevor sie auch nur nicken konnte. Sie biss die Zähne zusammen und bäumte sich auf. Ihr Griff war so fest, dass Madame Crevys Finger sich weiß verfärbten.

Alys zog an dem schlüpfrigen Kind und zwang es so weiter hinaus, als es von selbst gekommen wäre. Sie war erleichtert, dass die Schnur die Geburt des Kindes anscheinend nicht mehr behinderte, doch die Wehen waren viel zu kurz.

»Madame, ich sehe den Kopf!«, schrie eine der Mägde und die anderen kamen näher. Ihre Begeisterung half Brigid, all ihre Kräfte zu sammeln, doch ihr Blick war weiter fest auf Alys gerichtet.

»Noch einmal, so wie eben«, sagte Alys. »Es ist fast vorbei, Brigid.«

»Geht es dem Kind gut?«

Alys lächelte. »Es kämpft, um auf die Welt zu kommen.«

»Ein Kämpfer, *non*?« Madame Crevy gab Brigid einen Kuss auf die Stirn. »Ein guter Ritter und Erbe zu Crevy, den du da in dir trägst, *ma petite. Encore*, wir pressen gemeinsam.«

Brigid nickte, holte tief Lust und presste die Zähne zusammen, als eine weitere Wehe durch ihren Körper rollte.

Und das Kind hüpfte beinah in Alys' Arme. Sein Gesicht sah gequält aus. »Ein Junge!«, rief sie und rieb ihm sanft das Gesicht sauber.

Die Mägde erstarrten und hielten den Atem an. Die Augen des Kindes waren fest geschlossen, die winzigen Fäuste geballt. Dann bäumte er sich nach hinten gegen Alys' Hand und stieß einen so kräftigen Schrei aus, dass Alys vor Erleichterung beinah in Tränen ausbrach.

»Es ist ein Junge, Brigid«, sagte sie mit einem Kloß in der Kehle. »Ein kräftiger, gesunder Junge, genau wie Madame Crevy gesagt hat.«

Die Mägde lachten erleichtert auf. Brigid fiel mit einem Seufzer zurück in die Kissen, beinah ebenso bleich wie das weiße Linnen, selbst als ihr die Tränen über die Wangen liefen. »Quinn«, flüsterte sie mit schwacher Stimme. »Ich habe Guillaume gesagt, dass wir einen Sohn Quinn nennen werden.«

»Ein schöner Name, *ma petite.*« Auch Madame Crevy wischte sich die Tränen aus den Augen und küsste ihrer Schwiegertochter auf die Stirn. »Das hast du sehr gut gemacht«, flüsterte sie, bevor sie mit lauter Stimme Anweisungen gab, das Bett, das Kind und Brigid zu säubern.

»*Ma petite* braucht eine deftige Rinderbrühe, sie hat so viel Kraft verloren.« Sie kicherte, während sie fortwährend ungeduldig mit den Fingern schnipste. »Bringt Eier. Und Kalbschnitzel! Die sind gut fürs Blut, nicht wahr? Sagt Beauregard, dass seine Kleine seiner besonderen Hingabe bedarf!«

Es war ein offenes Geheimnis auf Crevy, dass der grummelige Küchenchef Beauregard eine Schwäche für Brigid hatte, sodass Madame Crevys Bemerkung bei allen Anwesenden ein Lächeln hervorrief. Alys zweifelte nicht, dass für das Kalbschnitzel noch am selbigen Tage das beste Kalb auf der Wiese zur Schlachtbank geführt werden würde.

Madame Crevy küsste Brigid auf die Stirn. »Du wirst schon bald wieder auf den Beinen sein, *ma petite*!« Dann richtete sie sich auf und trieb die Mägde an. »Los, los. Bringt das Zimmer in Ordnung. Das Kind muss gewaschen werden, genau wie die Mutter. Mein Sohn wird bald hier sein, um seinen Sohn zu sehen, und dann muss alles fertig sein!«

Doch Guillaume war bereits da. Mit ausgemergeltem Gesicht stand er im Türrahmen und blickte voller Sorge auf seine Frau. Alys kamen die Tränen, als Brigids Züge sich bei seinem Anblick aufhellten.

Brigid wollte ihrem Gatten die Hand entgegenstrecken, doch in ihrer Erschöpfung reichte es nur zu einer schwachen Geste. »Komm und sieh deinen Sohn, Guillaume«, sagte sie mit sanfter Stimme.

»Ich bin gekommen, meine Frau zu sehen.« Offenbar war sich auch Guillaume bewusst, wie viel Kraft diese Geburt seine Frau gekostet hatte. »Ich hatte Angst, dich zu verlieren«, flüsterte er heiser und sein Blick wanderte zu Alys. »Geht es ihr gut? Ist sie wohlauf?«

Die beiden Cousins tauschten einen warmen Blick voller Erleichterung. »Brigid ist müde, aber es geht ihr gut. Sie wird ein paar Tage im Bett bleiben müssen, sie hat viel Blut verloren. Und sie braucht Schlaf nach all der Mühsal.«

»Aber ich bin wohlauf, weil Alys mir geholfen hat.« Jemand legte Brigid den gebadeten Neugeborenen auf die Brust und sie drückte ihn eng an sich, während ihre Augen sich erneut mit Tränen füllten. »Ist er nicht groß, Alys?«

Guillaume setzte sich vorsichtig auf den Bettrand und in seinen Augen spiegelte sich das Wunder von Mutter und Kind. Alys wusste, es war Zeit für sie zu gehen. Sie erblickte Burke auf dem dunklen Flur und entschuldigte sich. Nur ein Blick und sie wusste, sie beide dachten zurück an die Geburt ihres ersten Kindes.

In Momenten wie diesem lastete der Verlust schwer auf Alys' Herzen. Solang sie atmete, würde sie niemals dieses winzig kleine Mädchen vergessen.

Sie suchte Schutz in Burkes Umarmung und zitterte am ganzen Leib, als seine Arme sich eng um sie schlossen. »Oh Burke, ich hatte Angst, sie beide zu verlieren!«

»War es so schlimm?«, flüsterte er an ihrem Haar.

»Schrecklich. Die Nabelschnur hatte sich um die Schulter des Kindes geschlungen. Wenn wir nicht gekommen wären, Burke ...«

»Aber wir sind gekommen.« Er legte ihr einen Finger unters Kinn und hob ihren Kopf. Er verzog die Lippen und entlockte ihr damit ein Lächeln. »Wir sind gekommen und du hast Brigid beigestanden und alles ist gut ausgegangen.«

Alys erschauderte. »Aber ich musste an unser erstes Kind denken …«

»Du weißt doch, meine Mutter sagte, das erste Kind geht häufig verloren. Sie war ein hübsches Mädchen, aber einfach zu klein.« Er hielt sie eng umschlungen, genau wie damals in jenen schrecklichen Momenten. »Es war weder dein Fehler noch meiner, dass sie zu früh geboren wurde. Und jetzt haben wir Bayard und er ist gesund und kräftig.«

»Ja.« Alys atmete tief seinen Duft ein und wie immer gab seine Stärke auch ihr neue Kraft. »Und ich bin wieder guter Hoffnung.«

»Vielleicht wird es wieder ein Mädchen.« Burke küsste sie auf die Stirn.

»Wünschst du dir eine Tochter?«

»Zuerst und vor allem wünsche ich mir meine Frau gesund und munter. Wenn das Kind ebenfalls gesund ist, werde ich der glücklichste Mensch der Welt sein. Sein Geschlecht ist mir so gleichgültig wie die Farbe seiner Augen.«

Alys schmiegte sich an seine Brust und lauschte seinem Herzschlag, bis ihr bewusst wurde, in welchem Zustand ihre Kleider sich befanden. »Ich muss fürchterlich aussehen.«

Burke sah sie mit leuchtenden Augen an. »Weil du den Mut hattest zu helfen.«

Alys spürte, wie ihr bei diesen warmen Worten ihres Gatten die Röte ins Gesicht stieg, und sie wusste, er würde es immer schaffen, alle dunklen Schatten aus ihrem Leben zu vertreiben. »Wo ist Bayard? Ich möchte ihn gern in die Arme schließen.«

»Er spielt mit dem Verwalter.« Burke wurde ernst. »Ich wusste nicht, was wir hier vorfinden würden, deshalb habe ich ihn unten gelassen.« Er lächelte. »Und ich bin froh, dass meine Ängste sich als unbegründet erwiesen haben.«

Alys fuhr sich mit der Hand über den Bauch und Burke konnte ihre Gedanken nur allzu leicht erraten. Er legte seine warme Hand auf ihre.

»Es wird dir nichts passieren, Alys«, sagte er, als ob sein Wille ausreiche, es zu verhindern. »Bayards Geburt ist ohne Schwierigkeiten verlaufen. Wir haben diese Sorge hinter uns.«

»Es kann immer wieder geschehen, Burke, das wissen wir beide.« Sie verschränkte ihre Finger in seine. »Ich danke Gott, dass du deinen Dienst für den König erfüllt hast und bei der Geburt dieses Kindes zu Hause sein wirst.«

Er presste die Lippen zusammen und sie wusste, dass ihm etwas auf der Seele lag, was sie nicht gern hören würde.

»Ich muss dir etwas sagen, Alys«, sagte er schweren Herzens.

»Burke! Du wirst doch zu Hause sein?«

Er nahm ihre Hände in seine und blickte ihr tief in die Augen. »Ja, ich werde zu Hause sein, Alys, aber in der Zwischenzeit muss ich fort.«

»Burke!«

»Ich habe es Guillaume soeben versprochen. Seine Schwester Eglantine ist mit ihren Töchtern von Arnelaine geflohen, während er sich bei Hofe aufhielt. Sie hat einiges aus Guillaumes Hausstand mitgenommen, als habe sie vor, sich an einem anderen Ort niederzulassen. Er versteht nicht, warum sie eine solche Unternehmung wagt, und vermutet, dass sie in großen Schwierigkeiten steckt. Es passt nicht zu Eglantine, so leichtfertig zu handeln.«

»Warum hat sie Arnelaine verlassen?«

Burke zuckte mit den Achseln. »Ihr Gatte Theobald ist im letzten Herbst verstorben und Guillaume sagte, er sei ein Spieler gewesen. Vielleicht hatte sie große Schulden, doch ich kann mir nicht erklären, warum sie sich nicht an ihre Familie gewandt hat. Und dann gibt es noch eine Sache, die vor den König selbst gebracht wurde und bereinigt werden muss. Eine von Eglantines Töchtern war Reynaud de Charmonte versprochen und der verlangt nun entweder seine Braut oder eine Entschädigung für die erlittene Beleidigung. Guillaume möchte wissen, was Eglantine vorhat, bevor er die Summe zahlt.«

»Was für ein Mann ist dieser Reynaud?«

»Ich kenne ihn nicht, aber dein Vater könnte seine Bekanntschaft gemacht haben.«

Verächtlich kräuselte Alys die Nase. »Sie sind eines Alters?«

»Soweit ich weiß, ja.«

»Aber Eglantines Töchter sind blutjung!«

»Du weißt doch, wie diese Dinge in manchen Familien gehandhabt werden.

Ja, das wusste sie. »Aber wohin kann sie gegangen sein? Sie kann sich nicht einfach irgendwo niederlassen, wenn sie keinen Titel zu dem Land hält, und sie kann nicht ewig reisen. Wer würde sie aufnehmen? Hat sie noch Verwandte?«

Burke schüttelte den Kopf. »Nein. Aber Madame Crevy sagte, Theobald habe Eglantine den Titel zu einer Besitzung in Schottland hinterlassen. Sie weiß nicht mehr als den Namen der Besitzung und hat angedeutet, dass Eglantine dorthin geflohen ist. Nebenbei bemerkt hat sie Guillaume das Versprechen abgenommen, dies für sich zu behalten, da sie Eglantine ebendies geschworen hatte.«

»Und aus Sorge hat sie ihr Schweigen nun gebrochen.«

»Ja, und zu Recht.«

Alys wusste, worauf dieses Gespräch hinauslaufen würde, und war alles andere als einverstanden. »Aber Eglantine hat ihre Wahl getroffen, Burke. Das soll nicht deine Sorge sein.«

»Alys, so einfach ist das nicht. Die Familie fürchtet um ihr Leben. Guillaume würde sich auf ihre Spur begeben, nur um sicherzugehen, dass sie wohlauf ist, doch noch vor wenigen Momenten war unklar, ob er es wagen könne, Brigid allein zu lassen. Brigid wird lange brauchen, sich zu erholen, das wissen wir beide, Alys. Und wir beide haben gesehen, wie Guillaumes Abwesenheit sich auf Brigids Gesundheit ausgewirkt hat.«

Alys spürte, wie ihr die Tränen kamen. Sie wusste, Burke würde seiner ritterlichen Pflicht nachkommen, er würde seinem Freund diesen Gefallen erweisen, und sie hatte nicht das Recht, ihm seine hilfsbereite und großzügige Natur zum Vorwurf zu machen.

Dennoch wünschte sie, er möge nicht fortgehen. »Oh, Burke.«

»Madame Crevy ist zutiefst beunruhigt. Alys, wenn ich die Wahl hätte, ich würde von Herzen gern zu Hause bleiben, aber diese beiden sind gute Freunde, mein Leben lang. Ich kenne Eglantine seit meinen Kindertagen. Ich mache mir ebenfalls Sorgen um ihre Sicherheit.«

»Sie ist diejenige, die eine Wette abgeschlossen hat, dich zu verführen, richtig?«

Burke lächelte und küsste ihr die Hand. »Sie hatte keinerlei Aussicht auf Erfolg, da du mein Herz bereits erobert hattest.«

Alys seufzte, als sie sich an Eglantine erinnerte. »Sie ist zum Begräbnis unserer Tochter gekommen«, sagte sie mit schwerer Stimme und ihre Augen füllten sich mit Tränen. »Sie war diejenige, die selbst hochschwanger war und so voller Mitgefühl mit mir über die Gefahren sprach, denen wir alle ausgesetzt sind.«

»Ja, das war sie.«

Alys waren nur wenige Dinge von diesem Tag in Erinnerung geblieben, als sie ihr erstes Kind auf dem Friedhof von Villonne zur letzten Ruhe gebettet hatten, doch Eglantine hatte mit ihrer mitfühlenden Art ihr Herz berührt. Es war nicht recht, solche Freundlichkeit mit Selbstsucht zu vergelten.

»Alys, du bist stärker als Brigid«, sagte Burke mit sanfter Stimme. Er wusste nicht, dass er Alys bereits überzeugt hatte. »Du hast deinen Vater zu Villonne, der dir beistehen wird, und meine Mutter in Montvieux.«

Alys verdrehte die Augen. »Bitte schick nicht wieder Margaux zu mir, ich bitte dich.«

Burke antwortete mit einem schiefen Lächeln, denn die scharfe Zunge seiner Mutter war weithin bekannt. Dann wurde er ernst und drückte ihre Hand. »Du bist im fünften Monat, Alys. Ich schwöre dir, ich werde rechtzeitig zurück sein.«

»Du musst reiten wie der Wind.«

Er schenkte ihr dieses bedächtige Lächeln, das ihr immer bis in die Zehenspitzen fuhr. »Für meine Dame tue ich alles.« Er zog sie an sich, die Lippen an ihrem Ohr. »Ich schwöre dir, Alys, bei allem, was uns beiden heilig ist. Ich werde zurückkommen, ich werde deine Hand halten, unter keinen Umständen werde ich dich in der Stunde der Geburt allein lassen. Wir haben das Kind gemeinsam gezeugt und ich werde auch die Geburt mit dir gemeinsam erleben.«

Alys schmiegte sich an ihn. Sie wusste, Burke würde sein Wort halten – unter anderem dafür liebte sie ihn. Er würde es niemals fertigbringen, von einem Versprechen zurückzutreten, das er einem Freund gegeben hatte, und Guillaume weiter in der Sorge um das Schicksal seiner Schwester belassen. Er würde stets alles tun, was er vermochte. Und auch dafür liebte sie ihn.

»Ich werde dich schrecklich vermissen«, flüsterte sie und ärgerte sich über das Kratzen in ihrer Stimme. Sie löste sich aus seine Umarmung, um ihm in die Augen zu sehen, und legte die Hände um dieses schöne Gesicht, das ihr so vertraut war. »Ich liebe dich, Burke. Und auch wenn dein ritterlicher Charakter es mir zuweilen nicht gerade leicht macht, ich würde dich nicht anders wollen.«

Voller Erleichterung küsste er sie lange und erst das Räuspern eines Mannes brachte sie auseinander.

»So ist es immer mit den beiden«, erklärte Bayard dem Verwalter.

Der alte Mann musste ein Lächeln unterdrücken, während er sich verbeugte. »Madame Alys, glaubt Ihr, meine Anwesenheit im Wöchnerinnenzimmer könnte unerwünscht sein?«

Sie lächelte. »Es ist ein Junge. Seid Ihr neugierig, ihn zu sehen?«

»O ja, das bin ich, doch da ist noch eine andere, dringlichere Angelegenheit.« Er wurde ernst. »Seigneur Guillaume hat einen Gast.«

»Der Gast kann doch sicher für den Moment abgewimmelt werden?«, fragte Burke leise.

Der Verwalter schüttelte den Kopf. »Reynaud de Charmonte ist nicht so leicht abzuwimmeln. Er sagt, er sei gekommen, um sich das Siegel Arnelaines bezahlen zu lassen.«

Burke und Alys tauschten einen fragenden Blick. Alys hegte die Vermutung, dass Reynaud nicht nur deswegen gekommen war, und verspürte kein Bedürfnis, ihm zu begegnen. Sie entschuldigte sich mit ihrem verschmutzten Kleid. Dann nahm sie ihren Sohn in die Arme, hob ihn hoch und lenkte seine Neugier von den Vorgängen in Brigids Zimmer ab, indem sie ihn zu einer Partie Dame herausforderte.

Sie versammelten sich in der Küche zum Spiel, das Burke absichtlich und haushoch verlor. Beauregard verwöhnte sie mit frischen Knödeln und einem Fässchen Ale. Der Koch war in Spendierlaune, nun wo seine Mademoiselle wohlauf war.

Doch trotz der Ankunft eines Erben lag ein Schatten über Crevy. In der Küche hielten sich Männer auf, Fremde, die im Dienste Reynauds standen, wenig redeten und viel Ale tranken. Guillaume saß lange hinter verschlossenen Türen mit Charmonte zusammen und erschien mit angespannter Miene zum abendlichen Mahl.

Und als Alys Burke drei Tage später zum Abschied winkte, hielt Reynaud sich noch immer auf Crevy auf und feilschte um einen höheren Preis für das Siegel Arnelaines.

Kapitel 12

Sehr zu seiner Überraschung wurde Duncan am Hofe Dugalls bereits erwartet.

Und das nicht, um mit Ehren überhäuft zu werden. Im Gegenteil, in dem Moment, als er seinen Fuß an die Küste von Mull setzte, wurde sein Boot festgesetzt und zwei bullige Wachen packten ihn bei den Ellbogen. Duncan bemerkte die Verwunderung des Verwalters Louis, doch er hatte Wichtigeres zu tun, als dem Gesandten Eglantines die Angelegenheit zu erläutern. Seit ihrer Abreise von *Ceinnbeithe* waren erst eineinhalb Tage vergangen, Dugalls Hohes Gericht auf der Isle of Mull lag nur eine kurze Bootsreise entfernt.

Dugall, König der Inseln, war der älteste Sohn von Somerled, dem Lord über Argyll und die Westlichen Inseln. Somerled hatte dem norwegischen König die Hebriden abgerungen, die Tochter von Olaf dem Roten geheiratet und damit die Erinnerungen an Legenden aus alten Tagen wieder erweckt, indem er das alte Königreich Dalriada erneut unter seiner Hand vereint hatte.

Der schottische König David und er hatten eine weitgehend friedliche Koexistenz mit nur wenigen Auseinandersetzungen gepflegt. Als jedoch Davids Sohn, Malcolm IV., im Alter von zwölf Jahren den schottischen Thron bestieg, gab es zahlreiche Ehrgeizige, die seinen Anspruch auf die Krone in Frage stellten. In diesem Zusammenhang war es nicht unerheblich, dass Somerleds Schwester mit Malcolm MacHeth verheiratet wurde, einem Mann auf Moray, der zum Earl of Ross ernannt wurde.

Im Jahre 1160 waren Somerled und der schottische König Malcolm so weit versöhnt, dass Somerled das Weihnachtsfest am Königshof in Perth verbrachte. Doch dann versuchte Malcolm, Somerleds Schwager als Earl of Ross zu verdrängen und stattdessen seinem Schwager diesen Titel zu verleihen, und beendete damit den Frieden. Somerled griff das schottische Festland an, indem er den Clyde River hinaufsegelte und im Jahre 1164 bei Renfrew landete, um den westlichen Vorstoß des anglo-normannischen Adels aufzuhalten. Er verlor sein Leben in dieser Schlacht, genau wie einer seiner Söhne.

Somerleds Sohn Dugall jedoch war als Kind zum König der Inseln gekrönt worden. Nach dem Verlust von Renfrew waren Somerleds Länder unter seinen drei überlebenden Söhnen aufgeteilt worden: Dugall, Reginald und Angus.

Derweil war Malcolm IV. im Jahre 1165 gestorben und die schottische Krone an seinen Bruder Wilhelm, bekannt als der Löwe, übergegangen. Als Sohn einer normannischen Mutter und väterlicherseits von der Linie des Malcolm Canmore abstammend, waren seine Erwartungen an die Welt vom französischen und somit auch vom normannischen Hof geprägt. Seine bis dahin ruhmreichste Tat war die Anfechtung der Lehnsoberhoheit des englischen Königs Heinrich II. über Northumberland. Im Jahre 1174 entbrannte erneut ein Kampf um die Grenzmarken und Wilhelm wurde geschlagen und bei Alnwick gefangen genommen.

Das erniedrigende Ergebnis dessen war der Vertrag von

Falaise, der den schottischen König zu einem Vasallen des englischen Königs erklärte und die, wenn auch nur vorübergehende, Übergabe der vier größten Schlösser an den englischen König bestimmte.

Dieser Verlust brachte dem schottischen König nicht gerade die Unterstützung derjenigen ein, die die Lehnsoberhoheit des schottischen Königs über ihre Länder ohnehin schon seit längerem in Frage stellten. Wilhelm, dessen Ambitionen auf eine südliche Ausbreitung seines Herrschaftsgebietes erfolgreich abgewehrt worden waren, hatte ein Auge auf die westlichen Gebiete geworfen. Es war zwar nicht davon auszugehen, dass er die Stirn besitzen würde, einen offenen Krieg zu beginnen, doch die normannische Tradition der Vergabe von Titeln an Ritter und Lords mit dem Ziel, dass diese auf den Ländereien befestigte Burgen erbauten, war auch in diesen Gegenden nicht unbekannt. Und ganz bestimmt nicht bei Wilhelm, der an den anglonormannischen Höfen aufgewachsen war.

Aus dem Empfang, der Duncan nun bereitet wurde, war klar ersichtlich, dass Dugall mit ihm nicht zufrieden war. Was wiederum Schlussfolgerungen über Iains Zufluchtsort zuließ. Duncan erhob keinen Widerspruch, als er ohne ein Wort der Erklärung in Richtung auf Dugalls Hof abgeführt wurde. Er konnte sich gut ausmalen, welche Geschichten in seiner Abwesenheit und zu seinem Schaden die Runde gemacht hatten.

Seine Geschichte würde er sich für die Ohren des Königs der Inseln aufsparen. Er würde all seine Erzählkunst aufbringen müssen, um am Ende der Unterredung mit heiler Haut davonzukommen.

In der düsteren, rauchigen Halle trat Stille ein, als Duncan hereingeführt wurde. Er konnte die zahlreichen Männer, die den König für gewöhnlich umgaben, in der Dunkelheit atmen hören und fühlte das Gewicht ihrer Blicke auf ihm lasten. Dugall betrachtete ihn mit kühlem Blick.

Der König saß in dem erhöhten Thron am anderen Ende der Halle, einen Becher Ale in der Hand, eine Frau und einen zusammengerollten Jagdhund zu seinen Füßen. Der Schein des Feuers flackerte über die scharfen Gesichtszüge des Königs. Er war kein Herrscher, der sich mit der Bequemlichkeit seines Hofes zufrieden gab. Dugall zog selbst mit in die Schlacht, und das oft genug. Er hatte keine Skrupel zu töten, wenn es seinen Bedürfnissen diente.

Und in diesem Moment betrachtete Dugall Duncan mit einem Gesichtsausdruck, der von Verachtung nicht weit entfernt war.

Das Licht leuchtete auf Iains goldenem Haar, als er aus den Schatten hinter Dugalls Thron hervortrat. Er flüsterte dem König etwas ins Ohr und warf Duncan einen triumphierenden Blick zu. Auf Dugalls Gesicht zeigte sich die Andeutung eines Lächelns, während er Duncan nicht aus den Augen ließ.

»Ich höre, du hast in meinem Dienste versagt«, erklärte der König anstelle einer Begrüßung. Die Wachen schubsten Duncan vor, sodass er in der Mitte der Halle ins Stolpern kam. Die Versammelten verfolgten das Geschehen mit leuchtenden Augen, ohne Zweifel erwarteten sie für ein solches Versagen ein grausames Urteil des Königs.

Erneut spürte Duncan das ganze Gewicht von Cormacs ungewöhnlicher Wahl, ausgerechnet ihn zum Clanführer ernannt zu haben, auf seinen Schultern. Er war kein Mann des Krieges wie Dugall und kein blutrünstiger Dummkopf wie Iain. Er sah sich in der Halle um und erkannte die vertrauten Gesichter anderer schlachtenhungriger Clanführer.

Und mit plötzlicher Klarheit begriff er, warum Cormac ihn zu seinem Nachfolger bestimmt hatte. Wo sich ausschließlich Männer des Krieges versammelten, war ein Blutvergießen kaum zu vermeiden. Doch Krieg war nicht immer der beste Weg. Und Duncan hatte nun die Möglichkeit, das unter Beweis zu stellen.

Dugall zog die Stirn in Falten. »Außer natürlich, du hast *Ceinn-beithe* seit der Abreise von Cormacs Sohn für uns gesichert?«

Duncan hob das Kinn und lächelte mit einer Selbstsicherheit, die er nicht empfand. »Nein, das habe ich noch nicht.«

Iain hob die Hände, als habe er bereits genug gehört, doch Duncan räusperte sich. »Aber das bedeutet nicht, dass die Schlacht geschlagen ist.«

»Es gab keine Schlacht!«, schrie Iain. »Er ist zu feige, seine Klinge zu ziehen und zu tun, was getan werden muss!«

»Richtig, ich lehne es ab, Frauen in ihren Betten zu meucheln wie ein heruntergekommener Vagabund«, entgegnete Duncan. »Es gibt andere Wege, den Sieg zu erringen.«

»Dann erzähl mir davon«, ließ sich der König mit süßlicher Stimme vernehmen. Das eiskalte Funkeln in seinen Augen war nicht misszuverstehen und Duncan begriff, dass sein Lehnsherr nicht so ohne weiteres von seinem kriegerischen Kurs abzubringen war.

Duncan wusste, dass Dugall ausschließlich wegen seiner strategischen Bedeutung an *Ceinn-beithe* gelegen war. Er hegte nicht den geringsten Zweifel, dass Dugall notfalls noch am heutigen Tag eine Armee zusammenstellen würde, um seine Herrschaft zu sichern. Duncan hatte nur einen Versuch, den König zur Zurückhaltung zu überreden, einen Versuch, um zu verhindern, dass Eglantine und ihr gesamter Haushalt dahingeschlachtet wurden, um das Land zurückzuerobern.

Das war ihm Ansporn genug, sein Bestes zu geben.

Duncan machte eine tiefe Verbeugung und versuchte, möglichst gelöst zu wirken. »Mylord König, für Euch allein möchte ich die Ereignisse zusammenfassen. Kurz nach unserer Ankunft auf *Ceinn-beithe* erschien eine Gruppe, um das Land in Besitz zu nehmen. Sie wurde geführt von einer Adligen, die gekommen war, ihren Anspruch auf das Land geltend zu machen, einer französischen Gräfin im Besitz eines rechtmäßigen Titels.«

»Eines Titels? Ich habe keinen Titel vergeben!«

»Richtig, ein anderer König hat diesen Titel vergeben und zwar in dem Wissen, dass sein Wille geschehen würde.« Duncan hielt einen Moment inne, damit Dugall Zeit hatte zu überlegen, um wen es sich bei diesem König handeln musste. »Und deshalb habe ich abgewartet. Hinzu kommt, dass die Dame mit der Ausrüstung eines vollständigen Haushalts angereist ist, jedoch ohne Ritter, sodass ich vermutete, ihr Gatte und ihre Soldaten würden folgen. Hätten wir überstürzt gehandelt, wie Cormacs Sohn vorschlug, hätte dieser Mann ohne Zweifel Vergeltung geübt.«

Nachdenklich schob Dugall die Unterlippe vor.

»Aber es ist niemand gekommen!«, warf Iain ein. »Keine Ritter und keine Soldaten. Es spricht nichts dagegen, den Hausstand und seine Reichtümer nun an uns zu nehmen.« Er schnaubte. »Vorausgesetzt, wir hätten einen Führer, der Manns genug ist, den Befehl zum Angriff zu geben.«

Duncan schüttelte den Kopf und sparte sich eine Antwort auf diese Beleidigung. »Nein, man muss alle Möglichkeiten in Betracht ziehen und bei einem so großen Hausstand wie dem der Gräfin und einer so kleinen Gruppe wie der unsrigen war es unmöglich, sicherzustellen, dass uns niemand entkam, um von dem Angriff zu berichten. Sie hatte den Hof von Wilhelm von Schottland bereits besucht, ihre Untergebenen kannten also den Weg. Ohne Zweifel hat dieser seine Zustimmung zu ihrer Unternehmung gegeben – und wäre ihm zu Ohren gekommen, dass sie in Eurem Namen umgebracht wurde, wäre ein großer Krieg zwischen Euch und Wilhelm von Schottland ausgebrochen.«

»Er hat keine Herrschaftsmacht über *Ceinn-beithe*«, erklärte Dugall, doch in seinen Augen war zu lesen, dass er nachdenklich geworden war.

»Nein, doch ohne mich mit Euch zu beraten, Mylord König, wollte ich es nicht wagen, einen Krieg anzuzetteln.«

»Du hättest unverzüglich seine Zustimmung einholen müssen«, erklärte Iain. »Ich wäre an Euren Hof gekommen, Mylord König.«

Duncan hob eine Augenbraue, während er Iains hitzigen Blick erwiderte. »Ich halte es stets für klug, die Stärken und Schwächen des Gegners zu kennen und nicht überstürzt zu handeln. Wäre Eurer Entscheidung mit der halben Wahrheit gedient gewesen, Mylord König?«

Iain spuckte auf die am Boden verteilten Binsen. »Frauen haben uns nur eines zu geben und nicht einmal das hast du uns erlaubt.«

In der Halle brach Gelächter aus, ein Gelächter, in das Duncan, der König und die Frau zu seinen Füßen nicht einstimmten.

Duncan wartete, bis wieder Ruhe eingekehrt war, bevor er fortfuhr. »Es hat einmal eine Zeit gegeben, da du mit Respekt über Frauen sprachst und ihre Schönheit mit Schätzen von deiner eigenen Hand ehrtest.« Iain lief tiefrot an und Duncan fuhr mit sanfter Stimme fort. »Und dein Vater, das weiß ich gut, war stolz auf das, was deine Hände hervorbrachten. Wäre er stolz auf das, was du in den letzten Tagen hervorgebracht hast?«

»Du hast kein Recht, über meinen Vater zu sprechen!«

»Als sein Nachfolger habe ich alles Recht, über ihn zu

sprechen, und als dein Pflegebruder bin ich besorgt um dein Verhalten und um dein Glück.«

»Mein Vater war niemals stolz auf mich, das steht fest, denn er hat dich zu seinem Nachfolger ernannt.« Iain wandte sich ab und verschränkte die Arme vor der Brust.

Duncan wandte sich wieder an den König. Er wusste, die Angelegenheit zwischen Iain und ihm war nicht so leicht zu bereinigen. »Jemand hat es für richtig gehalten, einen großen Teil der Vorräte der Gräfin zu zerstören und ihre Schatztruhe zu plündern. Die Gräfin verlangt Wiedergutmachung für ihren Schaden – sie schickt einen ihrer Männer, um ihre Forderung vor unseren Herrn König Dugall zu bringen.«

Duncan winkte Louis heran, der ebenfalls in die Halle geführt worden war. Er verbeugte sich. Offensichtlich ahnte er, warum Duncan auf ihn verwies.

»Ich zweifle nicht, dass sie auch zu Wilhelm einen Boten gesandt hat, und seine Männer können die Berge schnell überwinden.«

Dugall knurrte und schlug mit dem Becher auf die Armlehne. »Du solltest wissen, dass hastige Entscheidungen selten gute Entscheidungen sind«, sagte er zu Iain und wandte sich dann mit einem Stirnrunzeln an Duncan. »Doch deine Muße ist nicht viel besser. Wir müssen rasch handeln, um die Angelegenheit zu einem Ende zu bringen, bevor Wilhelm Verstärkung schickt, um diesen unrechtmäßigen Anspruch zu stützen.«

»Ja? Aber welcher Gewinn liegt in einem Krieg?«, fragte Duncan. »Haben wir nicht mehr zu verlieren als zu gewinnen?«

Der König verengte die Augen, unterbrach ihn jedoch nicht.

»Diese Neuankömmlinge haben viele Fähigkeiten«, fuhr

er fort. »Sollten wir uns nicht ihre Künste als Steinmetze, Köche und Bäcker, als Weber und Spinner, als Hirten und Jäger zu Nutze machen? Sie fürchten sich nicht vor der Arbeit und sind fest entschlossen, auf jenem Land eine Siedlung zu gründen, koste es, was es wolle. Würde es nicht den Ruhm unseres Königs mehren, auf *Ceinn-beithe* eine Ansiedlung normannischer Talente unter seiner Hand zu haben?«

Ein Murmeln ging durch die Reihen. Dugall rieb sich das Kinn.

»Vergessen wir nicht die Möglichkeiten, die uns der Handel bietet«, sagte Duncan. »*Ceinn-beithe* wäre ein guter Hafen. Aufgrund seiner Lage zwischen den Inseln ist es leicht zu verteidigen und dennoch ist das Wasser dort tief genug für die großen Schiffe des Kontinents. Welchen Wohlstand könnte der Handel allen Untertanen unseres großen Königs bringen?«

»Wir haben nichts, um damit zu handeln«, schaltete sich einer der alten Clanführer ein.

»Nein? Was ist mit den Arbeiten unserer Goldschmiede?« Iain horchte auf, doch Duncan ließ sich nicht anmerken, dass er es gesehen hatte. »Ich sage euch, auf meinen Reisen habe ich weniges von gleicher Güte gesehen und in der Tat habe ich den Fehler begangen, meine einzige Brosche voreilig zu verkaufen. Ich hätte sie noch hundert Mal und zu einem weitaus höheren Preis verkaufen können. Was ist mit der Wolle der Schafe, die hier grasen? Wo immer ich hinkam, klagten die Frauen über die Preise für englische Wolle und flämische Webkunst.«

Die Männer flüsterten untereinander und die zustimmenden und ablehnenden Stimmen schienen sich die Waage zu halten.

Duncan drehte sich um und wandte sich an die Menge.

»Gibt es einen besseren Weg, unter Beweis zu stellen, dass wir keine Barbaren am hintersten Ende der christlichen Welt sind, als einen blühenden Hafen zu gründen, eine Kolonie von Kunsthandwerkern, eine Quelle des Reichtums für die Schatullen unseres Königs?«

»Gewinn schlagen wir daraus nur, wenn die Ansiedlung unserem König loyal ist«, entgegnete Iain und trat damit brav in die Falle, die Duncan ihm gestellt hatte. »Ein befestigter Gegner so dicht vor unserer Haustür wäre ein schlechter Gewinn.«

Lächelnd verschränkte Duncan die Arme vor der Brust. Die Winde drehten sich zu seinen Gunsten. »Iain hat Recht. Und welches ist der beste Weg, eine Allianz zu festigen?«

»Heirat«, erklärte der König, doch das tückische Funkeln in seinen Augen war noch nicht verschwunden.

»Richtig, Heirat.« Duncan nickte und erläuterte seinen Plan mit einer Sicherheit, die er nicht empfand. »Und welcher Mann wäre besser geeignet, diese Allianz zu sichern, als einer, der über jeden Zweifel erhaben und dafür bekannt ist, sich nicht nur ganz dem Wohle des Königs verschrieben zu haben, sondern ebenso dessen Wohlstand und Ruhm?«

Er deutete mit dem Finger auf sich und trat einen Schritt näher an den König heran. »Ich selbst würde mich für diese Aufgabe zur Verfügung stellen. Ich bin bereit, mit der Gräfin ein Ehegelübde abzulegen. Ich würde *Ceinn-beithe* dem Dienste des Königs der Inseln unterstellen und dafür sorgen, dass dort eine Ansiedlung wächst, wie ich sie soeben beschrieben habe. Der Gewinn wäre des Königs.«

Wieder flüsterten die Männer untereinander, Dugall rieb sich das Kinn und begutachtete Duncan. »Cormac hat in der Tat eine höchst ungewöhnliche Wahl getroffen«, murmelte er und nahm einen Schluck Ale.

Es war Iain, der schnaubend Duncans größte Angst in Worte fasste. »Bei allem Respekt, Mylord, dies ist kein Plan, es ist ein Trick, um Zeit zu gewinnen. Mit jeder Stunde, die verstreicht, lässt die Gräfin sich fester auf *Ceinn-beithe* nieder. Sie baut eine Festung, sie wird Ackerbau betreiben, sie wird bald nicht mehr zu verjagen sein. Warum sollte sie Duncan zum Gatten nehmen? Sie wird ihn nicht nehmen, da bin ich sicher. Und ihr Beschützer, König Wilhelm, würde einer solchen Verbindung kaum zustimmen. Und ein Ehegelübde hat nur für ein Jahr und einen Tag Gültigkeit.«

»Aber jeder weiß, dass *Ceinn-beithe* allen dort geleisteten Gelübden Glück und Dauer beschert«, entgegnete Duncan. »Wer kann sagen, was ein Jahr und ein Tag bringen können?«

»Unsinn!« Iain schlug sich mit der Faust in die Handfläche und hob die Stimme, als er vortrat. »Wir müssen uns unverzüglich aufmachen, um unser Anrecht auf das Land unserer Vorfahren zu sichern! Wir müssen Duncans Fehler wieder gutmachen, wir müssen in die Schlacht ziehen. Wenn sie ihre Schätze und Vorräte verloren hat, umso besser! Führen wir zu Ende, was bereits begonnen hat! Es war ein schlauer Trick von Wilhelm, eine Frau zu schicken, um die Aufgabe eines Mannes zu erledigen, aber lassen wir uns nicht täuschen: Er will uns das Land nehmen. Wir müssen sie und ihr Gefolge auslöschen, bevor es zu spät ist!«

»Es war Cormac MacQuarrie, der den Titel unterzeichnet hat, den sie in Händen hält«, erklärte Duncan und alle Anwesenden erstarrten.

»Was?«, schrie Iain. »Warum? Du lügst, so etwas hätte er nie getan!«

Duncan zuckte mit den Schultern und beschloss, seine eigene Meinung über die Echtheit des Dokuments für sich zu behalten. »Ich habe das Dokument gesehen und ich sah Cormacs Unterschrift.« Er blickte den König an. »Ist es so unwahrscheinlich, dass Cormac ähnliche Pläne mit *Ceinn-beithe* hatte?«

»Er war sicherlich immer für eine Überraschung gut«, sagte der König mit ironischem Unterton und Duncan vermutete, dass er sich nicht nur auf die Urkunde bezog. Wieder ging ein Flüstern durch die Reihen, denn Cormac hatte überall hohes Ansehen genossen.

Der König zog die Stirn in Falten und nahm einen tiefen Schluck Ale. Die Frau beeilte sich, seinen Becher zu füllen, während er, mit den Fingern auf die Armlehne klopfte und Duncan betrachtete. Als er den Becher beiseite stellte und sich erhob, hielt die Versammlung den Atem an. Bevor er sprach, ließ er einen strengen Blick über die Anwesenden gleiten.

»Ich bin von der Weisheit dieses Plans nicht überzeugt«, erklärte er und Duncan sank das Herz bis in die Zehenspitzen. Was würde aus Eglantine werden?

»Aber, mein König ...«

Der König hob eine Hand. »Du hast schon mehr gesagt, als dir zusteht, Duncan MacLaren, aber ich kann die Wahrheit nicht erfahren, ohne die Angelegenheit selbst in Augenschein genommen zu haben. In fünf Tagen bei Morgengrauen werden wir nach *Ceinn-beithe* aufbrechen. Bereitet euch auf die Schlacht vor.«

Er warf Duncan einen scharfen Blick zu. »Ich gebe dir eine Chance, eine einzige Chance, zu tun wie du gesagt. Wenn diese Frau deinen Antrag ablehnt oder sich weigert, mir die Treue zu schwören, werden wir *Ceinn-beithe* mit Gewalt nehmen. Sie kann nur bleiben, wenn sie freiwillig all ihren Besitz an dich übergibt.«

Er legte Iain eine Hand auf die Schulter. »Und wenn du

versagst, Duncan, jetzt oder in einem Jahr, wird die Führerschaft des Clans der MacQuarrie auf Cormacs Sohn übergehen.« Der König wandte sich der Versammlung zu und hob die Hand. »Dies ist mein Entschluss und ihr alle seid meine Zeugen. So soll es sein.«

Duncan neigte den Kopf und seine Gedanken rasten. Er machte sich nicht die geringste Hoffnung, dass Eglantine jemals all ihr Hab und Gut freiwillig an ihn übergeben würde, schon gar nicht jetzt, wo sie ihn so vieler Vergehen für schuldig hielt – wenn auch zu Unrecht. Und er wusste, dass er keine Chance hatte, ihr begreiflich zu machen, wie viel auf dem Spiel stand.

Er musste sie täuschen, um ihr das Leben zu retten. Es würde nicht einfach sein und es war ein schlechter Anfang für eine Ehe, aber Duncan hatte keine Wahl. Er würde nicht zulassen, dass all ihre Untergebenen zu Schaden kamen, und nicht zusehen, wie sie alles verlor, wofür sie gekämpft hatte. Und vor allem konnte er nicht zulassen, dass diese Frau getötet wurde.

Und schließlich war sie diejenige, die stets das Gemeinwohl über alles andere stellte.

***

Seit Duncans Abreise waren bereits zwei Wochen vergangen, doch sehr zu ihrer Verzweiflung trug die Zeit nicht dazu bei, ihn aus ihren Gedanken zu vertreiben. Es machte kaum einen Unterschied, ob er da war oder nicht, ständig spürte sie seine Nähe oder dachte an ihn – und hielt öfter als nötig nach ihm Ausschau.

Das Wetter hatte sich gebessert, die Sonne zeigte ihr Gesicht immer häufiger und jeden Tag etwas länger, die Luft erwärmte sich und der Wind hatte an Schärfe verloren. Der erste Teil des Herrenhauses war am vorangegangenen Tag fertig gestellt worden, und obwohl es etwas schief und das Strohdach zu Beginn ihrer Arbeit weniger glatt war als zum Ende hin, hatten alle fröhlich gejubelt.

Es war kräftig gefeiert worden, jeder hatte vom letzten Fass Wein getrunken und sich um das erste Feuer in dem Haus versammelt. Es hatte angefangen zu regnen und das Wasser war an mehr als einer Stelle durch das Dach getropft, doch solche Lappalien konnten den allgemeinen Frohsinn nicht trüben.

Sie hatten ein Zuhause gegründet, das war allen klar. Eglantine war über alle Maßen stolz auf ihre Untergebenen und deren Fähigkeiten.

Auch ihren Töchtern ging es wunderbar. Jacqueline war aufgeblüht, mit jedem Tag wurde sie fröhlicher und offener. Esmeraude bahnte sich ihre Wege durch all die Menschen, als sei das ganze Unternehmen ein großes Versteckspiel. Sie schlief häufig bei Eglantine und jeden Abend verbrachten die zwei einige geruhsame Momente miteinander, wenn Esmeraude ihre Milch bekam. Eglantine freute sich jeden Tag auf diese Stunde und hatte festgestellt, dass sie mehr Geschichten kannte, als ihr bewusst gewesen war. Und andersherum war Esmeraude weniger anspruchsvoll, als sie angenommen hatte. Beide Mädchen hatten Farbe in den Wangen und Sterne in den Augen wie noch nie zuvor.

Es schien, dass Kinbeath ihnen gut tat.

Und auch wenn sie damit nie gerechnet hatte, es tat auch Eglantine gut. Sie hatte ihre Schleier endgültig beiseite gelegt und flocht ihr Haar jeden Morgen zu einem festen Zopf. Sie bevorzugte einfache Kleidung, wählte lieber schlichte Gewänder als solche mit Stickereien und trug stets ihre schweren Stiefel.

Sie arbeitete Seite an Seite mit ihren Untergebenen, denn

es erschien ihr unsinnig, nicht auch Hand anzulegen, wenn es so viel zu tun gab. Und in der Tat lernte sie die Menschen besser kennen als je zuvor. Die Leute achteten sie noch immer als ihre Herrin, doch sie und ihre Töchter mischten sich frei unter das Gefolge und die Grenze zwischen Adel und Volk wurde des Öfteren verwischt.

Eglantine erkannte, dass sie die Wärme und Kameradschaft weitaus mehr schätzte als die zeremonielle Steifheit, die bisher ihre Beziehungen beherrscht hatte. Wäre sie auf Arnelaine geblieben, niemals hätte sie dieses Gefühl von Gemeinschaft erlebt, und darüber hinaus erleichterte das Wissen, dass jeder vom anderen abhing, ihr die Last der Verantwortung.

Zum ersten Mal in ihrem Leben nahmen ihre Hände eine fast goldene Färbung an und entgegen allem, was man sie gelehrt hatte, schämte sie sich ihrer nicht. Vielmehr schien die Bräune ihrem Aussehen eine bisher ungekannte Vitalität zu verleihen. Sie fühlte sich stärker denn je zuvor und nicht nur Jacquelines Lachen erklang häufiger als gewöhnlich. Alle arbeiteten hart, aßen reichlich und schliefen tief und fest, und jeder Tag brachte sie weiter voran in ihrem Bestreben, dieser Wildnis ein Zuhause abzuringen.

Und jeden Tag hallten Duncans Worte in Eglantines Kopf wider. Zu Recht hatte er erklärt, in diesem Land sei kein Platz für Adlige, alle müssten Hand anlegen, um das Überleben zu sichern. Tief in ihrem Innern wünschte sie, er möge Zeuge sein, dass sie nicht die oberflächliche Edelfrau war, für die er sie zunächst gehalten hatte – wobei sie sich einredete, ihm nur seinen Irrtum vor Augen führen zu wollen.

Ihr Herz jedoch schalt sie eine Lügnerin. Es gab noch mehr Gründe, warum sie Duncan wiedersehen wollte. Ja, sie wollte ihn sehen, um ihrem irrigen Herzen zu beweisen, dass er keinen Eindruck bei ihr hinterließ, dass jede Zuneigung, die sie für einen Mann empfand, dazu verurteilt war, wie eine gepflückte Blume zu verwelken.

An jenem sonnigen Morgen nach dem Richtfest, als Eglantine das undichte Dach ausbesserte, wurde mit lautem Geschrei das Herannahen von Schiffen verkündet. Ihr verfluchtes Herz schlug ihr bis in die Kehle, als sie die kleinen Boote auf der silbernen See erblickte. Die Männer waren nur als Silhouetten vor dem leuchtenden Wasser auszumachen, und bevor sie wusste, was sie tat, legte sie sich die Hand über die Augen, um nach Duncans breiten Schultern Ausschau zu halten.

Sie sah so viele Männer, so viele Boote und überall das Blitzen von Metall im Sonnenlicht, dass sie einen Moment lang fürchtete, eine fremde Schar mit kriegerischer Absicht treffe ein.

Doch dann sprang ein Mann, der nur Duncan sein konnte, ins Meer. Das Sonnenlicht zauberte blaue Lichter auf sein ebenholzfarbenes Haar und seine Gebärden verrieten seine Ungeduld, endlich am Ziel der Reise anzukommen. Er zog das Boot auf den Sand und nun erkannte sie auch Louis' steife Gestalt. Duncan eilte über die Felsen, als böten sie kein Hindernis, und kam unmittelbar auf sie zu. Er lächelte, als er bemerkte, dass sie ihn beobachtete, und beschleunigte seine Schritte.

Gott im Himmel, die Abwesenheit hatte seine Anziehungskraft nur noch verstärkt. Eglantines Herz hämmerte und sie hatte das Gefühl, vollkommen erstarrt zu sein. Ihr Blick wanderte über seinen Körper und mit den Augen verschlang sie all die Einzelheiten, die sie nicht vergessen hatte. Seine Schultern waren noch ebenso breit, die Beine ebenso muskulös und seine Haut noch tiefer gebräunt als zuvor.

Sein dunkles Haar wehte im Wind, als er vor dem Bau stehen blieb und die Hände in die Hüften stemmte. Er lächelte zu ihr hinauf, so großspurig und unwiderstehlich, wie nur er es vermochte, und in seinen Augen blitzte die altbekannte Unberechenbarkeit.

Ihr Mund wurde trocken. Ihr fehlten die Worte und sie starrte ihn an wie ein dummes Kind. Nur weil sie sich geirrt hatte, natürlich.

»Ich habe nie zu hoffen gewagt, meine Gräfin Eglantine jemals sprachlos zu sehen«, neckte er sie. »Sie muss mich in der Tat vermisst haben.«

»Ich habe nicht damit gerechnet, dass Ihr zurückkehrt«, sagte sie und bemühte sich, ihrer Stimme einen festen Klang zu geben. »Wo Ihr Euch doch so vehement geweigert habt, Eure Pflicht zu tun und Alienor zu ehelichen.«

»Alienor lügt und das weißt du sehr gut«, sagte er mit einer Überzeugung, die nicht gespielt sein konnte. »Komm herunter vom Dach, meine liebe Eglantine, komm und heiße mich willkommen.« Seine leise Stimme verriet ihm, dass er sich zur Begrüßung nicht mit einem Händedruck bescheiden würde.

»Das werde ich nicht!«

»Eglantine, ich mache keine Scherze«, knurrte er und sein warnender Unterton kam höchst überraschend.

Eglantines Blick wanderte hinüber zu den Männern in seiner Begleitung und sie musste feststellen, dass sie in der Tat martialisch gerüstet waren. »Wo ist Louis?«

»Er kommt. Er hatte sich erkältet und das ist auch der Grund für unser spätes Eintreffen – die Heilerin an Dugalls Hof wollte ihn nicht gehen lassen, bevor er sich ganz erholt hatte.« Duncan hob eine Hand zu dem niedrigen Dach und seine Finger waren nicht weit von Eglantines Knöchel entfernt. »Hast du mich vermisst, Eglantine?«

Sie hielt den Atem an und rückte ihren Fuß weg. »Welche Neuigkeiten gibt es vom König?«

Mit einer schnellen Bewegung packte er sanft ihren Knöchel. Er lächelte zu ihr hinauf, während er vorsichtig an ihrem Bein zog – offensichtlich hatte er ihren rasenden Puls bemerkt. »Der König ist mit uns hergekommen, um sicherzustellen, dass seinem Wille Genüge getan wird.«

Sie rutschte an dem Dach hinab in gefährliche Nähe seiner Umarmung und ihre Röcke verfingen sich im Stroh. Zu ihrer Überraschung zog Duncan hastig an dem Stoff, um ihre Beine zu bedecken, statt den Anblick zu genießen. »Welcher Wille?«

»Er will, dass wir beide eine Übereinkunft treffen.« Anscheinend stand ihr die Skepsis ins Gesicht geschrieben, denn Duncan lächelte, bevor sie Einwände erheben konnte. »Ein Gelübde für ein Jahr und einen Tag, Eglantine, mehr nicht, und ein Schwur auf deinen guten Willen, unsere Meinungsverschiedenheit gütlich zu regeln.«

Eine seltsame Zeitspanne. Eglantine war sicher, sie in der letzten Zeit schon einmal gehört zu haben. War es möglich, dass diese Frist unter den Gälen üblich war, an Stelle von einem Jahr? Sie konnte sich nicht erinnern, schon gar nicht wenn Duncan sie ansah, als sei sie die wunderbarste Kreatur auf Gottes Erde. Sie tat es als unwichtig ab, obwohl diese Erinnerungslücke sie ärgerte.

Wie seltsam, dass der König das Land nicht einfach an Duncan übergab und sie verbannte.

»Ja?«, fragte sie. »Und was geschieht, wenn die Frist abgelaufen ist? Ich habe wenig Hoffnung, dass wir in irgendeiner Sache übereinstimmen könnten, weder heute noch morgen oder in einem Jahr und einem Tag.«

»Das möchte ich bezweifeln.« Duncans Lächeln wurde breiter und strahlte eine Selbstsicherheit aus, die ihre eigene Sicherheit ins Wanken brachte. O ja, dieser Mann konnte mit seinem Charme den Mond vom Himmel holen, so viel war sicher. »Aber das Gelübde muss auf der Stelle geleistet werden.«

»Und was, wenn wir uns nicht einigen?«, fragte Eglantine in dem Gefühl, dass er etwas Wichtiges verschwieg.

Duncan sah sie an und seine Augen leuchteten. »Wir werden uns einigen, darauf gebe ich dir mein Wort.« Sein Daumen wanderte genüsslich über die zarte Haut an der Innenseite ihres Knöchels und Eglantine konnte kaum einen klaren Gedanken fassen.

Dieses unberechenbare Funkeln trat wieder in seine Augen und ihr Herz setzte einen Schlag aus. »Ich hätte jetzt gern meinen Kuss, Eglantine«, sagte er mit sanfter Stimme, als die Männer näher kamen.

Verflucht sei der Kerl! Er wusste nur zu gut, wie er auf sie wirkte. Eglantine verschränkte die Arme vor der Brust und mühte sich, eine gleichgültige Miene aufzusetzen. Ihr Blick wanderte zwischen Duncan und den herannahenden Männern hin und her. Ein Mann stach mit seiner Körpergröße heraus, doch nur das ehrfürchtige Gebaren der anderen, nicht sein Gewand, verriet seine Stellung unter ihnen.

»Warum um alles in der Welt sollten wir ein solches Gelübde ablegen?«, fragte sie mit misstrauischem Unterton. »Und warum glaubt Ihr, dass wir uns je über irgendetwas von Bedeutung einig werden können? Ihr wollt nicht einmal eingestehen, was Ihr Alienor genommen habt.«

Duncan fluchte. Er packte sie am Knöchel, zog sie ungeachtet ihres Protestes vom Dach herunter und stellte sie vor sich, um mit zornigem Blick auf sie herabzusehen. »Ich habe Alienor nicht angefasst, sie mich hingegen schon. Ich habe dir mein Wort darauf gegeben, Eglantine, und es ist im höchsten Maße ärgerlich, dass du mein Wort weiterhin in Zweifel ziehst.« Seine Augen bohrten sich in ihre. »Und es ist nicht an der Zeit für solche Streitereien.«

Eglantine hob das Kinn. »Oh doch. Alienor beharrt noch immer darauf, dass Ihr ihr die Unschuld genommen habt.«

»Alienor lügt und ich werde dir das beweisen.« Seine dunklen Brauen zogen sich unheilverkündend zusammen. »*Nachdem* wir das Gelübde abgelegt haben. Eglantine, wir müssen es tun und wir müssen es jetzt tun.«

Sie verschränkte die Arme vor der Brust. »Ich sehe keinen Grund für solche Eile. Welche Entscheidung wurde in Bezug auf die Wiedergutmachung für die zerstörten Vorräte getroffen?«

Duncan verzog die Lippen. »Ich bin sicher, angesichts der Geschenke, die der König der Inseln gebracht hat, wirst du wenig Grund zur Klage haben. Eglantine, um der Liebe Gottes willen, vertrau mir und leg dieses Gelübde mit mir ab, jetzt.«

Er sprach so eindringlich, dass Eglantine sich zu fragen begann, was auf dem Spiel stand. Sie hätte ihm diese Frage stellen können, doch der hochgewachsene Mann mit dem königlichen Gebaren trat an Duncans Seite. Sein Haar war von einem rötlichen Blond, sein Gesicht von Falten durchzogen, seine Haut gebräunt. Sie schätzte ihn auf vierzig Jahre, während er sie mit kaltem Blick begutachtete.

Duncan warf ihr einen scharfen Blick zu, dann nahm er ihre Hand. Gälische Worte drangen von seinen Lippen und ihr eigener Name und der Titel ›Gräfin‹ waren das einzige, was Eglantine verstand.

Der König nahm Eglantines Hand und küsste sie mit so flüchtiger Geste, dass es sie erzittern ließ. Mit zusammengepressten Lippen ließ er den Blick über das Haus wandern.

Was ging hier vor?

»Madame«, krächzte Louis mit kaum vernehmbarer Stimme. Er eilte auf sie zu, wobei er von einer großen, matronenhaften Frau aufgehalten wurde, die fest entschlossen schien, ihn zur Gemächlichkeit zu zwingen. Louis schüttelte sie ab und winkte Eglantine zu. »Madame, ich muss mit Euch sprechen.«

Der König sagte etwas zu Duncan und schnippte dann gebieterisch mit den Fingern.

»Mein König will, dass wir jetzt das Gelübde ablegen«, sagte Duncan.

»Aber ich möchte mit Louis sprechen ...«

»*Später*, Eglantine. Es dauert nicht lang.« In seinen Augen sah sie wieder dieses Funkeln und es beschlich sie das Gefühl, dass sie in dieser Angelegenheit mit Vorsicht vorgehen musste.

Sie blickte hinüber zu Louis, der hastig auf sie zueilte. »Ihr müsst nur einwilligen, Madame!«, schrie er mit heiserer Stimme und der König warf ihm einen scharfen Blick zu.

Er äußerte einen knappen Befehl und Louis wurde aufgehalten. »Duncan, was ist hier im Gange? Was hat das alles zu bedeuten?«

Duncan sah sie erneut mit funkelnden Augen an und drückte ihre Finger, als er leise flüsterte: »Eglantine, um der Liebe Gottes willen, tu was ich dir sage.«

Irgendetwas war nicht in Ordnung. Duncan legte seine Hand in ihre und folgte mit großen Schritten dem König. Eglantine versuchte ihre Hand aus Duncans Griff zu befreien, doch er ließ sie nicht los, obwohl sein Griff verräterisch zärtlich war.

Sie beobachtete, wie die Matrone sich auf Louis stürzte und ihm einen Weinschlauch an die Lippen hielt. Ein hitziger Wortwechsel entbrannte zwischen den beiden, bis Louis die Augen verdrehte und offensichtlich mit dem Ziel, sich ihrer zu entledigen, einen Schluck nahm. Er verzog das Gesicht und wurde von einem Husten geschüttelt.

Dann beanspruchte Duncan wieder ihre Aufmerksamkeit und Eglantine erkannte, dass sie mit ihm vor dem großen Stein stand, der wie ein Wächter emporragte. Duncan nahm ihre rechte Hand in seine rechte Hand und fasste mit der linken nach ihrer linken. Seine Miene wirkte entschlossen und so feierlich, dass sie sich erneut fragte, was es mit diesem Gelübde auf sich hatte. Aug in Aug standen sie einander gegenüber, der König neben ihnen, und Eglantines Gefolge und die Männer des Königs hatten sich um sie versammelt.

Eine äußerst seltsame Haltung für ein Gelübde.

Eglantine öffnete den Mund, um Einwand zu erheben, doch der König hob an zu sprechen und obwohl er in einer fremden Sprache redete, war sie zu gut erzogen, um einem Monarchen ins Wort zu fallen. Er rezitierte ein kurzes Gelübde auf Gälisch, welches Duncan wiederholte, wobei er ihr tief in die Augen sah. Duncan drückte ihre Hände, als sie an der Reihe war, als wolle er so die Worte von ihren Lippen zwingen.

Eglantine zögerte.

»Vertrau mir«, bewegten sich Duncans Lippen.

Vielleicht hätte Eglantine sich dagegen entschieden, doch drei der Männer des Königs hatten ihr Zögern bemerkt. Sie stießen sich gegenseitig mit den Ellbogen an und einer zog mit unverhohlener Vorfreude seine Klinge aus der Scheide. Voller Entsetzen blickte Eglantine zu Duncan und gewahrte erneut den ernsten Zug um seinen Mund. Sein Griff war nun so fest, dass ihre Finger langsam taub wurden, und sie spürte die Kraft seines Willens.

Als der König den Schwur wiederholte, schwang Ungeduld in seinen Worten und Eglantine traf ihre Wahl. Welche Macht konnten diese wenigen Worte schon haben? Sie schluckte und wiederholte stockend das Gelübde.

Erst als das letzte Wort über ihre Lippen gegangen war, lockerten sich Duncans angespannte Gesichtszüge. Offensichtlich glücklich über ihre Handlung lächelte er auf sie hinab, beugte sich dann zu ihrer Überraschung vor und küsste sie.

Der König brach ebenso wie der Rest der Neuankömmlinge in lautes Geschrei aus, doch das Feuer der Umarmung Duncans verbannte alles andere aus Eglantines Gedanken. Dies war keine keusche Berührung zur Besiegelung eines Übereinkommens, dies war ein Kuss, wie er eher frisch Vermählten zustand.

Frisch Vermählten!

In diesem Moment erinnerte Eglantine sich, wo ihr diese seltsame Zeitspanne schon einmal begegnet war. In seinem Brief hatte Theobald erzählt, dass Kinbeath als glücklicher Ort für das Ehegelübde galt, ein heidnisches Heiratsversprechen für die Dauer von einem Jahr und einem Tag. Gott im Himmel, das konnte kein Zufall sein.

Sie befreite sich aus Duncans Umarmung und starrte ihn wütend an. »Sagt mir, dass das kein Ehegelübde war«, forderte sie.

»Das kann ich nicht«, räumte er ein und seine Augen verengten sich. »Es war ein Ehegelübde, Eglantine, aber …«

»Du verfluchter Hundesohn!«, schrie sie und stieß Duncan plötzlich und unerwartet von sich. Die Menge brach in lautes Gelächter aus und es kümmerte Eglantine nicht, ob sie über Duncan oder über sie lachten. Erneut schubste sie ihn, sie wusste sehr gut, dass sie ihm nicht wehtun konnte, aber sie war über alle Maßen erzürnt.

Es half wenig, dass Duncan dem König ein Lächeln zuwarf. »Eine temperamentvolle Braut, Mylord König. Sie ist nur etwas übermütig, mehr nicht.« Er wiederholte seine Worte auf Gälisch.

Der König gab eine kühle Antwort.

Duncan lachte übertrieben freundlich. Er drückte Eglantine an sich und drückte ihr einen festen Kuss auf die Lippen. »Vertrau mir, Eglantine, und zum Wohle aller, hör auf zu kämpfen«, flüsterte er leise.

Er wollte sie erneut küssen, ohne Zweifel um sie zum Schweigen zu bringen, doch Eglantine war außer sich vor Wut über seine Unverschämheit. Sie holte erneut nach ihm aus, sodass er mit erhobenen Händen zurückweichen musste.

Noch immer versuchte er, ihre Wut auf die leichte Schulter zu nehmen, und scherzte mit dem König, was Eglantines Beruhigung nicht gerade förderlich war.

»Eglantine, vielleicht erinnerst du dich, dass es deine Idee war, den Streit um *Ceinn-beithe* mit einer Heirat beizulegen.«

»Oh! Meine Idee war es, dass du Alienor heiraten sollst, verfluchter Kerl!«, schrie sie und schubste ihn wieder. Duncans Lächeln erstarb, als er ins Stolpern kam. Einen Moment lang balancierte er auf dem Rande der Klippe, dabei war Eglantine sicher, ihn nicht so stark gestoßen zu haben.

Er war kurz vor dem Fall und ohne nachzudenken griff sie nach ihm. Sein Lächeln blitzte auf und sie wusste, dass sie in eine Falle getappt war, dann packte er sie um die Hüfte und sie hatte das starke Gefühl, dass er von der Klippe sprang. Sie waren nicht sehr hoch über dem Wasser, doch Eglantine konnte nicht schwimmen und hätte geschrien, hätte Duncan ihr nicht im Fallen einen Kuss gegeben.

Das Wasser war verflucht kalt, wenn auch an dieser Stelle bemerkenswert ruhig. Prustend kam Eglantine an die Oberfläche. Es war so flach, dass sie stehen konnte, und bei dem kurzen Fall hatte sie sich nicht verletzt. Duncan tauchte nicht weit von ihr entfernt auf und schenkte ihr ein verschmitztes Grinsen.

»Nichts erhitzt das Blut eines Mannes so sehr wie eine Frau mit Temperament«, rief er und erzürnte Eglantine mit seinem fröhlichen Tonfall nur noch mehr. Sein gelbes Leinenhemd klebte ihm auf der Haut, sodass nichts ihrer Fantasie überlassen blieb. Sie konnte die Bewegungen seiner Muskeln sehen, während er auf sie zu kam.

»Du verdammter Mistkerl!« Sie packte ihn am Haar und drückte seinen Kopf so rasch unter Wasser, dass er ebenfalls prustend wieder auftauchte. »Ich kann nicht glauben, dass du mich so hereingelegt hast!« Die Menge lachte, doch Duncan sah sie mit einem gefährlichen Glimmen in den Augen an.

Eglantine hielt den Atem an, als sie die Entschlossenheit in seinem Blick sah, und trat zur Sicherheit einen Schritt zurück.

Duncan schüttelte sich das Wasser aus dem Haar und kam langsam auf sie zu. »Ist dir kalt, meine Eglantine, oder erwächst deine Leidenschaft aus etwas anderem als Wut?« Er streckte die Hand aus und fuhr mit der Fingerspitze über ihre harten Brustwarzen, und diese Dreistigkeit vor den Augen ihres versammelten Gefolges schockierte sie nicht weniger als seine Worte. »Sie ist willig!«, schrie er.

Eglantine wollte ihn erneut schubsen, doch er nahm sie in die Arme und sein warmer Körper presste sich von Kopf bis Fuß gegen ihren. Eglantine verfluchte ihren verräterischen Puls, der bei seiner Berührung zu rasen anfing.

»Ich bitte dich, vertrau mir«, flüsterte er ihr ins Ohr.

»Ja, und wohin hat mich das gebracht? Ich habe ein heidnisches Ehegelübde abgelegt, das glücklicherweise vor den Augen Gottes oder des Gesetzes keine Gültigkeit hat.« Sie wand sich in seinen Armen, erreichte jedoch nichts, als sich seiner schlanken Stärke noch mehr bewusst zu werden. »Ich widerrufe diese Verbindung, bevor sie vollzogen ist …«

Seine Augen blitzten und seine Männer brachen in lautes Gelächter aus, als Duncan ihr ein Bein in die Kniekehlen legte und sie hintenüber warf. Eglantine schluckte Meerwasser, während sie und Duncan untergingen.

»Wie kannst du es wagen!«, schrie sie, sobald sie konnte.

»Wie sonst soll ich dich zum Schweigen bringen?«, grummelte er und hielt sie fest, als sie fliehen wollte. Sie fielen beide ein weiteres Mal ins Wasser.

Und als sie erneut auftauchten, spürte Eglantine Duncans warme Hand über ihrem Mund. Er hielt sie so, dass die Männer oben sie nicht sehen konnten, und sah sie mit blitzenden Augen eindringlich an.

»Hör mir zu, Eglantine, hör gut zu. Dugall will *Ceinn-beithe* als sein Eigentum gesichert wissen und hatte vor, es mit Blutvergießen einzunehmen. Er hat fast einhundert Mann bei sich, um seinen Anspruch durchzusetzen, und er ist entschlossen, alle zu töten, um die Sache zu seiner Zufriedenheit zu Ende zu bringen.«

Eglantines Augen weiteten sich vor Entsetzen, während Duncan mit leiser und eindringlicher Stimme fortfuhr.

»Ich habe darauf bestanden, dass es noch einen anderen Weg gibt, dass du und ich ein Ehegelübde ablegen und ihm *Ceinn-beithe* überantworten, um so seine Herrschaft zu sichern.«

»Du hast mich betrogen«, nuschelte sie unter seiner

Hand, und obwohl ihre Worte so gut wie unverständlich waren, hatte er offensichtlich verstanden.

»Ja, zum Wohle der Allgemeinheit. Ich wollte dir, deinen Töchtern und deinem Hausstand das Leben retten, nicht mehr und nicht weniger. Und dank deiner scharfen Zunge wäre beinah alles zuschanden geworden.« Er schüttelte den Kopf über die Last, mit der er nun gestraft war. »Ich wusste, dass du nicht einwilligen würdest, aber ich wusste auch, dass wir keine Gelegenheit haben würden, die Sache zu besprechen.« Seine Augen blitzten. »Ich hätte mir denken können, dass du mir nicht vertrauen würdest.«

»Es gibt auch keinen Grund, dir zu vertrauen.« Sie befreite sich von seiner Hand, sprach jedoch mit leiser Stimme weiter.

»Möchtest du zusehen, wie deine Leute noch am heutigen Tage getötet werden?«

»Nein, und das weißt du.« Sie befand sich in einer Zwickmühle, das wusste sie nur zu gut. Doch sie musste über ihre Lage wahrlich nicht erfreut sein und sie musste sich nicht ohne Widerstand dem Mann hingeben, der sie in diese Lage gebracht hatte. Wenn nur seine Nähe sie nicht so um den Verstand bringen würde!

Wenn sie wenigstens mit Gewissheit wüsste, ob er die Vorräte zerstört und Alienor die Jungfräulichkeit genommen hatte!

»Dann tu, was von dir erwartet wird. Und täusche ein wenig Freude vor.«

»Aber es ist doch nur eine vorübergehende Lösung«, klagte sie. »In einem Jahr und einem Tag sind wir in der gleichen Lage. Was macht es für einen Unterschied, ob dein König seinen Zoll heute oder in einem Jahr fordert?«

»Einen riesigen Unterschied und das weißt du sehr gut«, zischte er. »In einem Jahr kann alles anders sein – vielleicht ist der König dann gestürzt, vielleicht beschließt du, *Ceinnbeithe* zu verlassen, vielleicht kommt König Wilhelm dir zu Hilfe.«

Er machte eine bedeutungsvolle Pause und Eglantine hob den Blick, um ihm in die Augen zu sehen. Sie hatten sich zu einem stürmischen Grau verdunkelt und er sprach mit leiser Stimme. »Oder du und ich schließen den Bund fürs Leben.«

Eine Möwe schrie, während sie zu ihm aufblickte, und Eglantine hatte fast vergessen, dass sie von oben auf der Klippe beobachtet wurden. Es gab nichts außer Duncan, seine Überzeugung, sein dunkler Blick. Ihr Herz begann zu hämmern und sie wünschte sich nichts mehr, als ihm zu glauben.

Obwohl Eglantine überzeugt war, dass ihr eine Hochzeit aus Liebe, wie sie sie für ihre Töchter ersehnte, nicht bestimmt war, Duncan hatte die Macht, ihre Überzeugung ins Wanken zu bringen.

Er schenkte ihr ein schiefes Lächeln und atmete tief durch. »Und jetzt benutze den Verstand, mit dem du gesegnet bist, und triff eine Wahl, bevor es zu spät ist.«

Ja, sie würde ihren Verstand nutzen und ihre Zweifel nicht aus dem Blick verlieren. Sie würde ihre Untergebenen retten, aber nicht mehr. Ohnehin hatte sie keine andere Wahl, als bei seinem Plan mitzuspielen.

Aber sie würde niemals so dumm sein, sich in Duncan MacLaren zu verlieben.

Sie setzte ein breites Lächeln auf und legte Duncan die Arme um den Nacken. Er kniff die Augen zusammen, als wisse er nicht, was er von ihr zu erwarten hatte, und Eglantine musste lachen, als sie seinen Blick richtig deutete. Sie hob die Stimme, damit auch die oben Versammelten sie hören konnten, sprach jedoch leise genug, um noch den Anschein von Vertraulichkeit zu erwecken.

»Oh Duncan, vergib mir«, verkündete sie. »Aber welche Frau wäre nicht erzürnt, dass du so viele Tage und Nächte auf dich warten lässt?« Sie sah, wie Duncan verwundert die Luft anhielt, bevor sie sich an ihn presste und ihm einen wilden Kuss gab.

Er zögerte nur einen Moment, bevor er sie eng an sich zog, und Eglantine seufzte vor Wonne, als er die Umarmung erwiderte und ihre Finger sich in seinem Haar vergruben.

Gott im Himmel, wie hatte sie seine Küsse vermisst.

Kapitel 13

Duncan hatte keine Ahnung, was genau er gesagt hatte, um Eglantine zu überzeugen, und es war ihm egal. Er war viel zu verwirrt, dass sie tatsächlich nachgegeben hatte – es sah ihr gar nicht ähnlich, sich seinem Willen zu beugen.

Das konnte nur ein gutes Omen sein. Eglantine war seine Frau – zumindest für ein Jahr und einen Tag. In dieser Zeit konnte er Eglantine umwerben und würde sie für sich gewinnen, daran zweifelte er nicht.

Die vierzehntägige Trennung hatte es nicht vermocht, Eglantines Anziehungskraft auf ihn zu mindern. Das war ihm klar geworden, sobald er sie oben auf dem Dach entdeckt hatte und sein Herz ihm beinah in der Brust zersprungen wäre.

Er hatte nichts gesehen als Eglantine, wie sie schlank und stark im vollen Sonnenlicht gestanden hatte, die Lippen vor Überraschung leicht geöffnet. Ihre Haut hatte eine sanfte Tönung angenommen und sie schien zu glühen, gesünder und schöner, als er sie in Erinnung hatte. In ihren smaragdfarbenen Augen hatte er ein Leuchten gesehen, als er zu ihren Füßen stehen geblieben war, eine gewisse Freude, die ihm sagte, dass er nicht der Einzige war, der liebte.

Ja, zum ersten Mal in seinem Leben war Duncan verliebt und er konnte sich nichts Schöneres vorstellen. Und

Eglantine hatte eingewilligt und küsste ihn, als wolle sie ihm noch das Mark aus den Knochen saugen.

Duncan legte ihr den Arm um die Taille und drückte sie an sich. Er genoss es, wie ihre Zunge mit seiner spielte und wie ihr Herz gegen seines hämmerte. Wären nicht die Anfeuerungsrufe von oben gewesen, er hätte die Zuschauer vergessen und die Wonnen dieser Dame auf der Stelle genossen.

Doch stattdessen hob er langsam den Kopf und ein Lächeln umspielte seine Lippen, als er die Röte in ihren Wangen und das Funkeln in ihren Augen sah. Sie erwiderte sein Lächeln und sein Herz setzte einen Schlag aus.

»Habe ich ausreichend Freude vorgetäuscht?«, flüsterte sie. In ihren Augen blitzte ein seltener Übermut, der Duncan beinah dazu verleitete, sich die Frau über die Schulter zu werfen und mit ihr einen einsamen Platz aufzusuchen.

Doch stattdessen umfasste er ihr Kinn und strich mit dem Daumen sanft über ihre volle Unterlippe. »Es war also alles nur vorgetäuscht?«, flüsterte er. Er fuhr mit den Lippen über ihre und sie erbebte auf höchst zufriedenstellende Art, bevor sie sich von ihm löste und seinem Blick auswich – ohne Zweifel, damit ihre Augen sie nicht verraten konnten.

»Es ist kalt«, sagte sie und kehrte zu ihrer üblichen Reserviertheit zurück. »Wir sollten uns etwas Trockenes anziehen, bevor wir krank werden.«

Duncan nahm sie bei der Hand und zog sie zurück an seine Brust. Es gefiel ihm nicht, dass sie ihm auszuweichen versuchte. »Flieh nicht vor mir, Eglantine. Ich möchte Aufrichtigkeit zwischen uns, nicht mehr und nicht weniger.«

»Und was ist aufrichtig an diesem Gelübde?«, fragte sie.

»Was hier drinnen ist.« Er legte eine Hand aufs Herz.

»Du selbst hast gesagt, man findet die wahren Schätze erst, wenn man nicht mehr nach ihnen sucht. Gib mir ein Jahr und einen Tag in Aufrichtigkeit, Eglantine, mehr erbitte ich nicht.«

Sie zögerte und seine Hoffnung sank, doch er gab nicht auf. »Man erkennt einen Mann an seinen Taten und ich werde mich dir durch meine Taten zu erkennen geben. Ich habe dir bereits geschworen, dich zu umwerben, und dieses Gelübde besagt nichts weiter als das. Und für deine Töchter werde ich Männer finden, die deinen Ansprüchen genügen.«

Duncan schluckte und blickte ihr tief in die Augen. »Und das Recht, ja oder nein zu sagen, meine liebe Eglantine, bleibt dir unbenommen. Ich werde nichts nehmen, was du nicht aus freien Stücken gibst, darauf habe ich dir meinen feierlichen Schwur bereits geleistet.«

Schweigend betrachtete sie ihn und wandte dann ihr Gesicht ab. »Das ist das Mindeste, was ich von dir erwarte, Duncan.« Sie drehte sich um und watete zum Strand, doch ihr durchnässtes Kleid behinderte sie, sodass Duncan sie mühelos einholte. Unter den anzüglichen Beifallsrufen von Dugalls Männern schwang er sie auf seine Arme und trug sie an Land.

»Du musst das nicht tun«, protestierte sie, doch Duncan bedachte sie mit einem selbstsicheren Grinsen.

»Ich täusche nur Freude vor, genau wie du«, neckte er sie und beobachtete mit einem Lächeln, wie ihr die Röte in die Wangen stieg.

»Ich handle für das Überleben meiner Untergebenen«, sagte sie knapp und legte ihm einen Arm um den Hals, um die Zuschauer von ihrer Vorstellung zu überzeugen. Sie lächelte ihn an, doch ihr Tonfall war eisig. »Vergiss das nie.«

»Warum wehrst du dich so, Eglantine? Dieser Plan hat schließlich auch angenehme Seiten für uns beide.«

Sie lief tiefrot an und wieder einmal fehlten ihr die Worte.

»Aufrichtigkeit, Eglantine«, flüsterte er. »Das ist das Mindeste, das uns in dieser Zeit verbinden sollte.«

Sie seufzte, als er sie absetzte, ohne den Arm von ihrer Taille zu lösen. Gemeinsam kletterten sie Hand in Hand die letzten Steine hinauf und Duncan sah, wie die versammelten Männer auf sie zukamen, um ihn zu beglückwünschen.

Bevor sie in Hörweite waren, warf die Dame ihm einen prüfenden Blick zu und nickte. »Du hast Recht, Duncan. Und um dir die Wahrheit zu sagen, meine Freude an deinen Berührungen ist nicht vorgetäuscht.« Sie blickte ihm tief in die Augen, während Duncan beinah das Herz stehen blieb. »Ich begehre dich, wie du mich begehrst, doch mehr als Lust verbindet uns nicht.«

Eglantine begehrte ihn!

»Und Lust allein ist nicht genug. Ich werde mich dir nicht hingeben, egal ob dein König das erwartet oder dein Begehren es verlangt. Ich wähle ein Nein, Duncan, weil zu viel zwischen uns steht. Damit solltest du dich abfinden.« Sie beobachtete, wie er ihre Worte aufnahm, dann wandte sie sich ab, um die Entgegenkommenden zu grüßen.

Zu viel zwischen ihnen. Im Stillen zählte Duncan alles auf. Er würde dafür sorgen, dass Iain sein Vergehen eingestand und um Verzeihung bat, auch wenn er noch nicht wusste, wie er es anstellen sollte. Und Alienor. Gott allein wusste, wie er die Wahrheit aus ihr herausbekommen würde. Und er wollte in Erfahrung bringen, was mit dem gefälschten Titel geschehen war.

Duncan musste Eglantine von seiner Unschuld überzeugen. Sie verlangte Beweise und er würde sie ihr bringen.

Eglantines Tochter Jacqueline stürzte sich mit glänzenden Augen auf sie und errötete, als sie von ihrer Mutter zu Duncan blickte: »Oh *Maman*, ich gratuliere!«

Das Mädchen, das Duncan noch nicht kennen gelernt hatte, umarmte Eglantine voller Enthusiasmus und offensichtlicher Freude. Sie machte einen tiefen Knicks, als sie Duncan vorgestellt wurde, und lief hochrot an, als er ihr die Hand küsste.

Sie hatte die gleiche Haarfarbe wie ihre Mutter und Duncan vermutete, dass Eglantine in ihrem Alter von der gleichen Schönheit gewesen war. Doch während Eglantine groß und schlank war, verfügte Jacqueline über üppige Kurven und reichte ihrer Mutter gerade bis an die Schulter.

»Sie ist bezaubernd«, sagte Duncan und legte Eglantine eine Hand auf den Rücken. »So schön und elegant wie ihre Mutter.«

Doch Eglantines mütterliches Lächeln erstarb, als sie den Blick über Dugalls Männer wandern ließ. »Ich hoffe, das macht es ihr nicht noch schwerer«, flüsterte sie geheimnisvoll. Bevor Duncan nachfragen konnte, hatte sie irgendetwas entdeckt und zog die Stirn in Falten.

Duncan folgte ihrem Blick und sah Alienor, die mit missmutiger Miene zurückgeblieben war. Wie sehr wünschte Duncan, das Ärgernis aus der Welt zu schaffen, das sie ihm eingebracht hatte! Sie und Eglantine tauschten einen Blick, bis Alienor ihr Haar zurückwarf und davonmarschierte.

»Ich habe sie nicht angefasst, Eglantine«, flüsterte Duncan.

»Das hast du geschworen«, entgegnete sie in gleichförmigem Tonfall.

»Ja, aber glaubst du mir?«, fragte er ungeduldig.

Eglantine presste die Lippen zusammen. »Ihr Benehmen

ähnelt dem einer Lügnerin.« Es war nur ein kleines Zugeständnis, aber doch mehr, als Duncan erwartet hatte.

»Madame, auf ein Wort«, sagte Louis, bevor er von einem neuen Hustenanfall geschüttelt wurde. Der Mann klang noch immer nicht gesund und Duncan bedauerte sehr, dass er litt.

Würde Eglantine ihn auch dafür verantwortlich machen?

Doch offenbar war das nicht der Fall. Sie lächelte den alten Mann an. »Ihr habt mir einen guten Rat gegeben und ich danke Euch von Herzen.« Eglantine fasste den Verwalter am Ellbogen und führte ihn auf das Lager zu. »Und wenn ich auch überzeugt bin, dass ihr auf Eurer Reise zum Hofe des Königs viel erreicht und vieles zu berichten habt, so hat es doch Zeit. Heute müsst Ihr Euch um Eure Gesundheit bekümmern, welche in Eurem loyalen Dienste augenscheinlich sehr gelitten hat.«

Bevor er wusste, wie ihm geschah, hieß Eglantine einige Männer, den Verwalter zum Feuer zu geleiten. Seine krächzenden Einwände konnten es mit Eglantines raschen Anweisungen nicht aufnehmen. Duncan lächelte zustimmend, als dieser Mann auf Geheiß seiner Herrin rasch fortgeführt wurde.

»Er braucht eine heiße Brühe und dann ab ins Bett.« Eglantine wandte sich um und hob eine Hand. »Gunther, haben wir noch einen Tropfen *eau-de-vie* übrig? Ich denke, Louis kann etwas Wärme gut gebrauchen, vielleicht auch einen heißen Stein im Bett.«

Zu Duncans Freude kam die kleine Esmeraude auf ihn zu und nahm ihn bei der Hand. »Hast du noch ein Lied für mich?«, fragte sie hoffnungsvoll. »Keiner singt mehr für mich.«

Duncan lächelte auf das Kind herab und freute sich, wenigstens von einem Menschen in dieser Gemeinschaft freundlich empfangen zu werden. »Ja, ich habe ein Lied für dich, Esmeraude. Der heutige Abend wird voller Lieder und Geschichten sein, und wenn ich mich nicht sehr irre, dürfte das sogar deinen Appetit stillen.«

Sie lächelte und umfasste seine Hand fester und ihr Vertrauen und ihre Zuneigung berührten ihn zutiefst. »Jetzt?«

Doch im gleichen Moment bekam Duncan die resolute Art seiner Dame zu spüren. »Nicht jetzt, Esmeraude. Duncan muss sich erst umziehen«, sagte Eglantine streng.

»Ich werde schon von selbst trocken«, protestierte Duncan und wusste, dass er diese Schlacht ohnehin verlieren würde.

Er erntete einen gestrengen Blick. »Der Wind ist beißend kalt und es ist für niemanden ein Gewinn, wenn einer von uns krank wird.«

»Ich habe nichts anderes zum Anziehen.«

»Dann werden wir etwas Passendes suchen.« Eglantine hielt inne, um Atem zu holen und ihr Gefolge zu betrachten, und einen Herzschlag später hatte sie einige Männer losgeschickt, um für einen geeigneten Sitz und Erfrischungen für den König zu sorgen.

Gerhard hastete davon, um das beste Mahl zu bereiten, dessen er und Gunther in so kurzer Zeit fähig waren, einige Mägde brachten Alienors Hab und Gut zurück in Jacquelines Zelt, sodass dieses Zelt in angemessener Entfernung neu aufgestellt werden konnte, um den König zu beherbergen. Dann winkte Eglantine ihre Untergebenen in die kürzlich fertig gestellte Halle. Duncan hatte nichts anderes erwartet, als dass sie sich mehr um das Wohl der anderen sorgte als um ihr eigenes. Auf ihren Wunsch hin wurden ein Feuer entzündet und heiße Getränke bereitet, die Besucher wurden willkommen geheißen und jemand brachte trockene Kleider für Duncan.

Es hatte nur einen Lidschlag gedauert, dass alle auf Anweisungen Eglantines hin geschäftig hin und her liefen. Sie machte keine Anstalten, sich umzuziehen, und Duncan blieb wartend stehen. Er war ebenso besorgt um ihre Gesundheit wie sie um die seine.

Es war lange her, dass jemand sich um sein Wohlbefinden bekümmert hatte. Selbst ihre knapp geäußerte Sorge ließ es Duncan warm ums Herz werden – es war gar nicht unangenehm, wenn Eglantine sich für einen verantwortlich fühlte. Zumindest war es ein Fortschritt und Duncan war entschlossen, diesen Fortschritt voll auszukosten.

»Diese Frau würde ich festhalten«, flüsterte Gillemore, nachdem sie sich begrüßt hatten.

Duncan lächelte und hielt Esmeraudes Hand noch fester, während seine Überzeugung um ein Hundertfaches gestärkt wurde. »Ja, Gillemore, das habe ich vor.«

***

Ein Hochzeitsfest! Alienor hätte vor Verachtung ausspucken können, während um sie herum die Festlichkeiten begannen. Das sah Eglantine ähnlich, ihr alles zu verderben. Sie stampfte mit dem Fuß auf, während sie zwischen den Menschen umherlief und Unheil anrichtete, wo sie nur konnte.

Sie trat gegen einen Krug mit frischem Ale und setzte ungeachtet der verzweifelten Aufschreie hinter ihr ihren Weg fort. Sie stieß mit der Hüfte gegen einen Tisch mit frischem Brot und beobachtete höchst zufrieden, wie zwei dunkle Laiber zu Boden fielen. Sie stellte einem Diener verstohlen ein Bein, der so mit Bechern beladen war, dass er seine Füße nicht sehen konnte.

Doch all das linderte nicht ihre Wut. Eglantine hatte sie seit jeher gehasst, das wusste Alienor nur zu gut. Und wer wäre nicht eifersüchtig auf Alienors Schönheit und ihren Charme? Widerlich, wie diese alternde Hexe von einer Stiefmutter ihr den einzig würdigen Mann weit und breit wegschnappte, und das nachdem sie stets erklärt hatte, ihre Töchter an große Männer verheiraten zu wollen. Ha! Natürlich war Eglantine selbstsüchtig genug, zuvörderst für ihr eigenes warmes Bett zu sorgen.

Alienor schnaubte. Eglantine hatte ihr Duncan vor der Nase weggeschnappt, aber sie würde dafür sorgen, dass diese Verbindung nicht von Dauer war. Sie war noch nicht sicher, wie sie das anstellen sollte, schon gar nicht, da Duncans Blick so voller Begeisterung auf Eglantine ruhte, aber ihr würde schon etwas einfallen.

Es musste doch einen Weg geben, zu ihrem Ziel zu kommen. Nachdenklich betrachtete sie die Neuankömmlinge und erntete einen wohlwollenden Blick von einem von ihnen. Er war hoch gewachsen und nicht allzu hässlich, doch er war noch älter als Eglantine und gewiss viel zu alt, um sie mit einem solchen Blick zu bedenken. Alienor hob das Kinn und starrte ihn ob seiner Unverschämtheit wütend an.

»Alienor!«, rügte Jacqueline sie so nah an ihrem Ohr, dass sie vor Schreck zusammenfuhr. »Es gehört sich nicht, den König so anzustarren.«

»König? Welchen König?«

Jacqueline verdrehte die Augen. »Hörst du denn niemals zu? Das ist Dugall, König der Inseln, und er ist gekommen, um dem Ehegelübde zwischen *Maman* und Duncan beizuwohnen. Ist das nicht unglaublich romantisch?«, fragte Jacqueline mit schwärmerischem Blick. »Ich wusste, dass *Maman* die Augen auf jemanden geworfen hatte, denn seit unserer Ankunft hat sie dieses Leuchten in den Augen. Jetzt wissen wir nicht nur, dass es Duncan ist, sondern auch, dass er sie ebenso liebt. Und in Theobalds Brief stand geschrieben, dass Kinbeath den Ehegelübden, die hier abgelegt werden, Glück beschert. Wäre es nicht wunderschön, wenn es stimmt?«

Ein *König*? Nur dieses eine Wort hatte Alienors Aufmerksamkeit erregt. Ein König war weitaus besser als ein gewöhnlicher Clanführer, selbst ein König, von dem noch niemand je gehört hatte. Gut, er war nicht der König von Frankreich oder wenigstens von Sizilien, aber er war doch Herr über seine Männer. Und es war wenig wahrscheinlich, dass sie an diesem verfluchten Ort zwischen mehreren Königen würde wählen können.

Ein Plan formte sich in Alienors Gedanken, während sie den interessierten Blick des Königs mit einem koketten Lächeln auf den Lippen erwiderte. Für einen alternden König machte er keine schlechte Figur – vielleicht war er gebrechlich und würde sich mit ihrer Hand auf seinem Knie zufrieden geben.

Und gewiss überhäufte ein jeder König seine Braut mit Reichtümern und Juwelen. Dafür würde sie auch seine knotigen Hände auf ihrem Körper ertragen. Er flüsterte einem seiner Männer etwas zu und hob lächelnd seinen Becher zum stillen Gruß.

Wie immer ohne jedes Gespür für derlei Gesten unter Erwachsenen, seufzte Jacqueline zufrieden. »Bestimmt wird er sie glücklich machen.«

»Wer?« Alienor sah Jacqueline verständnislos an. »Wer wird wen glücklich machen?«

Jacqueline verdrehte die Augen. »Bestimmt wird Duncan *Maman* glücklich machen. Ehrlich, Alienor, manchmal bist du taub wie ein Stein. Aber jetzt spute dich, deine

Sachen müssen noch in mein Zelt gebracht werden, damit deines zum Vergnügen des Königs bereitsteht.«

Alienor lachte leise. Sie würde mehr als nur ihr Zelt zum Vergnügen des Königs bereitstellen. Oh ja, sie hatte einen Fehler gemacht, indem sie die Sache mit Duncan nicht zum Ende geführt hatte. Doch diesen Fehler würde sie nicht noch einmal begehen. Sie winkte dem König, als sie sich mit Jacqueline abwandte, und zweifelte nicht, dass er ihr nachsah. Sie ging leichten Schrittes, während sie sich vorstellte, ihr Leben als Königin der Inseln zu verbringen.

Ein angemessener Titel für eine Frau wie sie.

***

Eglantine hätte es nicht für möglich gehalten, dass ein Mann in Gunthers besten – wenn auch recht abgetragenen – Stiefeln, einem alten Rock von Louis, der ihm an den Schultern zu eng war, und einem Paar Hosen, das auf einen Mann mit größerer Leibesfülle zugeschnitten war, ihr Herz zum Rasen bringen würde.

Doch bei Duncan war das der Fall. Er sah so umwerfend männlich aus wie immer, die geborgten Kleider taten seiner Attraktivität keinen Abbruch. Er trug noch immer den Gürtel und das Messer um die Hüfte, sein Haar war noch immer ungebändigt. Und sein Lächeln schnürte Eglantine die Kehle zu. Er würde niemals aussehen wie ein Höfling, denn ihn umwehte dieser Hauch von Freiheit, den keine Verkleidung verstecken konnte.

Sie war gut beraten, sich vor seinem Charme in Acht zu nehmen. Und zu ihrer Überraschung stellte Eglantine fest, dass Duncan ihr in seiner normalen Kleidung noch besser gefiel, auch wenn sein Aussehen einst befremdlich und barbarisch auf sie gewirkt hatte. Es passte besser zu ihm. Sie vermisste den Anblick seiner nackten, starken Beine, und dieser Gedanke entlockte ihr ein Lächeln.

Zu spät bemerkte sie, dass sie ein recht seltsames Paar abgaben, denn sie hatte zur Feier des Tages ihr bestes Kleid angelegt. Und es hatte sich gelohnt, denn sie sah, wie Duncans Augen aufblitzten. Hoch aufgerichtet stand er da und erwartete sie, seine neue Kleidung schien ihn nicht zu bekümmern und nur einen kurzen Moment lang lag ein Schimmer der Unsicherheit in seinen Augen, als Eglantine seine Hand nahm.

»Kein Wort zu meinem Aufzug«, neckte er mit funkelnden Augen. »Ich sehe aus wie ein Bettler, nicht wie ein Bräutigam. Oder wie ein Barde, der der Braut aufspielt.«

»Nein, so schlecht ist es gar nicht.«

»Auch nicht neben solcher Schönheit?« Er beugte sich vor und küsste ihre Fingerspitzen mit einer Anmut, die nur wenige Adlige aufbringen würden. Sein Blick war voller Wärme. »Du siehst sehr elegant aus, Eglantine.«

Ihr Versuch, sich gegen ihn zu wappnen, scheiterte kläglich, auch wenn Eglantine sich mühte, ihre Freude zu verbergen. Sie vermutete, dass Duncan den rasenden Puls an ihrem Hals bemerkt hatte und dass ihm nicht entgangen war, dass sie einige Mühe auf ihr Äußeres verwendet hatte. Und sicherlich ging er davon aus, dass es für ihn geschehen war.

Womit er gar nicht falsch läge. Auf jeden Fall war er die Ursache für die Röte auf ihren Wangen. »In Anbetracht der Anwesenheit eines Königs schien es mir gerade passend.«

»In der Tat.« Er lächelte. »Dann sollte ich dem König meine Dankbarkeit übermitteln, dass seine Anwesenheit mir eine so bezaubernde Frau an meiner Seite beschert hat.«

Eglantine entzog ihm ihre Hand. »Ich sagte nein, Duncan.«

Er presste die Lippen zusammen und sein Blick wurde härter. »Und ich habe dir geschworen, nichts zu nehmen, was du mir nicht aus freien Stücken gewährst. Ich stehe zu meinem Wort, Eglantine, auch wenn du es vorziehst, das Gegenteil zu glauben.« Mit diesen Worten legte er ihre Hand mit übertriebener Feierlichkeit auf seinen Arm und führte sie zur Tafel. Eglantine konnte sich des Gefühls nicht erwehren, ihn ungerecht behandelt zu haben.

Es war nicht gerade das feinste Hochzeitsfest, von dem man je gehört hatte. Es wurde ein einfaches Mahl serviert und nur verdünntes Ale zum Anstoßen ausgeschenkt. König Dugall blickte noch immer höchst skeptisch drein und Eglantine gab ihr Bestes, die glückliche Braut zu spielen. Duncan saß mit stoischer Miene neben ihr und unternahm keinen Versuch, ihr ein Lächeln zu entlocken. Dieses mürrische Benehmen sah ihm nicht ähnlich und Eglantine wusste, dass sie zu weit gegangen war. Sie konnte beinah spüren, wie er kochte.

Aber was sollte sie tun? Sollte sie allein aus Spaß mit ihm das Lager teilen und alles andere vergessen?

Der Gedanke war gefährlich verlockend. Eglantine bekam einen trockenen Mund, als sie über ihre Lage nachdachte. Ganz gewiss würde sie keinen Mann mehr lieben, denn Liebe bescherte einer Frau nichts als Schwäche und Verletzlichkeit. Man erinnere sich nur, welchen Fehler sie mit ihrer Liebe zu Theobald begangen hatte! Und wie diese Liebe vergangen war und sie sich in einer lauwarmen Ehe mit einem wenig vertrauenswürdigen Schurken wiedergefunden hatte.

Es war offensichtlich, dass ihr Verlangen nach Duncan lediglich auf Lust gründete und nicht von Dauer sein würde. Sie war keine Jungfrau mehr und schuldete keinem Mann Keuschheit – und sie hatte gerade gelobt, für ein Jahr und einen Tag mit Duncan unter einem Dach zu leben.

Eglantine wagte einen Blick in seine Richtung und sah seine ernsten Gesichtszüge. Sie erinnerte sich an das Leuchten in seinen Augen, als er angedeutet hatte, aus diesem Gelübde könne ein wirklicher Bund fürs Leben hervorgehen, und ihr Herz schlug schneller. Doch nein, dazu würde es nicht kommen; sie wusste, Liebe war nie von solcher Dauer.

Doch was konnte es schon schaden, wenn sie ihr Bett mit Duncan teilte? Die Versuchung war tatsächlich groß, ihn noch einmal auf sich zu spüren und sich rückhaltlos ihrem Verlangen hinzugeben. Sicherlich würde es dann umso schneller nachlassen und Duncan würde nicht länger die ärgerliche Fähigkeit besitzen, ihre Gedanken durcheinander zu bringen.

Oder versuchte sie nur, ihre eigene Schwäche zu rechtfertigen? Eglantine wusste es nicht und diese Erkenntnis ärgerte sie. Der Himmel über der See und den Inseln verdunkelte sich, das Feuer loderte hoch und zeichnete zuckende Schatten auf ihre Gesichter und die Stille zwischen dem vermeintlichen Paar zog sich ungebührlich in die Länge, während um sie herum gefeiert wurde.

Es war nicht zu übersehen, dass es ihnen nicht gelang, Dugall von der Aufrichtigkeit ihres Gelöbnisses zu überzeugen. Als Eglantine Duncan eine Hand aufs Knie legte und ihn im Flüsterton darauf hinwies, erntete sie einen düsteren Blick.

»*A cheud sgeul air, fear an taighe*«, rief Gillemore, bevor Duncan antworten konnte, und hob seinen Becher in die Luft. »*Is sgeul gu lath' air an aoidh*!«

»Was tut er da?«, fragte sie Duncan leise und nutzte die Gelegenheit, ihre Brust an seinen Arm zu pressen.

Er sog tief die Luft ein und warf ihr wieder einen finsteren Blick zu. »Die erste Geschichte aus dem Munde des Gastgebers, dann bis zum Morgengrauen Legenden aus dem Munde der Gäste.« Duncan zeigte auf Esmeraude, die sich an Eglantine schmiegte. »Hier wirst du mehr als genug Geschichten hören, Esmeraude.«

Das Kind machte vor Freude einen Satz und Eglantine legte ihr einen Arm um die Schulter. Sie fühlte sich vernachlässigt, als Duncan kein Wort an sie richtete. Duncan erhob sich, faltete die Hände auf dem Rücken und hob an zu singen.

Es dauerte einen Moment, bis sie bemerkte, dass er auf Französisch sang, doch nur einen Herzschlag, dann fragte sie sich warum. Noch im gleichen Moment wusste sie es – für Esmeraude. Er sang eine wunderschöne Ballade über eine Frau, die am Meer lebte, um ihre jüngste Tochter zu erfreuen.

Und Esmeraude war nicht die Einzige, die von Duncans Gesang gefangen war. Oh ja, bis in alle Ewigkeit hätte Eglantine ihm lauschen können. Als Duncan auf der letzten Note verweilte, stellte sie sich vor, wie der Ton weit auf das Meer hinauswehte. Als er endete, herrschte vollkommene Stille, dann setzte er sich mit gesenktem Blick hin. Der Applaus brandete auf und alle redeten durcheinander. Esmeraude seufzte zufrieden. Als sie müde gähnte, war sofort Célie zur Stelle und nahm sie auf den Arm.

Eglantine legte ihre Hand auf Duncans, und als er aufblickte, sah er die Tränen in ihren Augen. »Du hast eine seltene Begabung, Duncan«, sagte sie. »Deine Geschichten haben die Macht, die Herzen der Menschen zu rühren.«

Schweigend betrachtete er sie und seine Miene war nicht zu ergründen.

»Singst du immer von der Liebe?«

»Ja«, sagte er knapp und nahm einen tiefen Schluck Ale.

»Warum?«

»Weil die Liebe wichtiger ist als alles andere.«

Sie erinnerte sich an jenes andere Lied, das er für sie gesungen hatte, und an die Wehmut in seinem Gesang. Diesmal hatte sie nicht das Gefühl gehabt, als singe er eine Geschichte aus seinem eigenen Leben. »Wer war Mhairi?«, fragte sie, ohne nachzudenken.

Die Frage brachte Duncan sichtlich durcheinander, es gelang ihm nicht, seine aufwallenden Gefühle zu verbergen. »Das spielt keine Rolle«, sagte er und runzelte die Stirn.

Eglantine legte ihm eine Hand auf den Oberschenkel und spürte, wie sich seine Muskeln verkrampften. »Wieso spielt es keine Rolle, obwohl es das Einzige ist, worüber du nicht reden möchtest?«, fragte sie sanft. Sein vollkommen verzweifelter Blick hätte sie unter anderen Umständen zum Lachen gebracht. Dieser Mann war nicht fähig zu lügen. »Hast du sie geliebt?«

Duncan holte tief Luft. »Nein, ich habe Mhairi nie geliebt, aber es hat eine Zeit gegeben, in der ich von ganzem Herzen wünschte, sie zu lieben.«

»Sie hat dich geliebt«, erriet Eglantine.

Er presste die Lippen zusammen. »Ja, über alle Maßen und ohne jede Ermutigung.« Er legte seine Hand auf ihre, doch seine Wärme verharrte nur für einen kurzen Moment, dann nahm er ihre Hand und legte sie zurück in ihren Schoß. »Ist deine Neugier jetzt befriedigt?«

»Nein.«

Er musste lächeln, dann schüttelte er den Kopf. »Ich hätte wissen müssen, dass es so einfach nicht geht.« Er warf ihr einen silbrigen Blick zu. »Mit dir ist es niemals einfach.«

»Genau wie mit dir.« Eglantine lächelte und trotz des Treibens um sie herum spürte sie eine innige Nähe zu Duncan. »Erzähl mir von Mhairi, Duncan. Bitte. Ich möchte es wirklich gern wissen.«

Er erwiderte ihren Blick und sie fürchtete, er würde ablehnen. Doch dann legte er die Stirn in Falten und sprach inmitten des Trubels mit leiser Stimme. »Mhairi war Cormacs Tochter, doch als ich hierher kam, war sie noch ein Kind. Cormac hat mich als seinen Sohn aufgenommen, obwohl er nicht dazu verpflichtet war, und aus Dankbarkeit habe ich ihm so gut gedient, wie ich konnte.«

»Was ist mit deiner Familie?«

»Ich kenne sie nicht.« Er zuckte mit den Achseln, als kümmere es ihn nicht, aber Eglantine ließ sich nicht täuschen. »Ich habe den Namen MacLaren angenommen, um nicht ohne Namen zu sein. Niemand von den MacLaren lebt in dieser Gegend und wer sollte die Wahrheit herausfinden? Ich war immer allein, bin gereist, habe Lieder gelernt und Geschichten gelauscht. Als Cormac mich als Pflegesohn aufnahm, hatte ich auf einmal eine Familie, und ich war stolz, einen Bruder und eine Schwester zu haben.«

»Einen Bruder?«

»Ja, Iain ist dir vielleicht schon aufgefallen, er ist groß und blond. Er ist Cormacs Sohn und eine Zeit lang waren wir unzertrennlich. Sieh, da ist er an der Seite des Königs und klagt über all meine Fehler und Schwächen.«

Nachdenklich zog Eglantine die Stirn in Falten, als sie den fraglichen Mann betrachtete, doch Duncan fuhr fort. »Wie auch immer, es kam die Zeit, da Mhairi heiraten sollte. Cormac traf die entsprechenden Abmachungen mit einem anderen Clanführer, der sowohl Mhairi begehrte als auch eine Allianz schließen wollte. Mhairi jedoch hat sich geweigert, ihn zu heiraten.«

»Sie wollte dich.«

»Ja, aber ich hatte ihr nichts zu geben – ich habe sie nicht einmal geliebt! – und Cormac beharrte auf der Verbindung. Mhairi war das Licht seines Lebens, er liebte sie, wie nur wenige Männer ihre Töchter lieben, und er wünschte ihr jeden Reichtum. Und ich dachte, er habe Recht, dass der Wohlstand und die Zuneigung des Clanführers das Richtige seien für Mhairi. Aber sie wollte nichts davon hören – sie hat sogar versucht, mich auf ihre Seite zu ziehen. Also bin ich fortgegangen, weil ich glaubte, allen Beteiligten damit die Sache zu erleichtern. Ich glaubte genau wie Cormac, dass sie nur aus Trotz so handelte.«

Sein Gesichtsausdruck war ernst und Eglantine rief sich die Erzählung ins Gedächtnis, die er für sie gesungen hatte. »Sie hat ihn abgelehnt«, riet sie.

Duncan schüttelte den Kopf und fuhr sich mit der Hand durchs Haar. »Schlimmer. Sie weigerte sich, es kam zum Streit zwischen ihr und Cormac und Cormac hat sie mit seinen eigenen Händen vor Priester und Bräutigam getragen. Sie hat jeden Schritt des Weges gegen ihn angekämpft und es muss eine fürchterliche Szene gegeben haben. Doch nach der Zeremonie schien Mhairi sich beruhigt zu haben. Alle dachten, sie habe ihr Schicksal angenommen, nun wo es besiegelt war. Sie wurde auf ihre Zimmer geschickt, um sich für ihren Gatten bereitzumachen, während die Männer noch auf seine Gesundheit anstießen.«

Er schluckte. »Sie hat sich das Leben genommen, mit dem Dolch, den ihr Vater ihr einst zum Geschenk gemacht hatte. Sie wollte nicht zulassen, dass die Ehe vollzogen wurde.«

Eglantine öffnete vor Schreck den Mund. Duncan zog die Brauen zusammen und wich ihrem Blick aus. Sein Kummer angesichts dieser Erinnerungen war so deutlich zu spüren, dass es ihr im Herzen weh tat. »Zwei Tage später bin ich heimgekehrt in der Hoffnung, alles zum Besten vorzufinden, doch mich erwartete das genaue Gegenteil.«

»Und Cormac?«

Duncan seufzte schwer. »War nie wieder er selbst. Er schwand dahin und wurde immer kleiner. Viele sagen, er sei an gebrochenem Herzen gestorben.« Mit finsterer Miene erhob er sich, seine Stimme klang auf einmal brüsk. »Da hast du deine Geschichte, Eglantine, und ich brauche noch Ale.«

Eglantine legte ihm eine Hand auf den Arm und ihr Herz quoll über vor Mitgefühl. »Ich sehe, dass du dir die Schuld daran gibst, doch der Fehler lag nicht auf deiner Seite.«

»Wie sollte ich mir nicht die Schuld geben!«, versetzte er mit blitzenden Augen. »Der Mann, der mir ein Heim gegeben hat, hat wegen mir seine Tochter verloren! Ich hätte mit ihr reden sollen, ich hätte sie überzeugen müssen.« Duncan ließ sich schwer auf den Stuhl fallen und führte sich den leeren Becher an die Lippen, dann stellte er ihn hart auf den Tisch. »Ich hätte sie lieben sollen. Das wäre das Mindeste gewesen, was ich für den Mann hätte tun können, dem ich so viel verdanke!«

O ja, Eglantine kannte das Gefühl, sich mit der Schuld an Ereignissen zu plagen, die in der Vergangenheit lagen. Doch Duncan hatte nichts Falsches getan – er war seinem Herzen treu geblieben. Es war Mhairi, die ihren Impulsen gefolgt war, und Cormac, der nur die eigenen Wünsche gesehen hatte.

»Du trägst nicht mehr Schuld an Mhairis unreifem Entschluss als ich an Alienors Verhalten.«

Duncan zog eine Grimasse. »Lass uns nicht wieder über Alienor sprechen.«

Mitleid überkam sie. Sein Schmerz über seine Rolle in dieser Tragödie zeigte ihr, dass sie ihn ebenso streng gerichtet hatte wie er sich selbst. Doch mit dem Gelübde hatte Duncan sich ihr und ihren Zielen verschrieben und er hatte ihr bei Esmeraude geholfen.

Da war Trost das wenigste, was sie ihm bieten konnte.

Eglantine nahm sein Gesicht zwischen ihre Hände, küsste ihn auf die Wange und lächelte über seine Verwunderung. »Komm in mein Bett, Gatte«, sagte sie laut genug, dass alle es hören konnten. »Mich verlangt es nach deiner Hitze.«

Sie wollte ihn hochziehen, doch Duncan blieb sitzen und zog unsicher die Brauen zusammen. »Was hast du vor, Eglantine? Mir steht nicht der Sinn nach irgendwelchen Spielchen.«

Sie lächelte ihn an und hoffte, er möge sehen, dass sie nicht die Absicht hatte, mit ihm zu spielen. Es passte nicht zu ihr, eine solch impulsive Entscheidung zu treffen, doch sie wusste, dass es die richtige Entscheidung war. So wie auch ihre überstürzte Flucht von Arnelaine letztendlich die richtige Entscheidung gewesen war. »Ich sage ja, Duncan, obwohl ich niemals dachte, dass ich es zweimal sagen muss.«

Seine Augen blitzten auf und einen Herzschlag später stand er auf den Füßen und seine Eile entlockte Eglantine ein leises Lachen. Die Anwesenden gröhlten ihre Zustimmung und stimmten ein anzügliches Trinklied an. Eglantine kümmerte es nicht.

»Ich weiß nicht, warum du deine Meinung geändert

hast.« Schwungvoll nahm Duncan sie auf die Arme. »Aber ich werde dir nicht die Gelegenheit geben, sie noch einmal zu überdenken.«

Kapitel 14

Eglantines Zelt war für sie beide hergerichtet worden, die schneeweißen Leinentücher waren aufgeschlagen und die Kohlen im Ofen glühten. Es war still hier, die Geräusche der Festgemeinde drangen nur schwach herüber.

Duncan setzte Eglantine ab, indem er sie an seinem Körper herabgleiten ließ. Mit seinen Blicken zeigte er ihr seine Bewunderung, dann beugte er sich vor und legte seine Lippen auf ihre.

Sanft. Er schmeckte ihre Überraschung, dann spürte er mit einem Lächeln, wie die Hitze in ihr aufstieg. Sie öffnete die Lippen und ihre Hände umfassten sein Gesicht. In stillem Verlangen presste sie sich an ihn und die Hitze zwischen ihnen wuchs, doch Duncan berührte nur zärtlich ihr Gesicht.

Er küsste sie langsam und strich mit der Fingerspitze unter ihrem Kinn entlang, wo er ihren rasenden Puls fühlte, der seinem fast ebenbürtig war. Als Duncan den Kopf heben wollte, ließ sie nicht von seinen Lippen und sein Name drang aus ihrem Mund wie ein Seufzer. Sie stellte sich auf die Zehenspitzen, um ihn noch einmal zu küssen, doch Duncan lächelte.

»Es gibt keinen Grund zur Eile, Eglantine«, flüsterte er. »Es gibt nur diese eine erste Nacht und ich will jeden Moment auskosten.« Es gefiel ihm, wie ihre Augen sich bei diesen Worten vor Überraschung weiteten und wie sie erzitterte, als er mit der Fingerspitze an ihrer Kehle hinabstrich.

Duncan schluckte, als er sie betrachtete. Sie war unfassbar zart, ihre Haut so weich, und die goldene Tönung ließ sie noch mehr aussehen wie eine Göttin, die sich herabgelassen hatte, ihren Fuß auf die Erde zu setzen. In einer Nacht wie dieser, nachdem schon so viele Wunder geschehen waren, mochte eine Göttin einem gewöhnlichen Sterblichen vielleicht seinen Herzenswunsch erfüllen.

Duncan berührte ihre Schläfe und wagte es, die Frage zu stellen. »Darf ich dein Haar offen sehen?«

»Natürlich.« Eglantine erwiderte sein Lächeln und hob die Hände, um dem Knoten rasch zu lösen.

»Nein, gewähre mir die Ehre, es zu lösen.« Duncan hielt ihre Hände fest und küsste sie in die Handflächen. Eglantine zuckte mit den Schultern und er nahm das Ende ihres Zopfes in die Hand. Langsam löste er das Band und ließ die Finger über die seidige Dichte ihres Haares gleiten.

Die goldenen Strähnen wickelten sich um seine Finger, während er den Zopf langsam löste. Ihr Haar wallte wie ein goldener Wasserfall, der im Lichte des Kohleofens schimmerte, über seine Hände und seine Arme. Es roch nach Sonnenschein und Blumen, nach Eglantines eigenem Geruch zusammen mit dem des Windes.

Duncan hielt den Atem an. »Ein Schatz, eines Königs würdig«, flüsterte er und führte eine Handvoll ihres Haares an die Lippen.

Ihre Blicke trafen sich und das Glimmen des Verlangens in Eglantines grünen Augen ließ Duncans Herz schneller schlagen. Sein Körper brannte vor dringendem Verlangen, doch er zwang sich, langsam vorzugehen.

»Ich möchte dich vor mir sehen mit nichts als deinem wundervollen Haar auf der Haut«, flüsterte er.

Eglantine war nicht nur willens, seinem Wunsch zu entsprechen, wieder wollte sie die Sache schnell vollenden.

Und wieder hielt Duncan ihre eifrigen Finger fest, trat dicht vor sie und löste ihren Gürtel. »Lass mich«, bat er. »Ich möchte dich ganz sehen, dich ganz erkunden, dich ganz schmecken, meine Eglantine.«

Eglantines Brüste hoben und senkten sich und verrieten ihre Erregung. Ihre Augen weiteten sich, doch sie wich nicht zurück. Sie stand still, während Duncan ihr Gewand am Hals und an den Seiten öffnete.

Er umfasste ihre Schultern und erfreute sich an ihren starken Knochen unter seinen Händen. »Es gefällt mir, dass du nicht klein bist«, erklärte er. »Mir gefällt deine Stärke, Eglantine, deine Kraft und deine Leidenschaft.« Er küsste sie erneut und sie presste sich an ihn. Sie erwiderte seinen Kuss und steigerte seine Erregung.

Als er den Kopf hob, atmeten sie beide heftig. Duncan schluckte und lächelte sie an, dann schob er die schwere Wolle von ihren Schultern und beugte sich vor, um jeden Zentimeter ihrer Haut, der zum Vorschein kam, zu küssen. Der Hauch seines Atems ließ sie erzittern und sie legte den Kopf in den Nacken, um sich ihm darzubieten.

Duncan nahm das Angebot an. Er küsste ihr Ohr, ihren Hals, die sanfte Beuge ihrer Schulter. Er schmeckte die Gruben unter ihrem Schulterbein und fuhr mit der Zunge über ihre duftende Haut. Er ließ seine Lippen auf ihrem rasenden Puls verweilen und schöpfte Mut, als er spürte, wie empfänglich sie für ihn war.

Eglantine umfasste seinen Nacken und flüsterte seinen

Namen. In dem Wissen, dass er sich nicht allzu lange so würde zurückhalten können, schob er ihr Kleid mit einer Sorgfalt herunter, die die Aufgabe nicht verlangte, und ließ seine Hände über sie gleiten, als wolle er sich jede ihrer Kurven einprägen. Ihre Brustwarzen verhärteten sich und sie ballte die Fäuste, doch sie ließ ihm seinen Willen. Sie blickten sich tief in die Augen, als er die Wölbung ihres Pos ertastete, bevor seine Hände über ihre Oberschenkel hinabglitten. In dem Zelt wurde es immer heißer, als er sich vor sie kniete und den Duft ihres Verlangens riechen konnte.

Eglantine fasste ihn bei den Schultern und schwankte leicht. »Duncan, bitte mach schnell.«

Doch er schüttelte den Kopf. »Nicht dieses Mal.«

Als das Wollkleid sich um ihre Knöchel schmiegte, erhob er sich, umfasste ihren Hintern und hob sie hoch. Er schenkte ihr einen tiefen Kuss, während er sie auf seine Arme schwang und auf das Bett legte. Sie streckte die Hand nach ihm aus, doch Duncan wich ihrer Berührung lächelnd aus.

»Geduld«, rügte er sie und hob einen Finger in die Luft. Eglantine lachte leise und legte sich zurück. Er zog ihr die Stiefel aus und warf sie beiseite, fasziniert von dem feinen Stoff ihrer Strümpfe. Er ließ seine Finger ihre schlanken, starken Beine hinauf wandern, über ihre Knie, und sah, wie ihre Wangen sich röteten, als er ihre Oberschenkel berührte. Duncan konnte sie riechen, er wusste, was das Funkeln in ihren Augen zu bedeuten hatte, doch er zwang sich zur Langsamkeit.

Es war schwieriger, als er erwartet hatte.

Bedächtig löste er ihre Strumpfbänder und beugte sich vor, um die Innenseiten ihrer Schenkel zu küssen. Eglantine erschauderte. Sie war unglaublich weich und zart und

Duncan verweilte an dieser Stelle, fuhr mit der Zunge am Rande der Strumpfbänder entlang und bedeckte die Innenseite ihres Schenkels mit Küssen.

Eglantine stöhnte auf. Duncan ließ einen Finger unter ihren Strumpf gleiten und schob ihn mit qualvoller Langsamkeit nach unten. Er küsste jeden Zentimeter Haut, der seinen Blicken entblößt wurde, knabberte an ihr und kostete jede Kurve mit seiner Zunge aus.

Mit der gleichen Hingabe widmete er sich dem anderen Bein und bemerkte, wie Eglantine ihre Hüften in die Matratze presste, als er ihren Füßen besondere Aufmerksamkeit schenkte. Er war härter, als er je zuvor gewesen war, und alles in ihm drängte zur Eile, als er die Hände unter ihr Unterkleid gleiten ließ. Sie spreizte die Schenkel und reizte ihn mit diesem Anblick, doch Duncan biss die Zähne zusammen und ließ sich nicht von seinem Tun abbringen.

Er bewegte sich wieder an ihr hoch und spielte mit der Zunge in ihrem Bauchnabel, während er die Hände um ihre Taille schloss. Dabei schob er das Hemd höher und entblößte ihren Körper dem goldenen Licht und seinen Blicken.

Sie war wunderschön. Er küsste die dünnen Linien auf ihrem Bauch, die verrieten, dass sie Kinder zur Welt gebracht hatte, Zeichen ihrer Selbstlosigkeit. Die gleichen Linien auf ihren Brüsten, die daher rührten, dass sie Jacqueline die Brust gegeben hatte, ernteten die Liebkosung seiner Finger. Ihre Brustwarzen waren rot und zusammengezogen und von der Form eines Kindermundes. Duncan schloss seine Lippen um sie und Eglantine bäumte sich ihm mit einem leisen Schrei entgegen. Ihre Hand krallte sich in sein Haar, ihre Brust füllte seine Hand und ihre Hüfte presste sich gegen seine Erektion.

Duncan zog sich zurück, die Hände in die Laken gekrallt. Er stöhnte auf, als er seine erhitzte und willige Gefährtin betrachtete, seine Fleisch gewordene goldene Göttin, und erschauderte vor Verlangen.

Eglantine lächelte und drehte ihn auf den Rücken. »Jetzt bin ich dran«, flüsterte sie und begann, ihn mit der gleichen bedächtigen Sorgfalt zu entkleiden. Er beobachtete ihre Bewegungen und war fasziniert von ihrer Grazie, erfreut von ihrer Schönheit. Ihre Küsse entfachten sein Feuer, die Liebkosungen ihrer Finger ließen ihn den Verstand verlieren, ihr Anblick war mehr, als er verkraften konnte.

Er sog scharf Luft ein, als sie die Hand um ihn schloss. Duncan glaubte, vor Verlangen explodieren zu müssen, und wusste, wenn sie ihn weiter berührte, würde es dazu kommen. Er packte ihre Hand und rollte sie neben sich auf das Bett. Einen Arm um ihre Schulter gelegt, stützte er sich auf den Ellbogen und ließ seine freie Hand über ihren Körper wandern.

Er blickte ihr tief in die Augen, als seine Finger in ihre feuchte Hitze eindrangen. Sie schnappte nach Luft und bäumte sich auf. Duncan berührte sie vorsichtig und brachte ihre Leidenschaft langsam zum Sieden und ihr Anblick steigerte seine eigene Erregung. Sie wand sich unter seiner Hand, sie packte seine Schultern, sie errötete bis zu den Brüsten. Ihre Beine umschlangen seine, ihre Hüften zuckten, sie war nass und heiß und süß. Sie rief seinen Namen, doch er entließ sie nicht.

Und als sie sich mit einem Schrei vom Bett aufbäumte, wusste er, dass er noch nie eine solche Befriedigung verspürt hatte wie in diesem Moment, als er Eglantine die höchste Lust bereitet hatte.

Sie holte tief Atem, dann lächelte sie verschmitzt und

schloss ihre Hand erneut um ihn. Duncan blieb die Luft weg und sie drehte ihn auf den Rücken.

»Nun ich«, flüsterte sie bedeutungsvoll, während ihre Hand ihm den Verstand raubte. Duncan wand sich vor Erregung. In dem Versuch sich zurückzuhalten, krallte er sich in die Laken, doch Eglantine zeigte keine Eile. Sie kniete sich über ihn und der Schein des Feuers küsste ihre Haut und färbte sie golden.

Als sie ihn in sich einführte, wurde Duncan beinah ohnmächtig vor Lust, als ihre Hitze sich um ihn schloss. Doch sie bewegte sich mit Bedacht und zog seine Lust weiter in die Länge, als er für möglich gehalten hätte. Seine Hände fielen auf ihre schmale Taille, ihre stützten sich auf seine Brust. Und dann küsste sie ihn mit einer Hingabe, die sein Herz jubilieren ließ.

Eglantine war die Eine. Sie war seine Herrin, seine Frau, seine Gefährtin. Sie hatte sein Herz gestohlen und Duncan wollte es nicht zurück. Sie war zu ihm gekommen und hatte seinen Überzeugungen und seinen Erwartungen getrotzt, genau wie in einer alten Sage. Das Schicksal hatte sie zusammengeführt, da war er sicher, und nichts konnte sie je wieder trennen.

Er ließ den Daumen zwischen sie beide gleiten, denn er wollte den heraufziehenden Sturm mit ihr gemeinsam erleben. Sie atmete schneller und wand sich auf ihm, mit ihrer Hitze und ihrer Lust trieb sie ihn in den Wahnsinn. Duncan mühte sich, sich zurückzuhalten, er rieb sie immer leidenschaftlicher und spürte eine Welle der Freude, als Eglantine erneut aufschrie.

Erst in diesem Moment und keine Sekunde früher zog er sie an sich heran und drang tief in ihre Hitze ein, bäumte sich hoch auf und ergoss mit einem langen Stöhnen seinen Samen in sie.

Es gab nichts außer Eglantine, ihre Wärme und ihre Weichheit, ihren Duft und ihre Berührung. Mit einem befriedigten Seufzer vergrub Duncan seine Nase in ihrem Haar und drückte ihr einen Kuss auf die Schläfe, als seine Augen zufielen.

»O Eglantine, ich liebe dich so sehr«, flüsterte er, bevor der Schlaf ihn übermannte.

***

Müdigkeit überkam sie.

Duncans Worte hallten die ganze Nacht lang in ihren Gedanken wider. Sie lag da und betrachtete das seidene Dach über sich, genoss die Wärme seines Armes um ihre Taille, lauschte dem Rauschen der See – und dachte nach.

Kein Mann hatte ihr je gesagt, dass er sie liebte. Nicht einmal Theobald, all seinen charmanten Lügen zum Trotz, hatte sich so weit vorgewagt. Sie war es gewesen, die eifrig ihre zärtlichen Gefühle bekundet hatte.

Und genau dieses Geständnis hatte alles verändert. Ja, Eglantine konnte den Wandel in ihrer Beziehung zu Theobald ganz genau auf den Moment datieren, da sie ihm ihre Liebe gestanden hatte – er hatte sein Ziel erreicht und begonnen, aus dieser neuen Machtposition heraus ihre Gefühle für ihn auszunutzen. Und sie war dumm genug gewesen, ihn gewähren zu lassen.

Duncan jedoch, Duncan war anders als Theobald. Er besaß nicht die kühle Gefasstheit des anderen, doch sein leidenschaftlicher Charme war nicht ohne Reiz. Und die Worte waren von seinen Lippen gekommen, als habe er sie einfach nicht zurückhalten können, nicht, als wolle er damit ihre Hingabe erzwingen.

Eglantine war entsetzt, wie leicht sie bereit war, ihm zu

glauben, all ihrem Wissen über Männer zum Trotz, sogar all ihren Zweifeln an Duncans Aufrichtigkeit zum Trotz.

Doch in Wahrheit wusste sie, dass Duncan ein schlechter Lügner war. Sie beobachtete ihn, während er schlief, und suchte in den Linien seines Gesichtes nach der Wahrheit, in dem Schwung seiner dunklen Wimpern, in dem widerspenstigen Haar. Immer wieder fiel ihr Blick auf seinen Mund und sie spürte erneut die Wärme seiner Lippen auf ihren. Er war ungewöhnlich zärtlich gewesen in seinem Liebesspiel und Eglantine erkannte, dass ihr Vorwurf, es mit einem Wilden zu tun zu haben, unberechtigt gewesen war. Sie bereute ihre Worte und wünschte, sie ungeschehen machen zu können, doch gesagt war gesagt und er würde es nicht so bald vergessen.

Doch entgegen ihren Vorwürfen war Duncan kein Wilder. Er war zärtlicher und zugleich leidenschaftlicher als alle Männer, mit denen sie bisher geschlafen hatte. Er hatte ihr die Wahl gewährt, ob sie ihn in ihrem Bett willkommen hieß, um so zu vollenden, was sie begonnen hatten. Sie wusste, hätte sie ihn noch auf der Schwelle abgewiesen, Duncan hätte sich ihrem Willen gebeugt. Vielleicht wäre er über ihre Launen in Zorn geraten und hätte ihr einige Nettigkeiten an den Kopf geworfen – doch niemals würde er sie zwingen oder ihr wehtun. Er würde nicht nehmen, was sie ihm nicht gewähren wollte.

Sie war erstaunt festzustellen, wie sehr sie ihm vertraute, zumindest in dieser Angelegenheit. Doch was war mit dem Rest? Was war mit Alienor? Was mit den zerstörten Vorräten? Was mit der fehlenden Urkunde? Zum ersten Mal in ihrem Leben kämpften Eglantines Wünsche mit ihren Pflichten. Sie hatte kein Recht, all diese Dinge zu vergessen – auch wenn sie in diesem Moment versucht war, genau das zu tun.

Mit Duncan in ihrem Bett war es leicht, alle Verpflichtungen zu vergessen. Er gab ihr das Gefühl, als gebe es nichts auf der Welt außer ihnen beiden. Eglantine seufzte, strich ihm eine Locke aus der Stirn und spürte, dass sie sich noch nie in der Umarmung eines Mannes so geborgen gefühlt hatte.

Und so warm. In der Tat, an Duncans starken und warmen Körper geschmiegt, war ihr von Kopf bis Fuß warm und sie verspürte keinerlei Bedürfnis, sich zu bewegen. So lag sie schlaflos da und betrachtete ihn voller Verwunderung über die zärtlichen Gefühle, die in ihr aufstiegen.

Sie musste eingenickt sein, als die Berührung einer kleinen Hand auf ihrem Arm sie zusammenfahren ließ. Eglantine drehte sich um und blickte in die aufmerksamen blauen Augen von Esmeraude.

»*Maman*?«, fragte sie und tätschelte hoffnungsvoll Eglantines Arm. »Aufstehen?«

Eglantine lächelte erfreut über ihre kleine Tochter. Célie war am vorangegangenen Abend so aufmerksam gewesen, dafür zu sorgen, dass Esmeraude in einem anderen Zelt schlief, doch nun, da sie wieder zueinander gefunden hatten, wollte Eglantine die Zuneigung ihrer Tochter nicht wieder verlieren.

Sie beugte sich vor und legte sich einen Finger auf den Mund. »Pschscht! Wir müssen ganz leise sein. Duncan schläft.«

Auf der Stelle ahmte Esmeraude sie nach und machte laut genug ›pscht‹, um auch noch den trunkensten Schläfer zu wecken. Dann lächelte sie. »Wird Duncan mir eine Geschichte erzählen?«

Eglantine lachte leise und rieb ihre Nase an der ihrer Tochter. »Nicht alle Menschen haben ununterbrochen

Lust, dir Geschichten zu erzählen«, neckte sie. »Und er schläft noch.«

»Pschschscht«, machte Esmeraude und hob mit verschmitztem Lächeln einen Finger in die Luft.

Lachend hob Eglantine die Kleine hoch und nahm sie mit unter die Bettdecke. Sie zog sich ihr Unterhemd über, schmiegte sich erneut in die warme Kuhle der Matratze und umarmte ihr kleines Mädchen, das sich glücklich und zufrieden seufzend an sie kuschelte.

»Esmeraude?« Das besorgte Flüstern kam von draußen und die Kleine kicherte und legte sich einen Finger an die Lippen.

»Hast du Célie nicht gesagt, wo du hingegangen bist?«, fragte Eglantine. Höchst zufrieden mit sich selbst und ihrem Versteckspiel schüttelte die Kleine den Kopf, als die Magd vorsichtig den Kopf hereinsteckte.

»Esmeraude! Du hast hier nichts verloren!« Offensichtlich hatte Célie noch nicht bemerkt, dass Eglantine wach war, doch dann lief sie rot an. »Madame, es tut mir so Leid.«

»Alles in Ordnung, Célie, es ist nichts passiert.«

»Aber – aber in dieser Nacht der Nächte wollte ich doch dafür sorgen, dass Ihr ungestört seid ...« Célies Blick wanderte zum ersten Mal über das Bett und sie wurde tiefrot, als sie Duncan gewahrte. Ihre Stimme sank zu einem entsetzten Flüstern und sie verkrampfte die Hände in ihre Schürze. »Oh Madame, oh, ich habe Euch gestört und bitte zutiefst um Vergebung. Ich werde Esmeraude sofort nehmen und ...«

»Célie, meine Mutter hat mich oft in ihr Bett genommen, wenn mein Vater noch schlief, vor allem nach einem Gewitter. Es ist alles in Ordnung und Esmeraude geht es gut.«

Célie blickte wenig überzeugt drein. »Aber Seigneur Theobald …«

»Ist tot.« Eglantine lächelte. »Mach dir keine Gedanken, Célie. Ich nehme doch an, dass du für ein wenig Schlaf ohne dieses kleine Energiebündel an deiner Seite dankbar bist.«

Die Magd lächelte, doch ihre Röte schwand nicht. »Ja, Madame.« Sie neigte den Kopf, blickte noch einmal über das Bett und wurde noch röter, bevor sie sich mit einer Eile aus dem Zelt stahl, die nur als Erleichterung zu deuten war.

Esmeraude winkte ihr unbekümmert hinterher. »Wiedersehen, Célie.«

Eglantine musste ein Lächeln unterdrücken. Sie wusste, dass ihre Tochter genau das bekommen hatte, was sie wollte. »Esmeraude, du darfst nur hier bleiben, wenn du brav bist.«

Die Kleine legte einen Finger an die Lippen und machte »Pschscht«.

»Richtig, und nicht nur das.« Eglantine drückte sie an sich. »Es ist noch früh, viel zu früh, um aufzustehen. Selbst Gunther und Gerhard schlafen noch und das sollten wir auch tun. Also, mach die Augen zu«, sie drückte ihr einen Kuss auf jedes Lid, »und schlaf noch ein wenig.«

Esmeraude schenkte ihrer Mutter ein schelmisches Lächeln, nickte und kuschelte sich tiefer unter die Bettdecke. Obwohl sie vermutlich lieber wach geblieben wäre, lullte die Wärme die Kleine ein und schon bald atmete sie ruhig und gleichmäßig. Eglantine schmiegte sich wieder an Duncan und wollte selbst noch ein wenig schlafen.

Sie riss die Augen auf, als ihr Hintern an etwas stieß, bei dem es sich um nichts anderes als eine Erektion handeln konnte.

Eglantine blickte über ihre Schulter und sah, dass Duncans Augen nicht nur geöffnet waren, sondern fröhlich funkelten. »Pschscht«, machte er ebenso schelmisch wie Esmeraude und hob einen Finger an die Lippen.

Eglantine lachte leise. »Zieh dir dein Hemd über, Célie ist schon jetzt völlig außer sich«, rügte sie ihn. Gehorsam kam er ihrem Wunsch nach und schnüffelte erfreut an seinem frisch gewaschenen gelben Hemd. Er legte sich neben sie auf den Rücken, einen Arm um ihre Taille gelegt, und wirkte in höchstem Maße zufrieden.

»Wie lange bist du schon wach?«, fragte sie flüsternd.

»Lang genug, um zu wissen, dass deine Magd überrascht ist, deinen Ehemann in deinem Bett vorzufinden.« Er wurde ernst. »Dieser Theobald war nicht gut für dich. Bestimmt hast du Frankreich verlassen, weil es Menschen gab, die dich erneut zu einer solchen Verbindung zwingen wollten.«

Vorsichtig, um die schlafende Esmeraude nicht zu wecken, drehte Eglantine sich zu ihm um. »Niemand wollte mich zwingen, noch einmal zu heiraten.«

»Ich habe den Eindruck, Ihr sagt nicht die ganze Wahrheit, Mylady. In Frankreich wäre es sehr viel leichter, würdige Ehemänner für deine Töchter zu finden.« Er lächelte und umfasste ihr Kinn. »Ich weiß, dass du mir noch nicht voll und ganz vertraust, Eglantine, doch ich hoffe, dass du eines Tages bereit sein wirst, die Wahrheit mit mir zu teilen.«

Duncan sah sie mit diesem leuchtend silbrigen Blick an und seine Stimme tönte vor Entschlossenheit. »Aber hab keine Angst, Eglantine.« Er schlug sich mit der Faust auf die muskulöse Brust und verengte die Augen. »Jeder, der irgendetwas von dir will, muss es erst mit mir aufnehmen.«

Eglantine blickte ihn ehrfürchtig an. Dann schüttelte sie nachdenklich den Kopf. »Du brauchst keine Angst zu haben, weder um dein Leben noch darum, dass ich gezwungen sein könnte, einen anderen zu heiraten.«

»Nein?« Duncan nickte zufrieden. »Es passt zu dir sicherzustellen, dass dir niemand gefolgt ist.«

Angesichts dieser nicht völlig falschen Einschätzung musste Eglantine lachen. »Ich glaube, ich bin dir eine Geschichte schuldig, und ich schwöre dir, es ist die Wahrheit.«

»Theobald ist nicht tot?« Duncans Blick wurde hart. Eglantine legte ihm eine Hand auf den Arm, damit er nicht auf der Stelle aufstand, um die Sache ohne Aufschub zu Ende zu bringen.

»Er ist tot.« Eglantine drückte den skeptischen Duncan zurück in die Kissen und legte ihren Kopf an seine Schulter.

»Du hast einen Verehrer? Jemanden, der dir folgen wird und deine Hand fordert?« Duncan zog die Stirn in Falten und Eglantine legte ihm einen Finger an die Lippen, um ihn zum Schweigen zu bringen.

»Du bist schlimmer als Esmeraude! Lass mich die Geschichte erzählen.« Er lächelte und Eglantine lehnte sich wieder an seine Schulter. »Ich denke, es ist am einfachsten, wenn ich von vorn anfange. Im Alter von vierzehn Jahren wurde ich mit einem Grafen verheiratet, einem Robert de Leyrossire. Die Verbindung war bei meiner Geburt beschlossen worden und Robert war drei Jahrzehnte älter als ich.«

Duncan gab ein Geräusch von sich, das nur als Ausdruck des Abscheus zu deuten war.

»Alienor ist seine Tochter aus erster Ehe. Sie war vier, als Robert und ich heirateten.«

»Und vermutlich ebenso unerträglich wie heutzutage«, murmelte Duncan. Eglantine kicherte, doch er hielt ihr einen Finger unters Kinn. »Dieser Robert war der Mann, dessen Sohn dich auf die Straße gesetzt hat und dir nicht einmal erlaubte, Roberts Begräbnis beizuwohnen?«

Wieder war Eglantine überrascht. »Ja, aber woher weißt du das?«

»Ich weiß auch, dass Alienor dir vom ersten Tag an Steine in den Weg gelegt hat.« Er setzte ein schiefes Lächeln auf. »Sie hat die Geschichte anders erzählt, aber die Wahrheit war zwischen ihren Worten zu lesen.«

Eglantine wurde warm ums Herz unter Duncans liebevollem Blick. Mit ungewöhnlicher Hartnäckigkeit schlug er sich stets auf ihre Seite und daran konnte eine jede Frau sich schnell gewöhnen.

»Wie auch immer, ich habe Robert kaum gekannt. Wir kamen im Bett zusammen und das auch nur unregelmäßig, denn er war oft fort, um seine Ländereien zu sichern und auszudehnen. Er war sehr um sein Vermögen bekümmert, unser Robert.« Duncan schnaubte. »Dennoch brachte ich kaum zehn Monate nach unserer Hochzeitsnacht Jacqueline auf die Welt.« Eglantine schwieg, als sie sich seinen Zorn über das Geschlecht des Kindes in Erinnerung rief. »Ich liebte sie vom ersten Moment an.«

Duncan vernahm, was sie nicht sagte, und in seinen Worten schwang Wut mit. »Er nicht? Sie ist ein Juwel!«

Eglantine schüttelte den Kopf und freute sich, dass auch Duncan ihre Tochter für etwas Besonderes hielt. »Er wollte einen zweiten Sohn und war wütend, dass ich ihn darin enttäuscht hatte. Er verbrachte noch weniger Zeit zu Hause, Jacqueline und ich jedoch standen uns sehr nahe. Sie war mein einziger Trost in diesem Haus.«

»Bis er an einem Hühnerknochen starb, weil er vor lauter Stolz deine Hilfe nicht annehmen wollte.« Duncan nickte zufrieden, er empfand es als gerecht, was Robert geschehen war. »Er war ein Narr, Eglantine, und er ist den Tod eines Narren gestorben. Was hast du getan, nachdem sein Sohn dich aus dem Haus geworfen hatte?«

Offenbar war Alienor äußerst redselig gewesen. »Ich ging zurück in mein Elternhaus und dort traf ich einen alten Freund meines Bruders aus Kindertagen. Burke de Montvieux ist ein Ritter, ein sehr gut aussehender und edler Mann und meiner Familie gut bekannt. Mein Bruder neckte ihn, denn Burke war dem Charme einer Dame erlegen, die ihm einen Korb gegeben hatte. Niemand konnte es glauben, denn Burke war den Reizen der Damen sehr zugetan und seine Aufmerksamkeit wurde stets erwidert.«

Duncan räusperte sich vernehmlich, schwieg jedoch.

»Also machte mein Bruder sich auf, Burkes Gefühle auf die Probe zu stellen. Er überredete einige Frauen, Burke zu verführen, seine Aufmerksamkeit zu gewinnen und seine angebliche Liebe als falsch zu entlarven. Huren und Witwen nahmen seine Wette an, denn als Ehemann war Burke eine gute Partie.

Es war ein Streich, wie die beiden sich schon zahllose Streiche gespielt hatten, aber ich wurde nachdenklich. Ich wusste, Burke war ein ehrenwerter Mann, ein Mann, der seine Frau gut behandeln würde. Seit unserer Kindheit standen wir uns nahe, er hätte einen guten Ehemann für mich abgeben können. Also nahm auch ich die Herausforderung meines Bruders an.«

Sie lächelte Duncan zu, der ihren Blick nüchtern erwiderte. »Und ich habe verloren, genau wie alle anderen Frauen auch, denn Burke hatte sein Herz in der Tat an jene Dame verschenkt.«

Jetzt lächelte Duncan. »So muss es sein, sonst hätte er dich niemals abgewiesen.«

Eglantine spürte, wie sie rot anlief. »Doch Burke hat mir von der Macht der Liebe gesprochen und ich begriff auf der Stelle, dass eine Ehe so und nicht anders sein sollte. Ich wagte sogar zu glauben, dass es auch in meinem Alter noch so sein könne.«

Er schüttelte den Kopf. »Wie alt bist du, Eglantine?«

Sie hob das Kinn und wappnete sich gegen seinen entsetzten Blick. »Ich habe achtundzwanzig Sommer erlebt.«

Duncan verdrehte die Augen und grinste. »Wenn das schon eine alte Frau aus dir macht, dann bin ich mit meinen einunddreißig so gut wie tot.«

»Bei Männern ist das etwas anderes.«

»Du bist nicht zu alt für die Liebe.« Duncan beugte sich vor und küsste sie so innig, dass Eglantine beinah den Faden verlor. Er lächelte, als er sich aus dem Kuss löste, und fuhr ihr mit dem Finger am Kinn entlang. Ihr stockte der Atem.

Er schnalzte mit der Zunge. »Wenn man eine Geschichte erzählt, meine liebe Eglantine, muss man im richtigen Rhythmus bleiben, sonst wird die Aufmerksamkeit des Zuhörers von anderen, interessanteren Dingen abgelenkt.« Er küsste ihren Nacken und ihr Ohr mit einer solchen Hingabe, dass sie entschied, die Geschichte auf ein anderes Mal zu verschieben.

Doch Duncan teilte diesen Gedanken nicht. Mit einem schelmischen Grinsen hob er den Kopf. »Und was geschah dann?«

Eglantine kramte in ihrer Erinnerung. »Nicht lange danach hielt ich mich bei Hofe auf, wo ich Theobald de Mayneris traf, den charmantesten Kerl, dem ich je begegnet war. Er bereitete mir Herzklopfen und ich war sicher, dies sei die Liebe, von der Burke mir erzählt hatte. Noch nie hatte ein Mann mich mit einer solchen Glut umworben, mir mit solcher Hingabe Komplimente gemacht und mich mit so feinsinnigen Geschenken überschüttet.« Eglantine zog die Stirn in Falten. »Theobald hat mich betört, mich geheiratet und kurz darauf ging ich mit Esmeraude schwanger.«

Duncan schwieg.

Eglantine verzog das Gesicht bei der Erinnerung daran, wie sie sich geweigert hatte, ihrem Instinkt zu vertrauen, und ihr Stirnrunzeln vertiefte sich noch bei der Angst, sie könne ihren Fehler wiederholen. »Ich wusste, dass er spielte, ich wusste, dass er trank, und ich vermutete, dass er nicht treu war, doch der Mann besaß einen unwiderstehlichen Charme. Es war ein Fehler, ihm zu vertrauen, aber es hat Momente gegeben, in denen es richtig schien.«

Duncan versteifte sich neben ihr und sein Schweigen sagte mehr als tausend Worte. Hatte er erraten, dass sie eine Parallele zog zwischen ihm und Theobald? Eglantine vermied es, ihm in die Augen zu sehen, sie wollte die Antwort nicht wissen. Stattdessen glättete sie die Laken mit ihren Händen. »Er besaß nichts, also hat mein Bruder ihm ein kleines Landgut übertragen in der Hoffnung, Theobald möge seinen Lebenswandel ändern und mir ein guter Ehemann sein.«

»Doch das war er nicht«, sagte Duncan mit gepresster Stimme.

Eglantine schüttelte den Kopf. »Nein, das war er nicht. Doch der Gerechtigkeit halber sei gesagt, dass er Esmeraude anbetete. Auch wenn er sie nicht gerade zum Besten erzogen hat, vielleicht weil sie ihm zu ähnlich war. Sie hat seine Augen, seinen Charme, sein Temperament und seine

Selbstsucht, wenn es um das persönliche Vergnügen geht, und ebenso viele Flausen im Kopf wie er.« Sie strich ihrer schlafenden Tochter eine Locke aus der Stirn und sprach ihre tiefste Sorge aus. »Und ich fürchte, ihr fehlt es ebenso wie ihm an einem Sinn für Moral.«

Duncan fasste sie bei den Schultern und blickte sie aufmunternd an. Einen Moment lang glaubte sie, er würde sie bei dieser wunderbar passenden Gelegenheit seiner Unterstützung versichern, doch er schwieg.

Denn in einem Jahr und einem Tag würde Duncan MacLaren fort sein. Eglantine ermahnte sich, sich keinen Illusionen hinzugeben, auch wenn ihr Herz sich bei dem Gedanken zusammenzog.

»Aber wir haben uns gut verstanden«, fuhr sie leichthin fort. »Ich habe Arnelaine geführt und die Mädchen erzogen, bis Alienor vor unserer Tür stand.«

»Um ihre Mitgift betrogen hat sie um deine Hilfe gebeten, trotz allem, was sie dir angetan hat.« Duncans Worte troffen vor Verachtung.

»Hatte ich eine Wahl? Sie hatte keinen anderen Zufluchtsort und immerhin waren wir durch eine Ehe verwandt. Ich hätte selbst in ihre Lage geraten können, hätte mein Bruder mich nach Roberts Tod nicht aufgenommen. Das ist alles schon vorgekommen. Also habe ich sie hereingelassen.«

»Und sie hat sich alle Mühe gegeben, dich das jeden Tag bereuen zu lassen.«

Eglantine lachte über seine treffliche Schlussfolgerung, dann wurde sie wieder ernst. »Nun, ihre Anwesenheit hatte noch einen weiteren Effekt, den ich nicht habe voraussehen können. Theobald war zutiefst erschüttert über ihr Schicksal und fürchtete um Esmeraudes Zukunft. Ich hielt es für den normalen Wunsch, seine Kleine zu beschützen, doch im Nachhinein betrachtet wusste er wohl schon zu jener Zeit, wie schlecht es um uns stand.«

»Und natürlich hat er es nicht geschafft, Esmeraudes Zukunft mit Klugheit zu sichern.« Duncan hatte eine höchst bedrohliche Miene aufgesetzt, hielt Eglantine aber weiterhin fest im Arm.

»Nein, das hat er tatsächlich nicht vermocht. Er hat noch mehr gespielt als zuvor, um Esmeraude eine besonders große Mitgift zu sichern.« Sie schüttelte den Kopf. »Ich ahnte nicht, wieviel er verloren hatte, als er starb.«

»Wie ist er gestorben?«

»Ich enttäusche dich ungern, aber die Wahrheit ist, er ist eines sehr normalen Todes gestorben. Er bekam eine Erkältung, hat sie nicht auskuriert und sie hat sich in seiner Lunge festgesetzt. Er war kein besonders kräftiger Mann. Als er heimkam nach Arnelaine, musste sein Diener ihn tragen.«

»Du hattest in der Tat zwei Trottel als Gatten«, grummelte Duncan. »Jeder Mann von Verstand hätte gewusst, dass du, mehr noch als alle anderen Frauen, dafür sorgen würdest, dass alle unter deiner Hand gesunden. Ich habe nie eine vernünftigere Frau gesehen, so voller Entschlossenheit, ihren Verpflichtungen nachzukommen, egal, was das für sie selbst bedeutet.« Er zwinkerte ihr zu. »Andererseits, wenn einer dieser Trottel sich an dich um Hilfe gewandt hätte, wären sie vielleicht noch am Leben und ich hätte nicht das Glück, dein Lager zu teilen.«

Vor lauter Verwunderung über diese Einschätzung ihres Charakters brauchte Eglantine einen Moment, bevor sie fortfahren konnte.

»Theobald lag im Fieber und in den drei Tagen, die er zum Sterben brauchte, hat er keinen vernünftigen Satz mehr von sich gegeben.« Eglantine presste die Lippen zusammen, doch der Verlust schmerzte nicht. »Nach der Beerdigung erfuhr ich, dass er gesetzt und verloren hatte, was nicht ihm gehörte. Theobald hatte das Siegel des Besitzes verspielt, den mein Bruder ihm anvertraut hatte.«

»Sodass du nun bei deiner Familie in Schuld stehst.« Duncans Tonfall war voller Verachtung. »Du hättest diesen Wurm von Mann erwürgen sollen. Besseres hat er nicht verdient.«

»Aber es kam noch schlimmer«, fuhr Eglantine fort, als habe sie seinen Einwurf nicht gehört. »Er hat das Siegel an einen gewissen Reynaud de Charmonte verloren.« Sie seufzte schwer. »Bei Jacquelines Geburt hat Robert sie einem alten Freund versprochen, Reynaud. Vor einem Jahr hat er angefangen, ihr Besuche abzustatten, und Jacqueline hatte eine starke Abneigung ihm gegenüber.« Sie konnte ein Lachen nicht unterdrücken. »Sie nennt ihn ›die alte Kröte‹ und ich kann es ihr nicht verübeln. Er ist ein widerwärtiger Mensch. Er ist so alt, wie Robert jetzt wäre, und vom Geiz zerfressen.«

»Und das erinnert dich an deine eigene glücklose Ehe.«

Eglantine bemerkte Duncans ernsten Blick. »Ja, und es wird Jacqueline nicht gerecht, sie ist so ein großherziges und liebes Kind. Sie hat eine Heirat aus Liebe verdient, keine Pflichtehe.« Sie schüttelte den Kopf. »Vor unserer Abreise hierher hatte das Verhältnis zwischen uns sich verschlechtert, denn ich konnte nichts für sie tun. Wir waren durch Recht und Gesetz an das Heiratsversprechen gebunden, außerdem war bereits Geld geflossen. Mein Bruder weigerte sich, es anzufechten, und ich hatte nicht die Mittel, eine mögliche Buße zu zahlen.«

Duncan knurrte. »Dank der Unfähigkeit dieses Theobald.«

»Ja. Also habe ich Reynauds Drängen auf die Bestimmung eines Termins für die Hochzeit geschickt abgefangen und ihm so viele Besuche wie nur irgend möglich verweigert. Nach Theobalds Tod schickte Reynaud einen Brief, dass er Jacqueline in Kürze abholen werde. Er hatte dafür gesorgt, dass ich in ein Kloster eintrat.«

»Du? Niemals!«

Eglantine lächelte. »Nun, ich war von der Vorstellung auch nicht sehr angetan. Der Titel zu Kinbeath war meine einzige Chance, meinen Töchtern eine Ehe aus Liebe zu ermöglichen, die einzige Chance, Jacqueline eine freie Wahl zu eröffnen. Die einzige Chance zu verhindern, dass Jacqueline mir je die Vorwürfe machen würde, die ich meiner Mutter gemacht habe, als ich voller Schmerz war über das, was ich als Verrat empfand.«

»Und was ist mit Reynaud und dem Siegel von Arnelaine?«

Eglantine zuckte mit den Schultern. »Ich weiß es nicht. Vielleicht hat mein Bruder es zurückerworben, obwohl Reynaud sicher einen hohen Preis verlangt. Und ich habe meinem einzigen Bruder wenig Treue erwiesen, denn ich bin in seiner Abwesenheit mit allem, was ich aus seinem Haushalt zu nehmen wagte, geflohen.«

Sie schüttelte den Kopf. »Ich habe mich in dieser Angelegenheit nicht gerade mit Ruhm bekleckert. Ich habe so oft wie möglich über unser Ziel und unsere Herkunft gelogen und meinen Haushalt zur Geheimhaltung verpflichtet.« Sie betrachtete ihr schlafendes Kind, um nicht den Tadel in seinen Augen sehen zu müssen. »Ich bin keine Gräfin, Duncan, und ich kenne keinen Ort namens Nemerres. Und ich bin voller Sorge. Ich bete, dass außer Theobald niemand von diesem Titel zu Kinbeath wusste, aber ich kann nicht sicher sein.«

Mit einem Seufzer ließ Duncan sich in die Kissen sinken

und starrte mit schmalen Lippen an das Zeltdach. Eglantine fürchtete, er würde sie für ihre Lügen tadeln, kannte sie doch seine Liebe zur Wahrheit.

Doch er wandte sich mit funkelnden Augen zu ihr. »Bei allem Respekt, Eglantine, meine Geschichte ist die bessere. Du hättest Theobald umbringen sollen. Er hatte es verdient und außerdem gibt das einen besseren Liedtext ab.«

Sie lachte laut auf, sie war über alle Maßen erleichtert, wenn sie auch den Grund dafür nicht zu benennen wagte. Sie tätschelte seine Schulter. »Ich habe immer gesagt, dass ich keine gute Erzählerin bin.«

Duncan grinste und zog sie an sich. »Aber du hast ein aufrichtiges Herz, Eglantine, und das ist sehr viel mehr wert als eine gute Geschichte. Du hast deine vertraute Umgebung und alle, die du liebst, zurückgelassen, um deine Tochter vor einer Ehe zu retten, von der du wusstest, dass sie unglücklich sein würde. Noch bei deiner Ankunft hier hast du dich allen Hindernissen gestellt, und wäre ich ein Spieler, ich würde all mein Geld darauf setzen, dass du auf *Ceinn-beithe* ein Zuhause gründen wirst.«

Eglantine hatte keine Gelegenheit nachzuhaken, denn Duncan schloss seine Hand um ihre Brust. Die Bewunderung in seinen Augen brachte all ihre Fragen zum Schweigen, noch bevor er seinen Mund auf ihren legte.

Doch ihr Kuss sollte nicht lang andauern. Selbst im Schlaf hatte Esmeraude aufgemerkt, als ihr Lieblingswort gefallen war. Es dauerte nicht lang, da hüpfte die Kleine auf Duncans Brust herum, während die beiden gemeinsam eine ausgelassene Weise sangen.

Mit dem Verweis auf ihre schlechte Stimme weigerte Eglantine sich, laut einzustimmen, doch sie lachte mit ihnen. Sie war erleichtert, Duncan endlich die Wahrheit gesagt zu haben, und schöpfte neuen Mut aus seiner Unterstützung.

Er gab ihr das Gefühl, dass sie in ihrem Leben nicht einen Fehler mit dem nächsten verschlimmert hatte, dass sie ihr Leben nicht in ein großes Durcheinander verwandelt hatte.

Er war der Mann, der ihr Herz erobern könnte, und er hätte es längst erobert, wäre Eglantine dumm genug, ihren Gefühlen zu trauen. Tatsächlich konnte die vergangene Nacht vielmehr als weiteres Exempel für ihr bedauerliches Urteilsvermögen in Bezug auf Männer gelten. Sie hatte alles beiseite geschoben, was gegen ihn sprach, und sich allein der Befriedigung ihrer Bedürfnisse hingegeben.

Kein gutes Zeichen.

Doch als sie zusah, wie Duncan mit Esmeraude spielte, fiel es ihr schwer zu glauben, dass es falsch sein könne, ihn in ihrem Bett zu empfangen. Dabei wusste sie sehr gut, dass diese Schwäche ihr mehr Sorgen bereiten sollte, als es der Fall war. In der Tat fragte sie sich, ob Duncan womöglich Recht hatte und aus dieser Verbindung wirklich Gutes erwachsen konnte.

Natürlich hatte das mit Liebe nichts zu tun, denn auf dieses gefährliche Terrain würde sie sich nie wieder wagen. Aber es war nur vernünftig, eine Verbindung einzugehen, um das Land zu teilen, das sie beide begehrten. Und vielleicht würde das Begehren zwischen ihnen nicht vergehen.

Vielleicht würde Duncan sich in einem Jahr und einem Tag nicht davonmachen.

Eglantine tadelte sich für ihre eigene Dummheit, doch der Anblick dieses Mannes mit ihrem Kind – dieses Mannes, der sie so zärtlich geliebt hatte und der mit seinen machtvollen Geschichten ihr Herz zum Rasen brachte –

öffnete einen kleinen Winkel der Hoffnung in ihrem Herzen, der lange Zeit verschlossen gewesen war. Vieles zwischen ihnen war noch ungeklärt, doch an jenem Morgen wagte Eglantine, neue Hoffnung zu schöpfen.

Und diese keimende Hoffnung galt nicht allein der Zukunft ihrer Töchter.

Kapitel 15

Duncan konnte sich nicht erinnern, je zuvor so glücklich gewesen zu sein. Eglantine hatte ihn weder aus ihrem Bett gewiesen noch ihn des Barbarentums bezichtigt. Sie hatte nicht nur seine Glut erwidert, sie hatte sich ihm sogar völlig anvertraut. Ihr Kind trommelte fröhlich auf ihn ein und sie beobachtete die Szene mit nachsichtigem Blick.

Er hatte eine zweite Familie gefunden. Doch diese Familie wollte er nicht nur auf immer halten, er würde sie wenn nötig mit seinem Leben verteidigen. Dugall würde seinen Willen nicht bekommen.

Inmitten dieser Überlegungen wurde ihm einer der unangenehmen Aspekte dieser neuen Familie vor Augen geführt. Alienor platzte unangekündigt ins Zelt herein und Duncan fragte sich mit einem unterdrückten Stöhnen, welche Unbill sie ihm an diesem Morgen bereiten würde.

Sie war zweifelsohne ebenso wenig erfreut, ihn zu sehen, wie er sie, und starrte ihn mit offener Feindseligkeit an. »Was hast du im Bett meiner Stiefmutter zu suchen?«

Angesichts dieser Ungehörigkeit schnalzte Eglantine mit der Zunge, doch Duncan umfasste ihre Taille, als sie sich erheben wollte, um die Angelegenheit in Ordnung zu bringen. Dies war seine Familie, im Guten wie im Schlechten, und er würde dafür sorgen, dass das Mädchen lernte, sich zu benehmen.

»Bleib im Bett«, riet er Eglantine leise. »Die Luft ist kalt heute Morgen.« Sie schien überrascht über seine Worte und er grinste. »Es wird höchste Zeit, dass sich jemand um dein Wohlergehen kümmert.« Mit beschützender Geste deckte er Esmeraude und ihre wie vom Donner gerührte Mutter sorgfältig zu, bevor er die Arme vor der Brust verschränkte und Alienor mit strengem Blick fixierte.

Er war entschlossen, dafür zu sorgen, dass sie nicht mehr nur mit ihrem Hemd bekleidet im Lager umherspazierte, und wenn es das Letzte sein würde, was er tat. Das Fräulein hatte augenscheinlich keine Ahnung, in welche Schwierigkeiten sie sich damit bringen konnte.

Oder vielleicht doch. Duncan zog die Augenbrauen zusammen. Wie auch immer, Alienor bereitete Eglantine entschieden zu viel Kummer.

»Platzt du immer so unangemeldet in die Gemächer deiner Mutter?«, fragte er. »Und trägst du niemals mehr als dein Nachthemd? Es sind Männer in der Nähe, die auf die Idee kommen könnten, sich zu nehmen, was du zu offerieren scheinst.«

Er erwartete, dass sie ihre Lüge wiederholte und behauptete, genau das habe er getan, doch Alienor verdrehte nur die Augen und lief leicht rot an. »Ich möchte unter vier Augen mit meiner Stiefmutter sprechen.«

»Warum?« Das Betragen des Mädchens machte ihn höchst misstrauisch und zu seiner Freude schien Eglantine dieses Gefühl zu teilen.

»Was immer du sagen möchtest, du kannst es in Duncans Gegenwart tun«, ließ sie sich mit ruhiger Stimme vernehmen.

Alienor starrte sie wütend an. »Nein, das kann ich nicht!«

Duncans Haltung imitierend, verschränkte Eglantine die Arme vor der Brust. Es erfüllte ihn mit Stolz, wie sie neben ihm saß, denn es gab ihm das Gefühl, dass sie sich gemeinsam allen Schwierigkeiten stellten. »O doch, du kannst und du wirst.«

Alienor kochte, ihre Hände ballten sich zur Faust, dann schüttelte sie den Kopf und trat auf das Bett zu. »Dann sollt ihr es erfahren«, erklärte sie mit bebender Stimme. »Der König der Inseln, dieser Heide Dugall, hat mir in der vergangenen Nacht die Unschuld genommen und mich zu der Seinen gemacht. Ihr müsst darauf bestehen, dass er mich heiratet, denn so verlangt es die Ehre.«

Duncan musste lächeln. »Aber ich dachte, deine Jungfräulichkeit sei dir schon genommen worden.«

Eglantine wirkte ebenso unbeeindruckt wie er. »Ja, vor kurzem hast du noch behauptet, Duncan habe dich entjungfert.«

Alienor knurrte leise und ihre Augen blitzten. »Das war *vorher*! Bevor ich wusste, dass ich einen König haben kann, bevor ich ihn gesehen habe und bevor er mich berührt hat!« Sie gestikulierte mit den Händen. »Eglantine, du benimmst dich wie immer unmöglich! Du musst auf dieser Eheschließung bestehen! Das ist das wenigste, was du für mich tun kannst.«

Duncan hätte beinah laut herausgelacht, doch Eglantine stieß ihm mit dem Ellbogen in die Seite und er verkniff sich den Heiterkeitsausbruch. »Hast du einen Beweis für die Tat?«, fragte sie milde.

Alienor starrte sie voller Entsetzen an. »Eglantine!«

»Man kann einen König nicht ohne jeglichen Beweis eines solchen Vergehens beschuldigen.« Eglantine war wie immer die Vernunft in Person. »Es ist keine kleine Sache zu heiraten – und auch nicht, die Unschuld zu verlieren.«

»Egal, wie oft es geschieht«, flüsterte Duncan und seine Dame rammte ihm erneut den Ellbogen in die Seite.

»Wir brauchen Beweise, Alienor«, wiederholte sie.

Das Mädchen lief hochrot an und hob das Kinn. Ohne Vorwarnung packte sie ihr Nachthemd, zog es bis zur Taille hoch und entblößte ihre blutigen Schenkel. »Ihr wolltet es ja ganz genau wissen«, erklärte sie trotzig.

Da wusste Duncan, dass er noch nicht bereit war, sich der göttlichen Strafe in Person dieses Görs zu stellen. Stöhnend ließ er sich rücklings in die Kissen fallen und bedeckte die Augen mit seinem Arm, was Esmeraude – die an Alienors Gejammer wenig Interesse zeigte – veranlasste, sich auf ihn zu stürzen und ihn zu kitzeln.

»Das Blut allein ist noch kein Beweis«, sagte Eglantine kalt. »Womöglich ist es nur deine monatliche Regel.«

Duncan zog eine Grimasse und wäre am liebsten im Erdboden versunken. Er rettete sich darein, Esmeraude ihr Kitzeln heimzuzahlen, die sich begeistert auf einen Kampf mit ihm einließ.

»Du!« Alienor deutete mit dem Finger auf Eglantine. »Du hast mich immer schon gehasst, du hast mir all meine Wünsche verwehrt, du hast immer versucht, mich zu beschämen!«

»Ich glaube, in puncto Scham brauchst du keine Hilfe«, erklärte Duncan. Er machte sich auf einen weiteren Ellbogenstoß gefasst, doch stattdessen hüpfte Esmeraude ihm auf die Brust, sodass er fast keine Luft mehr bekam. Sie kicherte und er hoffte von Herzen, sie möge niemals älter werden.

O ja, Esmeraude war cleverer als Alienor, und wenn sie sich entschloss, Unfrieden zu stiften – was Duncan befürchtete – würde sie Eglantine und ihn vermutlich in den Wahnsinn treiben. Das Temperament, der Charme und das mangelnde Ehrgefühl ihres Vaters – mochten die Götter ihnen gnädig sein.

»Alienor, du solltest die Sache mit mehr Verstand angehen.« Eglantine brachte eine Ruhe auf, zu der Duncan sich nicht fähig fühlte. »Ich weiß, dass du unbedingt heiraten möchtest, doch die Zuneigung eines Mannes will erobert sein. Und es gibt viele Männer, die der Meinung sind, dass eine Frau, die leicht ins Bett zu bekommen ist, sich nicht zum Heiraten eignet.«

»Ach ja, ist das der Grund, warum du dich ihm hingibst wie eine gewöhnliche Dirne? Heidnische Gelübde sind ja so viel biegsamer als die vor einem Priester geleisteten, hab ich Recht?«

Eglantine versteifte sich und Duncan setzte sich auf und bedachte das vorlaute Fräulein mit einem wütenden Blick. »Du wirst nicht noch einmal so mit Eglantine sprechen.«

»Und warum nicht?« Unbekümmert zuckte sie mit der Schulter. »Weil die Wahrheit verboten ist, wenn sie dir nicht gefällt? Ihr seid nicht verheiratet und dennoch wärmst du ihr Bett. Das ist *widerwärtig*, ihr seid so alt und immer noch so wollüstig.«

Alienor schüttelte sich und wandte sich wieder an Eglantine. »Theobald hast du ja wenigstens geheiratet, auch wenn er es nicht wert war. Aber ein anderer hätte dich wohl kaum genommen. Sind wir deshalb so weit gereist? Damit du einen Mann findest, der verzweifelt genug ist, das Bett mit dir zu teilen? Und jetzt, wo du zu alt bist, um dir einen Mann wählen zu können, jetzt benutzt du deine Macht, um mir das Leben schwer zu machen?«

»Das reicht!«, brüllte Duncan und sprang aus dem Bett, nicht länger gewillt, seine Dame beleidigen zu lassen. »Du wirst dich bei Eglantine entschuldigen, und zwar auf der Stelle!«

»Das werde ich nicht!«

Er packte Alienor unterm Kinn und drückte es hoch, sodass sie auf Zehenspitzen stehen musste. Sie riss die Augen auf. »Entschuldige dich«, knurrte er, »und ich rate dir, gib dir Mühe.«

Mit aufsässiger Miene presste Alienor die Lippen zusammen. »Es tut mir Leid, Eglantine, dass ich nicht anders kann, als die Wahrheit zu sagen.«

»Nichts ist dir ferner als die Wahrheit«, entgegnete Duncan und bebte vor Zorn über ihre Dreistigkeit. »Du hast heute bereits eine Lüge zugegeben.«

Ihr Augen blitzten, sie entwand sich seinem Griff und rieb sich das Kinn, als wolle sie seine Berührung abwischen. »Ich muss mich nicht entschuldigen und ich werde es auch nicht.«

Duncan zuckte mit den Achseln und lehnte sich gegen den Bettpfosten. »Und weder ich noch Eglantine müssen deine Bitte vor König Dugall bringen.«

Alienor presste die Lippen zusammen und ging auf Eglantine zu. »Er hat mich nicht berührt«, gestand sie widerwillig. »Ich wollte deinen Duncan MacLaren verführen, aber er wies mich ab.« Bei diesen Worten warf sie Duncan einen wütenden Blick zu. »Es ist nichts geschehen, was einiges über den Geschmack dieses Mannes verrät.«

Eglantine legte sich die Hand auf den Mund, wobei Duncan sich fragte, ob sie ihr Entsetzen oder ein Lachen verbergen wollte. Das Funkeln in ihren Augen jedoch ließ sein Herz höher schlagen.

Alienor wippte ungeduldig mit dem Fuß und kam auf ihr eigentliches Begehren zurück. »Nun, was ist jetzt mit dem König?«

»Gibt es irgendeinen Zeugen für diese Defloration?«,

fragte Duncan. »Es ist durchaus verständlich, dass wir deiner Behauptung misstrauen.«

Alienor öffnete den Mund und schloss ihn wieder. Beinah erwartete er zu sehen, wie Dampf aus ihren Ohren aufstieg. Sie schüttelte den Kopf und hob an zu sprechen, als draußen vor dem Zelt ein männliches Räuspern erklang.

»Duncan, bist du da drin?«

Duncan erkannte Iains Stimme, ebenso wie Alienor, die den Mund schloss und die Arme um sich schlang. »Ja, Iain, ich bin hier.«

»Kann ich mit dir sprechen?«

Duncan hob den Finger in Alienors Richtung. »Du wartest hier und hältst deine Zunge im Zaum, bis ich zurück bin. Verstanden?«

Sie kniff erbost die Augen zusammen, ließ sich jedoch zu einem kurzen Nicken herab. Duncan schlüpfte aus dem Zelt. Er fühlte sich etwas überfordert, das gesamte Lager zu empfangen, während seine Lady noch zu Bett lag.

Iain stand mit ernster Miene vor ihm und senkte den Kopf in einer unerwarteten Geste des Respekts. »Ich habe eine Bitte an dich.«

»Ja?«

Iain zog die Augenbrauen zusammen und sprach hastig die Worte, die er offenbar einstudiert hatte. »Ja. Letzte Nacht habe ich eine Frau genossen, die nun deiner Fürsorge untersteht, und zu meinem Entsetzen war sie noch jungfräulich. Ich hatte sie zuvor für eine Jungfrau gehalten, doch sie behauptete das Gegenteil und in der Lust des Augenblicks habe ich ihr geglaubt. So habe ich ihr die Unschuld genommen, wobei ich von ihrem Betragen her nie vermutet hätte, dass sie sie noch besaß. Wir haben uns gestern Abend unschön getrennt, aber nun ich möchte die Angelegenheit in Ordnung bringen.«

Duncan nickte. Er war nicht überrascht, dass das Ale und die Festlichkeiten zu unerwarteten Verbindungen geführt hatten. »Gut, es gehört sich für einen Mann von Ehre, zu Ende zu führen, was er begonnen hat.«

Iain nickte dankbar, als Duncan ihm derart Mut machte. »Mein Vater würde genau das von mir erwarten. Also bitte ich dich, Duncan, die Unstimmigkeiten zwischen uns beiseite zu räumen, um des Mädchens und des Kindes willen, das ich vielleicht in ihren Bauch gepflanzt habe.« Seine blauen Augen leuchteten, als er Duncans Blick erwiderte. »Ich bitte dich um die Hand der schwarzhaarigen Tochter der Gräfin.«

***

»Ich werde ihn nicht heiraten!«, beharrte Alienor, nachdem Duncan und Iain das nunmehr gut gefüllte Zelt betreten hatten. »Er ist ein Nichts!« Sie warf Iain einen Blick zu, der auch den entschlossensten Verehrer entmutigt hätte. Iain hingegen erwiderte ihren Blick, murmelte etwas auf Gälisch und wirkte nicht im Mindesten eingeschüchtert.

Duncan ließ sich schwer auf das Bett neben Eglantine fallen und rieb sich die Stirn. Er hatte sich hastig sein gewohntes Plaid mit dem gelben Hemd darunter angezogen. Eglantine hatte ebenfalls ein Kleid über ihr Unterhemd geworfen und band gerade ihr Haar zurück. Beide trugen weder Strümpfe noch Stiefel. Esmeraude war in Célies Obhut zum Frühstück geschickt worden, weil es hier nun Wichtiges zu besprechen gab.

»Er sagt, er hat ihre Jungfräulichkeit genommen, die sie ihm aus freien Stücken gewährt hat«, erklärte Duncan und überließ es Eglantine, sich einen Reim auf die widersprüchlichen Geschichten zu machen.

Sie wusste auch nicht, was sie glauben sollte, obwohl jeder Blinde sehen konnte, dass es zwischen diesen beiden funkte.

»Es war dunkel! Ich hielt ihn für den König!«, schrie Alienor, bevor sie sich die Hände vor den Mund schlug, als sie begriff, was sie da gesagt hatte.

Eglantine blickte zu Duncan. »Wenigstens wissen wir jetzt, wer auf dein Angebot eingegangen ist.«

Alienor stieg die Zornesröte ins Gesicht. »Ich habe mich angeboten, mehr nicht. Dann habe ich meinen Fehler erkannt und es ist nichts weiter geschehen.«

Duncan übersetzte dem neugieren Iain ihre Worte, der so hitzig widersprach, dass eine Übersetzung nicht vonnöten war.

»Er beharrt darauf, dass die Vereinigung vollzogen wurde«, flüsterte Duncan Eglantine ins Ohr.

Sie nickte. »Hab ich mir gedacht.«

»Ich will ihn nicht«, flüsterte Alienor offensichtlich ahnend, dass sie diese Schlacht verlieren würde.

»Was ist mit dem Blut?«

Das Mädchen hob das Kinn. »Meine Regel, wie du sagtest.« Sie lief rot an, wobei Eglantine nicht wusste, ob vor Scham oder wegen ihrer unverschämten Lüge. »Ich bin noch immer jungfräulich.«

»Bis du ein Auge auf den nächsten Mann wirfst«, entgegnete Duncan, offensichtlich erzürnt über die Lügenmärchen des Mädchens.

Eglantine konnte es ihm nicht verübeln. In dem verzweifelten Versuch, ihre Wut nicht überkochen zu lassen, presste sie die Lippen zusammen. »Bedenke, Alienor, wenn deine Jungfräulichkeit in der Tat verloren ist, wird kein Mann erfreut sein, das in der Hochzeitsnacht festzustellen. Es ist Iain hoch anzurechnen, dass er dich heiraten möchte. Vielleicht hast du die Güte, das Ehrgefühl dieses Mannes zu honorieren.«

Alienor jedoch kochte. »Von Ehre kann in diesen Gefilden wohl kaum die Rede sein.« Sie zeigte mit dem Finger auf Duncan. »Er hat keine und Iain ist um keinen Deut besser.«

Duncan hüstelte. »Bei allem Respekt, Eglantine, ich denke, sie hat nicht völlig Unrecht.«

Überrascht wandte Eglantine sich zu ihm. »Was soll das heißen?«

»Vielleicht sollten wir Cormacs Sohn selbst anhören.« Er betrachtete den Jüngeren, dessen Feindseligkeit Duncan gegenüber mehr als offensichtlich war.

Duncan zog die Stirn in Falten. »Ich möchte, dass er seine Geschichte erzählt, aber er spricht nur Gälisch.«

»Du kannst doch übersetzen.«

Er warf ihr einen silbrigen Blick zu. »Ich wünschte, es gäbe jemand anderen für diese Aufgabe, damit du mit Sicherheit weißt, dass es sich um die Wahrheit handelt.«

Eglantine fragte sich, worauf er hinauswollte, doch sie war bereit, Duncans Urteil zu vertrauen. »Wenn du es für nötig hältst, können wir Louis kommen lassen.«

»Louis? Er spricht nur sehr wenig Gälisch.«

Eglantine lächelte. »Vielleicht versteht er mehr, als er sprechen kann, denn eigentlich versteht er fast alles.« Sie schickte einen Bediensteten, ihn zu holen, und wenige Augenblicke später hatte Louis sich zu ihnen gesellt. Höflichkeiten wurden ausgetauscht, der alte Mann erklärte, sein Husten sei viel besser geworden, dann räusperte Duncan sich. Er weihte Louis kurz in die Umstände ein und obwohl der Verwalter eine Augenbraue hob, enthielt er sich einer Bemerkung.

»Meine Schwierigkeit ist, dass Iain Eglantine und ihrer

Familie gegenüber nicht frei von Feindseligkeit ist«, erklärte Duncan mit einem ernsten Blick auf den blonden Mann. »Es ist also nicht verwunderlich, dass ich seine Motive anzweifle. Würdet Ihr ihm das erklären?«

Louis übersetzte flüssig und Eglantine sah, wie Iains Züge sich verhärteten. Er gab einen schnellen und hitzigen Wortschwall von sich, dem Louis mit gekräuselter Nase lauschte.

»Unter Auslassung der Unflätigkeiten, um die anwesenden Damen nicht zu beleidigen, sagt Iain, dass es Duncan nicht zustehe, ihn in irgendeiner Art der Treulosigkeit zu bezichtigen, schon gar nicht, wo er Cormacs Erbe an sich gerissen habe. Iain besteht darauf, dass die Führerschaft des Clans der MacQuarrie an ihn als einzigen leiblichen Sohn Cormacs hätte übergehen müssen.«

Es ging also nicht um Mhairis Tod allein. Eglantine sah, wie Duncan ein kaltes Lächeln aufsetzte. »Vielleicht hat sein Vater seinen wahren Charakter erkannt und wollte ihn nicht mit zu viel Verantwortung belasten. Oder vielleicht war sein Vater der Meinung, Iain würde sein Glück in anderen Dingen finden.«

Iain schnappte nach Luft, als er die Übersetzung hörte, doch Duncan fuhr fort, bevor er antworten konnte. »Ich denke, Iain kann von Eglantine nicht erwarten, in Bezug auf Alienor eine Entscheidung zu treffen, ohne dass er ein Geständnis ablegt. Erzähl uns, Iain MacCormac, was du getan hast.«

Iain fluchte. Er spuckte aus und Louis holte tief Luft, als er auf den verunreinigten Zeltboden starrte. Eglantine schluckte angesichts der Feindseligkeit in Iains blauen Augen und über die Hitzigkeit, mit der die Worte von seinen Lippen kamen.

Louis übersetzte schnell. »Er besteht darauf, Alienor die

Jungfräulichkeit genommen zu haben und dass kein Mann sie zuvor besessen hat. Er erklärt, sie sei zu ihm gekommen und habe sich ihm willig hingegeben und dass er bereit sei, sie zur Braut zu nehmen.«

Duncan hatte nicht gelogen. Vor Erleichterung fiel Eglantine beinah auf die Knie. Sie ließ ihre Hand in Duncans Arm gleiten und stand aufrecht neben ihm.

Louis räusperte sich. »Iain erklärt fürderhin, dass ein guter Führer schon längst für Euer Verschwinden von diesem Land gesorgt hätte. Er erklärt, dass Ihr hier keinerlei Rechte habt und dass Kinbeath seinem Clan gehöre.«

Eglantine hob eine Braue. »Und trotzdem hält er um die Hand meiner Stieftochter an? Welche Garantien gibt er uns zu ihrer Sicherheit, wenn sie erst mit ihm verheiratet ist?«

Iain fluchte und spuckte hitzig aus, doch seine Worte konnten Louis nicht beeindrucken. »Er sagt, sie seien für einander bestimmt, sie sei das Blut seines Herzens und sie hätten sich auch gefunden, wäre sie nicht nach Kinbeath gekommen. Er sagt, niemand könne sie voneinander fernhalten.« Louis blickte leicht pikiert drein. »Offensichtlich nicht einmal Ihr, Madame.«

Alienor kochte. »Ich sagte dir, Eglantine, er hat keinerlei Vorzüge.«

Iain starrte sie zornig an, doch Alienor erwiderte trotzig seinen Blick. Und sie hatte Recht. Nicht einmal Alienor hatte einen Mann verdient, der so voller Bitterkeit war, schon gar nicht, wenn diese Bitterkeit sich gegen ihre Familie richtete.

Eglantine sprach mit kühler Stimme. »Alienor, schwörst du, dass er dir die Jungfräulichkeit nicht genommen hat?«

»Ja, das schwöre ich.«

Wieder hatte Eglantine das unbestimmte Gefühl, dass das Mädchen log, doch es spielte keine Rolle mehr. Sie nickte erfreut, dass Alienor zu guter Letzt doch noch etwas Verstand aufbrachte. »Dann gebe ich dir Recht. Du wirst diesen Mann nicht heiraten und er wird nicht länger auf Kinbeath willkommen sein. Louis, bitte fordert Iain auf zu gehen.«

Als Louis tat, wie ihm geheißen, trat Iain vor, schüttelte die Faust in der Luft und sprach eine Drohung aus.

»Madame, er sagt, er wird sie entführen.«

»Das glaube ich kaum!«, entgegnete Alienor voller Verachtung. »Von mir bekommst du nichts mehr und am besten findest du dich gleich damit ab.«

»Ach nein?« Iain packte Alienor bei den Schultern und küsste sie so wild, dass sie sich vor Erstaunen verschluckte. Bevor jemand eingreifen konnte, marschierte er mit einer letzten Beleidigung, die keiner Übersetzung bedurfte, aus dem Zelt.

Eglantine beobachtete, wie ihre Stieftochter einen Finger an die Lippen führte, und war sicher, dass sie die Sehnsucht in den blauen Augen des Mädchens nicht missdeutete. Diese Angelegenheit war noch nicht ausgestanden, so viel war sicher.

Seltsam, dass sie und Alienor die gleiche mangelnde Urteilskraft in Bezug auf Männer besaßen, obwohl sie nicht einmal blutsverwandt waren.

Alienor warf ihr Haar zurück und stürmte aus dem Zelt, ohne Zweifel, um irgendeinem Unglückstropf das Leben schwer zu machen. Louis jedoch blieb entgegen Eglantines Erwartungen stehen.

Er gab ein geräuschvolles Räuspern von sich und verneigte sich, als Eglantine ihn ansah. »Madame, da ist etwas, das Ihr wissen solltet. Auf meiner Reise zum Königshof habe ich viel über die Pläne dieses Mannes für seine Zukunft vernommen. Er bat um die Hand Eurer Tochter, wenn der König Euren gesamten Hausstand vernichtet haben würde.«

Eglantine nickte. Sie war erleichtert, Duncans Worte von anderer Seite bestätigt zu bekommen. Duncan jedoch stand unbeweglich neben ihr.

Womöglich bedeutete es ihm nichts, dass seine Worte von einem Diener untermauert wurden, womöglich wünschte er sich, sie möge ihm aus Vertrauen Glauben schenken.

Ja, das würde zu ihm passen.

Eglantine lächelte in der Hoffnung, die unerklärliche Spannung zwischen den beiden lösen zu können. »Ja, Louis, Duncan hat mir bereits die Wahrheit gesagt.«

Keiner von beiden Männern lächelte. Der ältere Mann hob eine Braue. »Vielleicht nicht die ganze Wahrheit, Madame. Ich zweifle, dass er eingeräumt hat, dass er die Führerschaft des Clans der MacQuarrie verloren hätte, hätte er Euch nicht zu dem Gelübde überreden können. Sein Ziel ist es noch immer, Kinbeath an sich zu bringen und Euch von hier zu vertreiben – dieses Gelübde dient lediglich dazu, Zeit zu gewinnen, um die Oberhoheit des Königs der Inseln zu festigen. Wenn Duncan es nicht vermag, Kinbeath innerhalb eines Jahres und eines Tages für den König zu sichern, wird die Führerschaft des Clans der MacQuarrie an Cormacs Sohn Iain übergehen, und zwar auf königliches Geheiß.«

Eglantine schaute ihm mit offenem Mund nach, als Louis mit einer tiefen Verbeugung das Zelt verließ. Sie wandte sich an Duncan in der Erwartung, seine Augen würden Louis Lügen strafen, doch er schüttelte nur langsam den Kopf. »Es ist nicht so, wie es aussieht, Eglantine.«

Er hatte sie betrogen und sie hatte nicht vor, sich noch einmal von seinem Charme einwickeln zu lassen! »Sind das die Bedingungen?«

»Dugalls Bedingungen, nicht meine.« Er fasste sie bei den Händen und zwang sie, ihm ins Gesicht zu sehen. »Ich habe dich nicht belogen, Eglantine.«

»Nein, gelogen hast du nicht. Du hast von Anfang an klargestellt, dass es dir nur um das Land geht!«

»Nein, Eglantine, so ist es nicht mehr.« Er blickte ihr tief in die Augen. »Ich begehre dich und dich allein. Ich habe mich auf Dugalls Bedingungen eingelassen, um die Möglichkeit zu haben, dich zu umwerben und zu gewinnen.«

Eglantine schüttelte den Kopf und trat einige Schritte von ihm weg. Sie kannte diese Situation nur zu gut, wenn sich wie jetzt herausstellte, dass sie mehr in einem Mann gesehen hatte, als er bieten konnte. »Lüg mich jetzt nicht an.«

»Eglantine, ich habe ein Gelübde abgelegt, dein Herz zu gewinnen. Du hast mir ein Jahr und einen Tag gewährt und ich bin entschlossen, jede Minute auf diese Aufgabe zu verwenden.« Er beugte sich vor, um ihre Hände zu küssen, und schloss ihre Finger um die Wärme seines Kusses. Seine Augen glühten vor Leidenschaft, als er wieder aufblickte. »Das schwöre ich dir.«

Doch Eglantine kam keine Antwort über die Lippen. Sie wünschte sich so sehr, ihm glauben zu können, doch sie fürchtete, ihre Fehler aus der Vergangenheit zu wiederholen. Sie schüttelte den Kopf und entzog ihm ihre Hände.

»Eglantine, kehr uns nicht den Rücken.«

»Du warst es, der mir geraten hat, meinen Verstand zu nutzen«, sagte sie mit leiser Stimme. »Und eine Frau mit Verstand lernt aus den Fehlern der Vergangenheit.«

Duncans Augen blitzten auf und er trat näher. »Ich bin nicht Theobald!«

»Aber du bist ein Mann und über die Unterschiede zwischen euch beiden bin ich mir noch nicht im Klaren.«

Er fasste sie bei den Schultern und drehte sie zu sich um.

Er studierte ihre Gesichtszüge, als könne er so ihre Gedanken lesen. »Der Unterschied, Eglantine«, sagte er sanft, »ist, dass ich dich liebe, während Theobald niemanden geliebt hat als sich selbst. Und ich habe dich nie belogen, was er vermutlich ständig getan hat.«

Er atmete schwer und in den Tiefen seiner Augen zeigten sich seine Verletzlichkeit und eine Angst, von der Eglantine wusste, dass sie selbst sie in sein Herz gepflanzt hatte. Sie konnte den Blick nicht von ihm wenden. Mit leiser Stimme sprach er weiter: »Vielleicht könntest du, die du Theobald so vieles vergeben hast, dich bemühen, meine Unschuld zu sehen.«

Er blickte ihr noch einmal tief in die Augen, bevor er sich abwandte und das Zelt verließ. Eglantine zitterte und musste sich aufs Bett setzen. Sie fragte sich, ob ihre Ängste sie um das bringen würden, worauf sie schon nicht mehr zu hoffen gewagt hatte.

Doch sie konnte die Lehren der Vergangenheit nicht außer Acht lassen, so sehr Duncan sich das auch wünschte. Sie hatte Angst, er möge nicht der Mann sein, den sie in ihm sehen wollte.

Sie fürchtete, kein Mann könne das bieten, was sie in Duncan sehen wollte.

Eglantine erinnerte sich nur allzu deutlich an ihre Vernarrtheit in Theobald. Obwohl dieses Gefühl nur ein blasser Abklatsch dessen war, was sie für Duncan empfand, jagte die Erinnerung ihr einen kalten Schauer über den Rücken.

Sie würde den gleichen Fehler nicht noch einmal begehen. Sie durfte den gleichen Fehler nicht noch einmal begehen. Eine weitere Ehe, die diesen Namen nicht verdiente, würde Eglantine nicht durchstehen. Und sie musste es nicht.

Doch Duncan hatte ihr zu Recht ihre Ungerechtigkeit vorgeworfen. Sie würde ihm die Chance geben, sich durch seine Taten zu rechtfertigen. Vielleicht hatte er gar nicht vor, sie zu verlassen. Eglantine würde die Wahrheit nicht erfahren, bevor jenes Jahr und jener Tag verstrichen waren, bevor sie seine Entscheidung bei Ablauf ihres Gelübdes mit eigenen Augen sah.

Erst dann würde sie mit Sicherheit wissen, ob sie es war oder Kinbeath, was er vor allem anderen begehrte.

Und wenn er sie wählte, sagte sie sich im Stillen, würde sie nichts mehr zu befürchten haben. Ein Jahr und ein Tag waren eine lange Zeit, lang genug, um zwischen ihrer Hoffnung und der Wahrheit unterscheiden zu lernen. Vielleicht war es lang genug, dass sie seiner Reize müde wurde, denn auch die Macht der Berührung Theobalds war mit der Zeit verblasst.

Zwar bezweifelte sie, dass dies der Fall sein würde, doch sie hatte es auch zuvor nicht für möglich gehalten, dass ihre Leidenschaft verging – und war eines Besseren belehrt worden. Eglantine war keine Spielerin. Wenn sie erneut eine Ehe einging, wenn sie erneut ihr Herz verschenkte, würde sie über alle Zweifel sicherstellen, dass sie nicht erneut einer Täuschung erlag.

Dieses Ehegelübde war lang genug, dass womöglich selbst Eglantine sich verlieben würde. Ihr Inneres sagte ihr, dass das bereits geschehen war, doch sie war nicht so dumm, auf solch leichtfertige Stimmen zu hören. Sie hatte ein Jahr und einen Tag, um nicht nur ihren Besitz zu sichern, sondern auch diesen Mann kennen zu lernen, seine Hoffnungen, seine Ängste und seine Geheimnisse.

Es war gut möglich, dass er ihr das Herz brach, wenn er sie in einem Jahr verließ, doch Eglantine würde ihren Stolz wahren und ihre Gefühle vor ihm verbergen, wie immer die aussehen mochten. Irgendeinen Sinn musste die Erfahrung mit Theobald doch haben.

Und sollte Duncan sie wählen und nicht Kinbeath, dann war sie bereit, voller Überzeugung vor einen Priester zu treten und den Schwur zu leisten. Und sollte sie ihn an diesem schicksalsschweren Tag lieben, würde sie ihm das erst sagen, wenn sein Ring auf ihrem Finger saß und sie sein Herz erobert hatte. Und keinen Moment früher.

***

Vier Tage und vier Nächte später verließ Dugall *Ceinn-beithe* und trotz seiner skeptischen Miene schien er's zufrieden, Duncan seinem Schicksal zu überlassen. Zu Duncans Überraschung reiste Iain nicht mit Dugalls Gefolge ab, doch vermutlich blieb er auf Geheiß des Königs.

Duncan dachte nicht weiter darüber nach. Er hatte viel zu tun und außerdem die Zuneigung seiner Dame zu gewinnen. Binnen Jahresfrist wollte er aus dem Gelübde eine Ehe machen und *Ceinn-beithe* in eine Besitzung verwandeln, die genügend Steuern abwarf, um Dugalls Kriegslust zu dämpfen. Er musste die Zukunft von *Ceinn-beithe* sichern und die Jahreszeit des schönen Wetters war zu kurz, um ungenutzt zu verstreichen.

Die Neuankömmlinge konnten von seiner reichen Erfahrung in diesen Gefilden profitieren. Duncan gab Xavier einige gute Ratschläge für die Fertigstellung des Hauses, bestimmte Kniffe, die die Einheimischen von Kind auf kannten, damit das Stroh auf dem Dach nicht vom Wind davongetragen wurde und das Wasser von den Wänden ablaufen konnte.

Er arbeitete an dem Bau der weiteren Gebäude mit und machte einen Vorschlag, wie gutes Land nutzbar zu machen sei, ohne die Schönheit der Wälder zu zerstören. Er legte fest, welche Bäume stehen bleiben sollten, und entfernte zusammen mit den anderen Männern die Baumstümpfe von dem Land, das zum Ackerbau bestimmt war.

Er zeigte Eglantines Männern, wie das Land, auf dem sie sich niedergelassen hatten, am besten zu bestellen war, wo welche Frucht anzubauen war und wie sie Wind und Wetter beurteilen, die Bewässerung sichern und die Vögel austricksen konnten. Unter Dugalls Geschenken zum Ehegelübde fanden sich unter anderem Samen, und Duncan erklärte den interessierten Männern die jeweiligen Getreide und besprach die Vorzüge jedes Korns und des daraus zu mahlenden Mehls mit Gunther und Gerhard.

Er zeigte Eglantines Leuten, welche Waldpflanzen essbar waren, aus welchen man Heilsalben herstellen konnte, welche am besten zum Verbinden einer Wunde taugten, aus welcher Pflanze ein Ersatzstoff für Lab zu gewinnen war, um aus der Ziegenmilch Käse zu machen. Er fand gutes Weideland für das Vieh und die Jungen, die bei der Jagd halfen, waren für Duncans Wissen über die Tierwelt dankbar. Er lehrte einige von ihnen das Fischen in den schnell fließenden Strömen und alle freuten sich über die Abwechslung auf dem Speiseplan.

Zu Duncans Freude legte Jacqueline eine ungewöhnliche Wissbegierde bezüglich ihrer neuen Heimat an den Tag. Mit ihren zahllosen Fragen hätte sie einen anderen Mann vermutlich in den Wahnsinn getrieben, Duncan jedoch genoss es, auf diese Weise selbst seine Heimat neu zu entdecken. Er fing an, ihr Gälisch beizubringen. Ursprünglich hatte er ihr nur die gälischen Namen der Tiere gesagt, die er auf Französisch nicht zu benennen wusste, doch die Sprache gefiel ihr und sie wollte mehr darüber wissen.

Schon bald trafen sie sich jeden Nachmittag, nachdem Duncan seine Arbeit beendet hatte, im Schatten des großen Steines und er weihte sie in alles ein, was er wusste. Sie hatte den klaren Blick und den klaren Verstand ihrer Mutter und es war eine Freude, ihre Fortschritte zu verfolgen.

Alienor verlangte, an diesem Unterricht teilnehmen zu dürfen, und obwohl Duncan anfänglich vermutet hatte, sie würde nicht die nötige Ausdauer besitzen, zeigte sie eine unerwartete Hartnäckigkeit. Sie hatte eine Begabung für Sprachen und den starken Wunsch, diese zu erlernen. Die beiden Mädchen traten schon bald in einen Wettstreit und lernten so schnell, dass Duncan der Kopf schwirrte. Später gesellte Eglantine sich ebenfalls hinzu und Duncan musste feststellen, dass er sich den ganzen Tag auf diese Treffen freute.

Und natürlich umwarb er Eglantine mit außergewöhnlicher Leidenschaft. Jeden Abend sang er für alle ein Lied, das er allein zu ihrem Vergnügen auswählte. Er brachte ihr die erste Blume, die er im Wald fand, er suchte sie, um die Wunder von *Ceinn-beithe* mit ihr zu teilen. Er erzählte ihr von den Legenden, Gebräuchen und Geschichten dieser Gegend. Er spielte mit Esmeraude und fürchtete, dass ihm bei diesem Kind eines Tages der reiche Strom seiner Geschichten versiegen würde.

Bei all dem war Duncan sich bewusst, dass Eglantines Augen auf ihm ruhten. Er konnte das Hin und Her in ihrem Kopf beinah spüren, die Unsicherheit und die Hoffnung. Jede Nacht liebte er sie mit aller Zärtlichkeit und Leidenschaft, derer er fähig war, jede Nacht schwor er ihr seine Liebe – und jede Nacht schmiegte sie sich ein wenig enger an ihn oder hielt ihn ein wenig länger im Arm.

Jede Nacht wurde sie ein wenig mehr zu der Seinen.

Duncan war geduldig, er wusste, dass der Hauptgewinn

nicht leicht zu erzielen war. Das hatte er aus dem Lied eines Troubadours gelernt.

***

Es war einen Monat nach Dugalls Abreise, als die morgendliche Stille von beunruhigenden Geräuschen zerrissen wurde. Es war nicht das erste Mal, dass Eglantine diesem Elend lauschte, doch sie hatte sich noch nicht die Mühe gemacht, dem auf den Grund zu gehen. Jemand war krank und sie musste herausfinden wer, bevor die Krankheit im Lager um sich griff.

Sie schlüpfte unter Duncans Arm hervor und warf sich ein Kleid über, um den Urheber diesmal zu erwischen. Sie schlängelte sich rechts und links zwischen den schlafenden Zelten hindurch, eingehüllt in den Nebel des frühen Morgens und allein dem Geräusch folgend.

Sie blieb stehen, als sie Alienor sah. Das Mädchen hockte auf den Knien und übergab sich in einen Eimer. Verzweifelt verdrehte Eglantine die Augen und vermutete, dass diese Krankheit nicht so leicht übertragbar war. Eine Jungfrau, natürlich. Würde dieses Kind jemals die Wahrheit sagen?

»Guten Morgen«, sagte Eglantine sanft und beobachtete, wie ihre Stieftocher zusammenfuhr. »Bist du krank?«

Alienor spuckte in den Eimer und erhob sich dann zitternd. Sie war bleich und der Schweiß stand ihr auf der Stirn. »Ich muss was Falsches gegessen haben.« Sie hob das Kinn. »Wahrscheinlich ist der Fisch mir nicht bekommen.«

Eglantine hob eine Braue. »Drei Tage hintereinander?«

Alienor presste die Lippen zusammen. »Ich war schon immer sehr empfindlich gegen Kräuter.«

Eglantine konnte ein Lächeln nicht unterdrücken, ging

auf Alienor zu und legte ihr eine Hand auf die Schulter. »Du warst immer von bester Gesundheit, das weißt du so gut wie ich. Wessen Kind wächst da in deinem Bauch, Alienor?«

»Ich bin nicht schwanger!«

»Du bist schwanger?«, brüllte Duncan, dessen Herannahen von den Frauen bisher unbemerkt geblieben war. Eglantine fand, er sehe noch wilder aus als gewöhnlich, und seine Miene zeigte die Verzweiflung, die er in Alienors Nähe häufig an den Tag legte.

»Ich dachte, du schläfst.«

»Da hast du dich geirrt. Was ist hier los?« Ungeduldig fuhr er sich mit der Hand durchs Haar und bedachte das Mädchen mit einem wütenden Blick, als seine Stimme sich zu einem Knurren senkte. »Welcher Wahnsinn hat dich jetzt wieder ergriffen, niemandem etwas davon zu sagen, dass du ein Kind unter dem Herzen trägst?« Er hob die Hände gen Himmel und schrie: »Hast du etwa geglaubt, es würde niemandem auffallen?«

Seine Besorgnis entlockte Eglantine ein Lächeln, Alienor jedoch teilte ihre Freude nicht.

»Danke, dass jetzt wenigstens das ganze Lager Bescheid weiß«, sagte sie schnippisch.

»In einer Gemeinschaft dieser Größe gibt es keine Geheimnisse. Von wem ist das Kind? Ich werde dafür sorgen, dass er sich wie ein Ehrenmann verhält, Alienor, da kannst du sicher sein.«

Doch Alienor hob das Kinn. »Ich werde ihn nicht heiraten. Er ist ein wertloser Kerl und steht weit unter meiner Gunst.«

Aha. Duncan und Eglantine tauschten einen Blick und Duncans Lippen wurden schmal.

»Aber Iain hat dir die Ehe angeboten«, erinnerte Eglantine sie, bevor Duncan wieder losschreien konnte. Zeitlich konnte das passen, auch bei ihr hatte die morgendliche Übelkeit im ersten Monat ihrer Schwangerschaft eingesetzt.

Alienor wandte sich ihr mit blitzenden Augen zu. »Es ist mir egal, was er will. Es ist mein Kind, mein Kind ganz allein, und ich werde einen Vater finden, der uns beiden bessere Dienste erweist.«

»Alienor, du kannst ihm sein Kind nicht verweigern«, warnte Duncan mit gefährlich leiser Stimme. »In diesem Land sorgt der Vater für das Wohlbefinden seines Kindes.«

»Ich kann ihm verweigern, was ich will!« Sie stemmte die Hände in die Hüften, legte den Kopf in den Nacken und schrie Iains Namen gefolgt von einer Reihe gälischer Schimpfworte hinaus.

Eigentlich hätte Eglantine von dem ungebührlichen Betragen des Mädchens nicht mehr überrascht sein sollen, und doch war sie es. In bemerkenswert kurzer Zeit erschien Iain mit zerzaustem Haar und finsterer Miene, die mit Alienors durchaus mithalten konnte.

»Vielleicht passen sie doch gut zusammen«, murmelte Duncan, als er sich neben Eglantine stellte.

»Genau das habe ich auch gerade gedacht«, gab sie zu. Zu diesem Zeitpunkt hatte sich ein Großteil des Haushalts mit neugierigen Augen um sie versammelt.

»Ich habe diesem Mann etwas zu sagen«, rief Alienor. »Und ich habe seine Sprache gelernt, damit er mich versteht. Er hat ein Kind in meinen Bauch gepflanzt, aber ich werde ihn nicht heiraten. Und ich habe vor, ihm zu sagen, warum.«

»Gott im Himmel«, flüsterte Eglantine und zog die Stirn in Falten.

Duncan legte ihr die Hand auf den Rücken und flüsterte ihr ins Ohr. »Ihre Frechheit kennt keine Grenzen.«

»Ich schäme mich für ihre Schamlosigkeit.« Eglantine schüttelte den Kopf. »Daraus kann nichts Gutes erwachsen, aber sie wird nicht auf mich hören.«

»Und ich hatte mich gefragt, warum sie Gälisch lernen wollte.« Er zwinkerte ihr zu. »Wäre es dir jetzt lieber, du hättest es nicht gelernt?«

Eglantine konnte sich eines Lächelns nicht erwehren. »Ich denke, es ist besser, Bescheid zu wissen.«

Er lächelte, legte ihr die Hände von hinten um die Taille und zog sie an seine Brust. »Das gehört zu den Dingen, die ich an dir liebe, Eglantine. Du gehörst nicht zu denen, die vor einem unflätigen Wort zurückschrecken.«

Und es konnte keinen Zweifel geben, dass ihnen genau das bevorstand. Alienor sprach voller Leidenschaft und Zorn und zeigte immer wieder mit dem Finger auf Iain. »Dieser Mann hat meine Unschuld ausgenutzt. Er hat seinen Samen in meinen Bauch gepflanzt, ohne Skrupel und ohne sich um meine Wünsche zu bekümmern.«

Iain zahlte es ihr mit gleicher Münze heim und seine Augen funkelten wütend. »Sie lügt, denn sie war es, die mich verführt hat.«

»Ich? Oh nein!«

»Oh doch, du. Glaubst du, ein Mann könne eine Jungfrau vergessen, die ihn regelrecht belagert? Glaubst du, ein Mann könne die Frau vergessen, die sich ihm mit der Hitze ihres Verlangens in die Seele gebrannt hat?«

Die Versammelten kicherten, während Eglantine sich die Schläfen rieb. Hinter sich hörte sie Duncans leises Lachen.

»Du hast mich entehrt!«

»Ich wollte dich heiraten«, spuckte Iain. »Und du hast mich vor Zeugen abgewiesen.«

Augenscheinlich schlugen die Zuhörer sich auf Iains Seite.

Doch Alienor war noch nicht fertig. »Und warum sollte

ich mich an einen Mann ketten, der mir nichts zu bieten hat? Warum sollte ich zusehen, wie mein Kind in Armut aufwächst und im kalten Winterwind verhungert? Er besitzt nichts und er wird nie mehr besitzen als seinen Zorn.« Alienor legte die Hände auf ihren Bauch. »Ich und dieses Kind haben Besseres verdient.«

Schweigen herrschte und aller Augen ruhten auf Iain. Er senkte den Kopf und bot ihr seine Hand. »Ich liebe dich, Alienor. Wir beide werden unseren Weg machen.«

Alienor spuckte ihm vor die Füße, doch Eglantine glaubte, in den Augen des Mädchens das Glitzern von Tränen gesehen zu haben. »Von deiner Liebe wird mein Kind nicht satt. Deine Liebe schützt uns nicht vor dem Wind und verjagt die Wölfe nicht von unserer Tür. Deine Liebe kann mein Kind nicht beschützen.«

»Kommt der Mangel ins Haus, flieht die Liebe hinaus«, flüsterte Duncan. Eglantine drehte sich zu ihm um und er verzog die Lippen zu einem reuigen Lächeln. »Ein altes Sprichwort. Erstaunlich, aber Alienor hat nicht Unrecht.«

»Ja, das sehe ich ebenso«, sagte Eglantine.

»Kein Mann wird dich heiraten, wenn du das Kind eines anderen trägst«, sagte Iain mit angespannter Miene. »Was soll dann aus dir und dem Kind werden?«

Alienor hob das Kinn. »Ich werde einen Mann finden. Ich bin jung und schön und selbst Eglantine hat zwei Männer gefunden, die sie geheiratet und ihr Bett gewärmt haben, als sie schon nicht mehr Jungfrau war.« Sie verengte die Augen. »Du brauchst dir um das Kind keine Sorgen zu machen, Iain. Eglantine hat mich gelehrt, für mich selbst zu sorgen.«

Eglantine blinzelte vor Verwunderung und Duncan stieß einen leisen Pfiff aus. »Du sagtest, sie habe ein gutes Herz, aber ich muss gestehen, ich hatte da stets meine Zweifel.«

Alienor trat auf Iain zu. »Und Eglantine hat mir vor Augen geführt, wohin ein armer Gatte eine Frau führen kann. Glaubst du, ich habe keine Augen im Kopf? An deinem Namen hängt kein Titel, keine Zukunft, du bist faul, du bist verbittert, du verdienst keinen Respekt und du hast keine wie auch immer gearteten guten Eigenschaften. Ich bin nicht so dumm, einen wertlosen Mann wie dich zu heiraten und die Zukunft meines Kindes den Launen des Schicksals zu überantworten!«

»Ich wusste, dass sie ihn mag«, sagte Eglantine ruhig.

»Nun, er mag sie, das ist sicher.« Duncan zuckte mit den Achseln, als ihre Blicke sich trafen, und sie lächelte über das Funkeln in seinen Augen. »Aber das ist müßig, solange Alienor nicht klar sagt, was sie fühlt.«

Eglantine musste lachen, obwohl sie wusste, wie unpassend das war.

»Ich will dich nicht«, schrie Alienor. »Ich werde dich morgen nicht wollen, ich werde dich niemals wollen, Iain MacCormac. Und ich werde meinem Kind nicht einmal deinen Namen sagen.«

Eglantine wurde nüchtern, als Iain erbleichte. »Das war grausam.«

Der blonde Mann entgegnete nichts, machte auf dem Absatz kehrt und ging davon. Alienor schüttelte die Faust in der Luft, doch Iain drehte sich nicht um. Er ging an den Strand, zog ein Boot ins Wasser und ruderte ohne ein Wort aufs Meer hinaus.

Eglantines Finger legten sich sorgenvoll um Duncans Arm. »Duncan, die Sache ist nicht lustig. Wir müssen an das Kind denken. Alienor mag Iain, aber er wird nicht zurückkommen! Ich fürchte, diesmal ist sie zu weit gegangen.«

»Nein«, sagte Duncan und schüttelte langsam den Kopf.

Mit zusammengekniffenen Augen beobachtete er den jüngeren Mann und seine Stimme senkte sich nachdenklich. »Im Gegenteil, ich denke, sie hat gerade genug gesagt.«

Eglantine wusste, dass ihr die Verwirrung auf der Stirn geschrieben stand, doch er weigerte sich, deutlicher zu werden. Sie erfuhr nicht, was er über Iain wusste.

Kapitel 16

Zwei Wochen später tauchte Iain aus dem abendlichen Nebel auf.

Es regnete bereits seit Tagen, der Nebel legte einen dichten Schleier um die Küste und Duncan hatte ohne Unterlass nach der Rückkehr von Cormacs Sohn Ausschau gehalten. Bei jeder Flut hatte er gewartet, er war sich sicher, was der andere tun würde, und seine Vermutung hatte sich bestätigt. Gerade als er vom Zweifel heimgesucht wurde, ob er sich vielleicht doch geirrt hatte und Iain für stärker gehalten hatte, als er war, tauchte das Boot im Nebel auf. Duncan hielt den Atem an.

Es war Iain. Er brachte seine kleine Schmiede mit sich und Duncan war froh, dass die See so glatt war wie ein bronzener Spiegel. Auf unruhigem Gewässer wäre die schwere Schmiede schwer zu manövrieren gewesen, zumal Iain allein ruderte.

»Bei dem Nebel hättest du nicht losfahren dürfen«, rügte Duncan ihn anstelle einer Begrüßung. »Du hättest die Orientierung verlieren können und alles wäre zuschanden geworden.« In seinen eigenen Worten vernahm er Cormacs ruppige Väterlichkeit, bevor er sich daranmachte, das Boot an Land zu ziehen.

»Ich konnte nicht länger warten«, sagte Iain. »Ich musste Gewissheit haben! Ich bin schon seit vier Tagen fertig, doch die See war zu wild. Aber ich hatte schon einen ordentlichen Graben in den Sand gelaufen, das kannst du mir glauben.« Mit leuchtenden Augen ergriff er Duncans Arm. Sein Verhalten erinnerte Duncan an ihr früheres Verhältnis und er schöpfte Hoffnung. »Geht es ihr gut? Ist sie noch unverheiratet?«

Duncan wusste sofort, von wem die Rede war, nickte und klopfte ihm auf die Schulter. »Sie ist ein wenig durcheinander, aber Eglantine sagt, das sei normal.« Er schüttelte den Kopf und grinste. »Ehrlich gesagt, ich hätte es nicht für möglich gehalten, dass Alienor noch mehr Unruhe stiften kann als schon geschehen, aber ich bin vom Gegenteil überzeugt worden.«

Iain lächelte kurz, dann zog er die Stirn in Falten. »Sie war sehr hart zu mir, Duncan, aber sie hat nichts als die Wahrheit gesagt. Ich besitze wirklich nichts und Gefühle allein können ihre Bedürfnisse nicht befriedigen. Alienor hatte Recht, so offen mit mir zu sprechen.«

Duncan drückte seine Schulter. »Sie wollte dich dazu bringen, dich zu ändern.«

Iain nickte. »Ja. Und das habe ich. Auch wenn ich erst so wütend auf sie war, dass ich nicht wusste, ob ich wiederkommen würde. Diese Frau ist eine Furie!«

Duncan lachte leise, er konnte Iain nur zu gut verstehen.

»Doch als ich allein war, erinnerte ich mich daran, dass mein Vater der Überzeugung war, jeder Mann habe sein Schicksal zu erfüllen. Alienor hatte Recht, mein Verhalten zu rügen, ebenso wie mein Vater Recht hatte, die Last der Clanführerschaft nicht auf meine Schultern zu legen.« Er blickte zu Duncan auf. »Ich habe dir Dinge vorgeworfen, die nicht dir vorzuwerfen waren.«

»Cormac hätte mit dir über seine Entscheidung sprechen

sollen.« Duncan zuckte mit den Achseln. »Er hätte mit uns beiden sprechen sollen.«

»Nein, es ist mehr als das, Duncan.« Iain gab einen tiefen Seufzer von sich. »Vor zehn Jahren habe ich einen Fehler begangen und zu lange mit mir herumgetragen. Ich war wütend auf meinen Vater, weil er sich weigerte, mir noch mehr Geld für die von mir gewählte Beschäftigung zu geben. Da bin ich für eine Weile fortgegangen.«

»Ja, daran erinnere ich mich gut. Als du zurückkamst, ging es dir sehr viel besser.«

Iain schnaubte. »Mein Geldbeutel war gut gefüllt, das ja.« Bevor Duncan nachhaken konnte, räusperte Iain sich. »Dugall hatte Recht. Wäre ich Clanführer gewesen, ich hätte übereilt gehandelt und Alienor wäre ums Leben gekommen.«

Er schluckte. »Ich hätte die Schuld getragen, dass die Frau, die für mich bestimmt ist, nicht an meiner Seite weilt – und ich hätte es nicht einmal gewusst.« Er straffte die Schultern. »Mein Vater hat die richtige Wahl getroffen, Duncan. Er hat meine Schwächen erkannt und dich an meiner statt gewählt.«

»Dein Vater wollte, dass du die Muße hast, die Arbeit zu tun, die du liebst«, verbesserte Duncan ihn und hoffte aus ganzem Herzen, dass er Recht hatte. »Er wollte, dass du deinen Traum verwirklichst, nicht seinen.«

»Ja. Das weiß ich jetzt. Als ich jünger war, hatte er kein Verständnis für meine Schmiedekunst. Und ich fürchte, in den letzten Monaten mit all den hitzigen Worten, die gefallen sind, habe ich deine Freundschaft verloren.« Er blickte zu Duncan auf und seine Augen leuchteten voller Hoffnung. »Können wir noch einmal von vorn anfangen?«

Duncan lächelte. »Wir sind zusammen aufgewachsen, das ist stärker als jede Blutsverwandtschaft, Iain. Du bist mein Bruder, ebenso unverrückbar, als wären wir von derselben Mutter geboren, und ich wünsche mir nur das Beste für dich.« Er hielt dem Jüngeren die Hand hin. »Und wenn ich auch noch deine Freundschaft gewinnen kann, ist das ein unerwarteter Lohn.«

Lächelnd ergriff Iain Duncans Hand und die beiden umarmten sich herzlich.

»Dann möchte ich dir als meinem Freund eine Frage stellen.« Iain griff unter seinen Umhang, und als seine Hand wieder zum Vorschein kam, blitzte etwas Silbernes auf. Besorgt fragte er: »Was hältst du davon? Ich fürchte, meine Kunstfertigkeit verloren zu haben, denn allein die Übung gibt eine ruhige Hand.«

Duncan nahm die Brosche, die Iain ihm hinhielt, mit einer Bedächtigkeit, die fast an Ehrfurcht grenzte.

Es war eine Brosche in der traditionellen Ringform, die Nadel wie ein kleines Schwert gebogen. Sie war ein wahres Wunderwerk, in dem Ring saß ein Raubvogel, dessen Schwingen außergewöhnlich detailliert nachgebildet waren. Jede Feder war zu erkennen, von vorsichtiger Hand gearbeitet. Das Auge des Vogels glitzerte rot, wo ein winziger Granat eingelassen war, und das Silber war poliert, sodass es glänzte.

»Ich habe an den Falken der Gräfin gedacht«, erklärte Iain mit einer Hast, die aus seiner Unsicherheit geboren war. »Ich hatte einen solchen Vogel noch nie gesehen. Und ich hatte den Eindruck, dass diese Tiere den Adligen aus dem Süden gefallen.« Er zuckte mit den Achseln und sprach vor Nervosität immer schneller. »Ursprünglich habe ich die Schmiede behalten, weil ich dachte, ich könnte sie verkaufen, und ich hatte noch Silber übrig, genug für ein Dutzend Broschen oder so, aber ich weiß nicht, was die für einen Geschmack haben im Süden, und ich weiß nicht …«

»Iain, sie ist wunderschön«, unterbrach Duncan ihn, schenkte ihm einen aufmunternden Blick und legte ihm eine Hand auf die Schulter. »Du brauchst nicht zu fürchten, aus der Übung gekommen zu sein. Dies ist deine beste Arbeit bisher, mit Abstand.«

»Noch nie habe ich eine solche Freude erlebt wie in dem Moment, als der Flügel unter meinen Händen Gestalt annahm.« Er lächelte schüchtern. »In dem Augenblick ist mir klar geworden, dass das mein Lebensweg ist, nicht die Clanführerschaft.«

Duncan fuhr mit der Fingerspitze über das Wunderwerk, er kannte das Glücksgefühl, von dem sein Pflegebruder da sprach. Bisweilen, wenn ein Lied mit aller Genauigkeit von seinen Lippen kam und eine wundersame Einheit zwischen Wort und Melodie entstand, schlug ihm das Herz höher und er wünschte sich, bis in alle Ewigkeit so weitersingen zu können.

Iain atmete tief durch. »Ich möchte Alienor heiraten. Ich möchte ihr das Leben bieten, das sie sich wünscht. Ich möchte zur Goldschmiedekunst zurückkehren, um solche Arbeiten herzustellen.« Er blickte Duncan voller Hoffnung an. »Ich weiß noch, wie du mit Dugall darüber gesprochen hast, Kunsthandwerker auf *Ceinn-beithe* willkommen zu heißen und hier einen Hafen zu gründen.«

Duncan lächelte. »Ich habe an dich gedacht und daran, wie die Hoffnungen deines Vaters für dich am besten zu verwirklichen seien.«

»Aber ich war nicht sicher, ob ich das Geschick dazu besitze. Du hast den Süden bereist, Duncan. Würde eine Edelfrau eine solche Brosche am Umhang tragen wollen?«

Duncan lächelte, als er daran dachte, dass Alienors scharfe Zunge vermocht hatte, was ihm mit all seinem guten Willen nicht gelungen war.

»Warum fragen wir nicht eine dieser Edelfrauen?«, schlug er vor.

»Eglantine!« Iain nickte hastig. »Ja, ich will sie fragen, wenn … wenn sie mich überhaupt empfängt.«

»Das wird sie.«

»Gut. Ich habe ihr etwas zu sagen.«

Duncan führte einen fest entschlossenen Iain durch das Lager. Er wusste sehr gut, wo er seine Lady antreffen konnte. Er rief ihren Namen und sie blickte auf mit einem Lächeln, das sein Herz höher schlagen ließ. Bei den Göttern, diese Frau würde niemals aufhören, sein Blut in Wallung zu bringen!

Zum hundersten Mal spürte er die Hoffnung, dass die Art, wie sie in seiner Anwesenheit regelrecht erglühte, als Zeichen dafür zu deuten war, dass er sich auf dem richtigen Weg befand, ihr Herz zu erobern. Er wusste, er war kurz vorm Ziel, er wartete ungeduldig darauf, ihren Schwur zu hören, doch er fürchtete, sie zu früh zu drängen.

Duncan war nicht gerade ein geduldiger Mensch – allein der hohe Lohn veranlasste ihn, sich in Geduld zu üben.

Eglantine unterbrach ihre Unterredung mit den Köchen, als sie mit augenscheinlicher Überraschung Iain gewahrte. Vollkommen verwirrt war sie, als Iain sich zum Zeichen des Respekts vor ihr verneigte. Verwundert blickte sie zu Duncan hinüber, der lächelte. Er wusste, dass Iain ihr wie ein anderer Mensch vorkommen musste.

Und er war ein anderer Mensch – der Mann, der er einst gewesen war.

Dann zeigte Iain Eglantine die Brosche und ihre Reaktion stellte ihre bisherige Verwirrung in den Schatten. Ihr fiel die Kinnlade herunter und sie starrte auf das Wunderwerk in ihrer Hand. Duncan feixte.

»Wer hat dieses Meisterwerk gefertigt?«, fragte sie und

blickte von einem Mann zum anderen. »Woher habt ihr es? Ich habe so etwas noch nie gesehen!«

Genau wie Duncan strich sie mit dem Finger über den Flügel, sie konnte nicht widerstehen, ihn zu berühren.

»Iain nimmt sein Handwerk wieder auf«, sagte Duncan und legte ihr den Arm um die Taille. »Er will ein Gewerbe gründen, um Alienor und sein Kind zu ernähren.«

»Glaubt Ihr, den Edelfrauen im Süden würde so etwas gefallen?«, fragte Iain hastig. »Glaubt Ihr, sie würden Geld dafür ausgeben, um damit ihren Umhang zu schmücken?«

Lächelnd ergriff Eglantine Iains Hand und der Ernst in ihrer Stimme erlaubte keinen Zweifel an ihren Worten. »Jede Frau würde einen solchen Schatz begehren«, versicherte sie ihm. »Ich hatte ja keine Ahnung von Eurer Begabung.«

Iain errötete und warf Duncan einen schnellen Blick zu. »Ich hätte sie beinah selbst vergessen.«

Eglantine, praktisch wie immer, tippte mit dem Finger auf die Brosche und fragte: »Habt Ihr eine Form gemacht, um noch mehrere solcher Broschen zu fertigen? Und habt Ihr genug Silber?«

Iain nickte. »Genug für ein Dutzend.«

»Ihr solltet sie leicht abwandeln, vielleicht in der Farbe des Auges oder in der Politur des Silbers. Oder vielleicht verändert Ihr für jede Brosche das Modell ein wenig. Wenn sie einen hohen Preis zahlen sollen, müssen die Leute das Gefühl haben, einen einzigartigen Schatz zu erwerben. Es darf nicht passieren, dass eine Frau ihre Freundin oder ihre Feindin mit dem gleichen Schmuckstück sieht.«

Iain nickte und auch Duncan hielt das für einen guten Rat.

Eglantine legte die Stirn in Falten. »Die besten Preise wirst du auf den Märkten in der Champagne erzielen, wenn du es schaffst, deine Ware dort feilzubieten. Sie finden im Frühjahr und im Herbst statt.«

»Das werde ich, das werde ich!«

»Viele wohlhabende Leute versammeln sich dort und viele edle Stoffe werden gehandelt – und die edelsten Kleider bedürfen des kostbarsten Schmucks. Und dies ist in der Tat ganz ausgesprochen kostbar.« Mit angehaltenem Atem betrachtete sie das Stück und Iains Ohren glühten rot ob ihrer unverhohlenen Bewunderung. »Iain, deine Kunstfertigkeit ist außergewöhnlich. Ich habe noch nie ein so gut gearbeitetes Stück gesehen.« Sie schüttelte den Kopf, ließ den Finger noch einmal über die Vogelschwinge gleiten, dann wollte sie das Stück zurück in seine Hand legen.

»Nein«, sagte er und schüttelte den Kopf. »Ich schenke Euch diese Brosche als Wiedergutmachung für den Kummer, den ich Euch bereitet habe.« Er atmete tief durch. »Ich möchte mich dafür entschuldigen, Eure jungfräuliche Tochter ohne den feierlichen Schwur der Ehe entehrt zu haben.«

Vor lauter überbordendem Stolz auf seinen Pflegebruder hielt Duncan die Luft an. Das war der Sohn des Cormac MacQuarrie.

Eglantine öffnete den Mund und schloss ihn wieder. Dann schüttelte sie den Kopf. »Ende gut, alles gut, Iain.« Erneut wollte sie ihm die Brosche geben.

Doch Iain weigerte sich. »Dann möchte ich der Lady Eglantine diese Brosche als Zeichen meines Wunsches überreichen, die Hand ihrer Tochter zu gewinnen.« Er runzelte die Stirn. »Und ich möchte, dass Ihr sie annehmt als Entschuldigung für alles, was ich Euch angetan habe.«

Eglantine blinzelte. Duncan wartete, dass Iain die Zerstörung der Vorräte gestand, doch das tat er nicht.

Mit umwölkter Stirn griff er erneut in sein Hemd.

Zu Duncans Erstaunen hielt er Eglantine ein mit Siegeln versehenes Dokument aus dickem Pergament hin. Die Brust verengte sich ihm, denn er hatte das Dokument schon einmal gesehen.

Eglantine erbleichte.

»Ich habe es gestohlen«, gestand Iain. »Ich wollte unbedingt den Beweis für meinen Fehltritt an mich bringen.«

»Dein Fehltritt? Was hast du damit zu tun?«, fragte Duncan.

»Vor vielen Jahren habe ich dieses Dokument auf Geheiß eines normannischen Lords unterschrieben, Duncan. Er bot mir viel Geld, wenn ich mit dem Namen meines Vaters unterschriebe. Es kümmerte mich nicht, was darin stand – ich war wütend und wollte mich rächen.«

Voller Unverständnis starrte Duncan ihn an. »Aber warum?«

»Sicher erinnerst du dich, dass unser Verhältnis bald abkühlte, nachdem ich dich mit Freude willkommen geheißen hatte.« Iain wandte sich an Eglantine. »Er kam aus den Bergen und über das Meer, er konnte singen und steckte voller Geschichten aus fernen Ländern und er brachte alle zum Lachen. Meine Schwester schwärmte vom ersten Moment an für ihn, mein Vater schien in ihm etwas zu sehen, was er in mir nie gesehen hatte. Schon zuvor hatten wir über die Wahl meines Berufes gestritten, doch ich hatte den Eindruck, als sei mein Vater strenger geworden, seit Duncan da war. Also bin ich fortgegangen, um mein Glück woanders zu suchen.«

»Und bist mit einem prallen Geldbeutel heimgekehrt«, sagte Duncan mit sanfter Stimme.

»Ja, aber damit war die Sache nicht erledigt. Nach meiner Heimkehr erfuhr mein Vater von der Urkunde und es kam zu einem fürchterlichen Streit. Er hatte geplant,

Ceinn-beithe einem anderen Clanführer zu überantworten, der für irgendeine Beleidigung Buße forderte. Mein Vater bestand darauf, das Land nun nicht mehr übertragen zu können, weil es nicht länger ihm gehörte.«

Duncan fühlte, wie sich sein Herz zusammenschnürte. »Bitte sag nicht, dass dieser Clanführer stattdessen Mhairis Hand forderte.« Eglantines Augen weiteten sich.

Doch Iain senkte schweigend den Kopf und bejahte damit Duncans Frage. »Ich habe dir die Schuld gegeben, Duncan, weil es leichter war, als meine eigene Schuld einzugestehen – am Tod meiner Schwester und der Enttäuschung meines Vaters.«

Kopfschüttelnd betrachtete Eglantine die Urkunde, die zu all dem Unglück geführt hatte.

»Ich habe natürlich geglaubt, dass die Geschichte damit ausgestanden war«, sagte Iain. »Ich hätte nie gedacht, dass ich meine Dummheit so sehr bereuen sollte, wie ich es heute tue.«

»Am Ende war dein Vater stolz auf dein Talent. Er sagte mir, den Händen eines Goldschmiedes entspränge Magie. Er wollte dich von der Last der Clanführerschaft befreien – dabei habe ich lange mit ihm gestritten, damit er einen anderen benannte.«

Eine Träne rollte Iain über die Wange.

Duncan fasste den Jüngeren bei der Schulter, als er auf einmal begriff, welche Bitterkeit ihn erfüllt hatte. »Du hättest es mir sagen sollen.«

»Das hätte ich, denn du warst mein einziger Bruder und jetzt der einzige Verwandte, der mir geblieben ist. Aber ich habe es nicht getan. Ich habe dich enttäuscht und meinen Vater ebenso, Duncan.«

Duncan verstärkte seinen Griff an Iains Schulter. »Das spielt jetzt keine Rolle mehr.«

Sie umarmten sich herzlich und Duncan wusste, dass nicht nur in seinen Augen Tränen glänzten. Lange standen die drei schweigend da, wobei Eglantine abwesend mit dem Finger über die Brosche strich.

»Was ist mit dem Geld aus meiner Schatztruhe?«, fragte sie schließlich leise. »Habt Ihr es Dugall zum Zeichen Eurer Wertschätzung übergeben?«

Iain blinzelte, dann zog er die Stirn in Falten, als er auf einmal begriff. »Ich war es nicht, der Eure Vorräte geplündert und Euer Gold gestohlen hat, Madame. Ich habe die Schatztruhe im Wald gefunden, versteckt im Unterholz, das Schloss gebrochen. Ich wusste nicht, was ich da vor mir hatte, aber ich erkannte die Urkunde. Aber mehr habe ich nicht genommen, das schwöre ich.«

»Und das war an dem Morgen, als Ihr fortgegangen seid?«

»Ja. Ich habe die Urkunde an mich gebracht, dann habe ich mich davongemacht.«

»Waren noch Münzen in der Truhe?«, fragte Duncan.

»Ich glaube nicht. Ich glaube, bis auf die Urkunde war sie leer.«

»Und wo hast du sie gefunden?«

Iain erklärte Duncan den Weg, wobei er offensichtlich in Gedanken schon bei wichtigeren Angelegenheit war. Er wandte sich an Eglantine.

»Ich möchte die Dummheit meiner Jugend hinter mir lassen, Eglantine«, gestand er mit unsicherem Lächeln. »Ich möchte beweisen, dass ich Alienor ein guter Gatte und meinem Kind ein guter Vater sein kann. Das ist das Mindeste, was ich dem Angedenken meines Vaters schuldig bin.« Er wich ihrem Blick nicht aus. »Ich bin auch bereit, Alienor vor einem Priester zu heiraten, wenn das Euer Wunsch ist.«

»Ich bin nicht diejenige, die Ihr überzeugen müsst«, sagte Eglantine. Wieder hielt sie Iain die Brosche hin und schenkte ihm ein Lächeln, das nicht misszuverstehen war. »Wenn Ihr wollt, macht mir eine andere zum Geschenk, sobald Euer Handel blüht, und ich werde mich geehrt fühlen, ein solches Exempel der Kunst des Vaters meines Enkelkindes zu tragen.«

Sie legte ihm die Brosche in die Handfläche und bedeckte sie mit ihrer Hand. »Diese Brosche jedoch solltet Ihr besser verwenden, Euren Antrag zu untermauern. Ich fürchte, es wird nicht leicht werden, Iain, und je mehr Geschenke Ihr bringt, umso besser.«

In diesem Moment trat Alienor auf das Feuer zu, ihre Gesichtszüge wirkten bleich und angestrengt. »Sie leidet häufig unter Übelkeit, wegen des Kindes«, erklärte Duncan dem ernsten Mann an seiner Seite. »Vielleicht wird dein Antrag in Momenten der Schwäche leichter Gehör finden.«

Doch Iain erwiderte sein Lächeln nicht. »Ja. Bei Alienor muss man jeden Vorteil nutzen, der sich bietet.« Er schluckte und sein Gesichtsausdruck beim Anblick Alienors verriet mehr als genug über seine Gefühle. Dann machte er eine tiefe Verbeugung vor den beiden. »Ich bin euch äußerst dankbar, mehr als ich in Worte fassen kann.«

»Und wir wünschen dir viel Glück«, erklärte Duncan, da er spürte, dass sein Bruder ein Wort des Zuspruchs brauchen konnte. Er drückte Eglantine enger an sich und musste sich seine väterlichen Gefühle eingestehen, während Iain auf seine Angebetete zuging. Vor Freude erhellten sich Alienors Züge, bevor sie ein abweisendes Gesicht aufsetzen konnte.

»Er wird ihr Herz erobern, das weiß ich«, sagte Duncan, als könne die Kraft seines Willens dazu beitragen.

»Ja«, stimmte Eglantine zu und warf ihm einen wissenden Blick zu, der sein Herz höher schlagen ließ, bevor sie wieder auf das Paar deutete. »Sieh nur.«

Iain ließ sich vor Alienor auf ein Knie nieder und ihre Züge wurden weicher. Er sprach mit schneller und eindringlicher Stimme, ohne zu bemerken, dass die Leute stehen blieben und sie beobachteten. Alienor lief rot an, ihr Blick wanderte zu den Zuschauern, dann zurück zu Iain.

Dann streckte sie die Hand aus, um die Brosche entgegenzunehmen, und erlaubte sich ein leichtes Lächeln.

»Aha!«, flüsterte Duncan.

»Oh, ich habe nicht daran gezweifelt, dass er Erfolg haben würde«, sagte Eglantine mit sanfter Stimme. »Die Männer in dieser Gegend sind äußerst hartnäckig und überzeugend.« Sie lächelte, als freue sie sich über einen geheimen Scherz, und Duncan fasste Mut.

»Sind sie das?«, fragte er und zog sie in die Arme, damit sie sich nicht davonmachen konnte.

»Ja.« Ihr Blick wanderte über sein Gesicht und sie wurde ernst. »Hast du geglaubt, er hätte die Vorräte zerstört?«

»Ja. Es war falsch von mir, aber das habe ich.«

»Warum hast du mich dann glauben lassen, du habest es getan?«

Duncan zog die Schultern hoch. »Er ist mein Pflegebruder und Cormac hat ihn in meine Verantwortung gegeben. Ich habe gehofft, dass er eines Tages von selbst seinen Fehler gestehen würde.« Er lächelte. »Und auch wenn es für mich leichter gewesen wäre, hätte er eher ein Geständnis abgelegt, so ist nun klar, warum er das nicht getan hat.«

»Er ist nicht der Schuldige.« Eglantine kaute auf ihrer Unterlippe. »Kennst du den Platz, wo die Truhe steht?«

»Ja, der Baum ist sehr auffällig. Aber wenn die Truhe damals schon leer war ...«

»Sie hat einen doppelten Boden«, sagte Eglantine knapp.

»Ich möchte sichergehen, dass das Gold wirklich verloren ist.«

Ungesehen gingen sie um das Lager herum. Es war nicht schwer, unbemerkt zu bleiben, da aller Aufmerksamkeit auf Alienor und Iain gerichtet war. Duncan nahm Eglantines Hand und führte sie zu dem Baum, den Iain beschrieben hatte, dann kniete er nieder, um das Unterholz zu durchsuchen.

Kurz darauf stießen seine Hände auf kaltes Metall. Unter dem Gewicht stöhnend, zog er die Truhe in das schwache Licht, das vom Feuer herüberdrang. Er und Eglantine stellten sich seitlich der Truhe auf, damit das wenige Licht in das Innere leuchten konnte. Das Holz war feucht, doch die Truhe war sorgfältig gearbeitet und der Deckel schloss dicht. Innen war es so gut wie trocken.

Auf den ersten Blick war sie leer, doch Eglantine beugte sich vor und presste mit dem Finger in eine Ecke. Es war ein doppelter Boden, wie sie gesagt hatte, und als er sich hob, glänzte das Gold im Feuerschein.

Verwirrt blickte sie zu ihm auf. »Warum sollte jemand das Gold stehlen, um es dann hier liegen zu lassen?«

Duncan schüttelte den Kopf und blickte zum Lager hinüber. Steif wie eine Wache stand dort ein Mann und beobachtete sie. Nach kurzem Zögern kam er auf sie zu, wobei er sich mit den Fingern die Schläfen rieb.

»Ich hatte befürchtet, dass das geschehen würde«, sagte Louis ruhig. »Aber nach meiner Rückkehr von dem heidnischen Königshof hatte ich noch keine Gelegenheit, die Truhe zu entfernen.«

Eglantine straffte die Schultern. »Ihr habt die Vorräte zerstört.«

»Nur so weit, um Euch Angst zu machen. Ich war sicher, Ihr würdet zurück zu dem gesunden Menschenverstand

Eures Vaters finden und auf der Stelle nach Frankreich zurückkehren, wenn die Lebensmittel knapp werden.« Der alte Mann setzte ein schiefes Lächeln auf. »Ihr seid sehr viel hartnäckiger, als ich geahnt habe, Madame.«

»Aber Ihr habt meiner Familie die Lehnstreue geschworen!« Eglantine war zutiefst enttäuscht über diesen Vertrauensbruch und Duncan konnte ihre Gefühle gut nachempfinden. »Wie konntet Ihr guten Gewissens das Leben so vieler aufs Spiel setzen?«

Der Ältere räusperte sich. »Die Frage könnte ich Euch stellen, Madame. Diese Reise war eine Dummheit und Euer Beharren, hier zu bleiben, umso mehr. Ihr habt das Leben Eurer Leute aufs Spiel gesetzt. Ich habe lediglich versucht, sie zu retten.«

»Ihr habt das Vertrauen meines Vaters und meiner Familie missbraucht, Louis.«

»Nein, Madame. Ich habe Eurem Vater gemäß gehandelt. Er war es, der mich so wortreich die Bedeutung des Gemeinwohls gelehrt hat.«

Aug in Aug standen die beiden einander gegenüber und es war offensichtlich, dass ihre Ansichten unvereinbarer nicht hätten sein können.

Eglantine fasste sich und nahm die Haltung und die Würde einer Königin an. »Ich entlasse Euch aus meinem Dienst, Louis. Ich nehme an, Ihr werdet nach Frankreich zurückkehren, und wenn Ihr möchtet, werde ich einen Brief an meinen Bruder schreiben, um die Vorfälle zu erklären. Aufgrund der hohen Meinung, die mein Vater von Euch hatte, ist es nicht unwahrscheinlich, dass er auf Crevy einen Posten für Euch finden wird.«

Ihre Stimme klang tonlos und ihr Gebaren war distanziert, doch Duncan konnte ihre Wut spüren. Sie hatte keinen Bedarf an unloyalen Personen in ihrem Hausstand –

und Duncan war stolz auf die Würde, mit der sie diese Entlassung aussprach.

»Ich werde Euch ein Pferd und ein wenig Verpflegung zur Verfügung stellen, Louis. Jeder, der möchte, ist aufgerufen, mit Euch nach Frankreich zurückzukehren, vorausgesetzt, er möge als Erstes meinem Bruder seine Loyalität und eine Erklärung anbieten. Haben wir uns verstanden?«

Louis machte eine tiefe Verbeugung. »Sie werden alle mit mir heimkehren.«

»Ich kann Euch versichern, dass das nicht der Fall sein wird.«

»Bei Morgengrauen breche ich auf.« Er übergab ihr die Schlüssel, die sich noch in seinem Besitz befanden, wenn es auch nicht viele waren, verbeugte sich erneut und schritt zurück zum Lager. Mit den Schlüsseln in der Hand sah Eglantine ihm nach.

»Kennst du ihn schon lange?«

»Mein ganzes Leben lang. Mein Vater hat ihn zu meinem Verwalter bestimmt.«

»Er hat dir schlechte Dienste erwiesen.« Duncan legte ihr den Arm um die Taille.

»Mein Vater würde das anders sehen.« Schweigend standen sie da, bis Eglantine die Angelegenheit mit einem Seufzer aus ihrem Kopf verbannte. »Wusstest du von Iains Rolle bei der Übertragung des Titels?«

»Ich habe nicht früher davon erfahren als du.«

Eglantine lächelte zu ihm hinauf und Duncans Herz raste. »Richtig, du sagtest, du habest mich nicht belogen.« Sie wandte sich um, um nach dem jungen Paar Ausschau zu halten, und das Feuer vergoldete ihre feinen Gesichtszüge. »Hast du gewusst, dass er das tun würde?«

»Ich wusste, dass er dieses Talent besitzt, und als Alienor ihn beleidigte, hoffte ich, er würde auch den nötigen Willen besitzen.« Er blickte ihr in die Augen. »Ich wusste es nicht, aber ich habe es von ganzem Herzen und ganzer Seele erhofft.«

Sie nahm sein Gesicht in beide Hände und das Leuchten in ihren Augen war voller Zärtlichkeit. »Einmal nannte ich dich einen Barbaren, Duncan MacLaren.«

»Mehr als einmal.«

Eglantine fiel in sein Lachen ein. »Ja, mehr als einmal.« Sie betrachtete ihn aufmerksam und ihr Lächeln schwand, als ihre Miene ernst wurde. »Doch ich habe mich geirrt. Du bist der aufmerksamste und liebevollste Mann, den ich je kennen gelernt habe. Gegen dich müssen einem die Höflinge des Königs vulgär vorkommen.«

Duncan zog sich das Herz in der Brust zusammen und er war sicher, dass das Geständnis, das er mehr als alles andere erhoffte, nun von ihren Lippen kommen würde. Er konnte nicht atmen, er konnte den Blick nicht von der Wärme in den Augen seiner Lady wenden.

Doch im unpassendsten Moment erscholl aus den Bergen das Geklapper von Hufen. Alle wandten sich um und versuchten angestrengt, mit den Augen den Mantel der Dunkelheit zu durchdringen. Die Hufschläge wurden lauter und im Nebel konnte Duncan drei Pferde ausmachen. Ein Mann lachte laut auf und rief etwas auf Französisch.

Eglantine runzelte die Stirn und trat einen Schritt vor. »Das kann nicht sein«, flüsterte sie, offensichtlich hoffend, es möge doch so sein.

Bevor Duncan Fragen stellen konnte, kam ein Ritter in voller Pracht in den Lichtkreis des Feuers geritten. Sein Pferd bäumte sich auf, der Umhang des Ritters blähte sich und das Licht des Feuers blitzte auf seinem Helm.

Sein Pferd war größer und schwärzer, als Duncan je ein Pferd gesehen hatte, das Zaumzeug war reich verziert und seine Kleidung schrie seine hohe Stellung förmlich in die Welt hinaus. Hinter ihm tauchten zwei Knappen aus der Dunkelheit auf, und was sie am Leib trugen, war von größerem Wert als alles, was Duncan je sein Eigen genannt hatte.

Der Ritter nahm den Helm ab, schüttelte sein Haar aus und zeigte seine hübschen Gesichtszüge. Sein Pferd stampfte ungeduldig auf und wehrte sich gegen das Gebiss, doch die behandschuhten Hände des Ritters lagen fest am Zügel.

»Ist dies das Lager von Eglantine, Witwe des Theobald de Mayneris und Schwester von Guillaume de Crevy-sur-Seine?«, fragte er auf Französisch. »Ist dies das Land namens Kinbeath?«

»Burke de Montvieux!«, rief Eglantine und ihr Schrei ließ Duncans Herz zu Eis erstarren. »Du bist es wirklich!«

Mit unverkennbarer Freude rannte sie auf den Neuankömmling zu.

Duncan erkaltete das Blut in den Adern, als der Ritter elegant vom Pferd stieg, Eglantine in die Arme nahm und ihre Wangen küsste, wobei beide wie die Trottel grinsten. Dieser Ritter stand nicht nur für all das, was sie zurückgelassen hatte, er war auch derjenige, dessen Zuneigung Eglantine einst zu gewinnen versucht hatte.

Und auf einmal begriff er Eglantines Weigerung, ihm irgendwelche zärtlichen Gefühle zu offenbaren. Sie hatte ihr Herz bereits verschenkt, auch wenn sie nicht gehofft hatte, der Mann möge ihre Gefühle erwidern.

Dass der Mann den weiten Ritt nach *Ceinn-beithe* auf sich genommen hatte, konnte nur eines bedeuten. Duncan würde alles verlieren, wofür er gekämpft hatte, und still zusehen müssen, wie ihm der Sieg vor der Nase weggeschnappt wurde.

Doch in diesem dunkelsten Moment spürte Duncan Esmeraudes kleine Hand an seinem Knie. Er nahm ihre Hand in seine, ohne den Blick von Eglantine zu wenden. Er war wie zu Stein erstarrt.

Nicht nur waren seine schlimmsten Alpträume Wirklichkeit geworden, sie hatten *Ceinn-beithe* einen Herzschlag zu früh heimgesucht.

***

Burke erkannte die Frau, die auf ihn zu gerannt kam, nicht. Sie war einfach und praktisch gekleidet, die Wolle ihres Gewands, wenn auch einst von hoher Güte, war verschlissen, der Saum dreckig. Ihr Haar war zu einem einfachen Zopf gebunden und ohne Schleier. Sie trug keinen Schmuck, nicht einmal einen Armreif oder einen Ring. Ihre Haut war so golden getönt wie die einer Bäuerin.

Doch als sie sprach, wusste er, wen er vor sich hatte. Eglantines Stimme war unverwechselbar.

So wie ihre Sorge um die anderen.

»Burke!« Sie lief auf ihn zu und in ihrem Gesicht spiegelten sich Freude und Besorgnis. »Gibt es Neues von Brigid? Hat sie ihr Kind zur Welt gebracht? Geht es ihr gut, geht es dem Kind gut? Wie geht es Guillaume? Und ist meine Mutter wieder krank geworden, jetzt im Winter?«

Burke sprang vom Pferd, schloss sie in die Arme und küsste sie auf die Wange, um sie zu beruhigen. »Ja, Eglantine, ich freue mich auch, dich zu sehen.«

»Burke!«

»Ich hatte nicht damit gerechnet, lediglich als Bote willkommen geheißen zu werden.«

»Erzähl mir alles, auf der Stelle.«

Burke ließ den Blick über sie wandern und erfreute sich daran, die Schwester seines Freundes ein wenig auf den

Arm nehmen zu können. Als Kinder hatten sie weitaus schlimmere Scherze mit ihr getrieben. »Du hast dich verändert, Eglantine, aber du siehst sehr gut aus. Fühlst du dich wohl an diesem Ort?«

Sie ergriff seine Hand und sah aus, als würde sie nichts lieber tun, als ihn kräftig zu schütteln. »Burke! Du hast doch nicht den weiten Weg gemacht, um mir mein schlechtes Benehmen vorzuhalten. Sag mir auf der Stelle, was es Neues gibt, oder du wirst es bereuen.«

Er lachte und blickte ihr tief in die Augen, um sie von der Wahrheit seiner Worte zu überzeugen. »Es geht allen gut.« Sie seufzte vor Erleichterung. »Brigid hat Guillaume einen gesunden Sohn geschenkt, auch wenn das Kind fast zu groß für sie war. Ich fürchte, sie hat zu lange auf die Rückkehr ihres Gatten gewartet.«

Burke hatte nur einen Scherz machen wollen, doch Eglantine erbleichte und fasste ihn bei der Hand. »Bist du sicher, dass es ihr gut geht?«

»Ja. Alys und ich sind rechtzeitig gekommen und Alys hat bei der Geburt geholfen.«

Eglantine atmete zitternd aus und legte die Stirn auf Burkes Schulter. »Danke, Burke. Danke für diese Neuigkeiten. Ich habe mir solche Sorgen gemacht.« Sie blickte auf. »Und meine Mutter?«

»Würde das Kind am liebsten den ganzen Tag mit Honigwaben füttern, weil Brigid die so gern mag.«

Sie lächelten einander an, während die Erleichterung sich in Eglantines Zügen widerspiegelte.

»Sie vermissen dich, Eglantine. Sie möchten wissen, warum du geflohen bist.«

Ein misstrauisches Funkeln trat in ihre Augen und sie löste sich von Burke. »Guillaume weiß, warum. Ich habe oft genug mit ihm darüber gesprochen.«

»Ist das der Grund, warum du dich aus seinem Hab und Gut bedient hast? Weil er dir deinen Willen verweigert hat?«

Eglantine warf ihm einen Blick zu, der ihn tief ins Herz traf. »So denkt ihr über mich?«

»Ich weiß nicht, was ich denken soll.« Burke zuckte mit den Achseln. »Ich weiß nur, dass Guillaume mich gebeten hat, dich ausfindig zu machen und in Erfahrung zu bringen, ob es dir gut geht. Und ich bin sicher, dass du einen guten Grund hattest für das, was du getan hast.«

Eglantine presste die Lippen zusammen. »Ich habe genommen, was ich für nötig hielt, um an diesem verlassenen Ort zu überleben«, sagte sie knapp. »Ich konnte mir den Luxus eines Fehlschlags nicht leisten.«

»Jacqueline«, riet Burke.

»Ja. Jacqueline.« Eglantine hob das Kinn und ihre Augen funkelten trotzig. »Bist du gekommen, um mir mehr vorzuwerfen als meine schlechten Manieren? Wenn du vorhast, meine Tochter mitzunehmen und diesem verdammten Reynaud zu überbringen, werde ich gegen dich kämpfen und du wirst verlieren.«

Burke war schockiert über ihre Worte und ihre unverhüllte Leidenschaft, doch Eglantine hatte sich schon immer beschützend vor die gestellt, die sie liebte.

»Nein, Eglantine.« Burke schüttelte den Kopf und berührte sie am Kinn. Ihm wurde bewusst, dass er nicht hätte überrascht sein dürfen über das, was sie für ihr Kind zu opfern bereit war. »Niemals. Aber ich bringe eine Nachricht. Guillaume sagt, er wird die Buße an Reynaud zahlen, sobald er deine Zustimmung hat – und die Versicherung, dass alle wohlauf sind.«

»Er hätte schon früher zahlen können.«

»Ich denke nicht, dass er begriffen hat, wie wichtig dir

die Sache war.« Doch als er sie betrachtete, schien es ihm unbegreiflich, dass jemand an ihrer Entschlossenheit hatte zweifeln können.

Eglantine blickte ihm lange in die Augen, wie um sicherzugehen, dass er ihr wirklich keinen Vorwurf machte, dann zog sie die Stirn in Falten. »Aber wie hast du uns gefunden?«

Burke grinste. »Deine Mutter.«

Eglantine war entsetzt und ihre Augen blitzten mit solcher Leidenschaft, dass Burke einen Schritt zurück trat. »Sie hatte Verschwiegenheit geschworen! Beim Grab meines Vaters!«

Burke beeilte sich, sie zu beruhigen, und fragte sich im Stillen, was aus der kühlen und gefassten Eglantine geworden war, die er einst gekannt hatte. »Es war nicht leicht, etwas von ihr zu erfahren, Eglantine. Sie hat nur mir und Guillaume gegenüber die Wahrheit preisgegeben.«

»Niemand sonst weiß davon?«

»Nein. Das schwöre ich dir.«

Voller Misstrauen blickte sie ihn an. »Aber ein Ritter steht zum anderen, erst recht, wenn das Gesetz des Königs auf ihrer Seite ist.« Auf einmal wirkte Eglantine sehr viel weniger erfreut, ihn zu sehen. »Warum bist du gekommen, Burke?«

»Ich bin gekommen, um die Ängste deiner Familie zu beruhigen, mehr nicht.« Burke erwiderte ernst ihren Blick. »Und ich gebe dir mein feierliches Ehrenwort, dass niemand von diesem Ort erfahren wird, weder von mir noch von meinen Knappen.«

»Und Guillaume?«

»Er schickt sein Wort, dass er die Buße zahlen wird. Du musst mir nur sagen, dass das dein Wunsch ist.«

»Es ist mein Wunsch, dessen sei versichert.« Eglantine

trat einen Schritt zur Seite. »Aber wo sind meine Manieren?«, fragte sie. »Xavier, würdest du dich um das Pferd des Ritters kümmern? Gunther, einen Becher für unseren Gast.« Sie wandte sich um und hob die Hände. »Jacqueline! Alienor! Ihr erinnert euch doch an Burke de Montvieux. Kommt und begrüßt unseren Gast.«

Als die Mädchen nicht sofort auftauchten, hatte Burke zum ersten Mal Gelegenheit, den Blick über Eglantines Gefolge schweifen zu lassen. Er war überrascht, wie viele es waren. Bei genauerem Hinsehen erkannte er einige Gesichter, denn es waren Männer und Frauen, die schon ihr Leben lang der Familie Crevy gedient hatten. Doch auch sie hätte er ohne näheres Hinsehen nicht erkannt, denn alle trugen die Merkmale eines Lebens unter freiem Himmel, in Wind und Sonne.

Doch sie alle wirkten seltsam zufrieden.

Burke fragte sich, ob sie mit ihm nach Crevy zurückkehren würden, nun wo Eglantine erfahren hatte, dass ihr Bruder sich für ihre Sache einsetzte. So sehr er wünschte, die Sorgen seines Freundes beruhigen zu können, eine solch große Reisegesellschaft würde nur langsam vorankommen. Zu langsam für Burke.

Er wollte heim zu Alys und das lieber früher als später.

Mit freundlichem Lächeln zog Burke die Handschuhe aus und nahm den randvoll mit Ale gefüllten Becher entgegen. Eglantines Rufen zum Trotz ließ keines der Mädchen sich blicken und auf den Wangen ihrer Mutter zeigte sich die Röte. Sie entschuldigte sich bei Burke, der mit einem Schulterzucken antwortete, obwohl er wusste, dass sie die Angelegenheit nicht so leicht vergessen würde.

»Ah, da ist Esmeraude«, sagte Eglantine knapp.

Als Burke Eglantines Blick folgte, erblickte er zum ersten Mal diesen barbarischen Kerl, der ihn wütend anstarrte.

Der Zorn des Mannes war so greifbar, dass er nicht gegen einen Fremden gerichtet sein konnte. Instinktiv wandte Burke sich suchend um.

Doch niemand stand hinter ihm. Seine Knappen waren mit den Pferden davongegangen, einer hatte Burkes Helm mitgenommen. Er stand allein vor den dunklen Hügeln.

Was bedeutete, dass dieser Mann *ihn* so wütend anstarrte.

Burke starrte zurück und fragte sich, was er in dieser kurzen Zeit angestellt hatte, um solche Feindseligkeit zu wecken. Der Mann sah aus, als brauche er keine langen Aufforderungen, um Burke die Haut von den Knochen abzuziehen.

Und er war groß und kräftig genug, um die Aufgabe mit Leichtigkeit zu erfüllen. Er trug die übliche Kleidung der Schotten, sein Haar war schwarz, die Augen silbrig, ein breiter Wollschal war um seine Hüfte gewickelt und über die Schulter geworfen. Seine Beine waren nackt und muskulös, das Messer in seinem Gürtel wirkte grob, aber effektiv.

»Esmeraude, komm und begrüße unseren Gast.« Mit einem Lächeln streckte Eglantine dem Kind die Hand entgegen. »Vielleicht erinnerst du dich nicht an Burke, er ist ein enger Freund deines Onkels Guillaume.«

»Nein!« Die Kleine zog einen Schmollmund, der Burke an seinen eigenen kleinen Sohn erinnerte. Er nahm einen Schluck Ale, um sein Lächeln zu verbergen. Oh ja, wie oft hatten er und Alys den Tag verflucht, an dem Bayard das Wörtchen ›nein‹ gelernt hatte, denn er verwandte es bei jeder sich bietenden Gelegenheit.

»Esmeraude! Ich habe dich gebeten, einen Gast zu begrüßen, wie es sich für ein braves Mädchen gehört.«

»Nein.« Die Kleine streckte der Mutter die Zunge raus

und versteckte sich hinter den Beinen des wilden Mannes, der eine so tiefe Abneigung gegen Burke hegte.

Verwunderlich. Das Kind hatte keine Angst vor ihm.

Der Mann hielt Esmeraude den Zeigefinger hin und sie umfasste ihn ohne jegliches Anzeichen von Angst. Stattdessen schien sie sogar zu erwarten, dass er sich gegen Eglantine auf ihre Seite schlug. Er sagte etwas zu ihr, doch sie schüttelte den Kopf und hielt sich trotzig versteckt. Eglantine seufzte vor Verzweiflung und Burke war derartig überrascht, dass sie ihre Gefühle so offen zeigte, dass er sich fast an seinem Ale verschluckte.

Eglantine, die eisige Dame des Hofes, zeigte so unumwunden ihre Gefühle? Nicht nur die Farbe ihrer Haut hatte sich verändert!

Verwundert beobachtete er die Szene. Der Mann hockte sich neben Esmeraude nieder, als habe er alle Zeit der Welt. Mit überraschender Zärtlichkeit legte er dem Kind einen Finger unters Kinn und redete auf sie ein. Seine tiefe, leise Stimme war für Burke aus der Entfernung nicht zu verstehen.

Esmeraude schmiegte sich mit unsicherem Blick an ihn, während sie Burke in Augenschein nahm. Offenbar hatte der Mann versucht, das Kind dazu zu bringen, seiner Mutter zu gehorchen – und offenbar war Esmeraude davon wenig beeindruckt.

»In diesem Alter sind sie ganz besonders eigenwillig«, sagte Burke an Eglantine gewandt. Wahrscheinlich war sie peinlich berührt, wie es bei Alys der Fall war, wenn Bayard solch vermeintlich einfachen Aufforderungen nicht nachkam.

Eglantine verschränkte die Arme vor der Brust und betrachtete ihre Tochter. »Wenn ich so frei sprechen darf, ich bin erleichtert, dass sie nicht mehr jedem Mann, der ihr über den Weg läuft, um den Hals fällt. Es wäre in der Tat schwierig geworden, hätte sie diese Angewohnheit noch die nächsten zehn Jahre beibehalten.«

Wieder fürchtete Burke, an seinem Ale zu ersticken, so überrascht war er von ihren offenen Worten. Eglantine klopfte ihm kräftig auf den Rücken und diese familiäre Geste kam so überraschend, dass sie kaum zu seiner Erleichterung beitrug.

Als er sich so weit gefangen hatte, blickte er auf und sah sie lachen. »Oh Burke, du siehst aus wie ein Fisch an Land.«

Burkes Augen weiteten sich. Was war mit Eglantine geschehen? Und woher kam dieses Leuchten in ihren Augen?

Außerdem kam nun dieser riesige Kerl auf ihn zu, die misstrauische Esmeraude auf dem Rücken. Die Kleine war höchst entzückt, da es ihr gelungen war, ihren Verehrer dazu zu bringen, sie zu begleiten.

Doch Burkes vorsichtiges Lächeln erstarb, als er das mörderische Funkeln in den Augen des Mannes gewahrte.

»Eglantine, bitte«, sagte Burke hastig, solange er noch konnte. »Bitte sag diesem Mann, dass ich keinerlei böse Absichten gegen euch hege, und zwar bevor er sich auf mich stürzt. Sag ihm, ich habe nichts Böses getan, wessen auch immer er mich für schuldig hält.«

Sie lachte, was nur dazu führte, dass die Miene dieses Unholds sich weiter verfinsterte. Dann drehte sie sich zu dem Mann um, der ihr Kind trug. Sie stellte Duncan MacLaren mit jener Grazie vor, die Burke noch gut in Erinnerung hatte. Offenbar war sie sich der Feindseligkeit, die dieser Mann verströmte, nicht bewusst.

Erst als Eglantine fortging und Duncan ihr nachblickte, begriff Burke.

Natürlich. Wieso war er nicht eher darauf gekommen?

Er war Eglantine von Frankreich hierher gefolgt – zumindest musste das für einen Mann, der um die Gunst der Dame warb, so aussehen – und dieser Kerl war in Eglantine verliebt.

Glücklicherweise war das Missverständnis leicht aus dem Weg zu räumen.

Burke lächelte und hob die linke Hand, sodass sein Ehering im Schein des Feuers blitzte. »Ihr habt nichts zu befürchten«, sagte er. »Ich bin verheiratet.«

Verachtung zeigte sich auf Duncans Zügen und er stellte Esmeraude auf die Füße. »Und dennoch kommt Ihr, um Eglantine zu umwerben?«, fragte er und trat drohend einen Schritt näher. »Ihr Adligen seid doch alle gleich. Euch kümmert nichts als Eure eigenen Gelüste, ohne zu sehen, welchen Schaden ihr anrichtet!« Er fuchtelte mit der Hand durch die Luft und Burke duckte sich eingeschüchtert von seiner Größe. »Kein Wunder, dass sie nicht glauben kann, es könne einen Mann geben, der es gut mit ihr meint!«

Duncans Stimme steigerte sich zu einem Donnern, das aller Augen zu ihnen blicken ließ. »Wie könnt Ihr es wagen, nicht nur die Frau zu entehren, deren Ring Ihr tragt, sondern auch meine Eglantine?«

Burke hatte keine Gelegenheit, sich zu rechtfertigen, bevor seine Wange vor Schmerz zu explodieren schien. Bei der Wucht des Schlages fiel er hintüber und landete höchst unritterlich auf dem Hinterteil.

Seine Knappen schrien auf und liefen mit gezogenen Schwertern auf sie zu. Der Becher, den Burke in der Hand gehalten hatte, flog gen Himmel und das Ale troff auf den gefallenen Ritter herab, der zu seinem wutentbrannten Angreifer aufblickte. Burke hob eine Hand, um seine Knappen aufzuhalten.

Duncan ballte die Fäuste, während er Burke anstarrte,

und offensichtlich verlangte es ihn, zu Ende zu führen, was er begonnen hatte. Burke wusste, dass eine falsche Bewegung oder ein falsches Wort den Mann erst recht in Rage versetzen würden. Er betastete seine Wange und überlegte.

»Bumm«, sagte Esmeraude und klatschte vor Freude über ihren Scherz in die Hände. Als niemand sie beachtete, zog sie einen Schmollmund, verlor das Interesse an den beiden Männern und machte sich davon.

Dann hörten die Männer, wie eine offenbar wenig erfreute Eglantine sich näherte.

***

Die Ankunft des Ritters hatte Jacqueline in Angst und Schrecken versetzt.

Sie wusste, dass ihr Onkel Guillaume der Auflösung ihres Eheversprechens nicht zugestimmt hatte, denn sie hatte hinter der Tür gelauscht, als ihre Mutter mit ihm darüber sprach. Sie hatte gehört, wie Guillaume auf der Einhaltung des Versprechens bestand.

Sie wusste, dass Burke de Montvieux der engste Freund ihres Onkels war, und sie vermutete sofort den Grund seines Kommens. Wen sonst würde ihr Onkel schicken, um seine widerspenstige Nichte einzufangen? Wen sonst als einen Ritter von Ehre und Ruf, einen Freund, dem er vertrauen konnte, und einen Mann, der dafür bekannt war, zu seinem Wort zu stehen?

Wen sonst.

Aber Jacqueline würde nicht mit ihm gehen. Nein, nicht sie. Wenn ihre Mutter das Gesetz brechen konnte, konnte sie das auch und sie würde es tun.

Jacqueline verschwand in der Menge und war froh über die dunklen Schatten der Dämmerung. Sie überhörte das

Rufen ihrer Mutter, denn sie wusste, dass diese nicht anders konnte, als einen Freund der Familie freundlich aufzunehmen. Vielleicht hoffte sie sogar, Burke möge ihre Ansichten teilen. Jacqueline schnaubte. Wenn dem so war, würde Eglantine, sobald sie den wahren Grund für sein Kommen erfahren hatte, froh sein, dass Jaqueline geflohen war.

Duncan würde ihr helfen, da war sie sicher. Er würde ihr beistehen, wenn ihre Mutter dazu nicht in der Lage war. Ja, Duncan glaubte an Liebe und Gerechtigkeit, die außerhalb der Gesetze eines Königs lagen, schließlich sang er immer wieder davon.

Jacqueline vertraute Duncan, wie sie niemals jemandem vertrauen konnte, der von Crevy kam. Sie wollte ihren wärmsten Umhang und ihre schwersten Stiefel holen, sie würde etwas Brot aus dem Ofen stehlen und später am Abend würde sie Duncan ausfindig machen und um seine Hilfe bei der Flucht von *Ceinn-beithe* bitten. Ihre Mutter würde ihr Recht geben, sobald sie Burkes Ansinnen erkannt hatte. Ihre Mutter würde stolz auf sie sein, dass Jacqueline vernünftig genug gewesen war, nicht allein in die Wälder zu fliehen.

Alle hatten sich um das Feuer oder in der neuen Halle versammelt. Jacqueline rannte auf ihr Zelt zu und hoffte, ungesehen zu bleiben. Im Schutze der Dunkelheit trat sie von hinten an ihr Zelt heran, um nicht erkannt zu werden. Ihr Herz hämmerte. Sie spitzte die Ohren, vernahm jedoch nichts als die entfernten Rufe.

Erleichtert schlüpfte sie in das Zelt und atmete tief durch. Der erste Schritt war getan und in wenigen Minuten würde sie sich in Sicherheit gebracht haben. Mit zitternden Fingern rieb sie einen Feuerstein und entzündete eine kleine Laterne, die sie nur so lang wie unbedingt nötig brennen lassen wollte.

Als sie sich wieder aufrichtete, blieb ihr vor Entsetzen das Herz stehen.

»Wie nett von dir, zu mir zu kommen«, sagte Reynaud mit einem Grinsen. Er war noch ebenso alt und faltig, wie sie ihn in Erinnerung hatte, und seine Augen waren kalt wie immer. Die Arme vor der Brust verschränkt und mit schlammbeschmierten Stiefeln stand er vor ihr. »Womöglich bist du unserer Verbindung gar nicht so abgeneigt, wie ich dachte.«

Jacqueline ließ die Laterne fallen und drehte sich um, in der Absicht zu fliehen. Sie prallte gegen einen muskulösen Mann, der sie in seinen stahlharten Griff nahm. Sie wehrte sich mit Händen und Füßen, jedoch ohne Erfolg. Reynaud musste die Laterne aufgehoben haben, denn sie hörte, wie sie auf dem kleinen Tisch abgesetzt wurde.

»Sehr gut«, sagte er leise.

Reynauds riesiger Knappe stieß Jacqueline zurück in die Mitte des Zeltes. Der Kerl grinste dümmlich auf sie herab und gab ihr einen so heftigen Stoß, dass sie beinah stürzte. Reynauds Hände legten sich besitzergreifend von hinten auf ihre Schulter und sie hielt die Luft an, als er ihren Nacken küsste.

»Welch eine Freude, endlich den Schatz in den Händen zu halten, der mir vor so langer Zeit versprochen wurde.«

Ekel stieg in ihr auf und sie kämpfte, um sich von ihm zu befreien. Seine behandschuhten Finger gruben sich tiefer in ihr Fleisch und der Knappe grinste, als freue er sich darauf, ihr ebenfalls weh zu tun.

In dem verzweifelten Wissen, allein vollkommen hilflos zu sein, legte sie den Kopf in den Nacken und stieß aus voller Kehle einen Schrei aus. Sie trat mit den Füßen aus und hoffte auf eine Möglichkeit zu fliehen.

Reynaud fluchte und legte ihr eine Hand auf den Mund.

Er warf sie auf das Bett und Jacqueline rollte schnell herüber, um von ihm loszukommen. Doch Reynaud war größer und schneller als sie und legte sich mit seinem ganzen Gewicht auf sie. Mit Leichtigkeit hielt er ihre Hände in seiner, während sie sich verzweifelt gegen ihn wehrte.

»Vielleicht sollten wir die Angelegenheit auf der Stelle vollenden«, sagte er mit süßlicher Stimme. »Dann gibt es keinen Zweifel mehr, wem du gehörst.«

Jacquelines Augen weiteten sich vor Entsetzen und Reynauds Züge verhärteten sich. Er blickte zu seinem Knappen hinüber. »Pass auf, dass wir nicht gestört werden. Es wird nicht lange dauern.«

Mit einer Verbeugung trat der Knappe aus dem Zelt und überließ Jacqueline einem sehr gewissen Schicksal.

Kapitel 17

»Duncan MacLaren, wie kannst du es wagen, meinen Gast so zu behandeln?«

Hätte es noch schlimmer kommen können? Beide Mädchen waren verschwunden, Esmeraude hatte beliebt, sich von ihrer trotzigen Seite zu zeigen, und sie konnte ihrem Gast nur eine einfache Mahlzeit und dünnes Ale anbieten. Eglantine war zutiefst beschämt, Burke könne ihre mangelnde Gastfreundschaft beklagen. Und zu allem Überfluss hatte Duncan ihm noch ein blaues Auge verpasst.

Während Burke den Vorfall mit der ihm eigenen Würde hinnahm, war Eglantine nicht gewillt, ihn kommentarlos zu übergehen. »Wie konntest du es wagen?«, fragte sie Duncan, der sie finster anblickte. »Wieso begrüßt du einen Gast mit der Faust?«

»Wie kann er es wagen, dir den Hof zu machen, wo er den Ring einer anderen Frau am Finger trägt?«, fragte Duncan hitzig. »Wie kann er dich so beleidigen? Wenn du glaubst, ich stehe daneben und sehe zu, wie ein Mann von Theobalds Art dich schlecht behandelt, dann hast du dich getäuscht.«

Auch wenn seine Worte offensichtlich von Herzen kamen, begriff Eglantine nicht, wovon er sprach. »Burke ist verheiratet«, sagte sie vorsichtig. »Er ist nicht gekommen, um mir den Hof zu machen.«

Duncan warf Burke einen Blick zu, der seine Wange betastete und sie beide beobachtete. »Er ist derjenige, der dich abgewiesen hat.«

»Er ist derjenige, der mir von der Liebe erzählte.«

»Um sich an dir vergreifen zu können«, entfuhr es Duncan.

»Nein! Damit ich den Mut finde, diese Liebe zu suchen!«

Duncan betrachtete sie zweifelnd. »Und warum ist er dann hier?«

»Mein Bruder schickt ihn, um zu erfahren, ob es mir gut geht.« Eglantine lächelte. »Das ist alles.«

Doch Duncan war nicht so leicht zu überzeugen. »Du hast dich gefreut, ihn zu sehen. Du bist ihm regelrecht um den Hals gefallen.«

»Ja, Duncan.« Sie legte die Hand in seinen Arm. Sie war gerührt, dass er sie so feurig beschützte. »Er ist ein alter Freund meiner Familie und ich machte mir Sorgen wegen der Schwangerschaft der Frau meines Bruders, das ist alles.«

»Ja?«

»Ja. Vertrau mir.«

Duncan seufzte. »Dann muss ich mich wohl bei Euch entschuldigen.« Er streckte Burke die Hand hin und der zögerte nur einen kurzen Moment, bevor er sich hochziehen ließ. »Ich entschuldige mich, Euch niedergestreckt zu haben, aber ich hielt Euch für einen Mann vom Schlage Theobalds.«

Burke setzte ein trockenes Lächeln auf. »Es ist eine Schande, dass Ihr nicht die Gelegenheit hattet, ihm persönlich zukommen zu lassen, was er sich so hartnäckig verdient hat.«

»Bist du verletzt?«, fragte Eglantine voller Sorge.

»Das ist nicht der erste Schlag, den ich einstecken musste, und er wird nicht der letzte sein.« Burke grinste. »Wenn ich Glück habe, ist alles verheilt, bevor Alys die Gelegenheit hat, einen Kommentar dazu abzugeben.«

Duncan schien amüsiert. »Sie wird Ihren Spaß daran haben, wie?«

Burke verdrehte die Augen. »Oh ja.« In bestem Einvernehmen grinsten die beiden Männer sich an und Eglantine schüttelte den Kopf.

»Ob wir vielleicht unseren Pflichten als Gastgeber nachkommen?«, fragte sie und ärgerte sich, dass dieses Einverständnis zwischen den Männern auf ihre und Alys' Kosten ging. »Das Essen ist fertig, wenn du uns die Ehre geben möchtest, unser einfaches Mahl zu teilen, Burke.«

»Mit Vergnügen«, sagte er und verbeugte sich, ohne seiner schmerzenden Wange, die bereits in allen Farben schimmerte, Beachtung zu schenken.

Eglantine drehte sich erwartungsvoll zu Duncan, der zögerte. Er wirkte besorgt. »Nein, Eglantine, ich werde nicht mitkommen, bevor du mir geantwortet hast.«

»Geantwortet?«, wiederholte Eglantine. Sie spürte, wie Burke stehen blieb und sich nach ihnen umwandte, konnte ihren Blick aber nicht von Duncans funkelnden Augen wenden.

»Ja.« Duncan zog die Stirn in Falten und fuhr sich mit der Hand durchs Haar, bevor er all seinen Mut zusammennahm. »Nichts steht mehr zwischen uns, Eglantine. Du weißt, dass ich die Verbrechen, derer du mich beschuldigt hast, nicht begangen habe. In den vergangenen Monaten habe ich um deine Gunst gebuhlt, habe mich bemüht, dich zu gewinnen. Ich habe dir den Hof gemacht und dir wiederholte Male meine Liebe geschworen.« Er blickte ihr tief in die Augen. »Und die ganze Zeit über hast du entgegengenommen, was ich dir bot, und doch nichts zurückgegeben.«

Eglantine schluckte, kalte Angst stieg in ihr auf.

»Ich möchte deine Antwort, Eglantine. Ich möchte wissen, ob all mein Bemühen umsonst ist. Ich möchte wissen, ob dein Herz mir gehört.«

»Ich habe noch fast zehn Monate Zeit«, beharrte sie und ihr Herz raste. »Ich werde dir antworten, wenn unser Gelübde ein Jahr und einen Tag zurückliegt.«

Duncan schüttelte langsam den Kopf. »Nein, Eglantine. Ich kann so nicht weitermachen, so voller Unsicherheit über deine Gunst und unsere Zukunft. Ich kann nicht jede Nacht im Bett liegen und mich fragen, ob ich meinen Samen in dich gepflanzt habe und was du tun wirst, wenn er Wurzeln schlägt. Ich kann nicht mit der Angst leben, dass du mich verlässt, dass du einen anderen liebst, dass das, was ich dir zu bieten habe, nicht genug ist. Du weißt alles über mich, was es zu wissen gibt.«

Er trat auf sie zu und nahm ihr Gesicht zwischen seine Hände. »Ich bitte dich nur um drei Worte, Eglantine, drei Worte aus den Tiefen deiner Seele, um mehr werde ich dich niemals bitten.«

Eglantine starrte hinauf zu ihm und der Mund wurde ihr trocken. Ihr wurde bewusst, dass sie ihn liebte. Ja, sie liebte Duncan, wie sie noch nie einen Mann geliebt hatte. Sie liebte seine Leidenschaft und seine Zärtlichkeit, seinen Gesang und sogar sein Gebrüll, sie liebte seine beschützende Art und sein Lachen und seine Unberechenbarkeit. Eglantine hatte nie geglaubt, dass wahre Liebe einmal ihr Herz erwärmen könne, aber so war es – weder gesucht noch erwartet noch zu verleugnen.

Sie fragte sich, was er in ihren Augen lesen mochte, denn

in den Tiefen seiner Augen blitzte ein Licht auf. Er zog sie enger an sich und sprach mit leiser Stimme.

»Sag es mir, Eglantine«, drängte er und seine Daumen streichelten ihre Haut. »Sag mir, dass du mich liebst, oder bitte mich zu gehen. Sag es mir jetzt und räum alle Zweifel zwischen uns aus.«

Eglantine wollte es ihm sagen, sie wollte es wirklich. Sie öffnete die Lippen, doch die Angst stahl ihr die Stimme. Was, wenn alles sich veränderte, sobald sie diese drei Worte gesprochen hatte? Was, wenn sie ihm ihr Herz öffnete und er ihre Schwäche ausnutzte, so wie Theobald es getan hatte?

Sie glaubte nicht daran, und ihr Gefühl drängte sie, ihm ihre Liebe zu gestehen, doch Eglantine wusste, dass sie ihren Gefühlen nicht trauen durfte.

Sie wagte nicht, ihnen zu trauen. Nicht noch einmal.

Eglantine schloss die Augen und sah zu Boden, um Duncans glühendem Blick auszuweichen. »Ich kann nicht«, flüsterte sie und wartete darauf, dass er vor Wut aufschrie.

Doch er sagte nichts.

Sie wartete, seine Antwort fürchtend, doch es kam keine. Duncans Hände fielen herab und ließen eine Kälte zurück, die sie erzittern ließ. Er trat zurück und sie wagte einen Blick in seine Richtung. Sie sah ihn am Boden zerstört, wie sie es nie für möglich gehalten hatte.

»Keine Antwort ist auch eine Antwort«, sagte er ruhig. »Ich habe es versucht und bin gescheitert. Was ich zu geben hatte, war nicht genug für dich.« Mit bitterer Miene sah er sie an und das Flackern des Feuers ließ ihn so fremd erscheinen wie noch nie zuvor. Sie musste an die kalten Steine denken, die fremdartig und unbeweglich an den Straßen und auf den Feldern dieses Landes standen. Wie bei ihrer ersten Begegnung wurde ihr bewusst, dass er aus anderem Holz geschnitzt war als sie.

Er legte zwei Fingerspitzen an seine Lippen und warf ihr einen Kuss zu. »Lebe wohl, Eglantine.«

Und entgegen all ihren Erwartungen drehte Duncan MacLaren sich um und verschwand in den Schatten der Nacht.

Voller Entsetzen blickte sie ihm nach, niemals hätte sie für möglich gehalten, dass er sie verlassen würde. Die Nacht hatte ihn verschluckt, als wäre er nie da gewesen. Eglantine hörte das Meer auf den Strand rollen, sie hörte den Wind pfeifen, aber sie hörte nicht mehr Duncans Schritte.

Er war fort.

Das erste Geräusch, das die Stille zerriss, war Esmeraudes Weinen. Sie rannte zu der Stelle, wo Duncan gestanden hatte. Sie rief seinen Namen und streckte die Hände nach ihm aus. Ihr Weinen brach Eglantine das Herz und die Umstehenden steckten flüsternd die Köpfe zusammen.

Eglantine trat vor und hob Esmeraude vom Boden hoch. Sie kämpfte gegen die Tränen. Sie wiegte das Kind in ihren Armen und versuchte, sie zu trösten.

»Duncan!« Esmeraude legte ihrer Mutter einen Arm um den Hals und streckte die andere nach Duncan aus.

Sie brachte es nicht fertig, dem Kind zu sagen, dass Duncan fort war. Sie brachte die Worte nicht über die Lippen, denn dann würde sein Verschwinden endgültig Wirklichkeit werden. Also gab sie unsinnige Laute von sich und summte, um ihre Tochter zu beruhigen. Doch wohin auch immer Eglantine sich wandte, Esmeraude blickte dem Mann hinterher, der so oft für sie gesungen hatte. Dann vergrub sie ihr Gesicht an Eglantines Hals und weinte laut, bis sie schließlich ihren Daumen in den Mund nahm.

Eglantine blickte auf und sah, wie Burke sie betrachtete. Sie wusste, sie hatte ihm in dieser Nacht kein gutes Willkommen bereitet. »Ich muss mich entschuldigen, Burke. Hier ist einiges durcheinander.«

»Du brauchst dich nicht zu entschuldigen«, sagte Burke mit der gewohnten Würde. »Ich bin froh zu wissen, dass es dir und den Deinen gut geht.«

»Wie geht es Alys?«, fragte Eglantine mit einiger Verspätung und widerstand dem Drang, hinter sich in die Dunkelheit zu blicken und sich zu fragen, ob Duncan zurückkehren würde.

Er konnte doch nicht für immer gegangen sein?

Sie hatte ihn doch nicht ein für alle Mal verloren?

Die Unwissenheit setzte ihr zu. Sie hatte einfach nicht damit gerechnet, dass sein Wille, sie zu gewinnen, eine Grenze haben würde, doch seine Miene war eindeutig gewesen.

Und die Furcht, ihre Schwäche zu offenbaren, war nichts gegen die verzehrende Angst, Duncan MacLaren womöglich niemals wiederzusehen.

Burke lächelte, was ihn sehr viel jünger und weniger streng aussehen ließ. »Alys geht es gut, aber sie wird mir den Kopf abreißen, wenn ich nicht vor der Geburt unseres zweiten Kindes zu Hause bin.« Er schien nicht übermäßig beunruhigt ob dieser Drohung und Eglantine zwang sich, sein Lächeln zu erwidern.

»Dein Sohn muss mittlerweile groß sein«, sagte sie und wusste, wie hoffnungslos dumm diese Bemerkung war, doch sie fühlte sich gezwungen, Konversation zu treiben.

Burke stellte seinen Becher beiseite und lehnte sich vor, die Ellbogen auf die Knie gestützt. »Eglantine, vor einiger Zeit habe ich dir von der Macht der Liebe erzählt, die zwischen einem Mann und einer Frau erblühen kann.«

»Ja, du hast mir von Alys erzählt.«

»Richtig. Ich hatte gehofft, dich zu ermutigen, Besseres für dich selbst zu erstreben als das, was du mit Robert erlebt hast.« Verzweiflung zeigte sich auf seinen Zügen. »Du bist immer so vernünftig gewesen, Eglantine. Ich traute meinen Ohren nicht, als ich hörte, dass du mit Theobald de Mayneris verheiratet warst, denn alle Welt wusste, er war ein Taugenichts.« Burke verengte die Augen. »Wie viele andere dachte auch ich, du hättest ihn geändert, du hättest wie immer Stroh in Gold verwandelt.«

Eglantine schüttelte den Kopf und drückte Esmeraude eng an sich. »Nicht ich.«

»Nein, das weiß ich jetzt.« Burke betrachtete sie eindringlich. »Er hat dich ausgenutzt, Eglantine, und ich fürchte, mein Rat hat dich auf den falschen Weg gebracht.«

»Nein, Burke. Schuld war allein mein eigenes mangelndes Urteilsvermögen.«

Doch der Ritter schüttelte den Kopf und sprach mit fester Stimme. »Nein, Eglantine. Ich bin sicher, dass Theobald dich mit Absicht getäuscht hat, und ich würde wetten, dass er darauf gedrängt hat, so schnell wie möglich zu heiraten. Selbst er muss gewusst haben, dass man dich nicht lange an der Nase herumführen kann.«

Eglantine brachte ein schmales Lächeln zustande. »Das spielt keine Rolle, nun wo er tot ist.«

Burke schüttelte den Kopf. »Oh doch, es spielt eine große Rolle, wenn du alle Männer mit Theobald gleichsetzt.«

Eglantine hielt die Luft an. Hätte sie die Wahrheit offenbaren und Duncan die Worte sagen sollen, die er hatte hören wollen?

Wäre er an ihrer Seite geblieben, wenn sie das getan hätte? Hätte er sie weiterhin geliebt, wie er sie bisher geliebt hatte?

War er auch in dieser Beziehung so anders als Theobald wie in allen anderen Belangen?

Burke streckte die Hand aus, um die letzte von Esmeraudes Tränen fortzuwischen, und blickte Eglantine fest in die Augen. »Du bist immer eine Frau von gesundem Verstand gewesen, Eglantine. Niemals hätte ich für möglich gehalten, dass ein Kind von zwei Jahren eine bessere Menschenkenntnis an den Tag legt als du.«

»Ich kann meinem Herzen nicht trauen, wenn es um Männer geht«, sagte sie schwach. »Darum habe ich mich auf Theobald eingelassen.«

Burke hob eine Braue. »Ach ja? Und was sagt dein Herz dir jetzt?«

Eglantine blickte ihr Kind an. Mit plötzlicher Klarheit wusste sie, dass sie Duncan nicht gehen lassen durfte. Sie liebte ihn, über allen Verstand hinaus, und konnte sich nicht vorstellen, ohne ihn an ihrer Seite zu erwachen.

»Ich könnte ihn verlieren«, flüsterte sie und die Worte jagten ihr einen Schauder über den Rücken.

Burke nickte ungeduldig. »Wenn das nicht schon geschehen ist. Wenn ich je einen Mann am Ende seiner Geduld gesehen habe, dann ihn. Was sagt dein Herz, Eglantine?»

Sie schluckte. »Ich muss ihm folgen. Ich muss ihn dazu bringen, dass er mir zuhört.« Sie lächelte unsicher. »Ich muss ihm meine Liebe gestehen.«

Burke lächelte und hob Esmeraude aus ihren Armen. »Wie ich schon sagte, Eglantine, du warst seit jeher eine Frau mit einem bemerkenswert gesunden Menschenverstand.«

Esmeraude wählte diesen Moment, erneut in Tränen auszubrechen, und Eglantine war hin und hergerissen zwischen der neuen Zuneigung zwischen ihnen und ihrem Verlangen, Duncan zu folgen.

Burke schaukelte Esmeraude mit der Sicherheit eines Mannes, der schon einige Kinder getröstet hatte, auf den Knien. »Esmeraude, wenn deine Mutter Duncan holen geht, bist du dann so nett, hier mit mir zu warten?«

Das kleine Mädchen betrachtete ihn schweigend und saugte mit ungewöhnlicher Hingabe an ihrem Daumen. Eglantine wünschte, das Kind möge sich schnell entscheiden, Burke jedoch schien Verständnis zu haben, dass das Kind misstrauisch war.

»Es ist komisch, Esmeraude, aber ich habe einen Sohn, der nur ein bisschen größer ist als du. Und ich vermisse ihn ganz schrecklich.« Er hatte sich vorgebeugt, um ihr das anzuvertrauen, und Eglantine musste fast darüber lachen, wie schnell und vorhersagbar Esmeraude sich von seinem Charme einwickeln ließ.

Sie setzte ein keckes Lächeln auf und Burke grinste. »Jeden Abend erzähle ich ihm eine Geschichte, aber das ist schon einen Monat her. Ich habe Angst, ich könnte die Geschichte vergessen, und er wäre ganz schrecklich enttäuscht von mir.« Burke schnipste mit den Fingern, als habe er einen plötzlichen Einfall. »Kann ich sie vielleicht stattdessen dir erzählen? Würdest du sie dir anhören und mir sagen, ob es immer noch eine gute Geschichte ist?«

Esmeraudes Züge erhellten sich und sie blickte den Ritter erwartungsvoll an. »Erzählen. Jetzt.« Sie schmiegte sich nicht an ihn, wie sie es bei Duncan tat, aber sie war gnädig genug, bei ihm zu bleiben.

»Oh Burke, ich danke dir.« Eglantine hob ihre Hand an ihr Haar und musste feststellen, dass sie nicht in dem richtigen Zustand war, einen Mann zu bitten, für immer an ihrer Seite zu bleiben.

»Geh«, drängte Burke und lächelte mit einer Überzeugung, die Eglantine nicht fühlte. »Duncan wird nichts sehen als die Sterne in deinen Augen.«

***

Als Erstes rannte Eglantine zur Küste, wo die Boote lagen, konnte jedoch nicht feststellen, ob eins fehlte. Sie ließ ihren Blick über das Meer schweifen und verfluchte den Mond, der sich heute nicht zeigte. Es war nicht zu erkennen, ob vor kurzem ein Mann davongerudert war oder nicht.

Aber das bedeutete nichts!

Sie legte sich die Finger an die Schläfen und zwang sich zum Nachdenken. Wohin würde Duncan gehen?

Zu dem großen Stein seiner Vorfahren. Ganz klar.

Außer, er war wirklich fortgegangen. Eglantines Angst beschleunigte ihre Schritte und sie rannte in Richtung des Felsens. Sie verfluchte den Nebel, der den Stein vor ihren Augen verbarg. Sie würde den kürzeren Weg durch das Lager nehmen, auch wenn sie dort vorsichtig sein musste, wo sie hintrat. Sie rannte zwischen dunklen Zelten hindurch und betete, es möge noch nicht zu spät sein.

Dann erscholl der Schrei einer Frau, der zu schnell abgeschnitten wurde.

Jacqueline! Eglantine hielt inne, es gab nur eines, das ihre bedächtige Tochter veranlassen konnte zu schreien.

Oder besser gesagt, nur einen Menschen. Gott im Himmel, Burke hatte Reynaud hierher geführt. Wieder wurde sie zwischen Pflicht und Bedürfnis hin und her gerissen, aber sie hatte keine Wahl. Sie musste ihre Tochter retten, egal, was es sie kosten mochte.

Eglantine schlich auf die seidenen Zelte zu und war dankbar für die Wellen des Meeres, die sich hinter ihr an den Felsen brachen. Die würden ihr Herannahen übertönen. Sie duckte sich in die Schatten, das Herz hämmerte ihr bis zum Halse, als sie sich Schritt für Schritt näherte.

Als sie den Eingang zu Jacquelines Zelt sah, hielt sie inne. Ein riesiger Mann saß dort und reinigte sich die Fingernägel mit seinem Dolch. Seine bekannten Umrisse beruhigten sie wenig, denn die Anwesenheit von Reynauds Knappen bestätigte ihre Vermutung.

Es gab keine Zweifel, dass sein Herr im Zelt war. Wer konnte ahnen, was er dort bereits getan und was Jacqueline durchgemacht hatte! Eglantine drängte es zur Eile, doch sie zwang sich zur Vorsicht.

Der Knappe wirkte gelangweilt, eine erstaunliche Gemütsregung bei einem so minderbemittelten Kerl wie ihm. Aus der Nähe konnte Eglantine die unterdrückten Laute eines Kampfes vernehmen und fürchtete um ihre Tochter.

Sie ging in die Hocke und besann sich, wobei ihre Hand sich um einen Stein von der Größe und Form eines Gänseeis legte. Sie schätzte die Entfernung zu dem Knappen, während sie den Stein in der Hand wog. Eglantine dachte an die Zeiten zurück, als sie mit Guillaume auf Crevy Steinewerfen gespielt und ihn und Burke regelmäßig besiegt hatte.

In einem Moment wie diesem konnte Zögern den Sieg kosten. Sie stand auf und warf dem Knappen den Stein an den Kopf.

Er wurde genau zwischen den Augen getroffen. Er gab ein leises Grunzen von sich und fiel kraftlos vornüber.

Das war genug für Eglantine! Sie rannte auf das Zelt zu, ging vorsichtig an dem Knappen vorbei und nahm den kurzen Dolch, den er fürs Erste nicht brauchen würde. Sie steckte ihn hinten in ihren Gürtel, straffte die Schultern und trat königlichen Schrittes in das Zelt.

»Guten Abend, Reynaud.«

Der Kerl zuckte zusammen und wandte sich um.

Zu Eglantines ungeheurer Erleichterung waren Jacquelines Röcke nur bis zu den Knien hochgerutscht. Ihr Kleid war über der Brust zerrissen, doch Reynaud war noch immer vollständig bekleidet. Ihre Tochter war zu Tode verängstigt, jedoch unverletzt.

Und so sollte es bleiben.

Sie lächelte angesichts des erschrockenen alten Ritters. »Wie kommt es, dass Ihr hier seid, Reynaud, ohne zuvor unsere Gastfreundschaft beim Abendbrot genossen zu haben? Nach einer so langen Reise müsst Ihr ausgehungert sein.«

Reynauds grinste. »Fortuna war mir geneigt und hat mir das, was mir zusteht, in die Hände gespielt. Nur drei seidene Zelte, drei Zelte für drei Edelfrauen. Ich hatte das erste gerade betreten, als dieses kleine Vögelchen hereingeflattert kam.« Sein Lächeln erstarb. »Was ist mit meinem Knappen?«

Eglantine spielte die Besorgte. »Er muss krank geworden sein, er liegt besinnungslos vor dem Zelt.«

Der alte Mann verengte die Augen. Eglantine erwiderte seinen Blick, bis Reynaud mit den Schultern zuckte. »Wenn du glaubst, deine Anwesenheit könne mich aufhalten, hast du dich geirrt, Eglantine. Ich habe nichts gegen ein bisschen Publikum.«

Mit blitzschnellen Bewegungen streckte er Jacquelines Arme über ihren Kopf und setzte sich rittlings auf sie. Sie hatte gerade genug Zeit, einen Schrei auszustoßen, bevor er ihr wieder die Hand auf den Mund legte. Mit der freien Hand riss er ihr Kleid weiter auf und Jacquelines Augen weiteten sich vor Angst, als seine behandschuhte Hand sich um ihre Brust schloss.

Eglantine verspürte das dringende Bedürfnis, ihm den

Kopf abzureißen. Sie ging weiter in das Zelt hinein und spürte das Gewicht des Dolches auf ihrem Rücken. Sie mühte sich, einen normalen Tonfall zu wahren, so schwer es ihr fiel. »Ihr wollt Eure Braut doch nicht vor der Hochzeitsnacht entehren?«

»Das spielt doch wohl kaum eine Rolle. So kann ich wenigstens sichergehen, dass du mit dem Kind nichts anderes anstellen kannst, als sie an mich zu verheiraten.«

»Aber es ist nicht ihre Schuld, dass wir hier sind.«

Reynaud blickte auf. »Was soll das heißen?«

Eglantine erdachte die Geschichte, während sie auf ihn zuging, und wünschte sich, Duncans Talent zu besitzen. »Jacqueline wollte Euch heiraten, sie wollte Euch bereits heiraten, bevor Theobald erkrankte. Aber sie ist ein solches Schmuckstück, dass ich dachte, ich könne mehr Geld für ihre Hand gewinnen. Nach Theobalds Tod brauchte ich Geld, denn er hat mich ohne Besitz zurückgelassen. Mein Bruder hielt es nicht für angebracht, mehr Geld von Euch zu verlangen, aber ich war überzeugt, dass ein anderer Mann mehr für Jacquelines Schönheit zu zahlen bereit sein würde.«

Sie erwiderte seinen misstrauischen Blick, damit er ihr die Lüge abnahm. »Ich habe sie dir gestohlen, Reynaud, obwohl das Mädchen nichts anderes wollte, als ihre Pflicht zu erfüllen. Mit mir musst du dich auseinander setzen, nicht mit ihr.«

»Ich werde nicht mehr zahlen.«

»Niemand würde mehr zahlen, wie ich sehr zu meinem Verdruss feststellen musste. All diese Mühen für nichts und wieder nichts.« Eglantine zuckte mit den Schultern. »Natürlich wird Jacqueline dich heiraten, wie sie es die ganze Zeit schon wollte. Bestrafe nicht das Kind für die Vergehen der Mutter.«

Störrisch schüttelte Reynaud den Kopf. »Das kann nicht sein. Sie wehrt sich gegen mich, noch jetzt. Du lügst!«

»Nein, du machst ihr Angst. Sie ist eine Jungfrau, Reynaud, sie kennt die Bedürfnisse eines Mannes nicht. Sie ist wohl behütet worden all die Jahre und ich habe ihr bisher noch nichts über ihre ehelichen Pflichten erzählt. Du hast sie erschreckt, das ist alles.«

Reynaud ließ seinen Blick über sie wandern und Eglantine kam eine kühne Idee. Lächelnd hob sie eine Hand zu dem Band am Hals ihres Kleides.

Sie löste es langsam. »Eine Jungfrau ist gut fürs Ehebett, nicht mehr«, sagte sie ruhig. »Die Pflicht und das Sichern des Besitzes sind eine Sache, Vergnügen eine andere. Ich wette, du hast lang keine Frau mehr genossen, Reynaud, es muss ein harter Ritt gewesen sein von Frankreichs Küsten.«

Eglantine trat einen Schritt auf ihn zu und öffnete das Band mit einer Bewegung aus dem Handgelenk. »Ich bin keine Jungfrau, Reynaud, ich weiß, was einem Mann gefällt. Du hast große Unbill auf dich genommen, und das ist allein meine Schuld.« Eglantine öffnete ihr Kleid und fingerte an den Bändern ihres Unterhemds. Sie bemerkte, wie er auf die Umrisse ihrer Brüste starrte, die unter dem Hemd auszumachen waren. Sie war nur noch auf Armeslänge von ihm entfernt, beinah nah genug, um zum Schlag auszuholen.

»Lass mich das wieder gutmachen. Nimm die Buße für deine Unannehmlichkeiten von mir, denn ich allein bin dafür verantwortlich«, lockte sie ihn mit heiserer Stimme. »Und spar dir Jacqueline für die Hochzeitsnacht auf.«

Reynaud setzte ein langsames Grinsen auf. »Du warst schon immer eine Verführerin, Eglantine. Ich wusste, dass du mich begehrtest, als du noch Roberts Frau warst.« Er blickte auf Jacqueline hinab und sein Grinsen wurde breiter. Einen Moment lang glaubte sie, er würde auf ihre List hereinfallen, doch er belehrte sie eines Besseren.

»Vielleicht sollte ich euch beide nehmen heute Nacht.«

Er griff nach Eglantine, doch sie war darauf vorbereitet. Sie riss den Dolch aus ihrem Gürtel und hielt ihn Reynaud vor die Augen. Er schrie auf und packte sie bei den Handgelenken. Zu ihrer Verzweiflung war sie ihm an Stärke und Geschicklichkeit weit unterlegen. Der Dolch fiel harmlos zu Boden und Eglantine trat einen Schritt zurück, um ihn von ihrer Tochter fort zu locken.

Aus dem Augenwinkel sah sie, wie Jacqueline sich vom Bett rollte, und wusste, das Mädchen konnte nicht an ihnen vorbeischlüpfen, ohne Reynauds Zorn auf sich zu ziehen. Zu ihrer Erleichterung schnappte Jacqueline sich das Messer und sprang über das Bett. Eglantine hörte, wie die Seide zerschnitten wurde, als Reynaud ihr die Arme auf den Rücken drehte. Sie wusste, ihre Tochter war in Sicherheit, als seine grausame Hand sich auf ihre Brust legte.

Und auch er wusste es.

»Hexe!«, flüsterte er ihr ins Ohr. »Dafür wirst du zahlen.«

Aber Eglantine kümmerte es nicht, was er ihr antun mochte. Ihre ganze Sorge galt Jacqueline und sie hoffte, ihre Tochter möge so schnell und so weit fliehen, wie sie nur konnte. Sie musste diese Angelegenheit so lang wie möglich in die Länge ziehen, um ihrer Tochter Zeit zur Flucht zu geben.

Eglantine bedachte Reynaud mit einem wissenden Blick. »Robert hat immer gesagt, du könnest eine Frau nur schnell nehmen.« Sie schnaubte verächtlich. »Ich sehe, er hatte Recht.«

Reynaud schlug ihr ins Gesicht und sie stürzte zu Boden. Doch sie wirbelte herum und richtete sich auf Händen und Knien auf.

»Ein Mann wie Robert, der konnte eine Frau immer und immer wieder nehmen, bis der Morgen graute.« Sie lächelte. »Oh ja, er hatte Manneskraft. Für einen Mann seines Alters durchaus bemerkenswert.«

»Robert war bei seinem Tod zehn Jahre jünger als ich.«

»Ja, wahrscheinlich lag es an seiner Jugend, dass die Erinnerung an seine Manneskraft so lange währt.« Sie blickte nachdenklich drein, als habe sie keine Angst. »Ich glaube, in einer Nacht hatten wir wohl zwanzig Mal unser Vergnügen. Dann hat er mir von deiner Eile erzählt. Es stimmt, Reynaud, ich habe dich immer begehrt, aber Roberts Worte haben mein Verlangen gedämpft.«

»Du lügst!« Reynaud stellte sich über sie und starrte auf sie hinab. »Und trotzdem werde ich dich einundzwanzig Mal nehmen, einfach so. Du wirst dich an mich erinnern, Eglantine, nicht an deinen toten Robert.« Er setzte ein kaltes Lächeln auf. »Du wirst nie wieder richtig sitzen können.«

***

Duncan wusste, er hätte Eglantine nicht im Zorn zurücklassen sollen. Er saß da und blickte aufs Meer hinaus. Er war im höchsten Maße verärgert über ihre störrische Weigerung, ihm zu vertrauen, und wusste doch, dass er an ihre Seite zurückkehren würde wie eine Motte, die vom Licht angezogen wird. Es war gar nicht daran zu denken, sie zu verlassen, nicht solange sie ihn nicht endgültig wegschickte.

Er hätte nicht die Geduld verlieren dürfen. Er atmete die

salzige Luft tief ein. Er würde spazieren gehen, bis sein Ärger verflogen war, und sich dann wieder zu den anderen gesellen. Wenn er Glück hatte, würde sie schon auf ihn warten. Duncan erhob sich, verfluchte seine Neigung zu unbegründeter Hoffnung und drehte sich dann um, als er hörte, wie jemand von hinten auf ihn zugerannt kam.

Es war Jacqueline, das Kleid zerrissen und in den Augen die nackte Angst. »Reynaud, Reynaud ist da!«, schrie sie und der Name war ihm nur zu vertraut. Duncan fing sie auf, als sie zu fallen drohte, und sie rang nach Atem. »Er hat sich über mich hergemacht, aber *Maman* hat ihn gehört.«

»Und hat sich selbst an deiner statt angeboten«, erriet Duncan und fluchte leidenschaftlich, als das Mädchen nickte. »Wo?«

»In meinem Zelt. Sein Knappe liegt vor dem Eingang. Ich habe die hintere Zeltwand zerschnitten und bin gerannt und gerannt und gerannt.« Sie atmete schnell, die Panik stand ihr ins Gesicht geschrieben.

»Das hast du gut gemacht und ich bin sehr froh, dass du zu mir gekommen bist.« Duncan zog ihr das Kleid zurecht und sie lief tiefrot an, während er sie zurück zum Lager führte. »Jetzt geh zu Burke und weiche nicht von seiner Seite, bevor ich zurück bin. Er wird dich beschützen.«

»Nein, er hat Reynaud hergebracht!«

»Das stimmt nicht, er ist nur gekommen, um nach eurem Wohlbefinden zu sehen. Ich wette, dieser Kerl ist ihm gefolgt.« Duncan blickte dem Mädchen fest in die Augen. »Du hast von ihm nichts zu befürchten, darauf gebe ich dir mein Wort.«

Sie nickte mit entschlossener Miene, ganz die Tochter ihrer Mutter. »Gut, ich gehe zu ihm.« Sie hielt ihm eine Klinge unter die Nase. »Aber den werde ich bei mir behalten. Vielleicht hat er dich belogen, Duncan. Männer lügen oft.«

Duncan begleitete sie, so weit er konnte, denn die Zeit drängte. Er beobachtete, wie Jacqueline in den Lichtkreis des Feuers trat und auf Burke zuging.

Dann wartete er nicht länger. Duncan verschmolz mit den Schatten und seine Wut stieg ins Unermessliche, als er mit anhören musste, wie Eglantine den Mann verhöhnte. Sie verspottete seine Manneskraft und Duncan zuckte zusammen, als er hörte, wie er zuschlug.

Doch seine Eglantine würde alles tun, was nötig war, um ihr Kind zu beschützen. Duncan wünschte von ganzem Herzen, er selbst möge eines Tages zu den Menschen gehören, für die sie alles tun würde, und in diesem Moment wurde ihm bewusst, dass dieser Lohn jeden Preis wert war. Er nahm sein Messer und schlitzte die Seide von oben bis unten auf.

Die Klinge gezückt, trat er in das Zelt und starrte den alten Mann, der breitbeinig über Eglantine stand, wutentbrannt an. »Ich bin gekommen, Euch das Herz aus der Brust zu schneiden, Reynaud de Charmonte«, verkündete er kalt und warf einen kurzen Blick auf Eglantine. Ein blauer Fleck bildete sich auf ihrer Wange und ihr Kleid war bis zur Hüfte hinabgezogen. Dieser blaue Fleck würde den alten Mann teuer zu stehen kommen.

Reynaud richtete sich mit grimmiger Miene auf. »Wer bist du?«

»Ich bin Duncan MacLaren, Führer des Clans der MacQuarrie.«

Reynaud schnaubte verächtlich und ließ den Blick über Duncans Kleidung wandern, während er seine mit einer Hand glättete. »Ein Wilder!«

»Ein Mann, der nichts von einer Frau erzwingt, das sie

nicht aus freien Stücken offeriert.« Duncan setzte ein dünnes Lächeln auf. »Ich fürchte, Euch fehlt es nicht nur an Höflichkeit, sondern auch an Herz, Reynaud, ungeachtet Eures edlen Gewands. Wollen wir herausfinden, ob ich Recht habe?«

Reynaud bewegte sich mit überraschender Geschwindigkeit, richtete sich auf und zog sein blitzendes Schwert. Er holte weit aus und Eglantine schrie auf, doch Duncan parierte rechtzeitig.

Gerade noch. Mit erstaunlicher Kraft stieß der alte Mann immer und immer wieder zu. Er war sehr beweglich für sein Alter und getrieben vom Zorn. Und er war geübt im Schwertkampf, anders als Duncan.

Reynaud holte drei Mal schnell hintereinander aus und hielt inne. Er schlug einmal von rechts, dann von links. Duncan parierte einen Hieb, der seine Innereien aufgeschlitzt hätte, und schmetterte die Klinge mit einem Stöhnen zurück zu dem alternden Ritter.

Schon bald atmeten beide schwer, die ins Leere gehenden Hiebe zerschnitten die Zeltwände. Die Laterne flackerte, als der kühle Meereswind seinen Weg ins Innere fand. Duncan hielt den Blick fest auf den Gegner gerichtet, um seine nächste Bewegung vorherzusehen. Es gefiel ihm nicht, dass er sich verteidigen musste, statt selbst anzugreifen, doch der andere war ihm überlegen.

Was womöglich bedeutete, dass Reynaud den Kampf gewinnen würde.

Sie umkreisten einander und Duncan trat der Schweiß auf die Stirn, als er einen kühnen Plan ersann. Reynaud griff erneut an und Duncan warf einen Blick auf den Kragen von Reynauds Rock. Seine Kehle war unbedeckt, was Duncan sehr zupass kam.

Absichtlich bewegte er sich zu langsam und fing sich einen Schnitt am Oberschenkel ein. Reynaud lachte und Duncan tat, als sei die Verletzung schlimmer, als sie war. Vermeintlich kraftlos hob er erneut die Klinge und Reynaud war schnell zur Stelle, erneut anzugreifen.

Er schwang das Schwert durch die Luft und Duncan duckte sich und stürzte sich auf die Beine des Mannes. Reynaud wich zurück und schwang das Schwert tiefer. Duncan stöhnte auf, als seine Schulter getroffen wurde, und ließ sich auf die Knie fallen.

Er stöhnte wieder und packte seine Schulter wie ein Schwerverwundeter. Er ließ das Messer fallen, sodass es unmittelbar vor ihm lag, und stürzte darüber zu Boden.

Und bewegte sich nicht mehr.

Reynaud lachte und trat Duncan mit dem Stiefel in die Seite. »Und wessen Herz wollen wir jetzt sehen?«, höhnte er. Duncan hörte, wie er sein Schwert in die Scheide steckte. Er öffnete leicht die Augen und sah, wie Reynaud eine kleinere Klinge mit juwelenbesetztem Griff aus dem Gürtel zog.

Bewegungslos beobachtete er ihn. Seine Hand lag unter ihm und seine Finger schlossen sich um den Griff seines Dolches. Geduldig wartete er, bis Reynaud näher kam.

»Bedauerlicherweise sind diese Heiden keine besonders guten Kämpfer, aller Größe und Muskelkraft zum Trotz. Und ich hatte so gehofft, einen ebenbürtigen Gegner zu haben.«

Reynaud hob das Messer und beugte sich vor, um es Duncan in die Brust zu treiben. Duncan wartete so lange ab, wie irgend möglich, als ein Gewicht auf seinen Rücken fiel.

»Nein!«, rief Eglantine und schrie auf, als Reynauds Klinge niederging. Duncan hatte angenommen, sie sei geflohen, um Hilfe zu holen, doch sie musste sich in den Schatten des Zeltes versteckt haben.

»Eglantine!« Mit einem Brüllen, das den alten Ritter zusammenzucken ließ, sprang Duncan auf die Füße. Reynaud griff nach seinem Schwert, doch er war nicht schnell genug. Mit einem Stöhnen rammte Duncan dem Mann sein Messer in die Kehle und tiefer in die Brust.

»Wie ich vermutet hatte«, flüsterte er, als Reynaud vor ihm zu Boden ging. »Nichts als Stein, wo eigentlich ein Herz sitzen sollte.« Er rammte das Messer tief in die Brust, stieß den Kerl beiseite und ließ ihn sterbend liegen.

Eglantine. Duncan fiel neben ihr auf die Knie und drehte ihr bleiches Gesicht zu ihm. Er zog ihr das juwelenbesetzte Messer aus der Schulter und ihr warmes Blut rann ihm über die Finger. Duncan flüsterte ihren Namen und presste sie an sich. Er durfte sie nicht verlieren! Er würde es nicht ertragen, schuld an ihrem Tod zu sein.

Er hätte sich nicht wünschen dürfen, sie möge ihn beschützen. Niemals hätte er diesen Wunsch gehegt, wäre er sich im Klaren gewesen, dass dies der Preis dafür sein könnte. Duncan küsste sie auf die Stirn, hielt sie eng an sich gedrückt und flüsterte erneut ihren Namen.

Und Eglantine öffnete die Augen. Sie lächelte ihn an und hob eine Hand, um sein Gesicht zu berühren. Ihre Finger zitterten und er nahm ihre Hand in seine.

»Ich habe nicht vor zu sterben, Duncan. Nicht so kurz, nachdem ich dich gefunden habe.« Sie schluckte und ihr Lächeln erstrahlte. »Es ist nur die Schulter, die heilt schon wieder.«

Die Erleichterung besänftigte Duncans Wut und er erhob sich, Eglantine auf den Armen. »Du darfst dich nicht in solche Gefahr bringen! Welcher Wahnsinn hat dich ergriffen, dass du glaubst, du allein seist verantwortlich für alle Sorgen um dich herum?«, fragte er, als er mit ihr durch das Lager ging, damit ihr geholfen werden konnte.

»Wie konntest du so dumm sein, dein Leben für mich aufs Spiel zu setzen?«

Eglantine lachte leise und baumelte mit den Beinen. Ihr Betragen war gänzlich unpassend, wie Duncan fand, auch wenn es ihm gefiel, wie sie ihren Kopf an seiner Brust bettete.

»Er hätte dich umbringen können! Er hätte dich ernsthaft verletzen können! Was wird dann aus deinen Töchtern und deinen Pflichten? Wenn du nicht verwundet wärst, ich würde dich ordentlich durchschütteln!«

»Ich konnte doch nicht zulassen, dass er dich umbringt, Duncan.« Eglantines Stimme war leise, jedoch so voller Entschlossenheit, dass Duncan schwieg. Er sah ihr in die Augen und sah in ihnen die Liebe so hell leuchten, dass es ihm fast den Atem nahm. Sie hob ihre zittrigen Finger an sein Gesicht. »Wie sollte ich zulassen, dass er dich umbringt, wo ich dich doch so sehr liebe?«

Duncan drückte sie eng an sich, als Tränen ihm die Sicht nahmen und über seine Wangen liefen. Er flüsterte ihren Namen. Mit diesen wenigen Worten hatte sie ihm das größte Geschenk gemacht, das er sich erhoffen konnte, und der Kloß in seinem Hals machte es ihm unmöglich zu sprechen.

»Liebst du mich noch immer, Duncan, trotz meiner dummen Ängste?«

Er nickte und sprach mit heiserer Stimme. »Ja, Eglantine, ja. Von ganzem Herzen und ganzer Seele. Meiner Liebe kannst du dir stets sicher sein.«

Sie lächelte und legte ihm den Arm um den Nacken. »Dann küss mich, Duncan, und hol den Priester. Ich will nicht länger darauf warten, in Wahrheit mit dir verheiratet zu sein, egal, wie dieser Kratzer blutet.«

Und Duncan widersprach nicht. Er küsste sie, bis sie bei-

de atemlos waren, dann lächelte er, bevor er den Kopf hob und nach dem Priester von *Ceinn-beithe* rief.

Er würde der Dame keine Gelegenheit geben, es sich anders zu überlegen.